ローマ帽子の秘密

エラリー・クイーン

越前敏弥・青木創＝訳

角川文庫
17643

THE ROMAN HAT MYSTERY
1929
by Ellery Queen
Translated by Toshiya Echizen and Hajime Aoki
Published in Japan
by Kadokawa Shoten Publishing Co., Ltd.

目次

第二部

第三部

《主な登場人物》

モンティ・フィールド　弁護士
ベンジャミン・モーガン　弁護士
チャールズ・マイクルズ　フィールドの従者
アンジェラ・ラッソー夫人　フィールドの愛人
オスカー・ルーイン　フィールドの事務所の事務長
ジェイムズ・ピール　〈銃撃戦〉主演男優
イヴ・エリス　同主演女優
スティーヴン・バリー　同出演男優
ルシール・ホートン　同出演女優
ヒルダ・オレンジ　同出演女優
ルイス・パンザー　ローマ劇場の支配人
ハリー・ニールソン　広報係
フィリップス夫人　衣装係
マッジ・オコンネル　案内係

ジェス・リンチ　オレンジエードの売り子
フランクリン・アイヴズ-ポープ　大富豪
フランシス・アイヴズ-ポープ　フランクリンの娘
スタンフォード・アイヴズ-ポープ　フランクリンの息子
ジョン・カザネッリ（〝牧師のジョニー〟）　小悪党
トマス・ヴェリー　部長刑事
ヘス、ピゴット、フリント、ジョンソン、ヘイグストローム、リッター　刑事
ドイル　警官
サミュエル・プラウティ　検死官補
サディウス・ジョーンズ　毒物学者
ヘンリー・サンプソン　地方検事
ティモシー・クローニン　地方検事補
アーサー・ストーツ　サンプソンの部下
ジューナ　クイーン家の召使
リチャード・クイーン　警視
エラリー・クイーン　リチャードの息子。推理作家。

ローマ帽子の秘密

——ある推理の問題

本書の構想を練るにあたり、親身になって尽力してくれたニューヨーク市の
毒物学研究主任、アレグザンダー・ゲトラー教授に深謝する。

捜査に関連する登場人物目録

以下の一覧は、モンティ・フィールド殺害事件の物語に登場する男女を網羅したものであり、ひとえに読者の便宜のためにここに付記した。その意図は、謎めかすことではなく、わかりやすくすることである。推理小説をていねいに読み進めていると、さして重要とは思えない数々の登場人物を忘れてしまいがちだが、そういう人物がやがて事件の解決におもだった役割を果たすこともある。そこで筆者は、読者がこの物語の巡礼の旅をつづけるあいだ、この一覧をたびたび参照するようお勧めする。もっとも、それは「アンフェアだ!」という声——読むだけで推理しない者の負け惜しみ——をかわすのが何よりの目的なのだが。

エラリー・クイーン

モンティ・フィールド　すこぶる重要な人物——被害者。
ウィリアム・ピューザック　簿記係。いささか頭が弱い。
ドイル　頭が働く警察官。
ルイス・パンザー　ブロードウェイの劇場支配人。
ジェイムズ・ピール　劇〈銃撃戦〉の色男《ドン・ファン》。
イヴ・エリス　友情はうわべだけのものではない。
スティーヴン・バリー　若き立役者が動揺するのも無理はない。
ルシール・ホートン　〝街の女あるじ〟——劇中では。
ヒルダ・オレンジ　イギリス人の名高い性格女優。
トマス・ヴェリー　犯罪に精通した部長刑事。
ヘス、ピゴット、フリント、
ジョンソン、ヘイグストローム、リッター　殺人捜査課の紳士たち。
サミュエル・プラウティ医師　検死官補。
マッジ・オコンネル　運命の通路の案内係。
スタットガード医師　観客のなかには決まってひとりは医者がいる。
ジェス・リンチ　オレンジエード売りの好青年。
ジョン・カザネッリ　別名〝牧師のジョニー〟で、仕事柄、〈銃撃戦〉には当然の興味を持つ。

ベンジャミン・モーガン　どう判断したらいいだろうか。
フランシス・アイヴズ-ポープ　社交界の華も顔を出す。
スタンフォード・アイヴズ-ポープ　有閑紳士。
ハリー・ニールソン　広報活動に本領を発揮する。
ヘンリー・サンプソン　珍しくも賢明な地方検事。
チャールズ・マイクルズ　蠅——あるいは蜘蛛《くも》か。
アンジェラ・ラッソー夫人　評判のよろしいご婦人。
ティモシー・クローニン　法曹界の探求者。
アーサー・ストーツ　法曹界の探求者その二。
オスカー・ルーイン　死者の事務所における、冥府《めいふ》への川の渡し守。
フランクリン・アイヴズ-ポープ　富が幸福を意味すればいいのだが。
フランクリン・アイヴズ-ポープ夫人　心配性の母親。
フィリップス夫人　年配の天使は役に立つ。
サディウス・ジョーンズ博士　ニューヨーク市の毒物学者。
エドマンド・クルー　刑事部おかかえの建築専門家。
ジューナ　新世代の万能執事。

問題は――

だれがモンティ・フィールドを殺したのか？

そのような謎を解く任にあたる聡明《そうめい》な紳士ふたりは――

リチャード・クイーン氏

エラリー・クイーン氏

ローマ劇場の見取図（エラリー・クイーンによる）

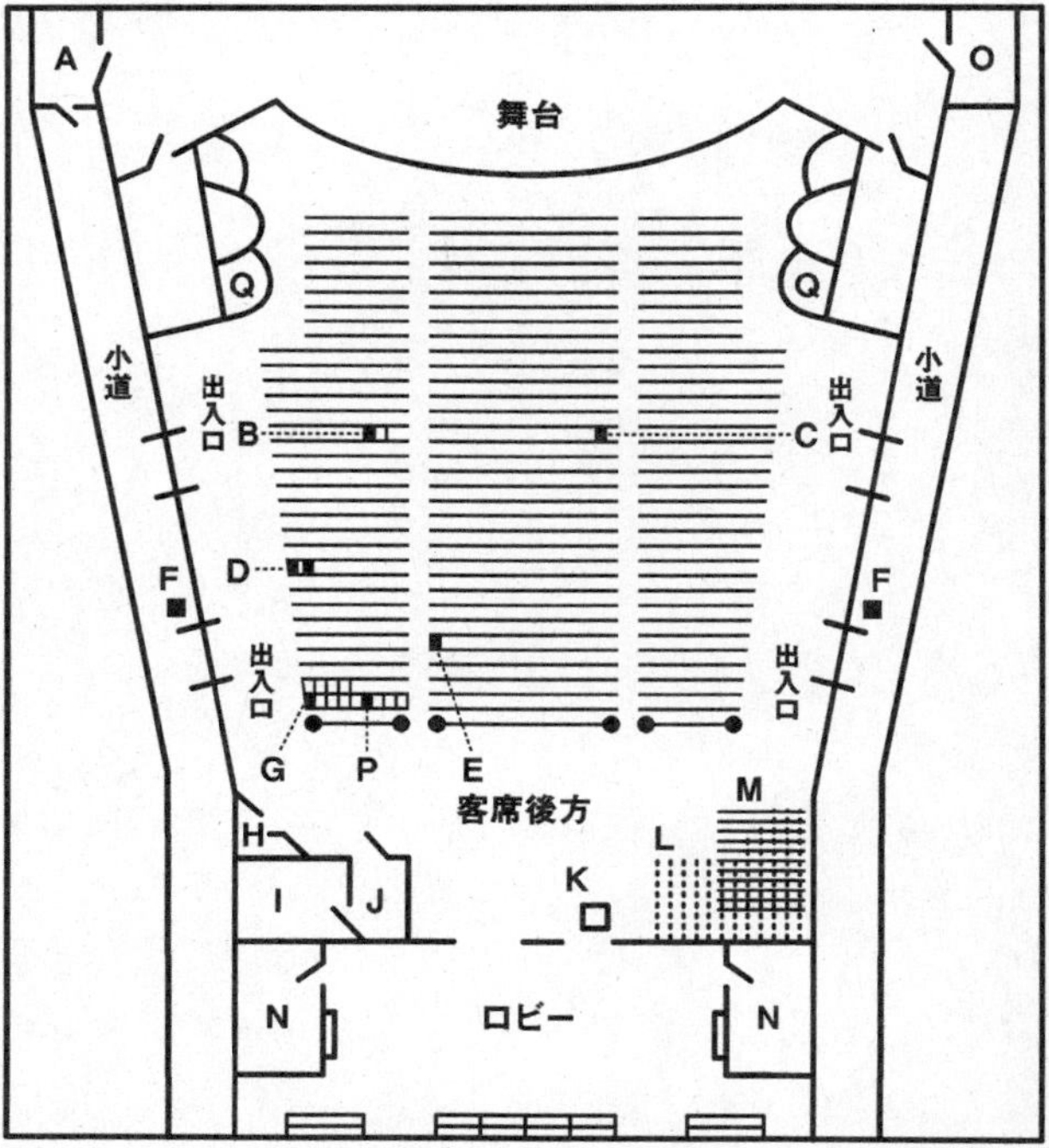

A　楽屋
B　フランシス・アイヴズ-ポープの席
C　ベンジャミン・モーガンの席
D　“牧師のジョニー”ことカザネッリとマッジ・オコンネルがいた通路際の席
E　スタットガード医師の席
F　オレンジエード売りのスタンド（幕間のみ）
G　犯行現場周辺。黒い四角がモンティ・フィールドの席。その右の白い四角三つと前の白い四角四つは空席
H　ハリー・ニールソンの広報係事務室
I　ルイス・パンザーの支配人室
J　支配人室の待合室
K　切符係のボックス
L　二階席へあがる唯一の階段
M　地下のラウンジへおりる階段
N　切符売り場
O　衣装部屋
P　ウィリアム・ピューザックの席
Q　ボックス席

まえがき

モンティ・フィールド殺害事件の物語に簡単な序文を寄せるよう、わたしは版元と作者の双方から頼まれた。まずことわっておくと、わたしは作家でも犯罪学者でもない。だから、犯罪の手口や犯罪にまつわる小説について権威ある意見を述べるのは、自分の力の及ぶところではない。とはいえ、おそらく過去十年間で最も謎が深いと言える犯罪に基づく、この驚くべき物語を紹介するという栄誉に浴するだけの資格が、わたしにはたしかにある……。わたしがいなければ、『ローマ帽子の秘密』は小説愛好家の諸氏のもとにけっして届かなかったからだ。本書を日のあたるところへ導いたのはわたしであり、その一点のみでわたしは本書にかろうじてかかわっている。

一年ほど前の冬、わたしはニューヨークの塵埃《じんあい》を払い落とし、ヨーロッパへの旅に出た。大陸の各地をあてどなくさまようちに（イギリスの作家ジョゼフ・コンラッドは若いころに世界を放浪したらしいが、わたしも青春を求めるすべてのコンラッドと同じく、退屈に突き動かされて漂泊したわけだ）――八月のある日、イタリアの小さな山村にたどり着いていた。そこへ至る道のりや、村の場所や名前はどうでもいい。たとえ株式仲買人と交わした約束であっても、約束は約束なのだから。連山のへりにあるこの小村に、もう二年も会っていないふたりの旧友が隠棲《いんせい》していることを、わたしはおぼろげに覚えていた。ふたりはニューヨークの騒々しい市街を離れ、イタリアのまばゆい片田舎で平穏に暮らすために引っ越していたのだが——そう、わたしがその静かな暮らしに立ち入ろうと思ったのは、何よりもふたりに後悔の念があるのかどうかを知りたい気持ちからだったかもしれない。

髪はさらに白く、眼光はますます鋭くなったリチャード・クイーンと、その息子のエラリーは、わたしをあたたかく受け入れてくれた。かつてのわたしたちは単なる友人以上の間柄だった。そのうえ、イタリアのワインの香気は強烈で、埃《ほこり》で息が詰まりそうだったマンハッタンの記憶を和らげるどころか際立たせたのかもしれない。いずれにせよ、ふたりはわたしと会えて心底うれしそうだった。エラリー・クイーン夫人は、その女王《クイーン》という名にふさわしい優雅な女性だった。いまやエラリーは、輝くばかりの美女の夫であり、幼い息子がその祖父に瓜《うり》ふたつだと驚く父親でもある。あのジューナでさえ、かつてのいたずらっ子の姿が影をひそめ、懐旧の情をたたえてわたしを迎えてくれた。

エラリーはわたしにニューヨークを忘れさせ、当地のすばらしい風景を堪能《たんのう》させせようと懸命につとめてくれたが、わたしはその小さな山荘を訪れてから何日もしないうちによからぬ考えに取り憑《つ》かれ、気の毒なエラリーを死ぬほど悩ませはじめた。わたしはたいした取り柄もない人間だが、粘り強いことではなかなかのものだ。そういうわけで、わたしが出立する前に、エラリーが根負けして従う羽目になった。エラリーはわたしを書斎へ連れていき、ドアに鍵《かぎ》をかけてから、古びたスチール製の書類整理棚と格闘した。そして、長々と漁《あさ》ったのちにようやく探し物を引っ張り出したが、わたしにはエラリーの指が最初からそれにふれていたように思えた。出てきたのは色褪《いろあ》せた手書きの原稿で、いかにもエラリーらしく、法律家の使う青い用箋《ようせん》で綴《と》じてあった。

口論は沸騰した。わたしはその原稿を旅行鞄《りょこうかばん》に入れてエラリーの愛するイタリアの国を離れたかったが、向こうは原稿をこのまま整理棚に秘匿するべきだと言い張った。リチャードは、ドイツの雑誌に寄稿するために「アメリカの犯罪と捜査法」という題の論文を執筆していたのだが、机からやむなく離れて、問題の解決に乗り出した。クイーン夫人は、こぶしをすばやく振りあげて言い争いを打ち切ろうとした夫の腕をつかんで押しとどめた。ジューナは真剣な顔でなだめようとする。エラリー・ジュニアまでもが、まるまると太った手を口から抜き、たどたどしく意見を披露するほどだった。

こうした騒ぎのあげく、『ローマ帽子の秘密』はわたしの手荷物におさめられて、ともにアメリカに帰ることになった。とはいえ、無条件だったわけではない——エラリーは変わり者なのだから。わたしは自分の愛するすべてのものにかけて、物語に出てくる友人たちも重要な登場人物もすべて仮名にすること、本名は一般読者に永遠に明かさないことを固く誓わされ、守れなければ即座に合意を反故《ほご》にするという条件を呑《の》まされた。

したがって、〝リチャード・クイーン〟も〝エラリー・クイーン〟も、このふたりの紳士の本名ではない。これらの名前を選んだのはエラリー自身であり、ここで言い添えておくと、読者が文字の並び替えのような見かけ上の手がかりから本名を探り出そうとしても、徒労に終わるように工夫されている。

『ローマ帽子の秘密』は、ニューヨーク市警の文書保管庫にある実際の記録に基づいている。この事件にも、エラリーと父親はいつもどおり協力して取り組んでいた。すでにそのころには、エラリーは推理作家としてかなりの名声を得ていた。事実は往々にして小説よりも奇なり、という格言を信奉していたエラリーは、自分の探偵小説の種にするために、興味深い捜査の折には覚え書きをしたためるのが常だった。〝帽子〟の事件には大変熱中していたので、本にまとめるつもりでいつになく詳細な覚え書きを作っていたものだが、その直後に別の捜査に没頭することとなり、本にまとめる機会はなかなか訪れなかった。そして、最後の事件が解決に導かれると、エラリーの父である警視は、宿願を果たすべく警察を引退し、家財一式をまとめてイタリアに移住した。その事件で最愛の女性と出会ったエラリーは、文学の世界でも〝大仕事〟をしたいという切なる欲求に駆り立てられていて、イタリアはのどかでふさわしい土地に思えた。エラリーは父に祝福されて結婚し、三人はジューナとともにヨーロッパの新しい家へと旅立った。例の覚え書きのことはすっかり忘れていたのを、わたしが救い出したしだいである。

このあまりに不体裁な序文の筆を置く前に、はっきりお伝えしたいことがひとつある。

いまやリチャード・クイーンとエラリー・クイーンの名で呼ぶこととなったこの父子を結びつけている風変わりな愛情について、第三者に説明するのはいつも非常にむずかしい。何しろ、ふたりともけっして単純な人物ではない。リチャード・クイーンは市警に三十二年間奉職した小粋な初老の男性で、警視の階級章を得たのは職務に精励したからでもあるが、それ以上に、犯罪捜査の技術に並はずれて通じていたからだ。たとえば、いまでは昔話となっているバーナビー・ロス殺人事件の捜査でみごとな成果をあげたときなどは、〝リチャード・クイーンはこの功績によって決定的な名声を確立し、タマカ・ヒエロ、フランス人ブリヨン、クリス・オリヴァー、ルノー、小ジェイムズ・レディックスといった犯罪捜査の達人たちと肩を並べた〟とまで言われたものだ。

リチャードは新聞で褒められると照れる性質《たち》だったから、この大仰な物言いに対しても真っ先に鼻で笑っていた。けれども、エラリーの話によると、当人はこの記事の切り抜きをずっとひそかに保管してきたらしい。それはともかく——そして、想像力豊かな記者たちが伝説の人物に仕立てあげようとしても、わたしとしては、リチャード・クイーンをひとりの人間と見なしたいのだが——父の職業上の功績の多くが息子の知恵に大きく頼っていたことは、ここで声を大にして言いたい。

そのことは世間にあまり知られていない。ふたりの仕事ぶりを物語る記念品の一部は、いまも友人たちが敬意をこめて保管している。父子がアメリカ在住中に使っていた西八十七丁目通りの独身者向けの小さな住まいには、ふたりが活躍していたころに集めた逸品がおさめられていて、そこはいまでは半ば私設の博物館である。ティローが父子を描いた秀逸な肖像画は、ある大富豪の画廊に掛けられている。リチャードが愛用していた嗅《か》ぎ煙草入れはフィレンツェ風の年代物で、本人が競売で競り落として何よりも大切にしていたのだが、汚名をすすいでやった魅力的な老婦人があまりに褒めちぎったので、ついに根負けして譲ることになった。エラリーは犯罪にまつわる膨大な数の書物を収集しており、それはおそらく世界で最も充実した蔵書だったが、イタリアへ移るときに涙を呑んで手放した。そして言うまでもなく、クイーン父子によって解決された事件の未公表記録が数多くあり、現在では市警の文書保管庫にしまわれて、穿鑿《せんさく》好きの目から逃れている。

しかし、こと心の問題——父と子の精神的な絆《きずな》——に関して言えば、これまではひと握りの親しい仲間以外には謎に包まれたままになっていた。さいわい、わたしもその仲間のひとりだった。リチャードはおそらく刑事部の上級職として過去半世紀で最も名高い人物であり、警察本部長の椅子に短期間だけすわった代々の紳士たちよりも、よほど名声を博したのではないだろうか——そして繰り返すが、その声価のかなりの部分は息子の才能の賜物《たまもの》だった。

さまざまな可能性がそこかしこで顔をのぞかせているような、ひたすら粘り強さが求められる状況では、リチャード・クイーンは比類なき捜査官だった。細部を見逃さない澄みきった洞察力、複雑な動機や手口を蓄積するすぐれた記憶力、一見打破できそうもない壁にぶつかってもあきらめない冷静な判断力を兼ね具《そな》えていた。いびつに引き裂かれた百に及ぶ事実を、関係も順序もでたらめに渡されても、瞬く間に組み合わせてしまう。さながら、臭跡が絶望的なまでに入り乱れた混沌《こんとん》のなかで、真実を嗅ぎつけて追い求める猟犬だった。

だが、直観と天賦の想像力に恵まれていたのは、小説家であるエラリー・クイーンだった。ふたりはいわば、異常なまでに知力の発達した双子であり、ひとりひとりでは無力だが組み合うと大きな働きを見せた。リチャード・クイーンは、自分に華々しい成功をもたらしてくれたこの絆を疎んじるどころか――もっと心のせまい人間ならいやがったかもしれないが――友人たちにわざわざ真実を知らせていた。同時代の犯罪者にとっては呪詛《じゅそ》の的だった細身で白髪の老雄は、親ばかとしか思えぬほど無邪気に、本人の言うところの〝告解〟をよくしたものだった。

もうひとつ付け加えよう。エラリーがこの事件を『ローマ帽子の秘密』と名づけた理由はすぐに明らかになるが、ふたりのクイーンが携わったあらゆる事件のなかでも、これが頂点に位置するのはまちがいない。犯罪学の好事家や、探偵小説の注意深い読者なら、物語が進むにつれ、エラリーがなぜモンティ・フィールド殺しを適切な研究対象と考えたのかがわかるだろう。相手が並みの殺人犯であれば、犯罪の専門家はその動機や傾向にかなりまで迫れる。ところが、フィールド殺しの犯人の場合はちがった。ここでクイーン父子が対峙《たいじ》したのは、きわめて鋭敏で並みはずれて狡猾《こうかつ》な人物だった。それどころか、解決直後にリチャードが指摘したとおり、この事件は人間が思いつくかぎりで最も完全に近い計画犯罪だった。とはいえ、〝完全犯罪〟の例に漏れず、ちょっとした運命のいたずらとエラリーの鋭い演繹《えんえき》的推理が相まって、獲物を追うクイーン父子にただひとつの手がかりを与え、それがついには計画者の破滅をもたらしたのである。

ニューヨークにて
一九二九年三月一日

J・J・マック

第一部

警察官はしばしば、アホウドリの教えにしたがわなくてはならない――この愚かな鳥は、浜辺の人間たちの手や棍棒《こんぼう》による破滅が待ち受けているのを知りながら、屈辱の死を迎える危険も辞さず、砂浜へ卵を産みにいく……。その点は警察官も同じである。すべての日本人は、警察官が卵を完全にかえすまで、けっして邪魔をすべきではない。

――タマカ・ヒエロ『千の葉』

1　この章では、ある劇場の観客たちと死体が登場する

一九二X年の演劇シーズンは不安のうちにはじまった。ユージン・オニールが新作を書きあげずじまいで、知識人《インテリゲンチャ》の収入源を確保してやらなかったし、つぎつぎ芝居を見ても熱中できなかった〝俗人《ローブロウ》〟たちは、お堅い舞台劇を見放して、もっと気軽に楽しめる映画の殿堂へ足を向けていた。

というわけで、九月二十四日、月曜日の夜に、霧雨がブロードウェイの劇場街のまばゆい電飾をかすませはじめると、三十七丁目からコロンバス広場にかけての劇場支配人や演出家たちは、それを暗い顔でながめやった。劇場主たちはいくつかの公演をその場で中止とし、わが身の不幸をご覧あれと神と気象台に祈った。芝居好きの人々でさえ、雨に降りこめられてラジオやブリッジのテーブルにかじりついたままだった。無謀にも人気《ひとけ》のない街へ繰り出した者はごくわずかで、その目に映るブロードウェイはあまりにもわびしかった。

しかし、ブロードウェイの中心をなす〝ホワイトウェイ〟、その西四十七丁目にあ

るローマ劇場に面した歩道は、シーズン真っ盛りの好天の日並みに観客で混み合っていた。演目の〈銃撃戦〉の文字が、華やかな庇《ひさし》の上で光り輝いている。口々に話しながら〝当日券〟の窓口に並ぶ人々に、切符売りが手際よく応対していく。黄褐色に青のいかめしい制服と、長年の経験ゆえの落ち着きが目につくドアマンが、夜会服にシルクハットや毛皮を合わせた客たちに一礼して、一階席へと満足げに案内している。〈銃撃戦〉の上演関係者にとっては、悪天候など恐れるに足りないかのようだった。

ブロードウェイでも最も新しいうちにはいるその劇場のなかでは、人々が自分の席へ急ぎながらも、不安げな様子を見せていたが、それはこの芝居の荒々しさが知れ渡っていたからだった。やがて客たちがプログラムをめくる音もやみ、最後に駆けこんできた客が隣席の人物の足につまずいた。照明が落とされ、緞帳《どんちょう》があがる。銃声が静寂を破って響き、男が叫び……芝居がはじまった。

〈銃撃戦〉は、暗黒街に付き物とされる音を取り入れた、このシーズンの口火を切る芝居だった。自動小銃、マシンガン、ナイトクラブの襲撃、ギャングの復讐《ふくしゅう》で命が奪われる大音声――誇張された犯罪社会にお決まりのもろもろが、展開の速い三幕に詰めこまれている。それは大げさにではあるが、時代を映し出していた――やや下品で猥雑《わいざつ》ではあるものの、芝居好きの人々には大受けしている。だから、雨が降ろうと降るまいと劇場は大入り満員だった。今夜の劇場も、まさにその人気を物語っていた。

芝居は順調に進んだ。観客は第一幕の耳をつんざく山場に興奮した。雨がやんでいたので、最初の幕間の十分間に、人々は劇場脇の小道へ出て外の空気を吸った。第二幕がはじまるとともに、舞台の爆音はいっそう激しくなった。大きな見せ場に突入し、脚光の向こうで銃声が台詞《せりふ》代わりに交わされる。客席の後方で起こった小さな騒ぎをだれも気に留めなかったが、それもこの騒音と暗闇を考えれば無理もない。ひとりも異常事態に気づいた様子がないまま、芝居は突き進んだ。しかし、騒ぎはしだいに大きくなった。ここに至って、左後方の席にいた観客の数人が体をよじり、怒気をはらんだ小声で自分たちの権利を主張した。抗議の輪がひろがっていく。ほんのわずかなあいだに、何十組もの目が一階席のそのあたりに向けられた。

突然、鋭い悲鳴が場内に響き渡った。舞台の急展開に興奮し、魅了されていた観客は、それを新たな趣向の演出だと思い、悲鳴が聞こえた方向へ期待をこめて視線を注いだ。

唐突に場内の照明がつき、とまどった顔や、怯《おび》えた顔や、すでに何かに感づいた顔を照らし出した。左端の閉めきられた出入口の近くで、大柄な警官が不安げな様子の痩《や》せた男の腕をつかんで立っている。警官は人々の一団が何事かと尋ねようとするのを分厚い手でさえぎり、とてつもなく大きな声で言った。「全員、その場を動かないで！　だれも席を立たないように！」

人々は声を出して笑った。

すぐにその笑みは消えていった。役者のほうまでいぶかしげにとまどっているのに気づきはじめたからだ。舞台で変わらず台詞を口にしながらも、一階席に困惑した視線を投げかけている。それを見てとった人々は、悲劇の兆しを感じてあわてて腰を浮かした。警官の胴間声がふたたび怒鳴りつける。「席を立つなと言ったろう！　その場から動くな！」

急に観客は、これが芝居ではなく現実だと悟った。女たちが金切り声をあげ、連れにしがみつく。階下の様子がわからない二階席へも騒ぎは広まった。

警官は荒々しく振り返り、すぐそばで夜会服を着て手をこすり合わせていた外国人風のずんぐりした男に迫った。

「すぐに出入口をひとつ残らず閉めきって封鎖していただきたい、パンザーさん」きびしい口調で告げる。「すべてのドアに案内係を配置し、だれひとり出入りをさせるなと指示してください。署から応援が来るまで、外にも人を出してまわりの小道を見張らせるように。さあ急いで、パンザーさん、収拾がつかなくなる前に！」

おおぜいの興奮した観客が、警官の怒鳴り声の警告を無視し、席を立って質問しようと寄ってきたが、指示を受けた浅黒い肌の小男はすばやくそのあいだをすり抜けていった。

警官は左側の最後列の端で大きく脚を開き、前列とのあいだの床に不自然な姿勢でくずおれている夜会服姿の男の体を、みずからの巨軀《きょく》で隠した。それから顔をあげ、隣で縮こまる男の腕を固くつかんだまま、一階席の後方へすばやく視線を送った。「おい、ニールソン！」声を張りあげる。

背の高い亜麻色の髪の男が正面入口に近い小部屋から跳び出し、観客を掻《か》き分けて警官のところへ来た。床の上の動かない体をきびしい目つきで見おろす。

「何があったんですか、ドイルさん」

「この人に訊《き》いたほうがいい」警官は険しい声で返し、つかんでいる相手の腕を揺さぶった。「男の死体があり、そしてこちらの――」縮みあがっている小男に獰猛《どうもう》な目を向けた。「ピューザックです。ウ、ウィリアム・ピューザック」小男はことばをつかえさせながら答える。「――こちらのピューザックさんによると」ドイル警官はつづけた。「その男は人殺しとつぶやいたそうだ」

ニールソンは茫然《ぼうぜん》と死体を見つめた。

ドイルは唇を嚙《か》んだ。「とんだ災難だよ、ハリー」しゃがれ声で言う。「この場にいる警察官はひとりだけだというのに、相手をしなきゃならんうるさいばかどもはわんさといるからな。頼みがあるんだ」

「言ってください……とんでもないことになった！」

ドイルは猛然と体の向きを転じ、三列前で座席の上に立って成り行きを盗み見ようとしていた男に叫んだ。「おい、あんた！」叱り飛ばす。「椅子からおりろ！　ほら――さがれ、あんたらもだ。席にもどらないのぞき屋どもは逮捕するぞ！」

ドイルはニールソンに向きなおった。「急いで事務室へもどって、本部に殺人事件だと連絡してくれ、ハリー」小声で言う。「おおぜい連れてくるように言え――とにかく大人数だ。現場が劇場だと教えろ――それでやるべきことは伝わる。それから、これを頼む、ハリー――おれの呼子を持って外へ行き、ひたすら吹くんだ。すぐにでも応援がほしい」

人ごみを掻き分けてもどっていくニールソンの背に、ドイルは大声で呼びかけた。

「クイーンのご老体にも来てもらうよう頼んだほうがいいぞ、ハリー」

亜麻色の髪の男は事務室へと姿を消した。まもなく、劇場前の歩道から甲高い笛の音が聞こえた。

出入口と周囲の小道に見張りを置くようドイルから命じられていた肌の浅黒い劇場支配人が、人だかりのなかを急ぎ足でもどってきた。礼装用シャツに少し皺《しわ》が寄っていて、狼狽《ろうばい》した様子で額の汗をぬぐっている。体をよじって前に進もうとしたとき、ひとりの女がそれをさえぎって金切り声で言った。

「どうしてその警官はわたくしたちを足止めしているんですの、パンザーさん。言っておきますけど、わたくしには出ていく権利がありましてよ！　たとえ事故があったのだとしても、関係ありません――わたくしにはかかわりのないことですし――そちらの問題なんですから――罪もない人たちに愚かな仕打ちをするのは控えるよう言ってくださいませ！」

小男はことばに詰まりながらも、言い逃れようとした。「どうか奥さま、お気を静めてください。そのかたはご自分の仕事をなさっているのです。男性がひとり、命を奪われまして――これは由々しき事態です。おわかりいただけるでしょうが……劇場の支配人としてわたしは指示にしたがわざるをえないので……どうか落ち着いてください――いましばらくのご辛抱を……」

劇場支配人はどうにか女の手をほどき、言い返される前にその場を離れた。

ドイルは椅子の上に立って、両腕を猛然と振りながら怒鳴った。「あんたら、すわって静かにしてろと言ったはずだ！　市長だろうとだれだろうと関係ない――そう、そこのあんただよ、片眼鏡の――すわらないなら席にねじこむぞ！　いまがどういう場合かをわかってないのか？　いいからだまれ！」そう毒づいて床に跳びおり、ののしりながら制帽のへりからしたたり落ちる汗をぬぐった。

一階席は巨大な薬缶《やかん》のように沸き返り、二階席の手すりからは騒ぎの原因を見定めようといくつもの首がむなしく突き出される。そんな混乱と興奮のなか、舞台の動きが急に止まったことには観客のだれひとりとして気づかなかった。少し前まで、舞台上の役者たちは、脚光の向こうの惨劇によって意味を失った台詞をつかえながらも口にしていた。いま、緞帳《どんちょう》がゆっくりとおりて、その夜の享楽に終わりを告げた。役者たちはことばを交わしながら舞台の階段へ急いだ。観客と同じように、騒ぎの中心を困惑顔で盗み見ている。

派手な衣装で胸が豊満な老婦人は、〝酒場の女将《おかみ》〟であるマーフィー夫人を演じる外国人の名女優で、ヒルダ・オレンジという名前だった。細身の優美な人物は〝宿なしナネッテ〟役の主演女優、イヴ・エリスだ。〈銃撃戦〉の主人公は偉丈夫のジェイムズ・ピールで、目の粗いツイードの服と帽子で装っている。颯爽《さっそう》と夜会服を着こみ、〝ギャング〟の手に落ちた上流階級の若者を演じるのは、スティーヴン・バリー。ルシール・ホートンは〝街の女あるじ〟を演じているが、その演技は、不作のシーズンで文句をじゅうぶんに言えなかった演劇批評家たちから、あらゆる形容詞を雨あられと浴びせられていた。ヴァン・ダイクひげの老人が着ている非の打ちどころのない夜会服は、〈銃撃戦〉の役者全員の衣装をまかされたルブラン氏の仕立ての才を証し立てている。固太りの悪役は、狂乱する客席をながめるうちに、舞台用の強面《こわもて》がゆるんで純朴そうな当惑顔になっている。実のところ、登場人物の全員が、かつらや白粉《おしろい》や口紅やドーランをつけたまま――タオルで手早く化粧をぬぐっている者もいたが――

一団となって、おりてくる緞帳の下を急いでくぐり、舞台の階段から一階席におりるや、押し合いながら通路を進んで騒ぎの現場へ近づいていった。

正面入口で新たな騒ぎが起こり、ドイルの強い制止にもかかわらず、多くの人々が立ちあがってもっとよく見ようとした。制服警官の一群が警棒を構えて場内に流れこんでくる。ドイルは盛大に安堵《あんど》のため息をつき、先頭にいた背の高い私服姿の男に敬礼した。

「何があったんだ、ドイル」新しく来た男は、周囲で湧き起こる混乱に顔をしかめて尋ねた。同行していた制服警官たちは、一階席後方の座席のないところへ観客を集めている。立っていた人々は自分の席にさりげなくもどろうとしたがつかまり、最後列の後ろに追いやられて憤慨する一団に加わる羽目になった。

「どうやら殺しです、部長刑事」ドイルは言った。

「ふむ」私服の男は、劇場の床の上で動かないひとりの男を珍しくもなさそうに見おろした――足もとに横たわるその男は、片腕の黒い袖《そで》を顔にあて、前列の客席の下へ両脚を投げ出している。

「死因は――銃か？」視線をあちらこちらに動かしながら、新しく来た男は尋ねた。

「いえ――ちがうようですね。客席に医師がいたので、すぐに診てもらいました――毒ではないかと言っています」

部長刑事はうなった。「こちらの人は？」ドイルの横で震えているピューザックを指さし、無遠慮に訊いた。

「死体の発見者です。発見時からこの場を離れていません」

「よし」部長刑事は振り返り、数フィート離れた一団に問いかけた。「ここの支配人は？」

パンザーが進み出た。

「本部のヴェリー部長刑事だ」私服の男は無愛想に言った。「このやかましい愚か者どもをだまらせなかったのか？」

「できるだけのことはいたしましたとも、刑事さん」支配人は両手を揉《も》み合わせ、口ごもりつつ言った。「ですが、こちらの巡査の――」弁解がましくドイルを手で示す。「――激しい物言いにみなさまご立腹の様子でしてね。何事もなかったように着席していただきたくても、わたしにはどうにもできなくなっておりまして」

「まあいい、こちらでやる」ヴェリーはにべもなく言った。近くにいた制服警官のひとりにすばやく命令をくだす。「で――」ふたたびドイルに体を向けた。「――出入口のドアはどうなってる。そっちは手を打ったのか」

「もちろんです、部長刑事」ドイルは笑顔になった。「このパンザーさんに指示して、すべての出入口に案内係を張りつかせました。どのみち今晩はずっとそこから離れていないはずですが、念には念を入れたかったもので」

「正しい判断だ。劇場から出ようとした者はいないんだな？」

「その点につきましてはわたしが請け合えると存じます、刑事さん」パンザーがおそるおそる口をはさんだ。「この芝居では、雰囲気作りのために、すべての出入口付近に案内係を置いておく必要がございます。銃声や悲鳴がふんだんに盛りこまれた暗黒街の芝居ですから、ドアの前に見張りがいると謎めいた雰囲気が増すのです。お望みであればすぐに確認いたしますが……」

「それはわれわれがやる」ヴェリーは言い放った。「ドイル、だれを呼んだ」

「クイーン警視です。広報係のニールソンに頼んで、本部に電話をかけさせました」

ヴェリーの冷然とした顔にかすかな笑みがよぎった。「抜かりがないな。それで、死体は？　そこの人が発見してから、だれかさわったのか」

ドイルにつかまれてすくみあがっていた男が、半ば泣き声で堰《せき》を切ったように話しだした。「ぼ、ぼくは見つけただけなんです――神に誓って、ぼくは――」

「わかった、わかった」ヴェリーは冷たく言った。「あとで聞かせてもらうから。なぜ泣くのかね。で、どうなんだ、ドイル」

「自分がここに来てからは、だれも死体に指一本ふれていません」得意げな響きをかすかににじませてドイルは答えた。「むろん、スタットガード先生は別ですがね。客席から呼び出して、死亡の確認をしてもらった医師です。それを除けば、だれも近づいた者はいません」

「大忙しだったな、ドイル。おまえの骨折りは無駄にしないよ」ヴェリーはそう言って振り返った。パンザーがあとずさる。「急いで舞台にのぼって、みんなに伝えたほうがいいだろうな、支配人。帰っていいとクイーン警視が言うまで、全員がこの場に残ることになる、と――わかったか？　文句を言っても無駄だと伝えるんだ――こぼせばこぼすほど、長く居残ることになる。それから、自分の席から動いてはならないことと、不審な行動をとればだれであれ厄介な立場に陥ることもはっきり言ってくれ」

「ええ、はい。かしこまりました。神さま、なんという災難だ！」パンザーはうめくと、通路を抜けて舞台へ向かった。

ちょうどそのとき、客席後方の大扉を押しあけて、数人の男たちが一団となって場内の絨毯《じゅうたん》の上を歩いてきた。

2　この章では、ひとりのクイーンが働き、もうひとりのクイーンが見守る

リチャード・クイーン警視は、体つきも物腰も特に目立つわけではなかった。小柄で老いさびた、かなり温厚そうな紳士だ。いくぶん前かがみの歩き方には思慮深い雰囲気が漂い、豊かな白髪や口ひげ、くすんだ灰色の瞳《ひとみ》や細い手と、なぜかみごとなまでに調和している。

絨毯の上を小刻みな早足で進んでくるクイーン警視は、四方からそれを見守るだれの目にも、けっして印象深くは映らなかった。それでも、外見が際立って品がよく威厳に満ちていて、皺《しわ》のある老いた顔に浮かぶ笑みが無邪気で情味にあふれているせいで、その歩みに合わせて客席にざわめきが広まっていった。それは奇妙なほど似つかわしい光景だった。

部下たちの態度が明らかに変わった。ドイルは左の出入口近くの隅へさがった。死体を見おろして立っていたヴェリー部長刑事も――皮肉っぽく、冷ややかで、周囲の騒ぎにも動じずにいたのだが――主役の座をおりて安心したかのように、少し緊張を

解いた。通路を見張っていた制服警官たちがすばやく敬礼する。不安げに愚痴をこぼしていた怒れる観客たちも、どういうわけか安堵させられて席にすわりなおした。

クイーン警視は進み出て、ヴェリーと握手を交わした。

「気の毒だったな、トマス。帰ろうとしていたところに、この事件だったそうじゃないか」小声で言い、ドイルにはわが子に対するような笑顔を向けた。それから、憐《あわ》れみを含んだ表情で、床に横たわる男を見つめた。「トマス、出入口はすべて押さえてあるのか」ヴェリーがうなずく。

警視は向きを変え、興味深そうに現場へ視線を走らせた。また小声で何やら尋ねると、ヴェリーがうなずいて同意を示す。それから警視は指を曲げてドイルを招いた。

「ドイル、このあたりの席にすわっていた人たちはどこに？」死んだ男の横の三席と、すぐ前の四席を指さす。

ドイルは当惑顔になった。「警視、そこにはだれもいませんでしたが……」

クイーン警視はしばし黙したあと、手を振ってドイルをさがらせ、抑えた声でヴェリーに言った。「しかも劇場は満員というわけだ……このことは忘れるなよ」ヴェリーがいかめしく眉《まゆ》をあげる。「まったく困ったものだな」警視は悠然とつづけた。「いまわたしの目に映るのは、死んだ男がひとりと、汗を流して騒ぎ立てるおおぜいの連中だけだ。ヘスとピゴットに少しばかり交通整理をさせてくれないか」

ヴェリーは警視に同行してきた私服の刑事ふたりに鋭く指示を出した。ふたりは強引に後方へ進み、集まっていた客たちを押しのけていった。数人の巡査がそこへやってくる。役者の一団は後ろへさがるよう命じられた。中央の客席の後ろにある一角がロープで仕切られ、せまい場所に五十人ばかりの男女が押しこまれる。そのなかを警官たちが静かに歩きまわり、ひとりずつ切符を出させて順に席へ帰した。五分もしないうちに、立っている観客はまったくいなくなった。役者たちは、しばらくそのままロープの仕切りのなかにとどまるよう言い渡された。

左端の通路で、クイーン警視はコートのポケットに手を入れて、彫刻の施された褐色の嗅《か》ぎ煙草入れを慎重に抜き出し、いかにもうれしそうにひとつまみ手にとった。「ましになったよ、トマス」警視は含み笑いをした。「うるさいのはどうも苦手だから……。床に倒れているその哀れな男の身元だが――わかっているのか」

ヴェリーは首を横に振った。「自分もまだ手をふれてさえいないんですよ。警視よりほんの数分前に着いたばかりですから。四十七丁目を受け持っていた巡査が、ドイルの呼子が吹かれたと近くの警察電話から報告してきたんです。ドイルはよくやってくれたようですよ……警部補も仕事ぶりをふだんから買っていらっしゃいます」

「ああ」警視は言った。「そうか、ドイルがね。来てくれ、ドイル」

ドイルは進み出て敬礼した。

「それで」小柄な白髪の警視は、座席の背にゆったりと体を預けてつづけた。「いったい何があったんだ、ドイル」

「自分の知るかぎりでは」ドイルは話しはじめた。「第二幕が終わる何分か前に、あの男が――」隅で縮こまっているピューザックを指さす。「後ろで立ち見をしていた自分に駆け寄ってきて、〝人が殺されてます、おまわりさん！……人が殺されてます！〟と言ったんです。赤ん坊みたいに泣き叫ぶもので、酔っぱらいかと思いましたよ。それでも大急ぎでここに来ると――場内は真っ暗で、舞台では銃声や悲鳴が盛んに響いていましたけど――床に倒れた男が見えました。動かさずに心拍を調べましたが、何も感じられません。ほんとうに死んでいるかどうかを知りたくて医者を探すと、スタットガードという人が応じてくれまして……」

クイーン警視は颯爽《さっそう》と体を起こし、オウムのように首を傾けた。「みごとな仕事ぶりだ。すばらしいよ、ドイル。スタットガードという医師からはあとで話を聞こう。それから何があった？」

「それから」ドイルはつづけた。「この通路の案内係の女性を支配人室へ行かせて、パンザーさんを呼びました。ルイス・パンザーです――すぐそこにいるのがその支配人で……」

クイーン警視は、何フィートか後方でニールソンと話しているパンザーに視線を送り、うなずいた。「あれがパンザーだな。そうか、そうか……おや、エラリー！ 伝言を聞いたんだな？」

警視はすばやく前に進み出て、申しわけなさそうにあとずさるパンザーの脇をすり抜け、いつの間にか正面口を抜けて現場をゆっくりと見まわしている長身の青年の肩を叩《たた》いた。そしてその腕をとった。

「邪魔をしてしまったんじゃないか？　今夜はどこの本屋をうろついていたんだ。エラリー、来てくれてほんとうに助かるよ」

警視はポケットに手を突っこんで、もう一度嗅ぎ煙草入れを取り出し、深々と——くしゃみをするほど深く——吸いこんでから息子の顔を見あげた。

「正直に言うと」エラリー・クイーンは休みなく視線を動かしながら言った。「こっちはお愛想を返す気になれないね。愛書家の至上の楽園から急に引きずり出されたんだから。あの店主からファルコナーの貴重きわまりない初版本を売ってもらえそうになったんで、本部にいる父さんから金を借りるつもりだったんだ。で、電話をして——ここにいるというわけさ。ああ、ファルコナー——まあ、いいか。たぶんあすでも平気だろう」

警視は小さく笑った。「古い嗅ぎ煙草入れを選んでいたとでも言うなら、わたしも興味が湧くかもしれないがね。本とは——まあ、とにかく来てくれ。今夜は少し忙しくなりそうだ」

老警視は息子のコートの袖《そで》をつかみ、左側に集まった数人のほうへふたりで歩いていった。エラリー・クイーンの背丈は父親の頭より六インチ高いところまで達していた。肩は角張り、歩みに合わせて体が軽快に揺れる。濃い灰色の服を着て、小ぶりのステッキを携えている。鼻の上には、これほど頑健そうな男には不釣り合いなものが載っていた――ふちなしの鼻眼鏡だ。とはいえ、その上の額や、面長の顔の優美な輪郭や、明るい瞳は、行動より思索を旨とする人間のものだった。

ふたりは死体を囲む面々に加わった。エラリーはヴェリーに丁重に迎えられた。座席へ身を乗り出し、死んだ男へ真剣な一瞥《いちべつ》を送ってから、後ろへさがる。

「つづきを、ドイル」警視は鋭く言った。「きみは死体を見て、第一発見者を確保し、支配人を呼んだ……それから？」

「パンザーに指示してただちにすべてのドアを封鎖させ、だれも出入りしないように見張らせました」ドイルは答えた。「観客がずいぶんと騒ぎ立てましたが、ほかに問題はありません」

「そうか、よくやった！」警視は嗅ぎ煙草入れを手探りしながら言った。「実にみごとな仕事ぶりだ。さて――そちらの紳士だが」

警視が隅で震えている小男を手ぶりで示すと、小男はためらいがちに進み出て、唇をなめ、途方に暮れた顔でまわりを見てから、無言のまま立ちつくした。

「お名前は？」警視はやさしい口調で尋ねた。

「ピューザック――ウィリアム・ピューザックです。簿記の仕事をしてます。ぼくはただ――」

「一度にひとつずつにしましょう、ピューザックさん。あなたの席は？」

ピューザックは勢いこんで最後列の端から六番目の席を指さした。怯《おび》えた様子の若い娘が五番目の席から見つめ返している。

「わかりました」警視は言った。「あの若いご婦人はお連れのかたですか」

「ええ――はい。婚約者です。名前はエスター――エスター・ジャブローで……」

少し後ろで、刑事のひとりが内容を手帳に書きつけていた。エラリーは父親の背後で出入口から出入口へと視線を走らせている。トップコートのポケットから小さな本を取り出し、遊び紙に図面を描きはじめる。

警視が娘を見つめると、相手はすぐさま目をそらした。「ではピューザックさん、何があったかを話してください」

「ぼくは――ぼくは何もまちがったことをしてません」

クイーン警視はピューザックの腕を軽く叩いた。「だれもあなたを責めてなどいませんよ、ピューザックさん。あなたの説明が聞きたいだけです。時間をかけてかまいませんから――自分なりのことばで……」

ピューザックは真意をはかるかのように視線を返した。それから、唇を湿らせて語りはじめる。「ええと、ぼくは婚――ジャブローさんと並んであそこの席にすわり、芝居を思いっきり楽しんでました。第二幕は興奮物で――舞台では銃声や叫び声が飛び交ってて――そこで、ぼくは席を立って通路に出ようとしました。この通路――ここです」自分の真下の絨毯《じゅうたん》を落ち着きなく指さす。警視は温和な顔でうなずいた。「婚――ジャブローさんを押しのけなくてはいけなかったんですけど、通路までの席にはほかにひとりしかいなかったんです。だからこっち側に進みました。だって――」ピューザックは弁解がましく言った。「――気が引けたんですよ、せっかくの山場で何人もの人に無理やり通してもらうのは……」

「それはなかなかの良識でしたね、ピューザックさん」警視は微笑した。

「ええ。そんなわけで、列に沿って手探りで歩いていったんです。何しろ真っ暗でしたから。そしてそこに――その人のところにたどり着きました」ピューザックは身震いし、早口でつづけた。「変な恰好《かっこう》ですわってるな、と思いました。膝《ひざ》を前の席にくっつけてるんで、通れません。一度、二度と〝すみません〟と声をかけたんですが、膝をまったく動かしてくれなくてね。もう困り果ててしまって――ぼくはよくいるような押しの強い人間じゃありませんから、引き返そうとしたんですが、そのとき、その人の体がいきなり床に滑り落ちたのがわかったんです——体がふれ合うくらいのところにいましたから。もちろん、なんだかこわくなって——当然ですよね……」

「たしかにね」警視は同情するように言った。「さぞ驚いたでしょう。それからどうなりましたか」

「ええと……何がどうなってるのかをぼくが理解する前に、その人の体が床へ落ちてきて、頭がぼくの足にぶつかったんです。もう、どうしたらいいかわかりませんでした。助けも呼べなくて——いま考えると不思議ですけど、とにかく呼べなくて——ぼくはとっさにその上にかがみこんで、酔ってるか気分が悪いかのどちらかだろうから、助け起こそうとしました。そのあとどうするかは考えてなかったんですが……」

「お気持ちはわかりますよ、ピューザックさん。つづけて」

「そのあとは——おまわりさんに話したとおりです。頭をかかえてやったら、その人が必死に何かにつかまるように手を伸ばしてきて、ぼくの手を握り、うめき声を漏らしました。弱々しくてかろうじて聞こえるくらいだったんですが、なんだかぞっとしました。うまく説明できませんが……」

「だいじょうぶですよ」警視は言った。「それから？」

「それから、相手がしゃべりました。まともにしゃべったというより——息ができなくて喉《のど》を鳴らすような音でしたが。ことばはぜんぜん聞きとれませんでしたけど、気分が悪いわけでもないとわかったんで、顔を近づけて耳に意識を集中しました。切れ切れに聞こえてきました。〝人殺し……殺された……〟という感じのことばが……」

「〝人殺し〟と言ったんですね」警視はピューザックをきびしい目で見つめた。「なるほど。ずいぶん驚いたでしょう、ピューザックさん」そしていきなり鋭く問いただす。「〝人殺し〟と言ったのはまちがいありませんか」

「そう聞こえました。耳はいいほうです」ピューザックは言いきった。

「ほう！」警視は緊張をゆるめ、また微笑を浮かべた。「もちろんそうでしょう。念を押したかっただけです。その後はどうしました」

「その人はぼくの腕のなかで少し身をよじったかと思うと、急に動かなくなりました。死んだのかと思ってこわくなって、そのあとは何がなんだか——気づいたときには、後ろでおまわりさんにすべてを話してました——あのおまわりさんです」ピューザックは、われ関せずのていで体を揺らしているドイルに指を向けた。

「それで全部ですかな」

「はい。そうです。ぼくの知ってることはそれだけです」ピューザックは安堵《あんど》のため息をついた。

警視は急にピューザックのコートの前をつかみ、荒々しく言った。「全部ではないな、ピューザック。そもそもなぜ席を立ったのか、理由を話していない！」小男の目をにらみつける。

ピューザックは咳《せ》きこみ、どう答えるべきかわからないかのように体を前後させたが、しばらくして身をかがめ、いぶかしむ警視の耳に何やらささやいた。

「ああ！」警視は唇を引きつらせて不審そうに微笑んだが、重々しく言った。「わかりました、ピューザックさん。ご協力に感謝します。もう問題はありません――席にもどって、あとでほかのかたがたとお帰りください」手を振って、さがるよう合図する。ピューザックは床の死体へ不快そうな一瞥をくれてから、最後列の後ろをまわりこんで、婚約者の娘の隣へ引き返した。娘はすぐさまピューザックを会話に引きこみ、声こそ抑えていたが盛んにおしゃべりをはじめた。

小さな笑みを漂わせた警視がヴェリーに顔を向けたとき、エラリーはわずかに苛立《いらだ》ちの身ぶりを示し、口を開きかけたが、そこで考えなおしたらしく、静かに後ろへさがって視界から消えた。

「さてと、トマス」警視は深く息をついた。「その男を見るとしようか」

警視はなめらかな動きで最後列とその前の列のあいだに膝を突き、死体の上にかがみこんだ。頭上の照明がきらめく光を放っているにもかかわらず、床に近いその窮屈な空間は暗い。ヴェリーは懐中電灯を取り出して警視を見おろすように立ち、警視の手が動きまわるのに合わせて死体に光をあてた。警視は真っ白なシャツの前面にできた褐色のいびつな染みを無言で指さした。

「血ですか」ヴェリーはうなるように言った。

警視はシャツのにおいを入念に嗅《か》いでから答えた。「ウィスキーより害のあるものではないな」

死体にすばやく手を這《は》わせ、心臓のあたりや襟もとをゆるめた首にふれる。それからヴェリーを見あげた。

「毒殺と見てよさそうだ、トマス。スタットガードという医者を連れてきてくれないかね。プラウティが来る前に、専門家としての意見を聞いておきたい」

ヴェリーがすばやく命令をくだすと、しばらくしてひとりの刑事とともに、肌が浅黒くて口ひげを薄く生やした夜会服姿の中肉中背の男が現れた。

「お連れしました、警視」ヴェリーは言った。

「ああ、わかった」警視は現場に注いでいた視線をあげた。「お手数をかけます、先生。死体の発見直後に先生がお調べになったそうですね。死因が判然としないのですが――所見をお聞かせ願えますか」

「大まかに調べることしかできなかったもので」スタットガード医師はことばを慎重に選び、染みでもあるかのようにサテンの襟を指でこすった。「薄暗いうえにこういう場ですから、最初は死因に不審な点を見いだせませんでした。顔面の筋肉の状態から、単なる心不全かと思ったのですが、仔細《しさい》に調べると、顔が青みがかっているのに気づきました——この明かりのもとだとはっきりわかりますね。口からアルコール臭がすることと考え合わせると、なんらかのアルコール性中毒が疑われます。ひとつ断言できますが——死因は射殺でも刺殺でもありません。当然、それはすぐに確認しました。頸部《けいぶ》も調べまして——襟もとをゆるめてあるのがおわかりでしょうが——これは絞殺でないのをたしかめるためです」

「なるほど」警視は微笑した。「ありがとうございます、先生。ああ、ところで」口のなかで何か言いながら向きを変えかけたスタットガード医師に、さらに尋ねた。「メチルアルコール中毒が死因だとは考えられませんか」

スタットガード医師は即答した。「ありえません。もっと強力で即効性のものです」

「この男を死に至らしめた毒物の具体名をあげられませんか」

浅黒い肌の医師は躊躇《ちゅうちょ》した。そして、堅苦しい口調で言った。「申しわけありませんが、警視。これ以上の正確さを期待されても無理というものです。この状況では……」そこでことばを濁して、立ち去った。

警視は含み笑いをし、身をかがめて忌まわしい仕事にもどった。

死んだ男が床に手脚を投げ出して倒れているさまは、見ていて気持ちのよいものではない。警視はその握りしめられたこぶしを静かに持ちあげ、ゆがんだ顔を凝視した。それから座席の下をのぞいた。何もない。だが、座席の背もたれには、裏地が黒い絹でできたマントが無造作に掛けられていた。警視は男の衣服に手を抜き差しして、夜会服とマントのポケットの中身をすべて出していった。胸の内ポケットから手紙と紙片をいくつか取り出したのち、胴着とズボンのポケットに手を突っこみ、見つかった品をふたつにまとめた——一方は紙片と手紙、他方は硬貨や鍵《かぎ》やこまごましたものだ。尻《しり》ポケットからは〝M・F〟という頭文字のはいった銀のフラスクが出てきた。警視はフラスクを用心深く扱い、首の部分を持って、光沢のある表面に指紋がついていないかを調べた。やがてかぶりを振ると、細心の注意を傾けてフラスクを清潔なハンカチでくるみ、脇に置いた。

〝左LL32〟と印字された青い切符の半券は、自分の胴着のポケットにしまいこんだ。ほかの品まではひとつずつ調べず、胴着と夜会服の裏地に手を這わせ、ズボンの両脚を手早く探った。そして、夜会服の裾《すそ》のポケットにふれたとき、「おやおや、トマス——なかなかの収穫だぞ!」と小さな歓声を発し、模造宝石がきらめく婦人用のイブニングバッグを取り出した。

警視は手のなかでバッグをひっくり返しながら思案したのち、留め金をあけ、中身に目を走らせていくつもの婦人用品を取り出した。小物用の仕切りのなかに、口紅と並んで小さな名刺入れがはいっている。少し間を置いて、中身をすべてもどし、バッグを自分のポケットに押しこんだ。

つづいて床から紙の束を拾いあげ、すばやく目を通していった。最後の一枚に――レターヘッドつきの便箋《びんせん》に――来たとき、眉《まゆ》をひそめた。

「モンティ・フィールドという名前に聞き覚えはないかね、トマス」顔をあげて尋ねる。

ヴェリーは唇を引き結んだ。「ありますとも。ニューヨークで最悪と言ってもいい悪徳弁護士です」

警視は深刻な顔つきになった。「そうか、トマス、こちらがモンティ・フィールド氏だ――その残骸《ざんがい》だが」ヴェリーがうなり声をあげる。

「ふつうの警察組織は得意じゃないだろうね」エラリーの声が父親の肩越しに届いた。「モンティ・フィールド氏のような黴菌《ばいきん》を消毒してくれる紳士を、容赦なく追い詰めるのは」

警視は身を起こして、膝《ひざ》の埃《ほこり》をていねいに払い、嗅ぎ煙草をひと吸いしてから言った。「エラリー、おまえは警察官にはなれないな。フィールドを知っているとは思わなかったよ」

「親しい間柄だったわけじゃないよ」エラリーは言った。「パンテオン・クラブで会っただけだけど、そのとき耳にした話からすると、だれかがフィールドを抹殺したんだとしても意外じゃないね」

「フィールド氏の数々の欠点についてはもっとふさわしいときに論じよう」警視は重々しく言った。「わたしもこの男のことはかなりよく知っているが、愉快な話はひとつもない」

警視が向きを変えてその場を離れようとすると、エラリーは死体と座席を興味深そうにながめつつゆっくり言った。「何かここから持ち去られたものはないかな、父さん――何かひとつでも」

クイーン警視は首をめぐらした。「その鋭い質問をした理由は何かね」

「だって」エラリーは渋面を作って答えた。「ぼくの見まちがいじゃなければ、座席の下にも、近くの床にも、このあたりのどこにも、その男のシルクハットがないからさ」

「おまえも気がついたか、エラリー」警視は険しい声で言った。「かがんで調べたとき、わたしもまずそれが目に映った――いや、映らなかったと言うべきか」話すにつれ、持ち味の温厚さが失われていくように見えた。眉根を寄せ、灰色の口ひげを逆立てている。そして肩をすくめた。「そのうえ、服のどこを探してもシルクハットの預かり証はない……おい、フリント！」

若くたくましい私服の刑事が急いで進み出た。

「フリント、きみの若々しい筋肉を働かせて、腹這《はらば》いでシルクハットを探してもらいたい。このあたりにあるはずだ」

「了解しました、警視」フリントは快活に言い、指示された場所を丹念に調べはじめた。

「ヴェリー」警視は淡々と言った。「リッターとヘスと――いや、そのふたりでじゅうぶんだな――連れてきてくれないか」ヴェリーが歩み去る。

「ヘイグストローム!」警視は待機していた別の刑事を大声で呼んだ。

「なんでしょうか、警視」

「これを頼みたいんだが――」フィールドのポケットから出し、ふたつにまとめて床に置いてあった品々を指さす。「――まちがいのないように、わたしの鞄《かばん》にしまってもらいたい」

ヘイグストロームが死体のそばにひざまずくと、エラリーが静かに身をかがめてコートの前を開いた。先刻図面を描いた本の遊び紙に、すばやく何かを書き留める。それから、本を軽く叩《たた》きながらひとりごとを言った。「これだってシュテンドハウゼの私家版なのに!」

ヴェリーがリッターとヘスを連れてもどった。警視は鋭く言った。「リッター、この男のアパートメントへ行ってくれ。名前はモンティ・フィールド、職業は弁護士、住所は西七十五丁目通り百十三だ。交代が来るまで張りついているように。だれかが来たらつかまえていい」

リッターは帽子に手をやって「了解です、警視」と低い声で言い、立ち去った。

「それから、ヘス」警視は別の刑事につづけて指示を出した。「チェンバーズ通り五十一にある、この男の事務所へ行って、こちらから連絡するまで待機してくれ。可能なら中へはいり、無理なら朝までドアの外で見張るように」

「わかりました、警視」ヘスも消えた。

警視は振り返り、エラリーが広い肩をまるめて死体を調べているのを見て、苦笑した。

「自分の父親が信じられないのかね、エラリー」静かにたしなめる。「何を嗅《か》ぎまわっているんだ」

エラリーは体を伸ばして微笑んだ。「ちょっと気になっただけだよ。この薄気味悪い死体には、とても興味深い点がいくつかある。たとえば、この男の頭のサイズは、もうはかったのかな」コートのポケットにあった本の包みからほどいた紐《ひも》を出し、父親が調べられるように差し出した。

警視は紐を受けとって顔をしかめると、劇場の後方にいた警官のひとりを呼んだ。

小声の指示とともに紐を渡し、警官を立ち去らせる。

「警視」

クイーン警視は顔をあげた。ヘイグストロームがすぐ隣で目を輝かせている。

「紙を拾い集めているときに、こんなものがフィールドの座席の下に押しこまれているのを発見しました。後ろの壁際です」

ヘイグストロームはジンジャーエールによく使われる深緑の瓶を掲げた。けばけばしいラベルには、〝ペイリーズ・エキストラ・ドライ・ジンジャーエール〟とある。中身は半分残っていた。

「おい、ヘイグストローム、まだ何か隠しているカードがあるんじゃないか。さあ出せ！」警視は命じた。

「わかりました！　被害者の席の下でこの瓶を見つけたとき、おそらく今夜本人が飲んだものだろうと自分は考えました。きょうは昼公演《マチネ》がありませんでしたし、掃除係は毎日場内を清掃しています。この男か、この男とかかわりのある人物が今夜これを飲んでそこに置いたのでないかぎり、あるはずがないものです。〝これは手がかりかもしれない〟と思った自分は、劇場のこの区画を受け持つ飲み物売りの若者を探し出して、ジンジャーエールを売ってくれと言いました。すると――」ヘイグストロームは微笑んだ。「――この劇場ではジンジャーエールを売っていないと言ったんですよ！」

「頭を働かせたな、ヘイグストローム」警視は満足そうに言った。「その若者をつかまえて、ここに連れてきてくれ」

ヘイグストロームが立ち去ると、夜会服が少し着崩れした肉づきのよい小男が、警官にしっかりと腕をつかまれたまま、勢いよく歩いてきた。

「あんたがこの事件の責任者かね」小男は汗ばんだ五フィート二インチの体を反り返してわめいた。

「そうですが」警視は重々しく答えた。

「なら言っておきたいことがある」闖入者《ちんにゅう》者は声を張りあげた。「――おい、腕を放せと言ったのが聞こえないのか――言っておくが……」

「その紳士の腕を放してさしあげろ」警視はいっそう重々しい口調で言った。

「……今夜のこの何もかもは横暴きわまる！　わたしも妻も娘も、芝居が中断されてからもう一時間近くもすわりっぱなしで、きみの部下たちは立つことすら許さない。なんという横暴だ！　観客全員を好き放題に待たせてもいいと思っているのか！　わたしはあんたをずっと見ていた――はったりではないぞ。われわれがじっと苦しい思いをしているのに、あんたはそこらをうろついていただけだ。言っておくが――よく聞きたまえ――われわれをいますぐ解放しないと、わたしのごく親しい友人のサンプソン地方検事に連絡して、あんた個人に対する苦情を申し立てるからな！」

クイーン警視は肉づきのよい小男の紅潮した顔をうんざりと見返した。ため息をつき、断固とした口調で言う。「お聞きください。一時間かそこら引き留められたというような些細《ささい》なことで不平を漏らしていらっしゃるが、殺人犯がこの観客のなかにいるかもしれないとは思わないのですか？　もしかしたら、あなたの妻子の隣にいるかもしれない。犯人もあなたと同じくらい、出ていきたくてたまらないはずです。あなたのごく親しい友人の地方検事に苦情を持ちこみたいのであれば、劇場を出たあとに好きになさるがいい。それまでは席にもどって、帰る許可が出るまで辛抱してもらいます……ご理解いただけましたか」

小男の狼狽《ろうばい》ぶりがおもしろかったらしく、まわりで成り行きを見守っていた何人かが笑い声を漏らした。小男は無表情の警官に付き添われたまま、憤慨して立ち去った。警視は「ばか者め！」とつぶやくと、ヴェリーに顔を向けた。

「パンザーを連れて切符売り場へ行って、この番号の切符が残っているかをたしかめてくれないか」最後列とその前の列の上にかがみこみ、左LL30、左LL28、左LL26、左KK32、左KK30、左KK28、左KK26の番号を古い封筒の裏に走り書きする。

ヴェリーはそれを受けとって立ち去った。

エラリーは最後列の後ろの壁にもたれかかって、父親や観客をながめつつ、何度か場内の見取図を確認しなおしていたが、そこで警視に耳打ちした。「いま、不自然な事実について考えてたんだよ。〈銃撃戦〉ほど人気のある娯楽作品で、殺された男のすぐ近くの席が七つも、上演中ずっと空いていたことをね」

「いつからそれを不思議に思っていた？」クイーン警視は言ったが、エラリーが上の空で床をステッキで叩いているので、大声をあげた。「おい、ピゴット！」

呼ばれた刑事が進み出た。

「この通路の案内係と、外のドアマン——歩道にいる初老の男だが——そいつを見つけてここに連れてきてくれ」

ピゴットが歩み去ると、髪を乱した若い刑事が警視の隣に来て、ハンカチで顔をぬぐった。

「どうだった、フリント」警視はすぐさま尋ねた。

「雑巾《ぞうきん》がけをするみたいに床の上を這いまわりましたよ。もし帽子がこのあたりにあるとお考えでしたら、実にうまく隠してありますよ」

「わかった、フリント、待機するように」

刑事は重い足どりで歩き去った。エラリーがゆっくりと言った。「若きディオゲネスがシルクハットを見つけてくるなんて、本気で思ってたわけじゃないだろうね」

警視はうなった。そして通路を歩き、客のひとりひとりの上に身を乗り出して、小声で何かを尋ねていった。列から列へ移りながら、通路側とその隣の席の客に順々に質問をしていく姿を、すべての目が追う。無表情でエラリーのもとへ引き返してきた警視に、先ほど紐を渡された警官が敬礼した。

「サイズはいくつだった？」警視は尋ねた。

「帽子屋の店員によると、ちょうど七と八分の一です」警官が答える。警視はうなずき、その警官をさがらせた。

ヴェリーが心配顔のパンザーを従えて大股《おおまた》で歩いてきた。ヴェリーのことばを聞き漏らすまいと、エラリーが真剣な表情で体を乗り出した。警視は緊張し、強い関心の色を見せた。

「それで、トマス」警視は言った。「切符売り場で何かわかったかね」

「わかったのはこれだけです、警視」ヴェリーは淡々と報告した。「さっきの番号の切符は、七枚ともありませんでした。ここの切符売り場で販売されたようですが、パンザーさんでも正確な日付はわからないそうです」

「切符の販売代理店にまわったのかもしれませんね、ヴェリー」エラリーは意見を言った。

「それも確認しましたよ、クイーンさん。どこの代理店へもまわされていません。そのことを証明する確実な記録があります」

クイーン警視は灰色の目を輝かせ、無言で立ちつくしていた。やがて、口を開いた。

「つまりは諸君、初日から大入り満員をつづけているこの芝居で、七枚の切符をまとめて買った人間がいたのに——その人間は芝居を観にくるのを都合よく忘れてしまったというわけだ！」

3　この章では、〝牧師〟が災難に遭う

事態が呑《の》みこめてきた四人は、無言で顔を見合わせた。パンザーは落ち着かない様子で足を動かし、不安そうに咳払《せきばら》いをした。ヴェリーの表情は物思いに沈む顔そのものだった。エラリーは後ろにさがり、父親の灰色と青のネクタイを魅入られたように見つめている。

クイーン警視は口ひげを嚙《か》みながら立っていた。唐突に肩を揺すり、ヴェリーに顔を向ける。

「トマス、汚れ仕事を頼みたい。巡査を五、六人集めて、この場の全員をひとりひとり調べさせてくれないか。めいめいの名前と住所を控えるだけでかまわない。面倒な仕事で時間がかかるだろうが、どうしても必要なんだよ。ついでに訊《き》くが、トマス、場内を調べているときに、二階席を担当している案内係のだれかから話を聞かなかったかね」

「まさに必要な情報を持っている男をつかまえました」ヴェリーは言った。「二階席

と二階席を結ぶ階段の下に立って、二階席の切符の持ち主を上へ誘導する係ですよ。ミラーという名前です」

「大変まじめな青年でございます」パンザーが手を揉《も》み合わせながら口をはさんだ。「ミラーによると、第二幕がはじまってから一階と二階のあいだを行き来した者は、神かけてひとりもいなかったそうです」

「それならきみの手間が省けるな、トマス」真剣に聞いていた警視は言った。「部下にはボックス席と一階席だけあたらせればいい。かならず、そこの全員の名前と住所を聞き出すように――ひとり残らずだ。それから、トマス――」

「なんでしょう、警視」ヴェリーは振り返った。

「すわっている座席に一致する切符の半券も全員に出させてくれ。半券をなくしていた場合は、名前の脇にそう書いておくといい。もし――まずないだろうが――すわっている座席の番号とちがう半券を持っている者がいたら、それも記録すること。やれそうかね」

「もちろんです！」ヴェリーはうなるように言うと、大股で歩き去った。

警視は灰色の口ひげをなでつけ、嗅《か》ぎ煙草をひとつまみとって深々と吸った。

「エラリー、何か気がかりがあるらしいな。さあ言うんだ！」

「えっ？」エラリーは驚いて目をしばたたいた。鼻眼鏡をはずして、ゆっくりと言う。

「敬愛する父上、ぼくが気がかりだったのは――そう、物静かな愛書家にとって、この世には平和などないということだよ」思い悩んだ目で、死んだ男の座席の腕に腰かける。そこで、にわかに笑顔になった。「大昔の肉屋の不幸な過ちを繰り返さないように用心してもらいたいな。四十人も弟子のいた親方が、いちばん大切な包丁を探して、みんなでそこらじゅうを引っ搔《か》きまわしたあげく、包丁ははじめから親方の口におさまってたっていう話だよ」

「おまえも物知りになったものだな」警視は不機嫌そうに言った。「おい、フリント！」

刑事が進み出た。

「フリント、今夜きみは頼もしい仕事をしてくれたが、もうひと働きしてもらいたい。背中はもう少し曲げていてもだいじょうぶかね。たしかきみはパトロール巡査だったころに、警察の運動会で重量あげの選手だったはずだが」

「そのとおりです」フリントは満面に笑みを浮かべた。「これくらい平気ですよ」

「よし、それなら」警視はポケットに手を突っこんでつづけた。「仕事はこうだ。班の全員を集めて――しまった、予備の班も連れてくるんだった！　――劇場の内も外も、一フィート刻みで徹底的に捜索してくれ。終わったときには、切符の半券らしいものは何もかもわたしの手もとに集まっているようにしてもらいたい。特に念入りに探すべきなのは劇場の床だが、一階席の後方、二階席への階段、ロビー、劇場の前の歩道、両脇の小道、地下のラウンジ、男女のトイレも忘れないように――いや、待て！　女子トイレはまずい。最寄りの分署から女性の巡査を呼んで調べさせるんだ。わかったかね」

フリントは元気よくうなずいて、その場を離れた。

「さて、つぎは」警視は手をこすり合わせた。「パンザーさん、ちょっとこちらへ来てもらえますか。わざわざすみません。今夜は大変なご迷惑をおかけして申しわけありませんが、やむをえないことですので。見たところ、観客のみなさんは爆発寸前のようです。お手数ですが、舞台にあがって、引き留めるのももう少しだけだから辛抱してくださいというようなことを話してくださいませんか。どうぞよろしく！」

パンザーが四方から伸びてくる手に上着をつかまれそうになりながらも、中央の通路を急いで進んでいったとき、警視の目は、数フィート先のヘイグストローム刑事の姿をとらえた。その隣では、十九歳かそこらの小柄な痩《や》せた青年が、試練を控えて緊張もあらわに、顎《あご》をしきりに動かしてガムを嚙んでいる。黒と金のひどく派手できらびやかな制服を着ているが、糊《のり》の利いたシャツやウィングカラー、蝶《ちょう》ネクタイはあまりそれと釣り合っていない。金髪の頭には、ベルボーイがかぶるような帽子が載っている。警視が手招きすると、青年は気弱そうに咳払いをした。

「この劇場ではジンジャーエールを扱っていないと言った売り子です」ヘイグストロームが簡潔に言い、青年の腕をつかんでみせた。

「売っていないのかね、きみ」警視はやさしく言った。「それはまたどうしてだ」

青年は明らかに怖《お》じ気《け》づいていた。不安そうに視線をさまよわせ、ドイルの大きな顔をうかがっている。ドイルは励ますように青年の肩を叩《たた》き、警視に言った。「少しこわがってるようです、警視――でも、いい子なんですよ。子供のころから知ってましてね。自分の管轄内で育ったもので。警視にお答えするんだ、ジェシー……」

「ええと、ぼ――ぼく、よく知らないんです」青年はつかえながら言い、落ち着かない様子で足を動かした。「幕間に売ってもいいのはオレンジエードだけなんですよ。契約があって――」有名な飲料メーカーの名をあげる。「――そこの会社の商品だけを売れば、かなり割引してくれます。だから――」

「なるほど」警視は言った。「飲み物は幕間にだけ販売するのかね」

「そうです」青年は前よりも硬くならずに答えた。「幕がおりると、劇場の両脇の小道へ出るドアがあくんで、ぼくたち――ぼくともうひとりの仲間はスタンドを用意して、すぐに渡せるようにコップに飲み物を入れておくんです」

「ああ、ということは売り子はふたりいるのか」

「いいえ、全部で三人です。言い忘れてましたが――もうひとりは地下のメインラウンジが担当です」

「ふむ」警視は大きなやさしい目で青年を見つめた。「では、ローマ劇場ではオレンジエードしか販売していないなら、このジンジャーエールの瓶がここにあるのはなぜなのか」

警視の手が下に伸び、ヘイグストロームの見つけた深緑色の瓶をこれ見よがしに示した。青年は顔色を失い、唇を噛みはじめた。手近な逃げ道を探すかのように、視線が左右に揺れ動く。汚れた大きな指を襟もとに差しこんで、咳払いをした。

「それは――その……」青年はうまく話せずにいる。

クイーン警視は瓶を置き、しなやかな体を座席の腕に寄りかからせた。そしていかめしく腕を組んだ。

「きみの名前は？」警視は問いかけた。

青白かった青年の顔色が土色へと変わった。盗み見るように視線を向けられたヘイグストロームは、わざとらしくポケットから手帳と鉛筆を取り出して、きびしい顔で待っている。

青年は唇を湿らせた。「リンチ――ジェス・リンチです」かすれた声で答える。

「幕間ではどこを受け持っているんだ」警視は恐ろしげな声で言った。

「そこの――すぐそこの、左側の小道です」青年はたどたどしく答えた。

「ほう!」警視は険しいしかめ面を作って言った。「きみは今夜、左の小道で飲み物を売っていたのか、リンチ」

「ええ、はい――そうです」

「それなら、このジンジャーエールの瓶のことも何か知っているな」

青年はあたりを見まわし、小柄でずんぐりしたルイス・パンザーが舞台の上から客に何かを告げようとしているのを見届けたあと、身を乗り出してささやいた。「そのとおりです――瓶のことはたしかに知ってます。ぼくは――ぼくは言いたくなかったんです。パンザーさんは規則にきびしい人で、ぼくのしたことがばれたらその場で馘《くび》ですから。パンザーさんには言わないでもらえますか」

警視は驚いたが、笑みを作った。「話してくれ。きみには何かやましいことがあるようだ――吐き出したほうがいい」くつろいだ態度になって指を鳴らすと、ヘイグストロームが無表情で立ち去っていく。

「こういうわけなんです」ジェス・リンチは勢いこんで話しはじめた。「ぼくは規則に従って、第一幕が終わる五分くらい前に、こっちの小道にスタンドを用意しました。第一幕が終わって、案内の女の子がドアをあけると、ぼくは外の空気を吸いにきたお客さんたちに向かって、工夫した売り文句で呼びかけました。いつもそうしてるんですよ。おおぜいのお客さんが飲み物を買ってくれたんで、とても忙しくて、まわりのことを気にする暇はありませんでした。しばらくしてひと息つけたんですが、そのときだれかが近づいてきて〝ジンジャーエールをもらおうか〟と言ったんです。顔をあげると、夜会服を着たお高くとまった感じの男の人がいて、少し酔ってるみたいでした。ひとりで笑ってて、やけに浮かれた様子でね。〝こういう男なら、たしかにジンジャーエールをほしがるだろうな！〟と思ってると、案の定、向こうは尻《しり》ポケットを叩いてウィンクをしてきました。それで——」

「ちょっと待て」警視は口をはさんだ。「これまでに死体を見たことは？」

「い——いえ、ありませんけど、一回なら我慢できると思います」青年は不安そうに答えた。

「よし！　きみにジンジャーエールを頼んだのはこの男かね」警視は青年の腕をとって、死体をのぞきこませた。

ジェス・リンチは怯《おび》えつつも魅入られたように見つめていた。そして、首を何度も勢いよく縦に振った。

「そうです。この紳士です」

「まちがいないな、ジェス」青年はうなずく。「で、きみに呼びかけてきたとき、このとおりの服装だったかね」

「はい」

「何かなくなったものはないかね、ジェス」それを聞いて、隅の暗がりに身を落ち着けていたエラリーが少し身を乗り出した。

青年は怪訝《けげん》そうに警視の顔を見つめてから、死体とのあいだに視線を一度、二度と行き来させた。ゆうに一分間は黙していたが、その間、クイーン父子は青年のことばをひたすら待った。そしていきなり青年は顔を輝かせて叫んだ。「ああ、そうだ！ぼくに話しかけてきたとき、この人はシルクハットをかぶってました――ぴかぴかのシルクハットを！」

クイーン警視は満足そうな顔をした。「つづけて、ジェス――ああ、プラウティ先生！ずいぶん時間がかかったな。何か用事でも？」

骨張った長身の男が黒い鞄《かばん》を携えて、絨毯《じゅうたん》の上を大股《おおまた》で歩いてきた。防火条例など気にしたふうもなく、見るからに強烈そうな葉巻を吹かしているが、やや急《せ》いている様子だ。

「ここで何かあったそうだね、警視」プラウティは言い、鞄をおろしてクイーン父子の両方と握手を交わした。「引っ越したばかりで、まだ電話を引いていないんだよ。きょうは忙しかったから、どのみち寝ていたんだがね。連絡がつかなかったらしくて――新居までわざわざ使いが来たよ。で、大急ぎでここまで来たんだ。被害者はどこに？」

警視が床の死体を指し示すと、プラウティは通路にひざまずいた。呼び寄せられた警官が懐中電灯を掲げる下で、検死官補は自分の仕事をした。

警視はジェス・リンチの腕をとり、片隅へ連れていった。「あの男がジンジャーエールを頼んだあと、何があったんだね」

検死の様子を見守っていた青年は、唾《つば》を呑んで話をつづけた。「はい、ええと、もちろんぼくは、ジンジャーエールは売ってません、オレンジエードしかないんですよ、と答えました。その人は少し顔を寄せてきたんですが、そのとき、息からお酒のにおいがしました。それから、こんなふうにささやいてきました。〝一本手に入れてきてくれたら五十セントやるぞ！　ただし、いますぐにだ！〟ってね。その――ご存じだと思いますけど――最近じゃチップなんてもらえないんです……。とにかく、いまは無理だけど、第二幕がはじまったらひとっ走りして一本買ってきます、と言ったんです。その人は歩きだして――自分の席をぼくに教えてからですけど――劇場のなかへもどっていきました。幕間が終わって、案内係がドアを閉めると、ぼくは小道にスタンドを出したまま、すぐに通りを渡ってリビーのアイスクリーム屋へ行きました。それから――」

「きみはふだんから小道にスタンドを出したままにするのかね、ジェス」

「いいえ。いつもは案内係がドアを閉める直前にスタンドを中に入れて、地下のラウンジまで運びます。でも、その人がジンジャーエールをすぐにほしがってたんで、先に買ってきたほうが時間がかからないと思ったんです。あとで小道にもどって、スタンドを入口から劇場に運びこめばいいんですから。だれも何も言わないだろうし……。とにかく、スタンドを小道に出したまま、リビーの店へ走っていって、ペイリーズ・ジンジャーエールを一本買い、目立たないように持ちこんでその人に渡したら、一ドルもらえました。最初の話じゃ五十セントだったから、すごくいい人だって思ったものです」

「うまく話してくれたよ、ジェス」警視は褒めた。「そこでいくつか訊《き》きたい。その男はこの席にすわっていたのかな——持ってこいと言われた席はここか？」

「ええ、そうです。左のＬＬ32って言われて、まちがいなくそこにいました」

「よろしい」少し間を置いて、警視は何気なく言った。「ひとり客だったかどうかには気づいたかな、ジェス」

「はい、もちろん」青年は快活に答えた。「この端の席にひとりきりですわってましたよ。初日からずっと満席なのに、このあたりだけ空席がこんなにあるのは変だと思いましたから」

「すばらしい、ジェス。刑事になれるぞ……空席がいくつあったかまではわからないか」

「ええと、ずいぶん暗かったし、あまり注意してませんでしたね。全部で五、六席だったと思います――その人と同じ列がいくつかと、すぐ前の列がいくつか空いてました」

「ちょっといいだろうか、ジェス」エラリーの低く冷たい声に、青年は振り返り、心底怯えた様子で唇をなめた。「ジンジャーエールを渡したとき、そのぴかぴかのシルクハットはもう見なかったのかい」エラリーは手入れの行き届いた靴の先をステッキで叩《たた》いた。

「ああ、は――はい、見ました！」青年はつかえながら言った。「瓶を渡すときは帽子を膝《ひざ》に載せてましたけど、ぼくが出ていくときには座席の下に突っこんでました」

「もうひとつ訊きたい、ジェス」警視の穏やかな声に、青年は安堵《あんど》の息を漏らした。

「第二幕がはじまってから、きみが瓶を届けるまでに、だいたいどれくらい時間が経っていたかな」

ジェス・リンチはしばらく真剣に考えてから、言いきった。「十分くらいでした。ここでは時間厳守が決まりになってるんですが、ぼくが瓶を持って劇場にはいったときには、女の子がギャングのアジトでつかまって、悪者にきびしく責められる場面になってましたから、十分くらいだとわかるんです」

「目端が利く若きヘルメスよ！」エラリーはつぶやき、急に笑顔になった。それを見たオレンジエード売りの青年から、最後の怯えの色が消えた。青年が笑みを返す。エラリーは指を曲げて身を乗り出した。「教えてくれないか、ジェス。通りを渡ってジンジャーエールを買い、劇場にもどってくるのになぜ十分もかかった？　十分というのはかなり長い時間だ」

青年は顔を真っ赤にし、何かを訴えるような視線をエラリーから警視へと向けた。

「それは――その、ガールフレンドとちょっと立ち話を……」

「ガールフレンド？」警視の声に好奇心の響きが混じった。

「そうです。エリナー・リビーといって――お父さんがアイスクリーム屋をやってるんですよ。エリナーから――ジンジャーエールを買いにいったら、しばらくいっしょにいようとエリナーから誘われたんです。劇場に届けなきゃいけないって言うと、それが終わったらすぐにもどってきてって頼まれまして。だから、あとでもどりました。そのあと何分か店にいたんですが、そこで小道のスタンドのことを思い出して……」

「小道のスタンド？」エラリーの口調が熱を帯びた。「ああ、そうだった――小道にスタンドを出したままだったんだな。まさか、運命の驚くべき気まぐれで、その小道へ引き返したなんてことはないかい」

「もちろん引き返しましたよ！」青年は意外そうに答えた。「その――ふたりで、ですけど。エリナーといっしょに」

「エリナーといっしょにだって？」エラリーは穏やかに言った。「で、ふたりでどれくらいそこにいたんだい」

警視はエラリーの質問を聞いて目をきらめかせた。満足げに何やらつぶやくと、青年の返答に熱心に耳を傾けた。

「ええと、ぼくはすぐにスタンドを片づけたかったんですけど、エリナーとぼくは――そのまま小道で話しこんでしまって――するとエリナーが、つぎの幕間まで動かずにいたらどうかと言うんです……。いい考えだと思いました。第二幕が終わる十時五分の少し前まで待ってから、オレンジエードを補充しにいけば、つぎの幕間でドアがあくときには準備ができてるわけですからね。だから、ずっとそこにいたんです……。悪いことじゃありません。悪いことをするつもりなんかなかったんです」

エラリーは背筋を伸ばし、青年を見据えた。「ジェス、ここからはくれぐれも慎重に答えてくれ。きみとエリナーが小道に着いた正確な時間は？」

「ええと……」ジェスは頭を掻《か》いた。「ジンジャーエールを渡したのが九時二十五分ごろです。それからまたエリナーのところへ行って、二、三分店にいてから、小道にもどりました。九時三十五分ごろのはずです――だいたいですけど――オレンジエードのスタンドまで帰ってきたのは」

「よし。小道を離れた正確な時間は？」

「ちょうど十時です。そろそろオレンジエードを補充するころかなとぼくが尋ねたら、エリナーが腕時計を見てくれましたから」

「劇場内の騒ぎは聞こえなかったのかい」

「聞こえませんでした。話に夢中になってたみたいで……小道から来たときに、案内係のジョニー・チェイスが見張りでもするように立ってるのを見て、はじめて何かが起こってるのを知ったんです。場内で事故があったから、左の小道で立ってるようパンザーさんに頼まれたって、そのとき聞きました」

「なるほど……」エラリーはやや興奮した様子で鼻眼鏡をはずし、それを青年の鼻先で振りまわした。「よく考えて答えてくれ、ジェス。きみとエリナーが小道にいるあいだに、出入りした者はいるか」

青年ははっきりと即答した。「いいえ。ひとりもいません」

「そうか」警視は青年の背中を平手で軽く叩き、笑顔で解放した。それから周囲を鋭い目で見まわし、舞台でむなしく演説を終えたパンザーの姿に気づくと、呼びつけるように指で差し招いた。

「パンザーさん」前置きもなく言う。「この芝居の時間割について教えてもらいたいんだが……第二幕がはじまるのは何時ですか」

「第二幕は九時十五分ちょうどにはじまって、十時五分ちょうどに終わります」パンザーはよどみなく答えた。

「今夜の上演もその時間割に沿っておこなわれたと？」

「そのとおりです。キューやら照明やらの関係で、時間どおりに進めないとまずいものでで」パンザーは答えた。

警視は小さく声に出して計算した。「ということは、あの青年が生きているフィールドに会ったのは九時二十五分で」さらに考える。「死体が発見されたのは……」振り返ってドイルを呼んだ。ドイルが駆け寄ってくる。

「ドイル」警視は尋ねた。「あのピューザックという男がきみのもとへ来て、殺しの話を伝えた正確な時刻は？」

ドイルは頭を掻いた。「いや、正確には覚えていませんね、警視。第二幕の終わる間際だったとしかわかりません」

「じゅうぶんに絞りこめたとは言えないな」警視は苛立《いらだ》たしげに言った。「役者たちはいまどこに？」

「向こうの中央席の後ろに集めてあります。それくらいしか、すべきことを思いつかなかったもので」

「ひとり連れてくるんだ！」警視はきびしく言った。

ドイルは駆けていった。警視は、数フィート後ろで男女のあいだに立っていたピゴット刑事を呼んだ。

「ドアマンを連れてきたのか、ピゴット」警視は尋ねた。ピゴットがうなずくと、肥えた体を制服に押しこんだ年配の大男が、震える手で帽子を握りながらよろめき出た。

「劇場の外にいつも立っているのはあなたですか——正規のドアマンということですが」警視は尋ねた。

「さようです」ドアマンは答え、手のなかで帽子をねじった。

「よろしい。では、よく考えてください。だれか——だれかひとりでも——第二幕のあいだに正面入口から外へ出ていった者はいましたか」警視は小型のグレイハウンドよろしく、前のめりになった。

ドアマンは答える前に少し考えた。それからゆっくりと、だが自信ありげに言った。

「いいえ。だれも出ていません。オレンジエードの売り子を別にすればですが」

「あなたはずっと持ち場にいましたか」警視は大声で言った。

「はい」

「では、つぎ。第二幕のあいだにはいってきた者はいましたか」

「はあ……オレンジエード売りのジェシー・リンチが、第二幕がはじまってすぐに来ましたが」

「ほかには？」

沈黙がつづくなか、老いた男は懸命に頭を働かせた。しばらくしてから、途方に暮れた様子で、弱り果てた視線を顔から顔へさまよわせた。そして、小声で言った。

「いいえ、覚えておりません」

警視は苛立たしげに見返した。老いた男は怯《おび》えながらも真摯《しんし》に答えているらしかった。物覚えが悪いせいで解雇されるとでも思っているのか、汗を垂らしてパンザーのほうをしきりに盗み見ている。

「まことに申しわけありません」ドアマンは繰り返した。「申しわけありません。だれか現れたかもしれませんが、若いころのようには物覚えがよくないもので。どうしても——どうしても思い出せないんです」

エラリーの涼しげな声が、老いた男のだみ声をさえぎった。

「ドアマンになってからどれくらい経つんだい」

老いた男のとまどった目がこの新しい尋問者へ向けられた。「九年か十年というところです。昔からずっとドアマンだったわけではございません。歳をとって、ほかに何もできなくなってから——」

「わかった」エラリーは穏やかに言った。一瞬ためらったものの、さらに食いさがった。「あなたほど長くドアマンをつとめてる人でも、第一幕の出来事なら忘れてしまうかもしれない。でも、第二幕の途中で人がはいってくることはめったにないはずだ。

よく考えれば、どちらであろうと断言できるのでは？」

苦しげな答が返ってきた。「ほんとうに――思い出せないのです。だれもはいってこなかったと申しあげたいところですが、そうとも言いきれません。ともかく、お答えできかねるのですよ」

「いいですよ」警視は老いた男の肩に手を置いた。「どうか気にしないように。こちらも無理を言ったかもしれない。とりあえず、これでじゅうぶんです」ドアマンは老いておぼつかない足を哀れなほど急がせて去っていく。

ドイルが足音高く歩いてきた。その後ろに、目の粗いツイードの服を着て、舞台用の化粧の跡で顔がまだらになった長身の優男がいる。

「ピールさんをお連れしました、警視。この芝居の主演俳優です」ドイルは報告した。

警視は役者に微笑みかけ、手を差し出した。「お近づきになれて光栄です、ピールさん。少しうかがいたいことがありまして」

「お役に立てるのなら喜んで」ピールは深みのあるバリトンで答えた。死体の上にかがみこんで忙しく働く検死医の背中を一瞥《いちべつ》したが、不快そうに目をそらした。

「この不幸な事件で大騒ぎになったとき、あなたは舞台の上にいらっしゃいましたね」警視は尋ねた。

「ええ、はい。というより、出演者の全員がいましたがね。何をお知りになりたいんですか」

「客席の異常に気づいた正確な時刻はわかりますか」

「わかりますよ。第二幕が終わる十分ほど前です。芝居の山場で、わたしは拳銃《けんじゅう》を撃つことになっていました。その場面のリハーサルのときに何度か話し合いましたから、時間の流れがはっきりわかるんです」

警視はうなずいた。「どうもありがとうございます、ピールさん。その点こそが知りたかったんです……。ついでに申しあげると、こんなふうにみなさんを向こうに押しこんでお引き留めしたことをお詫《わ》びします。何しろ立てこんでいて、ほかの手立てを考える余裕がなくて。あなたも、ほかの役者のみなさんも、もう楽屋へ帰ってくださってかまいません。むろん、指示があるまでは劇場を離れないように願います」

「わかっていますとも、警視さん。お役に立ててよかった」ピールは頭をさげ、客席の後方へさがった。

警視はいちばん近くの座席に寄りかかり、考えにふけった。隣では、エラリーが上の空で鼻眼鏡を拭《ふ》いている。警視は手ぶりで息子を促した。

「どうだ、エラリー」声をひそめて問いかける。

「初歩だよ、ワトソンくん」エラリーは小声で言った。「われらが名高き被害者が生きた姿を最後に目撃されたのは九時二十五分で、死体となって発見されたのはおおむね九時五十五分。問題は、この間に何があったかだ。こう言うとばからしいほど単純に聞こえるけど」

「どうだろうな」警視はつぶやいた。「おい、ピゴット」

「はい、警視」

「そちらは案内係だな。話を聞くとしようか」

ピゴットはかたわらに立つ若い女の腕を放した。厚化粧の勝ち気そうな娘で、まっすぐな白い歯並びをのぞかせて、気味の悪い微笑を浮かべている。女は気どった様子で前に出て、警視を平然と見返した。

「あなたがこの通路の正規の案内係ですか、ミス——」警視は軽い口調で尋ねた。

「オコンネルです。マッジ・オコンネル。ええ、そうですとも」

警視は静かに娘の腕をとった。「申しわけないが、その物怖《ものお》じしないところに見合った勇気を出してもらいたい。ちょっとこちらへ来てください」ＬＬの列まで連れてこられた娘の顔が、死人のように蒼白《そうはく》になる。「すまないな、先生。少し邪魔をしてもかまわないか」

プラウティ医師はむずかしい顔で物思いに沈んでいたが、視線をあげた。「いや、かまわんよ。もうほとんど終わった」医師は立ちあがって脇へ退き、葉巻を嚙《か》んだ。

警視は死体の上にかがみこむ女の顔を観察した。女が激しく息を吞《の》む。

「今夜、この男を席に案内したのを覚えていますか、オコンネルさん」

女は逡巡《しゅんじゅん》した。「なんとなく覚えてます。でも、今夜もいつもどおりとても忙しくて、全部で二百人は案内したはずです。だから、はっきりしたことは言えません」

「このあたりの席は——」警視は七つの空席を指し示した。「——第一幕から第二幕にかけても、ずっと空いていたのかな」

「ええ……通路を行き来しているあいだ、席がそんなふうになってるのに気づいた記憶はありますけど……ええ、そう。そちらの席にはずっとどなたもすわっていらっしゃらなかったと思います」

「第二幕のさなかに、この通路を歩いている者はいたでしょうか、オコンネルさん。どうかよく考えて。正確に答えてもらうことが大切なので」

女はふたたび逡巡しながらも、警視の落ち着いた顔に強気な視線を送った。「いいえ——通路を歩く人はひとりも見かけませんでした」そこで急いで付け加える。「たいしたことは申せませんけどね。このことについては何ひとつ知りません。仕事はまじめにこなして——」

「それはもう、承知しています。では——客を席へ案内するとき以外は、いつもどこにいるんですか」

女は通路の端を指さした。

「第二幕のあいだもずっとそこにいたんですか、オコンネルさん」警視はやさしく尋ねた。

女は唇を湿らせてから答えた。「ええ——はい、そうです。でも今夜、ふだんとちがうものはほんとうに何も見ませんでした」

「よろしい」警視の声は穏やかだった。「質問は以上です」女は軽やかに足を急がせて立ち去っていく。

一同の後ろで動きがあった。警視が振り向くと、プラウティ医師が立ちあがって鞄《かばん》を閉めるところだった。悲しげな曲を口笛で吹いている。

「おや、先生——終わったらしいね。所見は？」警視は尋ねた。

「単純明快だよ。この男はおよそ二時間前に死亡した。死因についてはわたしも最初は迷ったんだが、毒殺という結論に落ち着いている。遺体の特徴はどれも、なんらかのアルコール性中毒を示している——きみも顔の青白さに気づいたはずだ。口のにおいは嗅《か》いでみたかね？　これまでにわたしがありがたくも嗅がせてもらったなかでも、これほど酒のにおいが鼻についたことはない。お大尽並みに酔っぱらっていたんだろう。とはいえ、ふつうのアルコール性中毒ではこうはならない——これほど早く絶命するはずがないからな。いま言えるのはそんなところだ」プラウティはことばを切り、コートのボタンを留めた。

警視はハンカチに包まれたフラスクをポケットから取り出し、プラウティ医師に渡した。「被害者のフラスクだ。中身を分析してもらいたい。ただし、手をつける前に、鑑識のジミーに指紋を調べさせてくれないか。それから――ちょっと待って」警視は周囲に視線を走らせ、通路の絨毯《じゅうたん》の隅に置かれていた半分空のジンジャーエールの瓶を拾いあげた。「このジンジャーエールの分析も頼むよ、先生」

プラウティはフラスクと瓶を鞄にしまい、帽子をていねいにかぶった。

「さて、引きあげさせてもらう」大儀そうに言う。「解剖がすんだら、もっとくわしい報告書を渡す。きみたちに足がかりを提供しないとな。ついでに言っておくと、死体運搬車が外に来ているはずだ――途中で連絡しておいたからな。では、また」プラウティはあくびをし、背中をまるめて帰っていった。

プラウティが出ていくと、白衣を着たふたりの係が、担架を持って絨毯の上を急ぎ足で進んできた。警視の合図で、動かなくなった体を持ちあげ、担架に置いて毛布をかぶせてから、急いで運び去った。ドアのあたりにいた刑事や制服警官たちは、忌まわしい荷物が運び出されるのを安堵《あんど》して見守っている――この夜の大仕事はこれで終わったも同然だった。観客は――衣擦れの音をさせたり、体を動かしたり、咳払《せきばら》いをしたり、何かつぶやいたりしていたが――死体が無造作に運ばれていくと、興味を新たにしてその行方を目で追っていた。

警視が疲れたため息を漏らしてエラリーに顔を向けたちょうどそのとき、劇場の右端で不穏な騒ぎが起こった。そこかしこで人々が腰を浮かして目を凝らし、警官が静粛にと叫ぶ。警視は近くの制服警官に早口で何かを言った。エラリーは脇にさがって目を輝かせている。騒ぎの中心がしだいに近づいてきた。ふたりの警官が、もがいて暴れる男を両側から引きずりつつ現れた。警官たちは左の通路の端までその男を引っ張ってくると、力いっぱいその体を持ちあげて、無理やり立たせた。

ネズミを思わせる小男だった。安物の地味な吊《つ》るしの服を着ている。頭に載っているのは、田舎の牧師がかぶるような黒い帽子だ。唇を醜くゆがめ、毒のある呪詛《じゅそ》を撒《ま》き散らしている。けれども、警視に見据えられているのに気づいたとたん、もがくのをやめて体から力を抜いた。

「この男があちら側の小道へ通じるドアから忍び出ようとしていました、警視」制服警官の一方が、捕虜を荒々しく揺さぶりながら、息を切らして言った。

警視は含み笑いをして褐色の嗅ぎ煙草入れを取り出し、ひと吸いしていつものように満足そうにくしゃみをしてから、ふたりの警官にはさまれて無言で縮こまっている男に笑顔を向けた。

「これはこれは、〝牧師〟じゃないか」愛想よく言った。「ここへ都合よく登場してくれるとは、ありがたいかぎりだよ！」

4　この章では、多くの人が呼ばれ、ふたりが選ばれる

泣き言を口にする男は見るのもいやだ、という奇妙な苦手意識を持つ者がいる。〝牧師〟と呼ばれる卑屈な男に無言の圧力をかけて取り囲む一団のなかでも、エラリーだけは、この囚《とら》われ人のさらす醜態に胸がむかつくような嫌悪を覚えていた。棘《とげ》を含んだ警視の物言いに、〝牧師〟は体をこわばらせて憤然と見返したが、すぐに以前の戦術にもどって、自分を取り巻く屈強な腕にあらがいはじめた。体をよじり、唾《つば》を吐き、毒づくうちに、男はふたたび静かになった。息を整えている。のたうつ体の発する怒りがつかまえる側へも伝染し、警官がもうひとり乱闘に加わって、囚われ人を床に押しつけた。突然、穴のあいた風船のように、男の気力がしぼんだ。警官が乱暴に立ちあがらせると、男は目を伏せ、身を硬くして帽子を握りしめた。

エラリーは顔をそむけた。

「そのくらいにするんだな、〝牧師〟」癇癪《かんしゃく》を起こしたすえにおとなしくなった強情な子供に対するかのように、警視はことばを継いだ。「そんな真似をしても通用しない

のはわかっているはずだ。この前、川沿いの〈オールド・スリップ〉で同じことを試したときはどうなった？」

「訊《き》かれたら答えろ！」制服警官がすごみを利かせて言い、男の脇腹を小突いた。

「何も知らねえし、何も言うことはねえですよ」〝牧師〟は体重を足から足へ移しながら口のなかで言った。

「これは驚いたな」警視は物柔らかに言った。「何を知っているかなど、まだ訊いていないが」

「罪もない人間をつかまえる権利なんてねえだろうさ！」〝牧師〟は食ってかかった。

「おれはここの連中に負けねえくらい善良な人間だぜ。ちゃんと切符を買って本物の金を払ったんだ！　どういうつもりなんだよ――家に帰さないってのは！」

「ほう、切符は買ったのか」警視は踵《かかと》に体重をかけて体を揺すりながら尋ねた。「よし、よし！　その半券を出して、このクイーンおじさんに見せてくれないかね」

〝牧師〟は自然な動作で胴着の下ポケットへ手を伸ばし、意外なほど手早く中身を探った。ところが、ゆっくりと引き抜いた手には何もなく、顔が青ざめた。ひどく困惑したていでほかのポケットを探り出したので、警視は苦笑した。

「くそっ！」〝牧師〟はうなった。「なんて運が悪いんだ。半券はいつもとっておくのに、今夜にかぎって捨てちまったらしい。悪いな、警視さん」

「ああ、まったくかまわないさ」警視は言った。その顔が冷たく、険しくなった。「ごまかしはやめろ、カザネッリ！　今夜、この劇場で何をしていたんだ。なぜ急に逃げようとした。答えろ！」

〝牧師〟は周囲に目を走らせた。両腕がふたりの制服警官に固くつかまれている。取り囲むのは険呑《けんのん》な顔をした何人もの男たちだ。逃げ延びられる見こみは大きくない。表情がまた変わり、聖職者めいた、怒れる無実の人間の顔になった。まるで自分がキリスト教の殉教者で、暴君さながらの警官たちが異端審問官であるかのように、小さな目が涙で潤んでいる。〝牧師〟が得意とする早変わりの技だった。

「警視さんよ」〝牧師〟は言った。「こんなふうにおれを責め立てる権利がねえのは知ってるはずだ。弁護士を呼ぶ権利があるんだよ。ないとは言わせねえぜ！」そして、もう何も言うことはないというように、口をつぐんだ。

警視は興味深く〝牧師〟を見つめた。「最後にフィールドと会ったのはいつだ」

「フィールド？　まさか――モンティ・フィールド？　そんなやつ、名前を聞いたこともねえよ」〝牧師〟は小さく言ったが、その声は震えていた。「おれになんの罪を着せるつもりだよ」

「そんなつもりはないよ、〝牧師〟。まったくない。だが、いま答える気がないなら、しばらく時間を置いてもいい。あとで何か話す気になるかもしれないからな……。忘れるなよ、〝牧師〟。あのボノモ絹工場のちゃちな強盗事件は、まだこれから調べるところだってことを」警視は制服警官のひとりに顔を向けた。「われらが友を支配人室の待合室へお連れして、しばらく相手をしてやってくれ」

エラリーは〝牧師〟が客席の後方へ引き立てられていくのをながめながら考えにふけっていたが、父親の声でわれに返った。「〝牧師〟もあまり賢くないな。あんなふうに口を滑らすなんて――」

「ささやかな幸運にも感謝しなきゃね」エラリーは微笑した。「ひとつの過ちは二十の過ちを生む」

警視が楽しげな笑みを浮かべて振り向くと、紙の束を手にしたヴェリーがちょうどやってくるところだった。

「ああ、トマスがもどった」警視は上機嫌で含み笑いをした。「さて、何か見つかったかな、トマス」

「それがですね、警視」ヴェリーは紙の端をめくりながら答えた。「なんと言ったらいいのか。これはリストの半分でして――残りの半分はまだ仕上がっていません。でも、おもしろいものが見つかるはずですよ」

ヴェリーは名前と住所が走り書きされた紙の束を警視に渡した。警視がヴェリーに命じて観客から聞き出した名前が連なっている。

警視は、肩越しにのぞきこむエラリーとともに、名前をひとつひとつ確認しながらリストを見た。半分ほど目を通したとき、動きを止めた。気になった名前を凝視し、思案顔でヴェリーを見あげる。

「モーガン」考えこみながら言った。「ベンジャミン・モーガン。たしかに聞き覚えがあるぞ、トマス。きみはどうだね」

ヴェリーは冷ややかな笑みを見せた。「そうお尋ねになると思ってましたよ、警視。ベンジャミン・モーガンは、二年前までモンティ・フィールドのパートナーだった弁護士です」

警視はうなずいた。三人で視線を交わす。やがて警視は肩をすくめて簡潔に言った。

「モーガン氏について、もう少し調べる必要があるな」

警視はため息をついてリストへ視線をもどした。ふたたび、ひとつひとつの名前をたしかめ、ときどき顔をあげて熟慮し、首を振り、さらに作業をつづけていく。クイーン警視の記憶力がエラリーのそれをもはるかにしのぐという評判を知っているヴェリーは、敬意をこめて上司を見守った。

ようやく警視は紙を返した。「ほかにはないな、トマス。見落としがなければの話だが。きみは何か気づいたか」真剣な口調で言う。

ヴェリーは無言で警視を見つめてからかぶりを振り、歩き去ろうとした。

「待て、トマス」警視は呼び止めた。「リストの残りを完成させる前に、モーガン氏にパンザーの支配人室に来るよう伝えてくれないか。丁重にな。それから、支配人室に連れてくる前に、モーガン氏が切符の半券を持っているかどうかを確認してもらいたい」ヴェリーが去っていく。

パンザーは、警視の命じた仕事をするために刑事たちの指示で配置につく警官たちを見守っていたが、そこで警視に手招きされた。急いで駆け寄ってくる。

「パンザーさん」警視は尋ねた。「ここの掃除係は、だいたい何時から清掃作業をはじめますか」

「ああ、掃除係でしたら、かなり前から待機しています。ほとんどの劇場は早朝に清掃するんですが、わたしはいつも、夜公演が終わるとすぐに掃除係を入れています。それがどうかいたしましたか」

警視が尋ねたときはかすかに眉《まゆ》をひそめていたエラリーが、支配人の返事を聞いて顔を明るくした。満足げに鼻眼鏡を磨きはじめる。

「頼みがあります、パンザーさん」警視は穏やかにつづけた。「今夜、全員が帰ったあとで、掃除係たちに隅から隅までを念入りに調べさせてくれますか。見つけたものはすべてとっておいてください――どれほどつまらなそうなものでも――特に切符の半券には要注意です。掃除係は信用できますか」

「それはもちろんです。この劇場が建てられたころから雇っておりますので。何ひとつ見落としませんから、ご安心ください。掃き集めたものはどういたしましょうか」

「何かでていねいに包んでから、あすの朝、信頼の置ける者に託して、本部のわたし宛に届けてください」警視はいったんことばを切った。「念を押しておきますが、パンザーさん、これは大切な役目です。あなたが思うよりもずっと重要ですよ。わかりましたか」

「ええ、もちろん、もちろんですとも！」パンザーはすばやく立ち去った。

灰色の髪の刑事が早足で絨毯《じゅうたん》を歩いてきて、左の通路へ進み、帽子にふれてクイーン警視に敬礼した。先ほどヴェリーが持ってきたのと似た紙の束を手にしている。

「ヴェリー部長から、このリストをお渡しするよう指示されました。残りの観客の名前と住所だそうです」

警視はにわかに元気づいて、刑事から紙を受けとった。エラリーも身を乗り出す。警視の細い指が一枚ずつ、紙の表面を上から下へとなぞるのに合わせて、視線が名前から名前へと移っていく。最後の一枚のいちばん下あたりまで来たところで、警視は勝ち誇ったようにエラリーを見てから、目を通し終えた。息子に顔を向けて耳打ちする。エラリーも顔を輝かせてうなずいた。

警視は待っていた刑事のほうに振り向いた。「こっちへ、ジョンソン」相手によく見えるように、いまながめていた紙を差し出す。「ヴェリーを見つけて、すぐ報告に来させてくれ。それがすんだら、この女をつかまえて――」名前とその横の座席番号を指で示した。「――支配人室へ連れてくるんだ。モーガンという男が先に来ていると思う。指示があるまで、そのふたりから離れるな。もし、ふたりがことばを交わすようなら、耳の穴をしっかりあけてよく聞くように――会話の内容が知りたいからな。女の扱いは丁重に頼むよ」

「了解しました。部長刑事からも伝言があります」ジョンソンはつづけた。「観客の一部を――切符の半券を持っていなかった者たちですが――隔離してあるそうです。その人たちをどうするか、ご指示を仰ぎたい、と」

「その連中の名前はリストに載っているのかね、ジョンソン」警視はヴェリーに返すために第二の紙束を渡しながら尋ねた。

「はい、警視」

「なら、その連中の名前を別のリストにまとめたうえで、ほかの客といっしょにするようヴェリーに伝えてくれ。わたしがわざわざ会ったり話を聞いたりするまでもないだろう」

ジョンソンは敬礼して歩み去った。

警視は振り返って息子と小声で話したが、エラリーは何か気がかりな様子だった。

そこへパンザーがもどってきて、ふたりの会話をさえぎった。

「警視さん」支配人は礼儀正しく空咳《からせき》をした。

「ああ、パンザーさん」警視は身をひるがえした。「掃除係の件はすべて手配してもらえましたか」

「はい、警視さん。ほかに何か、お役に立てることはございますか。それから、ぶしつけなことをおうかがいしますが、お客さまをあとどれくらいお待たせすることになるのでしょうか。おおぜいのかたからご質問を受けて、わたしもほとほと困っております。この件で厄介事が持ちあがるのは避けたいもので」浅黒い顔に玉の汗を浮かべている。

「ああ、ご心配なく、パンザーさん」警視は軽い口調で言った。「引き留めるのももうわずかですから。実は、そろそろ部下に言って、解放の指示を出そうと考えていました。ただし、帰る前にもうひとつ、苦情が出そうなことをしてもらわなくてはならないんですが」不吉な笑みを浮かべて言い添える。

「とおっしゃいますと？」

「そう」警視は言った。「全員に身体検査を受けてもらいます。もちろん抗議されるだろうし、訴えるとか実力行使に出るとか、脅す者もいるでしょうが、心配は無用です。今夜、ここでおこなわれたことのいっさいはわたしが責任を負いますし、あなたが厄介事に巻きこまれないように取り計らいます……。ところで、部下を手伝って女性の身体検査をしてくれる人がひとり必要です。女の警官がひとり来ていますが、客席で忙しくしていて手が離せません。信頼できる女性をお借りできませんか——できれば年配のかたで——感謝されない仕事も引き受けてくれる、口の堅い女性を」

支配人はしばらく思案していた。「お眼鏡にかなう女性をご紹介できると思いますよ。衣装係のフィリップス夫人です。かなり年配ですし、そういう仕事でも快く引き受けてくれる女性です」

「それは申し分ない」警視は元気よく言った。「すぐにその人を呼んで、正面入口へ行かせてください。ヴェリー部長刑事が必要な指示を出します」

ヴェリーがちょうど現れて、最後のことばを聞いた。パンザーはボックス席をめざして大急ぎで通路を進んでいった。

「モーガンは来たかね」警視は尋ねた。

「はい、警視」

「よし、それなら、あとひとつできみの今夜の仕事は終わりだ、トマス。一階席とボックス席の客たちが帰るのを監督してもらいたい。帰すのはひとりずつで、念入りに身体検査をしたうえで外へ出すように。正面扉以外からは帰してはならない。念のため、左右の出入口を見張っている部下には、客たちを後方へ誘導するよう指示すること」ヴェリーがうなずく。「それから身体検査については……ピゴット！」刑事が駆け寄った。「ピゴット、エラリーとヴェリー部長刑事に同行して、正面扉で全員の身体検査をしてから外へ出すのを手伝ってくれないか。女性客の検査のためには年配の婦人が来るはずだ。あらゆる手荷物を調べろ。不審なものがないか、ポケットをあらためること。半券はすべて回収するように。それから、よぶんな帽子に特に注意してくれ。探しているのはシルクハットだ。だが、それ以外でも、帽子をよぶんに持っている者がいたら、かならずつかまえること。さあ、諸君、仕事にかかってくれ！」

柱にもたれていたエラリーは、体を起こして、ピゴットのあとについていった。それを追うヴェリーの背に、警視は呼びかけた。「一階席が空になるまで、二階席の客たちは解放するな。だれか上にやって、静かにさせておくんだ」

最後の重要な指示を終えると、警視は近くで見張りをしていたドイルに顔を向け、静かに言った。「下のクロークへ行ってくれ、ドイル。客たちが荷物を受けとるのを油断なく見張ってもらいたい。客がだれもいなくなったら、あたりを隅々まで調べるように。棚に何か残っていたら、わたしに届けてくれ」

警視は、大理石の番人のように殺害現場の座席を見おろす柱に寄りかかった。上着の折り返しに手をやって宙をながめていると、フリントが広い肩を揺すりながら、興奮で目を輝かせて駆けてきた。クイーン警視は注意深く相手を見つめた。

「何か見つけたのか、フリント」嗅《か》ぎ煙草入れを手探りしながら尋ねた。

刑事は無言で青い切符の半券を差し出した。〝左LL30〟と記されている。

「おやおや！」警視は声をあげた。「どこでこれを？」

「正面扉をはいってすぐのところです」フリントは言った。「劇場にはいったときに持ち主が落としたようですね」

クイーン警視は返事をしなかった。流れるような動きで胴着のポケットに手を入れ、死んだ男が持っていた青い半券を取り出す。じっと見比べたところ――色は同じでどちらもスタンプが押されているが、一方には左LL32、もう一方には左LL30という文字が記されている。

警視は眉根《まゆね》を寄せ、なんの変哲もなさそうな二枚のボール紙をじっくり観察した。背をまるめ、半券の裏と裏をゆっくり重ね合わせる。つづいて、灰色の目にとまどいの色を浮かべつつ、表と表を重ね合わせた。なおも納得できず、こんどは裏と表を重ね合わせてみる。

三つのどの合わせ方でも、切符をちぎった端の形は一致しなかった！

5　この章では、クイーン警視が法律問答をする

　クイーン警視は帽子を目深にかぶり、一階席の後方に広々と敷き詰められた赤い絨《じゅう》毯《たん》の上を歩いていった。手はポケットの奥でいつもの嗅ぎ煙草入れを探っている。物思いにふけっている様子だった。二枚の青い半券を握りしめ、自分の考えにまったく納得できないかのように顔をしかめるさまから、それがうかがえる。

〈支配人室〉と記された緑の水玉模様のドアをあけようとしたところで、振り返って背後の光景を見渡した。観客は淡々と行動していた。声が盛んに飛び交っている。制服警官と刑事たちが客席の列のあいだを歩きまわり、指示を出し、質問に答え、座席から立たせた人々を中央の列に並ばせて巨大な正面扉の前で身体検査を受けさせている。これから苦行が待ち受けているというのに、人々がほとんど抵抗を見せていないことに、警視はなんとなく気づいた。困憊《こんぱい》のあまり、身体検査という無礼に憤る気もないらしい。半ば怒り、半ばおもしろがっている女性たちの列が片側に延び、黒い服を着た柔和そうな老婦人が手早くひとりずつ調べている。警視は扉を封鎖している刑

事たちを一瞥《いちべつ》した。ピゴットが長年の実地経験を活かして、男たちの衣服をつぎからつぎへと調べている。その隣ではヴェリーが、調べられているさまざまな人たちの反応を観察し、ときどきみずからの手で検査をおこなっている。エラリーは少し離れたところで、大きめのトップコートのポケットに両手を突っこんで紙巻き煙草をくゆらしていたが、どうやら買い損ねた初版本のことしか頭にないようだった。

警視はため息をつき、室内にはいった。

支配人室に通じる待合室は、ブロンズとナラ材で内装を整えた小部屋だった。壁際の椅子のひとつに、厚い革張りのクッションに埋もれるようにして、〝牧師のジョニー〟がすわり、遠慮するふうもなく紙巻き煙草を吹かしている。その椅子のそばに制服警官がひとり立ち、分厚い手を〝牧師〟の肩に置いている。

「ついてくるんだ、〝牧師〟」警視は足を止めずにそっけなく言《い》った。小柄な悪党はゆっくり立ちあがると、煙草の吸いさしを器用にはじいて真鍮《しんちゅう》の痰壺《たんつぼ》へ入れ、前かがみになって警視についていった。制服警官がその背後に寄り添って歩いていく。

警視は支配人室のドアをあけ、戸口ですばやく視線を走らせた。それから一歩脇に寄り、悪党と制服警官を先に通した。三人の背後でドアが勢いよく閉まる。

ルイス・パンザーは仕事部屋の調度品に並はずれてうるさい男だった。彫刻の施された机の上では、透きとおった緑色のランプシェードが煌々《こうこう》と輝いている。椅子、灰皿スタンド、手のこんだ細工があるコート掛け、絹張りの長椅子――そうしたものが室内に趣味よく配されている。たいがいの支配人室と異なり、これ見よがしにスターや支配人自身や興行主や〝後援者《エンジェル》〟の写真が飾られてはいない。壁に掛かっているのは、数枚の精巧な版画と、大きなタペストリーと、風景画家コンスタブルの油彩画だ。

しかし、このときクイーン警視の観察眼が向けられていたのは、パンザー氏の私室の芸術性ではない。対象は目の前にいる六人の人物だった。ジョンソン刑事の隣には、明敏そうな目をした肥満気味の中年の男が、眉を寄せた困惑顔で坐《ざ》している。着ているのは非の打ちどころがない夜会服だ。その隣の席には、飾り気のないイブニングドレスと外套《がいとう》を身につけたかなり美しい娘の姿がある。娘は夜会服姿のハンサムな青年を見あげ、その青年は帽子を片手に娘の前へ体を傾けて、小声で熱心に話しかけている。さらに隣にはふたりの婦人がいて、どちらも身を乗り出して耳を澄ましている。

肥満気味の男は会話の輪にはいろうとしていなかった。クイーン警視が足を踏み入れたとたん、その男は物問いたげな顔で立ちあがった。残りの男女はだまりこみ、表情を硬くして警視を見た。

〝牧師のジョニー〟が不満げに咳払《せきばら》いをし、見張りを連れたまま、敷物の上を横向きに歩いて隅へ行った。思いがけず華やかな面々と同席することになったせいで、気を呑《の》まれたらしい。落ち着かない様子で足を動かし、不安そうな視線を警視のほうへ向けている。

警視は机に歩み寄り、一同と向き合った。手招きされたジョンソンがすみやかに隣へ来る。

「三人よけいにいるが、あれは何者だ、ジョンソン」ほかの者には聞こえないように尋ねた。

「あの中年の男がモーガンでして」ジョンソンがささやく。「その隣にすわってるべっぴんさんが、警視が連れてこいとおっしゃった女です。一階席に探しにいったら、あの若い男とふたりの女がいっしょにいましてね。四人はずいぶん親しいようです。警視のことばを伝えると、女は不安そうでしたよ。それでも席を立って、堂々とついてきました――ただ、あの三人まで来てしまったんです。困ったものですが、警視がお会いになりたいかもしれないと思ったもので……」

警視はうなずいた。「何か話していたかね」同じくらい声を落として尋ねた。

「さっぱりです、警視。中年の男は四人のだれとも知り合いじゃないようです。四人のほうは、なぜよりによって彼女が呼ばれたのか、ひたすら不思議がってますね」

警視は手を振ってジョンソンを隅にさがらせると、待っている一団に話しかけた。

「おふたりを呼んだのは」愛想よく言う。「少々お話をうかがいたかったからです。ただし、お連れのかたがいるようですが、いっしょに待ってもらってもかまいません。

こちらの紳士とちょっとした用をすませるまでは、ひとまず待合室へ出ていただきたい」顎《あご》を向けられた〝牧師〟が憤然と身をこわばらせる。

興奮してことばを交わしながら、ふたりの男と三人の女は出ていき、ジョンソンがその背後でドアを閉めた。

警視は〝牧師のジョニー〟のほうを振り返った。

「あのドブネズミをここへ！」警視は制服警官に鋭く命じた。パンザーの椅子にすわり、両手の指先を合わせる。強引に立たされた悪党は、絨毯の上を歩いて机の正面に押しやられた。

「さて、〝牧師〟」警視は威嚇するように言った。「ちょうどいいときに会えたな。邪魔者はいないし、少しばかり話し合いをしようか。わかるな？」

〝牧師〟は潤んだ目に不信の色を浮かべて押しだまっている。

「何も言わないつもりか、ジョニー。いつまでそれでごまかせるかな」

「さっきも言ったでしょう――おれは何も知らねえし、弁護士に会うまでは何も言いませんぜ」〝牧師〟は不機嫌に言った。

「弁護士？　ほう、〝牧師〟よ、おまえの弁護士はいったいだれだったかな」警視は邪気のない口調で尋ねた。

〝牧師〟は唇を嚙《か》んでだまりこんだ。警視はジョンソンに顔を向けた。

「ジョンソン、バビロン強盗事件を担当したのはきみだったな」警視はたしかめた。

「そうです、警視」ジョンソンは答えた。

「あの事件で」警視は穏やかな口調で悪党に説明した。「おまえは一年食らいこんだ。覚えているな？」

〝牧師〟は黙したままだ。

「それで、ジョンソン」警視は背もたれに体を預けたままつづけた。「確認したいんだがね。あの事件で、ここにいるわれらが友を弁護したのはだれだったろうか」

「フィールドです。ああ――」ジョンソンは声をあげ、〝牧師〟をまじまじと見た。

「そのとおり。いま遺体安置所で冷たい台に横たわっている紳士だよ。さあ、これでどうだ。寝言もたいがいにしろ！　モンティ・フィールドを知らないなどと、よく言えたものだ。こちらがラストネームしか言わなかったのに、ファーストネームを知っていたじゃないか。さっさと吐け！」

悪党は目に絶望の色を宿し、よろめいて制服警官にもたれかかった。唇を湿らせてから言う。「参りましたよ、警視さん。だけど、おれは――おれはほんとにこの件は何も知らねえんですよ。フィールドにはもうひと月も会ってない。おれはけっして――まさか、おれの首に縄を巻きつけるつもりじゃねえでしょうね」

〝牧師〟は悲痛な目で警視を見つめた。制服警官がその体を引きずり起こす。

「おい、〝牧師〟よ」警視は言った。「早とちりするな。わたしは少し情報を集めているだけだ。もちろん、おまえが殺人を自白したいというなら、部下を呼んで何もかも調書にまとめて、帰って寝るがね。さあ、どうだ」

「やめろ！」悪党は叫び、いきなり腕を振りまわした。制服警官がすばやくその腕をつかんでねじりあげ、揺れ動く背中に押しつける。「どっからそんな話が出てくるんだよ。自白なんかしねえ。何も知らねえ。今夜はフィールドに会ってねえし、ここに来てることだって知らなかったんだ！　何が自白だよ……おれにはすげえ大物の友達がいるんだぜ、警視さん――罪を着せようとしたって、そうはいかねえぞ！」

「そいつは残念だ、ジョニー」警視はため息をつき、嗅《か》ぎ煙草を吸った。「まあいい。おまえはモンティ・フィールドを殺していないとする。今夜は何時にここに来た。切符の半券はどこへやった」

〝牧師〟は帽子を両手でひねりまわした。「さっきは何も言うつもりがなかったんだよ、警視さん。あんたがおれをはめようとしてるとわかってたからな。いつどうやってここに来たかなら、ちゃんと説明できるさ。八時半ごろに無料券ではいったんだよ。この半券が証拠だ」コートのポケットを注意深く探り、目打ちのある半券を取り出す。それを手渡された警視は、入念に観察してから、自分のポケットにしまった。

「この無料券をどこで手に入れたんだ、ジョニー」

「そいつは——おれの女がくれたんだ、警視さん」悪党は落ち着かない様子で答えた。

「ほう——事件のあるところ、女あり、か」警視は楽しげに言った。「で、その若き妖婦《キルケ》の名前はなんだ、ジョニー」

「だれだって？——ああ、女のことか——待てよ、警視さん、女を巻きこむつもりじゃないだろうな」〝牧師のジョニー〟は声を張りあげた。「まともな女だし、あいつは何も知らねえよ。嘘じゃねえ、おれは——」

「名前は？」警視はにべもなく言った。

「マッジ・オコンネル」ジョニーは哀れっぽい声を出した。「ここの案内係だよ」

警視の目が光った。ジョンソンとすばやく目を見交わす。ジョンソンは部屋を出ていった。

「つまり」警視はふたたび背もたれに体を預けてつづけた。「つまり、わが旧友である〝牧師のジョニー〟は、モンティ・フィールドのことなど何ひとつ知らない、と。なんと、なんと！　おまえの女友達がどこまで裏づけてくれるのか、たしかめてみよう」そう話しながらも、悪党が手に持つ帽子に視線を注いでいた。安物の黒いフェルトの中折れ帽で、着ている地味なスーツに合っている。「おい、〝牧師〟」警視はいきなり言った。「その帽子を見せてくれ」

警視は悪党がしぶしぶ差し出した手から帽子を受けとり、仔細《しさい》に調べた。内側の汗革を引きさげて、じっくり見てから、ようやく返した。

「忘れていたよ、〝牧師〟」警視は言い、制服警官に声をかけた。「きみ、カザネッリ氏の身体検査をしてくれないか」

〝牧師〟は不機嫌な顔をしながらも、おとなしく検査を受け入れた。「銃は持ってません」警官は短く言い、作業をつづけた。尻《しり》ポケットに手を突っこみ、分厚い札入れを取り出す。「ご覧になりますか、警視」

警視はそれを受けとると、手早く金を数えてから返した。警官はそれをポケットにもどした。

「百二十二ドルか、ジョニー」警視は小声で言った。「その札からはボノモ絹工場のにおいがしてきそうだな。まあいい！」声をあげて笑い、制服警官に言った。「フラスクはないか」警官がかぶりを振る。「胴着やシャツの下にも？」ふたたび否定の返事が来る。警視は検査が終わるまで何も言わなかった。〝牧師のジョニー〟はため息をついて力を抜いた。

「ああ、ジョニー、今夜のおまえは幸運きわまりないな——さあ、はいって！」ドアをノックする音に警視は答えた。ドアがあき、先刻事情を聴取したばかりの、案内係の制服を着た細身の女が現れる。ジョンソンがその後ろからはいってきて、ドアを閉めた。

敷物の上まで来たマッジ・オコンネルは、床を見つめて思い悩む恋人の姿を苦りきった目で見つめた。警視をちらりと見る。それから口もとをこわばらせ、悪党に食ってかかった。「ほらね。結局つかまったじゃない、まったく！　だから逃げるなんてだめだって言ったのに！」それから蔑《さげす》むように〝牧師〟に背を向けて、乱暴に白粉《おしろい》をはたきはじめた。

「なぜさっき話してくれなかったのかね、お嬢さん」警視はやさしく言った。「友達のジョン・カザネッリに無料券を渡したことを」

「何もかも話すつもりはありませんもの、警視さん」女は高慢そうに答えた。「どうして話さなきゃいけないんですか。ジョニーはこの件になんの関係もないのに」

「その話がしたいんじゃない」警視は嗅ぎ煙草入れをいじりながら言った。「いま訊《き》きたいのは、マッジ、さっき話したときよりも、きみの記憶力が少しはましになったかどうかだ」

「どういうことですか」女はきつい口調で尋ねた。

「こういうことだよ。きみは言っていたな。芝居がはじまる前にはいつもの持ち場にいた、おおぜいの人を席に案内した、モンティ・フィールドというあの死んだ男を案内したかどうかは覚えていない、芝居のあいだはずっと左の通路の端に立っていた、となった。芝居のあいだはずっとだよ、マッジ。ほんとうかね」

「もちろんよ、警視さん。ちがうとでもだれか言ったわけ？」女はしだいにいきり立ったが、指の震えに警視が目を向けると、それを抑えこんだ。

「ああ、もうよせ、マッジ」思いがけず〝牧師〟が口を出した。「これ以上、話をややこしくするな。どうせおれたちがいっしょにいたことはばれるし、そうなったらそこを突かれるに決まってる。おまえはこの旦那《だんな》を知らないんだよ。しゃべっちまえ、マッジ！」

「そうか！」警視は快活そうに悪党と女を見比べた。「〝牧師〟、おまえもその歳になって分別がついてきたな。ふたりでいっしょにいたと聞こえたようだがね。いつ、なぜ、どれくらいの時間だ？」

マッジ・オコンネルは顔を赤くしたり青くしたりしていた。忌々しげな視線を恋人にくれてから、警視へ向きなおった。

「全部話したほうがよさそうね」うんざりしたように言う。「このまぬけが根性なしだとわかったんだもの。あたしが知ってるのはいまから言うことだけよ、警視さん──もしあのちびのばか支配人に告げ口したら、後悔させてやるから！」警視は眉《まゆ》を吊《つ》りあげたが、口をはさまずにいる。「ジョニーのために無料券を手に入れたのはたしかよ」女は喧嘩腰《けんかごし》で言った。「だって──まあ、ジョニーは血なまぐさいのがわりと好きだし、今夜は休みだった。だから無料券を手に入れてあげたの。これはペアチケットだから——無料券は全部そうなのよ——ジョニーの隣の席はずっと空いてたの。左の通路側の席で——このおしゃべりの小物にはもったいないくらいの席よ！　第一幕のあいだはかなり忙しかったから、この人の隣にはすわれなかった。でも、最初の幕間のあと、第二幕がはじまったら暇になったんで、隣にすわるには都合がよくなってね。ええ、そう——第二幕のあいだはほとんどずっとこの人の隣にすわってたの！　だって、かまわないでしょう——あたしだってたまには休んでもいいはずよ」

「なるほど」警視は眉をひそめた。「最初からそう言ってくれたら、こちらの時間も手間もずいぶん省けたんだがね。第二幕のあいだは一度も席を立たなかったのか」

「そうね、二、三回は立ったかも」女は用心深く言った。「だけど、何も問題はなかったし、支配人もいなかったから、席にもどった」

「近くを通ったとき、あのフィールドという男に気づいたかね」

「いいえ——気づかなかった」

「フィールドの隣にだれかすわっていたかどうかは？」

「それも気づかなかった。あの人があそこにいたことも知らなかったのよ。あたし——そっちを見てなかったと思う」

「それなら」警視は淡々とつづけた。「第二幕のあいだに、最後列の端から二番目の席に、だれかを案内したという記憶はないんだな」

「ないわね……あの、あんなことをしたらいけなかったんでしょうけど、ひと晩じゅう、おかしなものは見なかった」質問のたびに女は不安そうになっていった。〝牧師〟を盗み見たが、悪党は床に視線を落としている。

「大いに助かったよ、お嬢さん」警視は言い、唐突に立ちあがった。「行ってよろしい」

女が身をひるがえして出ていこうとすると、悪党が邪気のなさそうな目をして敷物の上をついていこうとした。警視が制服警官に合図し、〝牧師〟はいきなりもとの場所へ引きもどされた。

「そう急ぐな、ジョニー」警視は冷ややかに言った。「オコンネル！」女が平静を装って振り返る。「さしあたって、この件はパンザーさんに伝えないことにする。だが、忠告しておくが、勝手なことはせず、目上の人間と話すときは口の利き方に気をつけるんだな。さあ、もう行っていいが、また不届きを働いたとわかったら、後悔するのはきみのほうだぞ！」

女は笑いながらも、動揺した足どりで部屋から逃げていった。

警視は制服警官のほうを振り返った。「こいつに手錠をかけろ」言い放って、指を悪党に突きつける。「本部へ連行だ！」

警官は敬礼した。鋼鉄がきらめき、鈍い金属音がしたあと、〝牧師〟はみずからの手首にかけられた手錠を茫然《ぼうぜん》と見つめていた。口を開く間もなく、部屋から追い立てられていく。

警視は嫌悪もあらわに手を振ってから、革張りの椅子に勢いよく腰を落として嗅《か》ぎ煙草をひと吸いし、別人のような口調でジョンソンに話しかけた。「ご苦労だが、モーガンさんを呼んでくれないかね」

ベンジャミン・モーガンがたしかな足どりで警視の臨時の聖域にはいってきたが、困惑の混じった不安を隠しきれてはいなかった。それでも、豊かなバリトンで快活に「警視さん、お呼びですか」と言い、多忙な一日のあとにクラブルームでくつろぐ男を思わせる満足げな態度で椅子に体を沈めた。警視はそれに惑わされなかった。長々と鋭い視線を注いだので、灰色の髪をした太鼓腹のモーガンは居心地が悪そうに身じろぎした。

「クイーンと申します、モーガンさん」警視は愛想よく言った。「リチャード・クイーン警視です」

「そうだろうと思っていました」モーガンは言い、立ちあがって握手を交わした。「わたしのことはご存じでしょう、警視さん。何年か前に、刑事裁判であなたの目の前に立ったことが一度ならずありますから。あの事件では――ご記憶ですか――わたしは殺人罪で起訴されたメアリー・ドゥーリトルの弁護をしていました」

「ああ、そうでしたね！」警視は本心からの声をあげた。「どこかでお会いしたはずだと思っていたんですよ。記憶ちがいでなければ、あなたは無罪を勝ちとったはずだ。あれは実にみごとな働きでした、モーガンさん――大変すばらしかった。そうか、あ、い、い、のときのかたでしたか！　これは、これは！」

モーガンは笑った。「そう言われてみると、たしかになかなかいい働きができました。しかし昔の話です。実は――もう刑事裁判には携わっていないんですよ」

「おや」警視は嗅ぎ煙草を吸った。「それは知りませんでした。何か――」くしゃみが出た。「――何かまずいことでも？」同情をこめて尋ねる。

モーガンはだまりこんだ。間を置いて、脚を組みながら言う。「あれこれありました。吸ってもよろしいですか」唐突に訊く。警視が許可すると、モーガンは太い葉巻に火をつけ、渦巻く紫煙に見入った。

どちらも無言のまま、長い時間が過ぎた。モーガンは自分がきびしい目で観察されていると感じたらしく、しきりに脚を組んだりほどいたりして、警視と視線を合わさないようにしている。警視は頭《こうべ》を垂れ、思案をめぐらしている様子だった。

沈黙はやがて火花を放ち、気詰まりな空気をもたらした。室内は、隅で置き時計が時を刻むだけで、静まり返っている。突然、劇場のどこかで大きな声があがった。声は怒りか抗議を甲高く叫んでいる。やがて、それすらも途絶えた。

「もういいでしょう、警視さん」モーガンは咳払《せきばら》いをした。その姿は葉巻から立ちのぼる濃い煙に包まれ、声はかすれて緊張している。「いったいこれはなんですか――上品ぶった拷問ですか？」

警視は驚いて顔をあげた。「えっ？　なんとおっしゃいましたか、モーガンさん。とりとめのない考えにふけっていたものでね。何か失礼なことを申しましたか。いやはや！　わたしも歳をとったものです」立ちあがって背中で手を軽く組み合わせ、小さな円を描くように室内を歩いた。モーガンの目がそれを追う。

「モーガンさん――」警視は得意とする会話の飛躍で奇襲をかけた。「――なぜ話をするために残ってもらったのか、おわかりですか」

「いや――わかっているとは言えませんね、警視さん。もちろん、今夜ここで起こった事故と関係があるんでしょう。しかし、わたしにどんなかかわりがあるのかまでは、正直なところわかりません」モーガンは盛んに葉巻を吹かした。

「たぶん、モーガンさん、すぐにわかるはずですよ」警視は言い、机に寄りかかった。「今夜ここで殺されたのは――断言しますが、事故ではありません――モンティ・フィールドという人物です」

静かな宣言だったが、それがモーガンにもたらした効果は驚くべきものだった。椅子から跳び出しそうになり、目をむき、手を震わせて、耳障りな荒い息をついている。

葉巻が床に落ちた。警視は暗い目でそのさまを見つめた。

「モンティ――フィールド！」モーガンの叫び声には異様なまでに激情がこめられていた。警視の顔を凝視する。そして全身から力が抜け、崩れるように椅子にすわった。

「葉巻を拾ってください、モーガンさん」警視は言った。「パンザーさんのせっかくの厚意を踏みにじるようなことはしたくないんでね」弁護士は言われるままに身をかがめ、葉巻を拾いあげた。

「やれやれ」警視は小さくつぶやいた。「世界でも指折りの役者なのか、はたまた人生最大のショックを受けたのか　どちらなのやら！」体を起こして言った。「さあ、モーガンさん――しっかりしてください。どうしてフィールドの死にそんなふうに反応なさるんですか」

「しかし――しかし、そんな！　モンティ・フィールドだなんて――まさかそんな！」モーガンは頭をそらして笑いだし――その度が過ぎた興奮ぶりに、警視は強い関心を持った。発作はなおもつづき、モーガンの体は驚愕《きょうがく》ゆえに前後に揺れている。警視はこういう状態の人間を前にも見たことがあった。弁護士の頬を張り、コートの襟をつかんで立たせる。

「いいかげんにしろ、モーガン！」警視は叱りつけた。乱暴な言い方をした効果はあった。モーガンは笑うのをやめて茫然と警視を見返し、椅子に腰を落とした――まだ震えているが、正気に返っている。

「し――失礼しました、警視さん」ハンカチで顔をぬぐい、小声で言った。「何しろ――ひどく驚いたものですから」

「そのようですな」警視は淡々と言った。「足もとで地面が口をあけても、あそこまで驚かないでしょう。さて、いったいどういうことなのか」

弁護士はまだ顔の汗をぬぐっている。木の葉のように震え、頬を紅潮させている。決心がつきかねている様子で、唇を嚙《か》んだ。

「わかりました」ようやく口を開いた。「何をお知りになりたいんですか」

「それでいい」警視は満足そうに言った。「最後にモンティ・フィールドに会ったのは？」

弁護士は不安げに咳払いをした。「ええと――その、もうずいぶん会っていませんん」小さな声で言う。「わたしたちがパートナーだったことはご存じですよね――ふたりで法律事務所を構え、繁盛していました。しかし、事情があって袂《たもと》を分かちました。それ以来――それ以来、会っていません」

「どのくらい前のことですか」

「二年と少し前です」

「けっこう」警視は身を乗り出した。「袂を分かった理由もぜひ知りたいですね」

弁護士は敷物へ視線を落とし、葉巻を指先でいじくりまわした。「わたしは——その、あなたもフィールドの評判はご存じのはずだ。職業倫理をめぐって意見が合わず、少々諍《いさか》いがあったので、関係を解消することにしたんです」

「円満に？」

「まあ——そう言ってもいいでしょう」

警視は机を指で打っていた。モーガンは不安そうに体を動かしている。まだ驚きから覚めていない様子だ。

「今夜は何時にこの劇場へ来ましたか」警視は尋ねた。

モーガンはその質問に驚いたようだった。「ええと——八時十五分ごろでした」

「切符の半券を見せてください」

弁護士はいくつかのポケットを手探りしてから、半券を手渡した。受けとった警視は、ポケットにしまっておいた三枚の半券を取り出し、机の下で両手を並べてみた。そしてすぐに顔をあげ、感情を押し殺した目で四枚のボール紙をポケットにもどした。

「そうか、中央のM2の席にすわっていたんですか。なかなかいい席ですね」警視は言った。「ところで、今夜〈銃撃戦〉を観にきたいきさつは？」

「だって、まちがいなくおもしろそうな芝居でしょう、警視さん」モーガンは照れくさそうに言った。「わざわざ自分から出向く気になったかどうかまではわかりませんが――わたしは特に芝居好きではないもので――でも、ローマ劇場から親切にも今夜の公演の招待券を送ってきたんですよ」

「ほんとうですか？」警視は純粋な驚きの声をあげた。「それはずいぶん親切ですね。その切符を受けとったのはいつですか」

「そう、土曜の朝に手紙に同封されて届きましたよ。職場宛にね」

「おや、手紙も？　もしかして、いまお持ちですか」

「たしか――ここに――入れて――あったはずですが」モーガンはポケットをまさぐりながら、うなるように言った。「あった！　これです」

差し出されたのは長方形の小さな白い紙で、へりを裁断していないボンド紙が使われていた。警視は慎重にそれを手にとって、光に透かした。タイプライターで打たれた文字列に重なって、透かし模様がはっきり見える。警視は口をすぼめ、紙をデスクマットに注意深く置いた。モーガンが見守る前で、パンザーの机のいちばん上の抽斗《ひきだし》をあけ、中身を搔《か》きまわして一枚の便箋《びんせん》を見つけた。それは真四角の大きな紙で、強い光沢があり、上部にはこの劇場の凝った紋章が刷られている。警視は二枚の紙を並べて少し考えていたが、ため息をつき、モーガンから渡されたほうの紙を拾いあげた。ゆっくりと読んでいく。

ローマ劇場は、九月二十四日、月曜日夜の〈銃撃戦〉の公演に、ベンジャミン・モーガンさまを謹んでご招待いたします。社会と法律を活写した当舞台に対するご意見を、ニューヨーク法曹界の第一人者であるモーガンさまから、ぜひとも賜りたく存じます。と申しましても、本状はなんら義務を課すものではございません。この招待に応じてくださることが義務をともなうものではないことを、当劇場はモーガンさまに重ねてお約束させていただきます。

ローマ劇場
S

署名の〝S〟の字は、かろうじて読める殴り書きだった。

警視は微笑して顔をあげた。「この劇場は実に親切ですな、モーガンさん。気になるのは――」隅の椅子で取り調べをだまって見守っていたジョンソンに、笑みを崩さず合図した。「支配人のパンザーさんを連れてきてくれないか、ジョンソン」警視は言った。「それと、広報の担当者も――ビールソンだかピールソンだかという名前だが――見つけたら連れてくるように」

ジョンソンが出ていくと、警視は弁護士に顔を向けた。

「すみませんが、ちょっとその手袋を見せてください、モーガンさん」気軽に言う。

モーガンが怪訝《けげん》そうに見返しながらも、手袋を机の上へほうると、警視は興味をそそられた様子で拾いあげた。白い絹でできた、夜会服でよく使われる手袋だ。警視はそれを調べるのに余念がないふりをした。裏返したり、指先についた染みに目を凝らしたり、冗談を言いながら自分の手にはめてみたりさえする。調べ終わると、大まじめな顔で手袋をモーガンに返した。

「それと――おや、モーガンさん――ずいぶんしゃれたシルクハットをお持ちですな。少し拝見してもいいですか」

なおも無言のまま、弁護士は机に帽子を置いた。警視は無造作に拾いあげると、〈ニューヨークの歩道〉を口笛でやや低く吹いた。手のなかで帽子をひっくり返す。艶《つや》やかな最高級品だ。裏には輝く白い絹が張られ、メーカー名の〈ジェイムズ・チョーシー社〉の金文字がはいっている。汗革には同じように〝B・M〟の頭文字があった。

警視は帽子を自分の頭に載せて顔をほころばせた。サイズはちょうどいい。すぐに脱いでモーガンに返した。

「寛大な態度に感謝しますよ、モーガンさん」そう言って、ポケットから取り出したメモ帳に何かを走り書きした。

ドアがあいて、ジョンソン、パンザー、ハリー・ニールソンがはいってきた。パンザーはためらいがちに進み出て、ニールソンは肘掛《ひじか》け椅子に腰を沈めた。

「ご用件はなんでしょうか、警視さん」パンザーは自分の椅子に貴族然とした白髪の男が悠然とすわっていることは気に留めぬようにしようと懸命に試みつつ、震える声を出した。

「パンザーさん」警視はゆっくりと言った。「ローマ劇場では何種類の便箋が使われていますか」

支配人の目が大きく見開かれた。「一種類だけでございます、警視さん。目の前に置いてあるその便箋です」

「ふむ」警視はモーガンから受けとった紙をパンザーに手渡した。「この紙をよく見ていただきたい、パンザーさん。あなたの知るかぎりで、これと同じものがローマ劇場にありますか」

支配人は見覚えがないという顔でそれを観察した。「ないと思います。いえ、まちがいなくありません。これはなんでしょうか」タイプライターで打たれた最初の数行に目を走らせ、叫び声をあげた。「ニールソン！」広報係のほうを振り返る。「これはなんだ――最新の宣伝手法か？」ニールソンの目の前で紙を振ってみせた。

ニールソンは雇い主の手からそれをつかみとると、急いで読んだ。「こいつは驚いたな！」小さく言う。「無着陸飛行も顔負けの離れ業だ！」賞賛の表情で読み返している。そこで四組の目がとがめるような視線を送っているのに気づいて、パンザーに紙を返した。「残念ながら、このすばらしい案に自分はかかわっていないと認めざるをえませんね」気どって言う。「まったく、どうして自分で思いつかなかったんだろう」そして隅にさがり、胸の前で腕を組んだ。

パンザーは困惑して警視のほうを見た。「これは実に奇妙なことです、警視さん。わたしの知るかぎり、ローマ劇場でこの便箋が使われたことはありませんし、このような宣伝手法をわたしはけっして許可していないと断言できます。そして、ニールソンがかかわっていないとしたら――」肩をすくめる。

警視はその紙を注意深くポケットにしまった。「おふたりとも、それだけ聞ければじゅうぶんです。どうもありがとう」うなずいてふたりを解放した。

警視が値踏みするようにモーガンを見ると、その顔は首から額の生え際まで真っ赤に染まっていた。そこで警視は片手をあげ、机に落として軽く音を立てた。

「いまの話をどう思いますかな、モーガンさん」単刀直入に訊《き》く。

モーガンは勢いよく立ちあがった。「でっちあげだ！」怒鳴りつけ、警視の顔の前でこぶしを振りまわす。「わたしは何も知らない――失礼を承知で言わせてもらうが、あんただって何も知らないだろうが！　それに、わざとらしく手袋や帽子を調べて、こわがらせようと考えているのなら――そうだ、下着をまだ調べていないぞ、警視！」息を切らし、顔を紫色にしてことばを切った。

「まあまあ、モーガンさん」警視は穏やかに言った。「なぜそんなにいきり立つんですかな。まるでわたしがあなたをモンティ・フィールド殺しの犯人として扱っているように、はたからは見えますよ。すわって落ち着いてください。わたしは単純な質問をしただけです」

モーガンは崩れるように椅子にすわった。震える手で額をこすり、つぶやいた。「すみません、警視さん。ついわれを忘れてしまって。しかし、あまりに不当な扱いに思えて――」あとは口のなかで言い、だまりこんだ。

警視は物問いたげに弁護士を見つめた。モーガンはせわしなくハンカチをいじったり葉巻を吸ったりを繰り返す。ジョンソンが非難めいた咳《せき》をし、天井を見あげる。またしても大きな声が壁越しに伝わってきたが、宙で散って消えた。

警視の声が沈黙を切り裂いた。「話は以上です、モーガンさん。行ってよろしい」

弁護士はよろめきながら立ちあがると、口を開いて何かを言いかけたが、足を踏ん張って帽子をかぶり、部屋から出ていこうとした。警視から合図されたジョンソンが、何食わぬ顔で進み出てドアをあけてやった。ふたりとも立ち去った。

部屋にひとり残されたクイーン警視は、すぐさま自分の作業に没頭した。四枚の半券と、モーガンから受けとった手紙と、死んだ男のポケットにあった女物の模造宝石つきイブニングバッグを、自分のポケットから取り出した。最後の品を今夜二度目にあけて、中身を机の上にひろげた。〝フランシス・アイヴズ－ポープ〟という名前が体裁よく刷られた名刺が数枚、上品なレースのハンカチが二枚、白粉《おしろい》と頬紅と口紅がはいった化粧ポーチ、二十ドルぶんの紙幣と数枚の硬貨がはいった小さな財布、そして家の鍵《かぎ》。警視はしばらく思案げにそれらの品々を指でいじってから、ハンドバッグにもどした。そして、バッグと半券と手紙をふたたび自分のポケットにしまい、立ちあがって室内をゆっくり見まわした。部屋を横切ってコート掛けの前へ行き、ひとつだけ掛けられていた山高帽を手にとって、内側を調べた。〝L・P〟の頭文字とサイズの〝6¾〟という数字に興味を引かれる。

警視は帽子をもどし、ドアをあけた。

待合室ですわっていた四人が、待ちかねた表情で立ちあがった。警視は両手をポケットに突っこんで戸口に立ち、微笑した。

「大変お待たせしました。みなさん、支配人室に来てください」

礼儀正しく脇へ退き、一同を通す――女が三人に、若い男がひとりだ。四人は興奮して落ち着かない様子で連れ立って室内にはいり、若い男があわただしく用意した椅子に女たちが腰かけた。四組の目が戸口にいる警視を熱心に見つめる。警視は悠然と笑みを浮かべ、待合室をすばやく一瞥《いちべつ》してからドアを閉めると、堂々とした足どりで机へ歩み寄り、椅子にすわって嗅《か》ぎ煙草入れを手で探った。

「さて！」警視は陽気に言った。「ずいぶん長いあいだお待たせしたことをお詫《わ》びしなくてはなりませんな――これも公務ですので……。さて、はじめますか。ふむ。そう……そうだ、そうだ。何よりも――よし！　まずはみなさん、いまの状況をおわかりですかな」三人のうちでいちばん美しい娘に穏やかな視線を向ける。「まだご紹介の栄には浴しておりませんが、フランシス・アイヴズ－ポープさんですね。あたりですかな」

その娘は眉《まゆ》を吊《つ》りあげた。「そのとおりですわ」耳に心地よい、よく通る声で答える。「どうしてわたくしの名前をご存じなのかはわかりかねますが」

娘は微笑んだ。人好きのする笑顔で、相手を引きこむ力に富み、魅力的な女らしさを深くたたえている。若さの盛りにある均整のとれた体に、美しい褐色の目とすべらかな肌が合わさって、健やかな輝きを放ち、警視まで清新の気を吹きこまれるように感じた。

警視は微笑を返した。「ええ、アイヴズ－ポープさん」含み笑いをする。「一般のかたにはたしかに不思議でしょうね。わたしが警察官であるという事実も、そうした思いを強くさせるでしょう。でも、とても簡単なことです。あなたほどのかたが写真に撮られないはずはない――実は、きょうの新聞の社交欄であなたの写真を見たんですよ」

娘はやや不安げに笑った。「そういうことでしたか。なんだかこわくなってきたところでしたのよ。それで、わたくしにどのようなご用でしょうか」

「仕事です――いつだって仕事ですよ」警視は悲しげに言った。「せっかくだれかに興味を持っても、この職業が邪魔をしまして……。お話をうかがう前に、お友達を紹介してくださいますか」

警視に目を向けられた三人は、きまり悪そうに咳払《せきばら》いをした。フランシスが感じよく答える。「これは失礼いたしました――警視さん、でよろしいですね？　ヒルダ・オレンジさんとイヴ・エリスさんはわたくしのとても親しいお友達です。そしてこちらはスティーヴン・バリーさんで、わたくしの婚約者です」

警視はいくらか驚いて三人を見まわした。「わたしの勘ちがいでなければ――みなさんは〈銃撃戦〉の出演者では？」

一同はそろってうなずいた。

警視はフランシスに顔を向けた。「堅苦しいことは言いたくありませんが、アイヴズ＝ポープさん、説明していただけませんかな……どうしてお友達といっしょに来たんですか」警戒を解くべく、笑みを作って尋ねる。「ぶしつけな言い方ですが、部下にはあなたを——あなただけを呼ぶようにと指示したはずで……」

三人の役者は身をこわばらせて立ちあがった。フランシスが連れの三人から警視へと、懇願するような目を向ける。

「その——お許しください、警視さん」急いで言う。「何しろ——警察のかたから尋問されるのははじめてなのです。不安だったもので、それで——それで婚約者とこちらの親しいお友達ふたりに頼んで、同席してもらったのです。警視さんのご希望にそむくことになるとは知らず……」

「わかりました」警視は微笑んで答えた。「よくわかりました。しかし、ご承知でしょうが——」

スティーヴン・バリーが、妥協するつもりがないことを身ぶりで示す。

娘の椅子の上に体を寄せた。「ぼくはそばにいるよ、きみが望むなら」挑むように警視をにらみつける。

「でも、スティーヴン——」フランシスは弱り果てた声をあげた。警視の表情は頑としている。「やはり——三人とも行ってください。でも、すぐ外で待っていてちょうだい。長くかかりますか、警視さん」悲しげな目で尋ねる。

警視は首を横に振った。「そう長くはかからないでしょう」態度が一変し、猛々《たけだけ》しい姿が見えはじめている。居合わせた三人もその変貌《へんぼう》を感じとり、どことなく敵意をまといはじめた。

ヒルダ・オレンジは四十がらみの肉づきのよい大柄な女で、若いころの凜《りん》とした顔立ちがうかがえたが、いまは化粧の力を支配人室の冷たい光に容赦なく奪われ、フランシスをかばって警視をにらみつけている。

「わたしたちは外で待ってる」ヒルダ・オレンジは険しい声で言った。「もし気分が悪くなったら、少し声をあげるだけでいいのよ。それですぐわかるから」そして、部屋から跳び出していった。イヴ・エリスがフランシスの手を軽く叩《たた》いた。「心配しないで、フランシス」柔らかく澄んだ声で言う。「わたしたちがついてるから」バリーの腕をとり、ヒルダ・オレンジを追った。バリーは怒りと懸念の混じった顔つきで振り返ったが、刺すような視線を警視へ送ってから、ドアを勢いよく閉めた。

警視はすぐに立ちあがったが、その動作は無駄がなく冷たかった。机に両手を突き、フランシスの目を長々と見据える。「さて、フランシス・アイヴズ－ポープさん」無愛想に言った。「あなたとの用件はこれだけです……」ポケットに手を突っこみ、舞台の手品師並みの早業で、模造宝石があしらわれたバッグを出す。「あなたのバッグをお返ししたい」

フランシスは腰を浮かして、警視から光をまたたかせるバッグへと視線を移し、顔色を失った。「まあ、それは――それはわたくしのイブニングバッグですわ！」つかえながら言う。

「そのとおりです、アイヴズ＝ポープさん。劇場で見つかりました――今夜」

「そうでしょうとも！」娘は椅子にすわりなおし、はにかんだように笑った。「わたくしったら抜けていますわね！　いままで気がつかないなんて……」

「しかし、アイヴズ＝ポープさん」小柄な警視は落ち着き払ってつづけた。「あなたのバッグが見つかったこと自体は、これがどこで見つかったかに比べると、まったく重要ではありません」いったん間を置く。「今夜、ここで男がひとり殺されたのはご存じですか」

娘は口を半開きにし、激しい恐怖を宿した目で警視を見つめた。「ええ、そう聞いております」息をつく。

「で、あなたのバッグはですね、アイヴズ＝ポープさん」警視は非情につづけた。「その殺害された男のポケットから見つかったんですよ！」

娘の目に恐怖の光が走った。そして、絞り出すような悲鳴とともに、蒼白《そうはく》な顔を引きつらせて、すわったまま突っ伏した。

心配と同情の表情を顔によぎらせた警視が、すばやく前へ進み出た。力の抜けた体に手を伸ばしたとたん、ドアが勢いよくあき、スティーヴン・バリーが夜会服の裾《すそ》をひらめかせて飛び入った。ヒルダ・オレンジ、イヴ・エリス、ジョンソン刑事も、その後ろから部屋に駆けこんでくる。

「いったい何をしたんだ、この薄汚い犬め！」バリーが叫び、肩で警視を突き飛ばした。フランシスの体をやさしく抱きかかえ、目の上にかかった黒い髪を払って、必死に耳へささやきかける。娘は大きく息を吐き、とまどった視線をあげて、紅潮した青年の顔を間近に見た。「スティーヴ、わたくし──気が遠くなって」力なく言い、また青年の腕のなかに倒れこんだ。

「だれか、水を」青年は怒鳴り、娘の両手をこすった。すぐにグラスがジョンソンから肩越しに突き出される。バリーが喉《のど》へ水を数滴流しこむと、フランシスは咳《せ》きこんで意識を取りもどした。ふたりの女優がバリーを押しのけ、男たちに出ていくよう口荒く命じる。警視はしぶしぶその場を離れる俳優と刑事におとなしくついていった。

「たいしたおまわりだな、あんたは！」バリーはとげとげしく警視に言った。「何をしたんだ──おまわりの得意技を披露して、頭を殴ったのか」

「おいおい」警視は穏やかに言った。「乱暴な言い方はやめたまえ。あのお嬢さんはショックを受けただけだ」

張り詰めた沈黙のなか、男たちが立ちつくしていると、ドアがあいてふたりの女優がフランシスを両脇から支えながら現れた。バリーがそばへ跳んでいった。「だいじょうぶかい」ささやいて手を握る。

「お願い——スティーヴ——わたくしを——家に」フランシスはあえぎ、苦しそうに青年の腕にもたれかかった。

クイーン警視は脇へよけて一同を通した。四人が正面扉のほうにゆっくり歩き、出ていく人々の短い列に加わるのを見守るその目には、悲しげな色が浮かんでいた。

6　この章では、地方検事が伝記作家になる

リチャード・クイーン警視は特異な人物だ。小柄な引きしまった体と、豊かな白髪と、経験を感じさせる細かい皺《しわ》が刻まれた顔の持ち主であり、企業の重役であれ、夜間警備員であれ、望むものになれただろう。しかるべき衣装をまとえば、その目立たない風貌《ふうぼう》はどんな変装にもなじむにちがいない。

この臨機応変の適応能力は、物腰についても発揮された。ありのままの姿を知る者はほとんどいない。同僚にとっても、敵にとっても、その手で法による裁きの場へ引き渡された哀れな小物たちにとっても、警視は驚異の源でありつづけている。本人が望みさえすれば、大仰にも、やさしくも、尊大にも、父親にも、猛犬にもなることができた。

だが警視はその奥底に、だれかが大げさな感傷をこめて言ったとおり、〝黄金の心〟を持っていた。心根は無邪気で、鋭敏で、浮世の残酷さにも少しも害されていない。仕事で会う者にとっては、二度と同じ人物であった試しがないはずだ。新しい仮

面をつぎからつぎへと忙しくかぶりつづけ、本人はそれを好都合と見なしていた。人々は警視をけっして理解できず、つぎに何をして何を言うかも予想がつかないため、つねに少しばかりの畏怖《いふ》を覚えるからだ。

いま、警視がパンザーの支配人室にひとりもどって、ドアを閉めきり、捜査をいったん中断すると、その真の人柄が顔に表れた。このときのそれは老いた顔だった――肉体的には老けているが、精神的には齢《よわい》を重ねた賢明な顔だ。警視が真っ先に脳裏に浮かべたのは、自分が驚かせて気絶させた娘のことだった。恐怖にゆがんだ顔を思い出すと気がふさいだ。フランシス・アイヴズ＝ポープは、年配の男が自分の娘に望むものをすべて体現しているように思える。そんな娘がことばの鞭《むち》に縮みあがるさまを見たときには、心が痛んだ。婚約者が娘をかばおうと激昂《げっこう》して立ち向かうさまを見たときには、顔が赤くなった。

禁欲家でありながら、唯一のささやかな気晴らしを例外とする警視は、深く息をついて嗅《か》ぎ煙草入れに手を伸ばし、思いのまま吸った……。

ドアが強くノックされたとき、警視はカメレオンにもどった――机の前に坐《ざ》しているのは刑事部の警視であり、どこから見ても知恵を絞って難題に取り組んでいる。実のところ、警視はエラリーがもどってくることを望んでいた。

力のこもった「どうぞ！」の声に応じてドアがあき、厚手のオーバーを着て毛織りのマフラーを首に巻いた、痩《や》せぎすで明るい目を持つ男がはいってきた。

「ヘンリー！」警視は叫んで立ちあがった。「ここで何をしている。ベッドで安静にしていろと医者に言われただろうに！」

ヘンリー・サンプソン地方検事はウィンクをして肘掛《ひじか》け椅子に腰をおろした。「医者ってやつは」物知りぶって言う。「医者こそ頭痛の種だよ。捜査はどんな具合だ」

検事はかすれた声をあげ、おそるおそる喉をさすった。警視は椅子にすわりなおした。

「いい歳をして、ヘンリー」警視は言いきった。「これほど性質《たち》の悪い患者は見たことがない。まったく、用心しないと肺炎になるぞ！」

「いやいや」地方検事は口もとをゆるめた。「この体には保険がたんまりかけてあるから、困るのは……質問にまだ答えてもらっていないぞ」

「ああ、なるほど」警視はうなった。「質問か。捜査の状況だな。いまのところ完全に行き詰まっているよ、親愛なるヘンリー。これで満足かね」

「もっと明確に説明してもらえるとありがたい」サンプソンは言った。「言っておくが、わたしは病人で頭に霞《かすみ》がかかってるんだ」

「ヘンリー」警視は真顔で身を乗り出した。「うちの課が扱ったなかでも有数の手強い事件に突きあたったと伝えておくよ……。頭に霞がかかっているって？　わたしの頭がどうなっているかは言いたくもないな！」

サンプソンはむずかしい顔で見返した。「もしきみの言うとおりだとすると――おそらくそうなんだろうが――時期が悪いな。近いうちに選挙がある――当局の無能のせいで迷宮入りしたなどと言われたら……」

「まあ、そういう見方もあるが」警視は小声で言った。「この事件を選挙の面からは考えていなかったんだよ、ヘンリー。男がひとり殺された――そして、率直に言って、だれがどうやったのかはいまだにまったく見当がつかない」

「きみのお叱りのことばは甘んじて受け入れるよ、警視」サンプソンは屈託なく言った。「だが、さっきわたしが聞かされた話をきみも聞いたら――電話があったんだがね……」

「待てよ、ワトソンくん、とエラリーなら言いそうなところだが」警視は含み笑いをし、持ち前の驚くべき速さで気分を一変させた。「何があったのかはだいたいわかる。あんたは自宅でたぶん寝ていたんだろう。そこへ電話が鳴った。男の声が文句を言い、抗議し、わめき散らし、興奮したときに口にしそうなありとあらゆることばを吐いた。声の主はこんなふうに言ったはずだ。〝そこらの犯罪者のように警察に拘束されたのは耐えがたい！　あの男を厳正に処分していただきたい！　あのクイーンとかいう男は個人の自由に対する脅威だ！〝とかなんとか、そういった意味のあれこれを……」

「おみごと！」サンプソンは声をあげて笑った。

「この抗議の主たる紳士は」警視はつづけた。「背が低くて肉づきがよく、金縁眼鏡をかけていて、声がひどく耳障りで女っぽく、〝わたしのごく親しい友人のサンプソン地方検事〟をいじらしいほど気遣ってみせる。正解かね」

サンプソンは警視を凝視した。やがて、その鋭敏そうな顔が笑みで崩れた。

「まったくもって驚いたよ、親愛なるホームズ！」検事はつぶやいた。「それほどわが友をよく知っているなら、名前を言うのも造作ないのでは？」

「いや、それは――とにかく、その男だろう？」警視は顔を赤くして言った。「わたしは――ああ、エラリー！　来てくれたか！」

エラリーが部屋にはいってきた。長年の付き合いゆえにサンプソンにあたたかく迎えられ、心のこもった握手を交わす。そして地方検事の不養生に意見をしたあと、コーヒーの大きな容器と、フレンチペストリーのかぐわしい香りを漂わせた紙袋を机に置いた。

「さてみなさん、大捜査もいったん終了、おしまい、幕引き《カプート》というわけだ。汗水流した刑事たちで夜食といきましょうか」エラリーは笑い、愛情をこめて父親の肩を叩《たた》いた。

「いやはや、エラリー！」警視は喜びの声をあげた。「うれしい驚きだな！　ヘンリー、あんたもささやかな祝いの会に加わってくれないか」三つの紙コップに湯気の立つコーヒーを満たした。

「なんの祝いなのかはわからんが、仲間に入れてもらおうか」サンプソンは言い、三人は夢中で食べはじめた。

「何かあったのか、エラリー」警視は満足げにコーヒーを飲みながら尋ねた。

「神ならば食べもしないし、飲みもしないわけで」エラリーはシュークリームを頬張りながら言った。「ぼくは全知全能じゃないんだから、この臨時の拷問部屋で何があったかを父さんから教わりたいね……。でも、父さんの知らないことをひとつ教えてもいい。このすばらしい菓子はリビーのアイスクリーム店で買ってきたんだけど、主人のリビーがジンジャーエールについてのジェス・リンチの話を裏づけてくれたよ。エリナー・リビーも、小道に関する話を申し分なく立証した」

警視は大きなハンカチで口もとを上品にぬぐった。「まあ、いずれにせよ、ジンジャーエールに関する話はプラウティに確認してもらおう。わたしのほうは、何人かを取り調べて、することがなくなったところだ」

「ありがたい」エラリーはそっけなく言った。「非の打ちどころがない回答だな。地方検事にはこの嵐のような夜の出来事を説明したのかい」

「諸君」サンプソンはコップを置いて言った。「わたしの知っていることはこれだけだ。三十分ほど前に〝ごく親しい友人のひとり〟が――陰で少しばかり権力を振るっている男なんだが――電話をかけてきて、今夜の芝居のさなかに人が殺されたとはっきり言ったんだ。リチャード・クイーンという警視が、つむじ風よろしく劇場に押しかけ、小物のつむじ風をいくつか従えて、全員を一時間以上も引き留めているとな――これは許しがたい、まったく不当な扱いだと、その友人は訴えた。しかも、かの警視はこともあろうに自分を犯罪者扱いし、劇場を出る前に、横暴な警官に自分と妻子の身体検査をさせたという。

わが情報提供者の話はそんなところだ――あとの話は罵詈《ばり》雑言に近くて、聞くだけ無駄だった。ほかにわたしの知っていることと言えば、ヴェリーが外で教えてくれたんだが、殺された男の名前だけだ。そして、それこそが一連の話で最も興味深い点だよ」

「この事件に関するあんたの知識は、わたしといい勝負だな」警視は不満げに言った。「まさっていると言ってもよさそうだ。そちらはフィールドの所行を知りつくしているだろうから……。エラリー、身体検査のとき、向こうの様子はどうだった」

エラリーはくつろいで脚を組んだ。「予想どおりだろうけど、観客の身体検査は収穫なしだった。不審なものは見つからなかったよ。何ひとつね。怪しい者も、進んで白状する者もいなかった。要するに、完全に空振りだ」

「まあ、そうだろうな」警視は言った。「この件の裏には、途方もなく狡猾《こうかつ》な人物がいる。よぶんな帽子はまったく見つからなかったんだろう？」

「まさにそのせいで」エラリーは答えた。「ぼくはロビーで置き物代わりに突っ立ってたわけだよ、父さん。なかったね――帽子はなかった」

「向こうでは全員の身体検査をすませたのか」

「終わったから、ぼくは通りの向こうへ行ってこの菓子を買ってきたんだ。あとは、二階席の怒れる群衆を一列に並べて下へおろし、外へ誘導するくらいだったね。もう全員が外へ出たはずだよ――二階席の客も、従業員も、出演者も……。役者というのは不思議な人種だね。ひと晩じゅう、神の役を演じてたのに、それがいきなりありふれたふだん着にもどって、生身の人間ゆえの業に縛られるんだから。それはそうと、この支配人室から出ていった五人の身体検査もヴェリーがすませたよ。あの若いご婦人はなかなか魅力的だ。見たところ、アイヴズ-ポープ嬢とその連れだな……父さんが忘れてるかもしれないと思ったんで言ってみたよ」エラリーは忍び笑いをした。

「つまり、手詰まりというわけか」警視はつぶやいた。「一部始終を話そう、ヘンリー」そしてその夜の出来事をかいつまんで説明し、サンプソンは何も言わずにむずかしい顔で聞き入った。

「というわけだ」警視は小さな支配人室で繰りひろげられたドラマを要約して述べ、ことばを結んだ。「さあ、ヘンリー、あんたはモンティ・フィールドの情報を待っているはずだ。わたしもあの男が狡猾な人間だったのは知っている――が、知っているのはそれだけだ」

「その程度の形容では控えめに過ぎるな」サンプソンは強い調子で言った。「わたしはあの男の人生をそらで語れると言ってもいいくらいだ。どうやら、きみたちはこの事件に苦労させられそうだが、あの男の過去の出来事が手がかりになるかもしれない。フィールドがはじめて検察の監視対象になったのは、わたしの前任者のときだ。株の闇取引に関連して、詐欺を働いた容疑が持ちあがったんだよ。地方検事補のクローニンは、何もつかめずにいてな。フィールドはあれこれを巧みに隠しとおした。検察が知りえたのは、組織からはじき出された〝密告者〟が語る真偽不明の話だけだった。むろん、クローニンは直接にも間接にも、フィールドに容疑がかけられていたことを漏らしてなどいない。事件は忘れ去られた。クローニンは粘り強い男だが、何かをつかんだと思っても結局はいつも無駄骨だった。ああ、この点に異論の余地はない――フィールドはたしかに狡猾だよ。

その後、検事に就任したわたしは、クローニンの熱心な説得を受けて、フィールドの素性を徹底的に調べることになった。むろん、内密にな。そしてわかったのは、フィールドはモンティ・フィールドがニューイングランドの名家の出だということだった——メイフラワー号の乗客の末裔《まつえい》だと自慢できるほどではないがね。小さいころは家庭教師に教わって、名門の寄宿学校へ進み、かろうじて卒業すると、父親が拝み倒してハーヴァードに送りこんだ。子供のころからかなり素行が悪かったらしい。犯罪には手を染めなかったが、とにかく好き放題にやっていたようだ。それでいて、自滅したときに名前を縮めたくらいだから、少しは家名に誇りも持っていたにちがいない。もともとの苗字はフィールディングで——そこからモンティ・フィールドになったんだ」

警視とエラリーはうなずいた。エラリーの目は沈思の色をたたえ、警視はサンプソンをひたすら見つめている。

「フィールドは」サンプソンは話をつづけた。「まったくの負け犬じゃなかった。頭は切れたんだ。ハーヴァードでは法律で優秀な成績をとった。弁論の才に恵まれていたらしく、法律用語に対する深い知識がそれを大きく助けた。ところが、家族は法学者としての将来に当然の期待をかけていたんだが、その期待がかなう間もなく、フィールドは卒業直後に女がらみでいかがわしい事件を起こしてしまった。父親は即座に息子を切り捨てた。フィールドは縁を切られた——すっかりだ——家名に泥を塗ったんだから、やむをえまい……。

ともあれ、このわれらが友は悲しみに押しつぶされはしなかった。ちょっとした遺産の相続権は失ったが、逆境を肥やしにして、外の世界で自力で金を稼ごうと腹を決めた。このころにどうやって生活していたのかはわかっていないが、つぎに名前が出てくるのは、コーエンという男とパートナー関係を結んだときだ。この男は業界でも名うての口達者の悪徳弁護士だった。とんでもない相棒同士だな！　ふたりは裏社会の大物たちを選び抜いて得意客にし、大金を儲《もう》けた。最高裁の判事たちより法の抜け道にくわしい男の〝尻尾《しっぽ》をつかむ〟のがどれだけむずかしいかは、よくわかるだろう。ふたりは法の手をことごとくかわした──まさに犯罪の黄金時代だったよ。コーエン&フィールド法律事務所が懇切に弁護してくれるので、悪党たちは向かうところ敵なしというわけだ。

さて、コーエン氏はフィールドよりも経験が豊かで、仕事を心得ていたから、依頼人と〝接触〟して報酬を決める役だったんだが──流暢《りゅうちょう》な英語は話せなかったのに、巧みにやってのけてね──そのコーエン氏はある冬の夜、ノースリヴァーの岸辺で悲惨な最期をとげた。頭を撃ち抜かれた状態で発見されたんだが、その喜ばしい事件から十二年が経ったいまも、殺人犯の正体は判明していない。つまり──法的な意味では不明ということだ。検察は犯人の正体については強い確信を持っていた。今夜のフィールド氏の死去によって、コーエンの事件が未解決事件簿からはずされても、わたしとしてはなんの驚きも感じないね」

「そんな食わせ者だったのか」エラリーがつぶやいた。「死してなお不愉快きわまりない男だ。あんな男のせいで初版本を逃したかと思うと腹が立つ」

「もう忘れろ、本の虫め」父親がたしなめた。「つづけてくれ、ヘンリー」

「そのときから」サンプソンは最後の菓子を机からとって、盛んに咀嚼《そしやく》した。「そのときからフィールドの人生に光が差す。パートナーの不幸な死のあと、フィールドはまるで人生の新たな一ページをめくったようだった。仕事を――まともな法律の仕事を――はじめ、むろんそれをうまくこなすだけの頭脳もあった。何年もひとりで働き、業界に広まっていた悪評を徐々に消し去って、法曹界の気どった大物からも、ときにはいくばくかの敬意を払われるようになった。

そんなふうに善人の皮をかぶった時代は六年つづいた。そして、ベン・モーガンに出会う――モーガンは経歴に非の打ちどころがなく、評判も上々の実直な人物だったが、おそらく一流の弁護士に必要な才能のきらめきに欠けていたんだろう。とにかく、フィールドはモーガンを言いくるめてパートナー関係を結んだ。ここから事態は動きはじめる。

当時、ニューヨークで怪しげな事件がいくつも起こっていたのを、きみも覚えているはずだ。われわれは故買屋や悪党や弁護士、ときには政治家までもが加わった巨大な犯罪組織があることに薄々感づいた。大がかりな強盗がいくつも成功し、密造酒が市郊外の特産物になった。大胆不敵な強盗殺人事件が多発して、当局は気をゆるめる暇もなかったほどだ。もっとも、こういったことはきみも知っているだろう。きみたち警察は何人かを挙げたが、組織をつぶすことはできず、幹部にもたどり着けなかった。そして、われらが友、故モンティ・フィールド氏がこれらすべての事件の黒幕だったと信じるに足る根拠を、わたしはいくらでも示すことができるんだよ。

フィールドほどの才能の持ち主にとって、それがどれほどたやすいことだったかは、考えてみればわかる。最初のパートナーだったコーエンが後ろ楯《だて》になって、フィールドは裏社会の大物たちと昵懇《じっこん》になった。用済みになったころ、コーエンは都合よく始末された。それからフィールドは——これはもっぱら推測に基づく話であって、証拠は皆無に等しいんだが——だれが見ても真っ当な法律事務を隠れ蓑《みの》にして、巨大な犯罪組織をひそかに築きあげた。むろん、どうやってそれを成しとげたのかは知るすべもないがね。勝負に出る準備が万端整うと、フィールドは高名で信望の厚い弁護士のモーガンをパートナーにし、法曹界での地位を確立したうえで、計画を実行に移した。この五年ほどのあいだに起こった大きな犯罪のほとんどは、フィールドが企んだものだ……」

「モーガンはどこにからんでくるんですか」エラリーが何気なく尋ねた。

「その話をしようとしてたところだ。モーガンはフィールドの裏の顔とはなんのかかわりもなかったと考えてまちがいない。真っ正直な男で、被告人が胡乱《うろん》な人物だと弁護をことわったことが何度もあるほどだ。裏で何が進行中なのかにモーガンが少しでも感づいていたら、ふたりの関係は緊迫したにちがいない。実際のところはわからないがね——それはモーガン本人に訊《き》けばすぐにはっきりするはずだ。いずれにせよ、あるときふたりは関係を解消した。その後、フィールドは裏の仕事にややおおっぴらに手を出すようになったが、それでも法廷で通用しそうな明白な証拠はいっさい残さなかった」

「話の腰を折ってすまないが、ヘンリー」警視は考えこみながら言った。「ふたりの関係解消について、もう少し情報をもらえないだろうか。つぎにモーガンと話すときの切り札にしたい」

「ああ、それもそうだな！」サンプソンは硬い声で答えた。「おかげで思い出したよ。パートナー関係を解消する直前、ふたりは大喧嘩《おおげんか》をして、もう少しで大惨事になるところだった。ウェブスター・クラブで昼食中に、激しい口論をしたらしい。言い争いは過熱し、居合わせた連中が仲裁にはいったほどだった。モーガンは怒りのあまりわれを忘れ、殺してやるとフィールドを脅したそうだ。フィールドのほうは、あの男らしく、落ち着き払っていたという」

「喧嘩の原因に心あたりがある者は、目撃者のなかにいなかったのか」警視は尋ねた。

「あいにく、いなかった。この件はすぐに忘れ去られたんだよ。ふたりは静かに関係を解消し、それ以来、どこでも話題にされなかった。むろん、今夜までだが」

　地方検事が口をつぐむと、意味ありげな沈黙が流れた。エラリーはシューベルトの歌曲の何小節かを口笛で吹き、警視は遠慮せずに嗅《か》ぎ煙草を猛然と吸った。

「思いつくままに言わせてもらうと」エラリーは宙を見つめてつぶやいた。「モーガン氏は実に厄介な立場に陥ったたな」

　警視はうなった。サンプソンは真剣な口調で言った。「まあ、それはきみたちの仕事だよ。わたしは自分の仕事を心得ている。フィールドが死んだからには、あの男のファイルや記録を細大漏らさず調べるつもりだ。何はなくとも、フィールドの殺害が、いずれはこの犯罪組織の完膚なきまでの壊滅につながるといいがね。朝になったら、フィールドの事務所へ部下を行かせる」

「すでにわたしの部下が張りついている」警視は上の空で答えた。「じゃあ、おまえはモーガンが犯人だと思ってるのか」目を光らせてエラリーに尋ねる。

「一分前の発言は」エラリーは静かに言った。「モーガン氏が厄介な立場に陥ったというものだったはずだ。それ以上は何もはっきりしたことを言ってないよ。もっとも、論理的に考えれば、モーガンが怪しいのはたしかだね——ただし、一点だけ問題がある」

「あの帽子だな」警視は即座に言った。

「ちがう」エラリーは言った。「もうひとつの帽子だよ」

7　クイーン父子による状況確認

「いまの状況を確認しよう」エラリーは間を置かずにつづけた。「いちばんの初歩に立ち返って、この事件を考えてみたいんだ。

事実を大ざっぱにまとめるとこんなふうになる。モンティ・フィールドという名の、おそらくは巨大犯罪組織の首領で、敵が山ほどいたにちがいない怪しげな人物が、ローマ劇場で第二幕が終わる十分前、正確には九時五十五分に他殺死体で発見された。発見者はウィリアム・ピューザックという名のあまり頭がまわらない簿記係で、同じ列の五つ離れた席にすわっていた。この男が席を立って被害者の前を通ろうとしたとき、被害者は〝人殺し！　殺された！〟というようなことばを口にして絶命した。

警官がひとり呼ばれ、死亡を確認するために、客席にいた医師が協力を求められた。医師は被害者がなんらかのアルコール性中毒によって死亡した可能性が高いと語った。その後、検死官補のプラウティ医師もそれを支持したが、ひとつだけ不審な点があると付け加えた――ふつうのアルコール性中毒では、これほど早く死ぬはずがない、と。

そうなると、死因の問題はひとまず保留にしなくてはならない。確定するには解剖を待つしかないんだから。

多数の観客を相手にする必要があった警官は応援を呼び、近くにいた者が何人か駆けつけて任務にあたった。つづいて本部の人員も到着して、初動捜査の指揮をとった。ここで第一の重要な疑問が生じる。犯行から発覚までのあいだに、殺人犯には現場を離れる機会があったのかどうか。現場に最初からいたドイル巡査は、ただちに支配人に指示して、すべての出入口と両脇の小道を見張らせている。

劇場に着いたとき、何よりもまずその点が気になったんで、自分でちょっとした捜査をしてみたんだ。出入口を全部見てまわって、見張りの案内係に質問したんだよ。わかったのは、第二幕のあいだずっと、客席のすべてのドアに見張りがついていたことだ。例外がふたつあるけど、これはあとですぐ説明しよう。ともあれ、オレンジエード売りのジェス・リンチ青年の証言から、被害者が第一幕と第二幕の幕間には生きていて――そのあいだにリンチは小道でフィールドに会って話をしたんだからね――さらに第二幕がはじまってから十分後の時点でも元気そうだったことがわかっている。リンチがジンジャーエールを届けたのはそのときで、フィールドはのちに死体となって発見される席にいた。劇場内では、二階席へ通じる階段の下に案内係がいたが、第二幕の途中でこの階段をのぼりおりした者はいないと明言している。この証言により、犯人が二階席へのぼった可能性は排除される。

いまぼくが言ったふたつの例外というのは、左端の通路にある二か所のドアのことだ。ここにも見張りがいるはずだったが、案内係のマッジ・オコンネルが恋人の隣の席にすわったため、実際には見張りがいなかった。そこで、犯人がふたつのドアのどちらかから立ち去った可能性がぼくの頭に浮かんだ。何しろ、逃げようと思えば、ドアは好都合な位置にあったわけだからね。しかし、この可能性もオコンネル嬢の証言によって排除された。実は、父さんが質問したあとで、追いかけて訊いたんだよ」

「こっそりあの女と話をしていたのか、この食わせ者め」警視はうなり声をあげ、エラリーをにらみつけた。

「ああ、話したよ」エラリーは忍び笑いをした。「おかげで、現時点の捜査で意味を持ちそうな重要な事実がひとつ見つかった。オコンネルは、ドアから離れて〝牧師のジョニー〟の隣にすわる前に、内側の床にあるスイッチを踏んで、ドアの上下に掛け金をかけたと証言した。騒ぎが起こると、あの女は〝牧師〟の隣の席からあわてて跳び出したが、ドアを見ると施錠されたままだったんで、ドイルが観客を静めようとしているあいだに、自分で掛け金をはずしたそうだ。あの女が嘘をついていないかぎり――そして嘘とは思えないが――犯人がそのふたつのドアから立ち去っていないことがこれで証明される。死体が発見されたときに、内側から施錠されていたんだから」

「まったく！」警視は憤った。「忌々しい女だ、そんな話はまったく聞いていないぞ！　懲らしめてやる、あの小娘め！」

「理性を失わないでもらいたいな、平和の守護者どの《ムシュー・ル・ガルディアン・ド・ラ・ペ》」エラリーは声をあげて笑った。「ドアの施錠の件を話さなかったのは、訊かれなかったからだよ。自分がもうじゅうぶん厄介な立場にいるのは承知していたんだから。

　とにかく、あの女の証言で、殺された男の席の横にあるふたつのドアについては決着がついたと言っていい。もっとも、この問題については、あらゆる可能性が考えられる――たとえば、マッジ・オコンネルは共犯者かもしれない。これはあくまでひとつの可能性であって、仮説ですらないけどね。そもそも、殺人犯がだれかに目撃される危険を冒してまで、すぐ横のドアから逃げるとは考えにくい。それに、第二幕の途中に退出する人などめったにいないんだから、そんな不自然な時分に不自然な形で立ち去ったら、よけいに目立つはずだ。さらに言えば――犯人がオコンネル嬢の職務放棄を予見できたはずがないんだ――あの女が共犯者でないかぎりはね。これだけ周到に計画された犯罪なんだから――それはあらゆる特徴から見てまちがいないが――犯人は横のドアを逃走経路からはずしたはずだ。

　その結果、調べるべき脱出経路はひとつしか残されていないとぼくは考えた。正面入口だよ。そしてここでも、切符係と外にいたドアマンから、第二幕のあいだにそこを通って出た者はひとりもいないという内容のたしかな証言を得た。もちろん、あの純朴なオレンジエード売りを除いての話だがね。すべての出入口は見張られるか施錠され、小道には九時三十五分からリンチとエリナー、それに案内係のジョニー・チェイスの目があって、その後も警察が監視していた。それらが事実だとすると、ぼくの聞きこみと事実確認によって、必然的に」エラリーは重々しい口調でつづけた。「ひとつの結論が導かれるんだ。すなわち、殺人が発覚し、捜査が進められていたあいだずっと、犯人は劇場内にいたことになる！」

宣告のあと、沈黙がつづいた。「付け加えると」エラリーは静かにことばを継いだ。「案内係たちと話してるときにふと思いついて、第二幕がはじまってから席を立った者がいたかどうかを訊《き》いてみたんだけど、席を替えた者さえいなかったと記憶しているそうだ！」

警視はぼんやりともう一度嗅《か》ぎ煙草を吸った。「よくやった――それに、実にみごとな推理だ、息子よ――しかし、結局のところ、意外とも決定的とも言えまい。犯人がずっと劇場にいたところで――いったいどうすれば捕らえることができたというんだ」

「エラリーはできたはずだとは言っていないぞ」サンプソンが笑顔で口をはさんだ。「そう向きになるな。きみの仕事ぶりが怠慢だったと報告する者などだれもいないさ。

今夜、わたしが聞いたかぎりでは、きみは適切に対応した」

警視はうなった。「正直なところ、ドアの問題をもっとしっかり考え抜かなかった自分が腹立たしい。ただ、仮に犯人が犯行直後に出ていった可能性があったとしても、まだ劇場内に残っているかもしれなかったんだから、どのみちああした捜査方法をとるほかなかっただろうな」

「いや、父さん――それが当然だよ！」エラリーは真剣に言った。「父さんはあれこれ考えて手いっぱいだったけど、ぼくはソクラテスみたいに突っ立ってればよかったんだから」

「ここまでに捜査線上に浮かんだ面々についてはどう思う」サンプソンは興味深そうに尋ねた。

「さて、何が言えるのか」エラリーは挑むように言った。「その連中の会話や行動から確実な結論がひとつも引き出せないのはたしかだ。悪党の〝牧師のジョニー〟が劇場にいたのは、自分の商売をおもしろい角度から描いた芝居をただ観たかっただけだろう。マッジ・オコンネルはなんとも怪しい人物だけど、ゲームのいまの段階ではどうにも判断しようがない。共犯者かもしれないし――無実かもしれないし――単なる怠け者なのかもしれないし――どんな正体もありうると言っていい。それから、死体の発見者のウィリアム・ピューザックがいる。あの男の頭の働きが鈍そうなことには気づいたろうか。あとはベンジャミン・モーガン――ここでぼくたちが行き着くのは確率の分野であり、どんな目が出てもおかしくない。そもそも、今夜のモーガンの行動について、何がわかっているのか。そう、手紙や招待券の話は疑わしい。あんな手紙はだれだって、モーガン本人にだって書けるからね。それに、フィールドを人前で脅したことも忘れちゃいけない。理由はわからないけど、ふたりが二年にわたって反目していたこともね。そして最後に、フランシス・アイヴズ－ポープ嬢がいる。取り調べに同席できなかったのがほんとうに残念だよ。まぎれもない事実として――しかも、興味深い事実でもあるが――死んだ男のポケットから、この女性のイブニングバッグが見つかっている。説明できるならお願いしたいところだ。

そんなところが現状だが」エラリーは残念そうにつづけた。「今夜のドラマから導けるのは、あまりに多くの疑惑と、あまりに少ない事実だけだ」

「ここまでは」警視はそっけなく言った。「おまえの話は根拠が盤石だ。しかし、怪しい空席がいくつもあったという重要な点を忘れているぞ。それに、フィールドの半券と犯人のものと見なしうる唯一の半券とを――フリントが見つけた左LL30の半券のことだが――重ねても、ちぎった端が一致しないこともだ。つまり、その二枚の半券は別々の時刻に切符係の手に渡ったことになる！」

「なるほど」エラリーは言った。「でもその件はいったん脇に置いて、フィールドのシルクハットの問題を考えてみよう」

「シルクハットか——おまえはどう思っているのかね」警視は興味津々で尋ねた。

「説明しよう。まず、この帽子が何かの事故で消えたわけじゃないことはほぼ確実だ。殺害された男が、第二幕がはじまって十分後に帽子を膝《ひざ》に載せていた姿をジェス・リンチが目撃している。さて——とりあえず、帽子がいまどこにあるのかという問題は忘れよう。ここですみやかに導かれる結論は、帽子が持ち去られたのはふたつの理由のどちらかによるということだ。第一は、帽子がなんらかの形で犯人を示していて、それを残していけば身元がわかってしまう場合だ。現時点では、どういう形で犯人を示しているかは想像もつかないけどね。第二は、帽子のなかに犯人のほしいものがはいっていた場合。すると、その謎の品物だけを抜きとって、帽子は残していってもよかったんじゃないかという疑問が生じる。第二の仮説が正しいとしたら、たぶん犯人にはその品物を取り出す時間がじゅうぶんになかったか、どうやって取り出すかがわからなかったんで、あとでゆっくり調べようとして持ち去ったと推測できる。ここまではいいかい」

地方検事はゆっくりとうなずいた。警視はとまどったような目をして黙している。

「帽子にどんなものがはいっていたのかを少し検討しよう」エラリーは話を再開し、眼鏡をしきりに磨いた。「帽子の大きさ、形、容積を考えると、推測できる品物の範囲はそう広くない。どういうものならシルクハットに隠せるのか。ぼくの頭に浮かぶのは、何かの書類とか、宝石とか、紙幣とか、そんな場所に隠されていても簡単には見つけられそうにない、小さくて価値のある品物だ。もちろん、それを帽子の空洞部分に入れて持ち運ぶのは無理だろう。帽子を脱ぐたびに転がり落ちてしまうからね。したがって、どういうものであれ、品物は裏地の内側に隠されていたと考えられる。となると、候補のリストはますますせばまる。かさばる品物は除外していい。宝石なら隠せたかもしれない。紙幣や書類だった可能性もある。モンティ・フィールドの人物像から考えて、宝石はまずありえまい。フィールドが何か価値のあるものを持ち歩いていたのなら、職業に関係があるものじゃないだろうか。

この消えたシルクハットの予備分析にあたっては、考察すべき点がひとつ残っている。そして、それは事件の解決にとって不可欠な考察だと言っていい。何より重要なのは、モンティ・フィールドのシルクハットを持ち去る必要があることを犯人が事前に知っていたかどうかで、それを突き止めなくてはいけないんだ。つまり、理由がなんであれ、帽子の重要性を犯人があらかじめ知っていたのかどうか。ぼくの考えを言わせてもらえば、犯人はそんなことを事前には知らなかったと、事実がまちがいなく論理的に示している。

話にしっかりついてきてもらいたいんだが……モンティ・フィールドのシルクハッ

トが消えて、ほかのシルクハットが代わりに見つからないという事実は、犯人がなんとしてもそれを持ち去らなくてはならなかったことを明白に示している。さっきぼくが指摘したとおり、帽子を持ち去った可能性が最も高いのが犯人であることも異論の余地はないだろう。さて！　なぜ持ち去らなくてはならなかったかは別として、ここでふたつの可能性が生じる。ひとつは、帽子を持ち去る必要があると犯人が事前に知っていた場合。もうひとつは、事前には知らなかった場合だ。前者の場合から丹念に検討してみよう。もし犯人が前もって知っていたなら、殺された男の帽子がなぜか見あたらないというあからさまな手がかりを残すよりも、劇場に別の帽子を持ちこんでフィールドのものとすり替えるほうが妥当だし、筋が通っている。代わりの帽子を持参するのにはなんの問題もない。前もって必要だと知っているんだから、フィールドの頭のサイズや、シルクハットの形や、そのほかの詳細をあらかじめ調べておけるにちがいなく、代わりの帽子を用意するのはむずかしくなかったはずだ。けれど、代わりの帽子は残されていなかった。これほど綿密に計画された犯罪なら、代わりがあってもよさそうなものだ。それがなかったということは、フィールドの帽子の重要性を犯人が事前に知らなかったと結論するほかない。事前に知っていたら、別の帽子を残すという当然の策をとったに決まっている。そうすれば、フィールドの帽子が重要な意味を持つなどと警察に気づかれるはずがないからね。

この推理は別の面からも補強できる。仮に犯人が、何か秘密の理由から、代わりの帽子を残すことを望まなかったとしても、帽子を切り裂いて中身を手に入れればすんだはずだ。そのためには、刃物を前もって用意しておくだけでいい――たとえばポケットナイフを。切った跡があっても、空の帽子なら、消えた帽子のような厄介な処分の問題を生み出さない。帽子の中身をあらかじめ知っていたら、犯人はそちらの方法を選んだにちがいない。これは、犯人が帽子やその中身を持ち去る必要があるとは知らずにローマ劇場を訪れたという結論の強力な補強証拠になると思う。Q・E・D――証明終わり《クオド・エラト・デモンストランドウム》」

地方検事は唇をすぼめてエラリーを見つめた。クイーン警視は放心しているかのようで、嗅《か》ぎ煙草入れと鼻のあいだを手がさまよっている。

「何が言いたいんだ、エラリー」サンプソンは尋ねた。「帽子の重要性を犯人があらかじめ知っていたかどうかに、なぜこだわらなきゃいけない」

エラリーは微笑した。「単純なことですよ。犯行は第二幕がはじまってからおこなわれた。犯人は帽子の重要性を前もって知らなかったからこそ、方法はどうあれ、最初の幕間を計画の大事な要素として活用できなかったんです。それをはっきりさせたくて……。もちろん、劇場のどこかでフィールドの帽子が見つかるかもしれないし、もし見つかればいままでの推理はすべてご破算というわけです。まあ――そういうことにはならないと思いますが……」

「きみの分析は初歩なのかもしれないが、わたしには実に論理的に感じられたよ」サンプソンは賞賛をこめて言った。「きみは弁護士になるべきだったな」

「クイーン一族の頭脳にはだれもかなうまい」唐突に警視は含み笑いをして顔を大きくほころばせた。「しかし、わたしは別の方向から攻めてみようと思う。きっとこの帽子の謎にどこかでかかわってくるはずだ。エラリー、フィールドの夜会服に縫いつけられていた仕立て屋の名前に気づいたか」

「一瞬のうちにね」エラリーは愉快そうに笑みを見せた。トップコートのポケットから小さな本を出して開き、遊び紙に書きこんだメモを指さす。「ブラウン・ブラザーズだよ、みなさん――なんとあの」

「そのとおりだ。あすの朝、ヴェリーを聞きこみに行かせる」警視は言った。「フィールドの服が最高級品であることはわかったはずだ。あの夜会服は買ったら三百ドルはくだらない。ブラウン・ブラザーズはそういう上流階級向けの値段をつける業者だよ。だが、このつながりにはほかにも重要な点がある。死体が身につけていた衣類のすべてに、同じ仕立て屋の印があった。金持ちには珍しいことではないし、ブラウンの店は客の頭のてっぺんから爪先まで、一式仕立てるのを売りにしている。だからまずまちがいなく――」

「フィールドは帽子もその店で買っている！」サンプソンは大発見をしたかのように叫んだ。

「そのとおりだよ、タキトゥス」警視は笑みを浮かべた。「ヴェリーには、この衣類の売買を確認させて、できればフィールドが今夜かぶっていたのと同一の帽子を入手させよう。それを調べたくてたまらないよ」

サンプソンは咳《せき》をして立ちあがった。「そろそろほんとうに帰って寝たほうがよさそうだ。わたしがここに来た唯一の理由は、きみが市長を逮捕していないかたしかめるためだったからな。やれやれ、わたしの友人とやらはずいぶんな剣幕だったよ！まだまだ、いやと言うほど文句を聞かされそうだ！」

警視は困ったように笑って検事を見あげた。「帰る前に、ヘンリー、この事件でのわたしの役まわりをはっきり言ってもらえないか。今夜、わたしがかなり強引な手段をとったのは承知しているが、それが必要だったことはわかってもらえたはずだ。あんたの部下にこの事件を担当させるつもりなのか」

サンプソンは警視をにらんだ。「きみが指揮する捜査にわたしが満足していないなどと、どうして考えるんだね。くだらん！」たしなめて言う。「きみのやり方についてとやかく言ったことは一度もないし、今後も言うつもりはない。きみがこの事件を解決できないなら、わたしの部下にできるはずもない。親愛なるQよ、好きにやってくれ。必要ならニューヨークの人口の半分を勾留《こうりゅう》してもかまわない。わたしはきみの味方だ」

「感謝するよ、ヘンリー」警視は言った。「確認したかっただけだ。そこまで言うなら、わたしの働きぶりを見ていてもらいたい！」

警視は支配人室をゆっくり横切って待合室へ行き、劇場に通じるドアから顔を突き出して、大声で呼んだ。「パンザーさん、ちょっとこちらへ来てください！」

そして、浅黒い顔の劇場支配人をすぐ後ろに従え、ひとり唇をゆがめて笑いながらもどってきた。

「パンザーさん、サンプソン地方検事を紹介します」警視は言った。ふたりは握手を交わす。「さて、パンザーさん、あとひとつ仕事をしてくれたら、家に帰って寝てもらってけっこうですよ。ネズミ一匹はいりこめないように、この劇場を厳重に閉めきっていただきたい！」

パンザーは真っ青になった。サンプソンは、この件からはもう完全に手を引いたとでも言いたげに、肩をすくめた。エラリーは賛成のしるしにもっともらしくうなずいている。

「しかし――しかし、警視さん、せっかく大入り満員がつづいていますのに！」小柄な支配人は悲しげに言った。「どうしても必要でしょうか」

「必要です」警視は冷ややかに答えた。「そして部下ふたりに劇場をずっと巡回させるつもりですよ」

パンザーは両手を揉《も》み合わせ、サンプソンを盗み見た。けれども、地方検事は背を向けて壁の絵をながめている。

「あんまりですよ、警視さん！」パンザーは泣き叫んだ。「興行主のゴードン・ディヴィスからどれほど文句を言われますことか……いえ、もちろん――警視さんのご指示とあれば、そのようにいたしますが」

「まあ、そう落胆しないでください」警視は少し態度を和らげた。「今回の事件は非常に大きな注目を集めるでしょうから、舞台を再開したときには劇場の建て増しが必要なくらいになりますよ。どのみち、劇場を閉めてもらうのはせいぜい数日です。必要な指示は外にいる部下に出しておきます。今夜のぶんの日常業務をすませたら、残してある部下に声をかけてから帰ってください。いつ再開できるかは近日中にお知らせします」

パンザーは悲しげにかぶりを振り、一同と握手してから立ち去った。サンプソンがすぐさま警視に体を向けた。「なんと、ずいぶん大がかりだな、Q。なぜ劇場を封鎖したいんだ。もう隅から隅まで調べたのでは？」

「いや、ヘンリー」警視はゆっくりと言った。「あの帽子が見つかっていないからだよ。劇場にいた全員を並ばせて身体検査をし、そのうえで外に出したところ——だれもがひとつしか帽子を持っていなかった。となると、われわれの探している帽子は、まだここのどこかにあるのでは？　そしてまだここにあるなら、だれにも忍びこんで持ち去る機会を与えるつもりはない。打てる手はなんでも打つよ」

サンプソンはうなずいた。三人で支配人室を出て閑散とした一階席にもどったとき、エラリーはまだ思い悩むように眉《まゆ》をひそめていた。ところどころに、忙しく座席の上にかがみこんでは床を調べている人影がある。数人の男が前方のボックス席に出入りするのが見える。ヴェリー部長刑事は正面扉のそばに立って、小声でピゴットとヘイグストロームに話しかけている。フリント刑事が班を指揮しつつ、一階席のずっと前で作業をつづけている。あちらこちらで何人かの女が疲れた様子で掃除機をかけている。後方の隅では、太り気味の女性警官が年配の女と話している——パンザーがフィリップス夫人と呼んだ婦人だ。

三人の男は正面入口のほうへ歩いた。エラリーとサンプソンがいつ見てももの悲しい空っぽの客席を無言でながめているあいだに、警視は低い声でヴェリーにつぎつぎ指示をくだした。ようやく警視は振り返って言った。「さて、諸君、今夜はここまでだ。帰ろう」

歩道ではおおぜいの警官が広い範囲にロープを張っていて、その後ろに散らばった野次馬が口をあけて見ている。

「午前二時だというのに、宵っ張りがブロードウェイをパトロールしているよ」サンプソンが不満げに言った。クイーン父子が丁重に〝便乗〟をことわると、検事は手を振って車に乗りこんだ。仕事熱心な記者たちが、ロープを無理やりくぐってふたりのクイーンを取り囲む。

「おいおい！　どうしたんだね、諸君」警視がしかめ面で尋ねた。

「今夜の事件で何かつかめましたか、警視」ひとりが早口で尋ねる。

「知りたいことはすべて、ヴェリー部長刑事が教えてくれるだろう――中にいるぞ」

記者たちが一団となってガラスの扉に突進していくと、警視は笑みを浮かべた。

エラリーとリチャードのクイーン父子は無言で路肩に立ち、警官たちが集団を追い返すのを見守った。それから、警視は急に疲労の波に襲われて言った。「さあ、途中まで歩いて帰ろう」

第二部

……例をあげよう。かつてジャン・C――青年が困難な任務を割りあてられ、ひと月にわたって懸命に捜査したあげく、わたしのもとに来た。青年は打ちひしがれた顔つきで、ひとことも言わずに一枚の公文書用紙を差し出した。わたしはそれを読んで驚いた。辞表だったからだ。

「おい、ジャン!」わたしは声をあげた。「これはいったいどういう意味だ」

「自分は失敗しました、ムシュー・ブリヨン」青年はつぶやいた。「ひと月の仕事が徒労に終わりました。まちがった線を追っていたんですよ。お恥ずかしいかぎりです」

「ジャン、わが友よ」わたしはおごそかに言った。「これがきみの辞表に対する答だ」そのことばとともに、驚く青年の目の前で辞表を細かく引き裂いた。「行きたまえ」わたしは諭した。「そして最初からやりなおすんだ。この金言を忘れるな――何が正しいかを知るためには、まず何がまちがっているかを知らねばならない!」


――オーギュスト・ブリヨン『ある警視総監の回顧録』

8　この章では、クイーン父子がフィールド氏の親密な友人に会う

西八十七丁目にあるクイーン父子のアパートメントは、炉棚のパイプ掛けから壁の輝くサーベルまで、いかにも男の家だった。ふたりの住まいは、ヴィクトリア朝後期の趣を残す、褐色砂岩を張った三世帯用アパートメントの最上階にあった。訪問者は分厚い絨毯《じゅうたん》の敷かれた階段をのぼり、どこまでもつづくかのような、陰気なほどまっすぐな廊下を進んでいく。こんなわびしい場所に住めるのはひからびた人間だけだろうと確信するあたりで、〝クイーン家〟と記された巨大なナラ材の扉に出くわす――そこではきれいな字で書かれた表札が枠におさめられている。すると、扉の隙間からジューナが微笑みかけ、訪問者は新たな世界に足を踏み入れることになる。

これまでに幾人ものかなりの地位にある人々が、この安息の地にある聖域をめざして、殺伐たる階段をあえてのぼった。何枚もの著名人の名刺が、控えの間の代わりの玄関から居間へと、ジューナの手で楽しげに運ばれた。

実のところ、控えの間はエラリーの着想によるものだ。あまりにせま苦しいせいで、

四方の壁がやけに高く感じられる。室内は滑稽《こっけい》なほど地味で、一方の壁が狩猟を描いたタペストリーですっかり覆われている——この中世風の小部屋にはうってつけの装飾品だ。クイーン父子はこのタペストリーを心底きらっていたものの、直情的な紳士である某公爵から感謝のしるしとして下賜されたものなので、やむなくとってあった。公爵の息子は醜聞に巻きこまれそうになったところをリチャード・クイーンに救われたのだが、その詳細はついに表に出ることがなかった。タペストリーの下にはミッションヨン様式の重たげなテーブルがあり、羊皮紙のシェードのランプと、ブロンズの本立てではさんだ三巻組の『千夜一夜物語』が置かれている。

控えの間にはほかに、同じくミッション様式の椅子が二脚と、小さな敷物があるだけだった。

この息が詰まりそうな、陰鬱《いんうつ》で恐ろしげですらある空間を通り抜けた訪問者は、その先の大部屋が文句のつけようもないほど明るい雰囲気に満ちているとはけっして思わない。この対照の妙はエラリーが戯れに考え出したものであり、もしエラリーがいなければ、父リチャードはとうに控えの間と調度品を地獄の暗き辺土へ投げこんでいただろう。

居間の三方の壁には、革のにおいを漂わせる書棚がいくつも並んでいて、上へ上へと伸びて高い天井に届かんばかりだ。四つ目の壁には飾り気のない大きな暖炉があり、炉棚には硬いナラ材が使われて、鈍く光る鉄細工が火床を仕切っている。暖炉の上には、上等のサーベルが交差させて掛けてあるが、これは若きリチャードがニュルンベルクに留学していたときに、住まいを提供してくれたフェンシングの老師範から贈られたものだ。広々とした室内の至るところでランプが光を瞬かせ、安楽椅子、肘掛《ひじか》け椅子、低い寝椅子、足載せ台、明るい色の革張りクッションがほうぼうに散らばっている。ひとことで言えば、そこは贅沢《ぜいたく》な趣味を持ったふたりの教養ある紳士が住居として考えうる最も快適な部屋だった。そして、こういう部屋はやがて雑然としてきてよどんだ感じになるものだが、そういう結末を防いでいるのが、働き者であり、なんでも屋であり、使い走りであり、従者であり、マスコットである元気なジューナだった。

ジューナは、エラリーが大学へ行ってしまったためにリチャード・クイーンがひどく孤独を感じていたころ、この家に迎え入れられた。その明るい十九歳の少年は、親の顔を知らずに育ち、苗字の必要性など一度として感じたことがなかった。細身で小柄、臆病《おくびょう》ながら陽気なジューナは、よくにぎやかにはしゃいだが、必要なときにはネズミ並みにおとなしくなった。そして、まるでアラスカの先住民がトーテムポールを拝むかのように、リチャード老を崇拝していた。ジューナとエラリーのあいだにも、少年による心をこめた奉仕という形以外で表れたことはめったにないものの、家族としての愛情がひそかに流れていた。ジューナは父子の寝室の奥にある小部屋で眠り、リチャードが忍び笑いしながら言うには、〝真夜中にノミが仲間に歌ってやる歌も聞きとれる〟らしかった。

モンティ・フィールドが殺害された波乱の一夜の翌朝、ジューナが朝食に備えてテーブルクロスをひろげていると、電話が鳴った。早朝の電話に慣れっこになっていた少年は、受話器を取りあげた。

「クイーン家の従者のジューナでございます。どちらさまでしょうか」

「ああ、そうかい」電話の向こうで低い声がうなった。「いいから、小僧、警視を起こしてこい。さっさとな！」

「従者のジューナがお名前を承るまでは、クイーン警視にお取り次ぎはできません」

ヴェリー部長刑事の声をよく知るジューナは、笑みを作って舌で頬をふくらませた。

細い手がジューナの首を力強くつかみ、部屋の真ん中へ体ごとほうり投げた。身支度を整えた警視が、朝一番の嗅《か》ぎ煙草を味わって鼻を満足げにうごめかしながら、受話器に向かって言った。「ジューナにかまうな、トマス。どうしたのかね。クイーンだ」

「ああ、警視ですか。こんな朝早くにお邪魔をするつもりはなかったんですが、いましがたリッターがモンティ・フィールドのアパートメントから電話をかけてきたんです。おもしろい報告がありました」ヴェリーは重々しく言った。

「ほう、そうか！」警視は含み笑いをした。「われらがリッターがだれかをつかまえたのかね。だれだ、トマス」

「たしかにつかまえました」ヴェリーの淡々とした声が答えた。「目のやり場に困るほどあられもない恰好《かっこう》のご婦人だそうです。ずっとふたりきりでいたら、リッターはかみさんに離婚されかねません。どうかご指示を」

警視は大笑いした。「わかったよ、トマス。すぐに何人かお目付役をつけてやってくれ。わたしも羊が尻尾《しっぽ》をふた振りするあいだに行く——つまり、エラリーをベッドから引きずり出したら、急いで向かうよ」

警視は受話器を置いて微笑んだ。「ジューナ！」声を張りあげる。小さな台所のドアの向こうから、すぐさま少年の頭が突き出された。「卵とコーヒーを急いでくれ！」寝室へ行こうとすると、まだカラーこそつけていなかったが、まぎれもなく着替えのさなかにある寝ぼけまなこのエラリーと出くわした。

「もう起きていたのか」警視は言い、肘掛け椅子に腰を落ち着かせた。「ベッドから引きずり出さなくてはと思っていたところだぞ、不精者！」

「安心していいさ」エラリーは頭がまわっていない様子で答えた。「ぼくはたしかに起きてるし、もう寝るつもりはないよ。ジューナが腹ごしらえをさせてくれたら、外出するから邪魔はしないさ」ふらつきながら寝室にはいっていき、すぐにカラーとネクタイを振りまわしながら出てきた。

「おい！　どこへ行くつもりだ」警視は立ちあがって声を張りあげた。

「本屋だよ、警視どの」エラリーはまじめくさって答えた。「ぼくがファルコナーの初版本をみすみす逃すとでも思ってるのかい。やれやれ――まだ残ってるかもしれないのに」

「ファルコナーなんかどうだっていい」警視は苦々しげに言った。「おまえも首を突っこんだんだから最後まで手伝ってくれ。おい――ジューナ――あの子はいったいどこへ行った」

ジューナが片手に盆を、片手に牛乳のはいったピッチャーをバランスよく持って、元気な足どりで部屋にはいってきた。たちまちテーブルの用意を整え、コーヒーを沸かし、トーストを焼く。父子はことばを交わさずに朝食を急いで平らげた。

「さて」エラリーは空になったコップを置いた。「楽園の朝餉《あさげ》もすませたことだし、どこで火事が起こったのかを聞きたいな」

「帽子とコートを用意して、意味のない質問はやめることだ、厄介者め」警視は不機嫌そうに言った。三分後、ふたりは歩道でタクシーを呼び止めていた。

タクシーは堂々としたアパートメントの前で停まった。ピゴット刑事がくわえ煙草で歩道をぶらついている。警視は目配せをし、早足でロビーにはいっていった。エラリーを連れて急いで四階にあがると、出迎えたヘイグストローム刑事が4－Dと記されたドアを指さした。エラリーが表札の文字をよく見ようと身を乗り出し、楽しそうな顔で何かを忠告しようと父親のほうを振り返ったとき、警視が遠慮なく鳴らしていた呼び鈴に応《こた》えてドアが大きくあき、リッターの紅潮した大きな顔がのぞいた。

「おはようございます、警視」刑事は小さな声で言い、ドアを押さえた。「来てくださってよかった」

警視とエラリーは足を踏み入れた。調度品で飾り立てられた小さな玄関にはいる。ふたりの視線のまっすぐ先には居間があり、その奥に閉ざされたドアがある。ドアの端のあたりに、フリルのついた女物のスリッパと、細い足首が見えた。

警視は進み出たが、考えなおし、すばやく玄関のドアをあけて、外でうろついていたヘイグストロームを呼んだ。刑事は走ってきた。

「中にはいれ」警視は鋭く言った。「仕事があるんだ」

警視はエラリーとふたりの私服刑事を従えて、居間に歩み入った。

成熟した美しさがあるものの、少しやつれ、厚く塗った頬紅の上からでも青ざめた暗い顔色のわかる女が、勢いよく立ちあがった。薄手のゆったりしたネグリジェを着て、髪は乱れている。女は苛立《いらだ》たしげに煙草を踏み消した。

「あんたが親玉？」耳障りな声で警視に怒鳴った。警視は微動だにせず立ったまま、女を無遠慮にながめる。「だったら、おまわりを送りこんであたしをひと晩じゅう閉じこめるなんて、どういうつもりよ」

女は警視につかみかからんばかりの勢いで、前へ跳び出した。リッターがすばやく立ちふさがって、その腕をつかむ。「おい」刑事はすごみを利かせて言った。「質問されるまで、だまってろ」

女はリッターをねめつけた。それから、雌虎よろしく体をひねって手を振りほどくと、椅子にすわりなおし、怒りに燃える目で荒い息をついた。

警視は両手を腰にあて、嫌悪もあらわに女を上から下までながめた。エラリーは女を一瞥《いちべつ》しただけで、室内をぶらつきはじめ、タペストリーや浮世絵に目を凝らしたり、サイドテーブルから本を取りあげたり、隅の暗がりに頭を突っこんだりしている。

警視はヘイグストロームに合図をした。「このご婦人を隣の部屋に連れていって、しばらく見張っていてくれ」刑事が女を無造作に立たせる。女は反抗的に首を振ってから隣室へ歩いていき、ヘイグストロームはそれについていった。

「では、リッター」警視は大きく息を吐き、安楽椅子に体を沈めた。「何があったのか、報告を」

リッターはあらたまって答えた。目が疲れで充血している。「ゆうべ、自分は警視のご指示に忠実に従いました。パトカーで来たんですが、だれかが監視しているかもしれないと思ったんで、車は角に停めてこのアパートメントまで歩きました。あたりは静まり返っていて――明かりも見えませんでした。建物にはいる前に中庭へ行って、裏窓を見あげてみたんです。そして、呼び鈴を小さく鳴らして待ちました。だれも出てきません」リッターは大きな顎《あご》に力を入れてつづけた。「もう一度鳴らしました――こんどは長く、大きく。今回は効果がありました。中で掛け金のはずれる音がして、あの女が黄色い声で言ったんです。〝あなたなの、ハニー。鍵《かぎ》はどうしたの〟とね。ははあ、と思いました。フィールドの女か！　そこで自分はドアの隙間に足を突っこみ、女の不意を突いてつかまえました。いや、驚きましたよ。予想していたのは――」リッターはばつが悪そうに笑った。「予想していたのはしっかり服を着た女だったんですが、つかんだ手にあったのは薄っぺらな絹の寝間着一枚だったんです。きっと自分の顔は真っ赤になって……」

「ああ、善良なる法のしもべならではの役得だな！」エラリーは小さな漆塗りの花瓶をのぞきこみながらつぶやいた。

「とにかく」刑事はつづけた。「自分がつかんだ女はわめき散らしました――それはもう盛大にね。居間へ連れていって、明かりのもとで女の顔をよく見ました。怯《おび》えて真っ青でしたが、なかなか勝ち気で、毒づいていましたよ。あんたはだれだとか、夜中に女の住まいに押し入って何をするつもりだとか。自分はバッジを見せました。すると、あの女丈夫のシバの女王は――バッジを見たとたん、まるで牡蠣《かき》みたいに口を閉ざして、何を訊《き》いても答えようとしないんです！」

「なぜだろうな」警視の視線は床から天井までをさまよい、部屋の調度品を見まわしている。

「よくわかりません」リッターは言った。「最初はこわがっていたくせに、バッジを見たらずいぶん強気になったんです。そのうえ、自分がここにいればいるほど、ふてぶてしくなって」

「きみはフィールドのことを話さなかっただろうな」警視は小声で問いただした。

リッターは心外だという目で上司を見た。「ひとことも漏らしませんよ。あの女からは何も聞き出せそうもなかったんで――〝モンティが帰ってきたら覚悟しなさいよ、この唐変木！〟としか言わないんですよ――そこで寝室をのぞいてみました。だれもいなかったから、女を中へ押しこみ、ドアをあけて明かりをつけたまま、ひと晩じゅう見張っていました。しばらくして女はベッドにはいり、眠ったようでした。そして、けさの七時ごろに跳び起きて、またわめきだしましてね。どうやら、本部がフィールドを逮捕したと思いこんだようです。新聞を見せろとうるさくて。だめだと答えて、本部に電話しました。そのあとは特に何もありません」

「ちょっと、父さん！」いきなりエラリーが部屋の隅から叫んだ。「われらが弁護士先生がどんな本を読んでると思う――とても想像できないよ。『筆跡による性格診断』だって！」

警視はうなって立ちあがった。「いつまでも本をいじくるのはやめたらどうだ。さあ、ついてこい」

そう言って、寝室のドアをあけた。女はベッドに腰かけて脚を組んでいた。ナポレオン時代風の派手な装飾のベッドで、天蓋《てんがい》があり、分厚いダマスク織りのカーテンが床まで垂れている。ヘイグストロームは無表情で窓に寄りかかっていた。

警視はすばやく室内を見まわし、それからリッターに顔を向けた。「きみがゆうべここに来たときには、あのベッドは乱れていたかね――つまり、だれかが寝ていたように見えたかね」ささやくように言った。

リッターがうなずく。「よし、それなら、リッター」警視はやさしい口調で言った。「家に帰ってゆっくり休むんだ。きみはそれだけの仕事をした。出ていくときに、ピゴットをよこしてくれないか」刑事は帽子にふれて敬礼し、それから立ち去った。

警視は女のほうに向きなおった。ベッドに歩み寄って隣に腰をおろし、半ばそむけられた顔を観察する。女は反抗的な態度で煙草に火をつけた。

「クイーン警視だ」警視は穏やかに言った。「警告しておくが、だんまりを決めこんだり、嘘をついたりしても、ひどく厄介なことになるだけだ。おい、待て！　もちろん、自分でもわかっているはずだ」

女は体を離した。「何も答えないよ、警視さん。なんの権利があって、あたしに質問するんだろうね。あたしは何も悪いことをしてないし、過去だってきれいなものよ。あんたのパイプに詰めて吸えるくらいにね！」

女が忌むべき草の話を持ち出したので、お気に入りの悪徳を思い出したのか、警視は嗅《か》ぎ煙草を吸った。「ごもっともだ」柔らかな声で言う。「真夜中にさびしく寝ていた女性がいきなり叩《たた》き起こされたわけだから――そう、たしかにベッドで寝ていたんだろう？」

「あたりまえでしょ」女は即答したが、そこで唇を噛《か》んだ。

「そして目の前には警官がいた……怯えたのも無理はない」

「怯えてなんかなかったよ！」女は金切り声で言った。

「それならそれでいい」警視はやさしく応じた。「だが、名前くらいは教えてくれてもいいのではないかね」

「教える義務なんてないけど、別に教えたって平気だよ」女は言い返した。「アンジェラ・ラッソー――アンジェラ・ラッソー夫人よ――あたしはね、そう、フィールドさんと婚約してるの」

「なるほど」警視は重々しく言った。「あなたはアンジェラ・ラッソー夫人で、フィールド氏と婚約している。よろしい！　それで、ゆうべはこの家で何をしていたんだね、アンジェラ・ラッソーさん」

「あんたに関係ないでしょ！」女は冷ややかに言った。「もう帰してくれないかしら──あたしは何もまちがったことなんてしてないんだから。あたしに向かってわけのわからないことをまくし立てる権利なんてしてないはずよ、老いぼれ！」

部屋の隅で窓の外をながめていたエラリーが苦笑する。警視は身を乗り出して、やさしく女の手をとった。

「ラッソーさん」警視は言った。「いいかね──ゆうべ、あなたがここで何をしていたかをわれわれが知りたいのは、しかるべき理由があってのことなんだよ。さあ──話してくれないか」

「あんたがモンティをどうしたかわかるまで、何も言わない！」女は叫び、手を振り払った。「あの人をつかまえたんなら、なんであたしにつきまとうのよ！　あたしは何も知らないんだったら」

「フィールド氏はいま、とても安全な場所にいる」警視は言いきって立ちあがった。「手加減するのもそろそろ終わりだな、マダム。モンティ・フィールドは死んだよ」

「モンティ──フィールド──が──」女はわれ知らず唇を動かした。いきなり立ちあがって豊満な体にネグリジェを掻《か》き寄せ、警視の冷淡な顔を見据える。すぐに笑いだし、ふたたびベッドに腰を落とした。「つづけなさいよ――だますつもりなんでしょ」あざけって言う。

「人の死を冗談の種にする習慣は持ち合わせていないよ」警視は小さな笑みを漂わせて答えた。「請け合うが、わたしのことばを信じたほうがいい――モンティ・フィールドは死んだ」女は警視を見あげ、ことばを失って唇だけを動かしている。「さらに言うとな、ラッソーさん、フィールドは殺されたんだ。これで質問に答える気になったのではないかね。昨夜の十時少し前、あんたはどこにいた」顔を寄せ、耳もとでささやく。

ベッドにすわったラッソー夫人の体から力が抜け、大きな目に恐怖が宿りはじめた。女は茫然《ぼうぜん》と警視を見たが、その顔に慰めを見いだせず、ひと声叫んで皺《しわ》の寄った枕に顔をうずめ、泣きじゃくった。警視は後ろにさがり、少し前に部屋にはいってきたピゴットにささやき声で話しかけた。しゃくりあげる声が急にやんだ。女は体を起こし、レースのハンカチで顔をぬぐった。目が異様にぎらついている。

「わかった」女は静かな声で言った。「ゆうべの十時少し前には、このアパートメントにいたけど」

「証明できるかね、ラッソーさん」警視は嗅ぎ煙草入れをいじりながら尋ねた。

「証明なんかできないし、する義務もない」女は憂鬱《ゆううつ》そうに答えた。「でも、アリバイを探してるんなら、九時半ごろにこの建物にはいったところを、下のドアマンが見たはずよ」

「それなら簡単に確認できる」警視は認めた。「教えてもらいたい――そもそも、ゆうべはなぜここに来たのかね」

「モンティと約束してたのよ」女は気だるそうに説明した。「きのうの午後、モンティから電話があって、夜に会うって話になったの。仕事で十時ごろまで帰れないって言ってたから、あたしがここで待つことになって。ここには――」いったんことばを切ってから、開きなおってつづける。「――ここにはそんなふうにしてよく来るのよ。たいていはちょっとばかり〝いいこと〟をして、いっしょに夜を過ごすの。婚約してるんだから――わかるでしょ」

「ふむ。なるほど、なるほど」警視は居心地が悪そうに咳払《せきばら》いをした。「しかし、フィールド氏は時間になっても帰ってこなかったわけだから――」

「予想よりも仕事が長引いてるのかもしれないって思ってね。それで――待ちくたびれて、うたた寝をしちゃったの」

「よくわかった」警視は間を置かずに言った。「フィールド氏は行き先や仕事の内容を話していなかったかね」

「いいえ」

「教えてもらえると大いに助かるんだが、ラッソーさん」警視は注意深く言った。「フィールド氏は芝居好きだったのかな」

女は怪訝《けげん》そうに警視を見た。少しずつ気力がもどってきたらしい。「しょっちゅう観にいってたわけじゃないけど」ぶっきらぼうに言う。「どうして？」

警視は顔をほころばせた。「そう、それが問題なんだよ」そしてヘイグストロームに合図し、手帳を開かせた。

「フィールド氏の個人的な友人の名前をあげてもらえるかな」警視は質問を再開した。「それと、思いつくなら、仕事上の知り合いも」

ラッソー夫人はなまめかしく両手を頭の後ろで組んだ。「正直に言うとね」甘ったるい声で言う。「だれも知らないのよ。モンティとは、半年前にヴィレッジの仮面舞踏会で出会ったの。婚約のことはおおっぴらにしてなくてね。実のところ、あの人の友達にはひとりも会ったことがないの……あたし、思うんだけど」女は打ち明けるように言った。「モンティはあまり友達がいなかったんじゃないかしら。仕事仲間なんて、なおさらあたしが知るわけないでしょ」

「フィールドの経済状態はどうだったかね、ラッソーさん」

「そういう話なら女は鋭いよ！」はすっぱな態度を完全に取りもどして、女は切り返した。「モンティはいつだって気前がよかった。まったくお金に不自由してなかった。あたしのために、ひと晩で五百ドルも使ってくれたことが何度もあったくらい。モンティはそういう人よ——派手なことがすごく好きだった。どうしてこんな目に！——かわいそうな人！」涙を拭《ふ》き、せわしなく鼻をすする。

「しかし——銀行口座は？」警視はひるまずに食いさがった。

ラッソー夫人は微笑んだ。感情の切り替えを果てしなくできるらしい。「穿鑿《せんさく》しなかったのよ。あたしをちゃんと扱ってくれれば、そんなことはどうでもいいもの。少なくとも」言い添える。「自分からは教えようとしなかったし、だからとやかく言うまでもないでしょ」

「どこにいたのかな、ラッソーさん」エラリーの淡々とした声が届いた。「ゆうべの九時半以前には」

女は驚いて、新しい声の主のほうを見た。ふたりは互いを注意深く値踏みしたが、何やら熱っぽいものが女の目に浮かんできた。「どなたか存じませんけど、ミスター、それをお知りになりたかったら、セントラルパークの恋人たちにお尋ねになることね。あたしはパークを少し散歩してたの——ひとりきりでね——七時半ごろからここに来るまで」

「それは運がいい！」エラリーはつぶやいた。警視はあわただしくドアのほうへ行き、三人の男を手招きして、女に言った。「われわれはこの部屋から出ますから、着替えてください、ラッソーさん。とりあえずはこれでけっこうです」女は並んで出ていく男たちをいぶかしげにながめる。最後になった警視は、わが子に対するような目を女の顔に向けてから、ドアを閉めた。

居間で四人の男は、手を急《せ》かしながらも徹底的な捜索を開始した。ヘイグストロームとピゴットは警視の指示を受けて、部屋の片隅にあった彫刻入りの机の抽斗《ひきだし》をくまなく調べた。エラリーは筆跡による性格診断の本を興味深そうに読んでいる。警視はせわしなく歩きまわり、玄関寄りにあったクローゼットに頭を突っこんだ。そこは衣類をしまうにはじゅうぶんな大きさがあり――さまざまなトップコートやマントがラックに掛けられている。警視はポケットを順々に探った。こまごまとした品――ハンカチ、鍵《かぎ》、古い私信、財布――が出てきた。警視はそれらの品を片端に寄せた。上の棚には帽子がいくつか載っている。

「エラリー――帽子だ」警視はうなった。

エラリーは読んでいた本をポケットに突っこみ、急いで部屋を横切った。警視は意味ありげに帽子を指さしている。ふたりは手を伸ばして調べはじめた。帽子は四つあった――色褪《いろあ》せたパナマ帽がひとつ、灰色と茶色のフェルトの中折れ帽がひとつずつ、山高帽がひとつだ。どれもブラウン・ブラザーズの名が縫いこまれている。

ふたりは帽子を手に持って、ためつすがめつ見た。すぐに、そのうち三つには――パナマ帽と中折れ帽ふたつには――裏地がないことに気づいた。警視は四つ目の上等な山高帽を仔細《しさい》に調べた。裏地に手を這《は》わせ、汗革を引きおろしたが、そこでかぶりを振った。

「正直に言って、エラリー」警視はゆっくりと言った。「なぜここの帽子に手がかりがあると期待したのか、自分でもまるでわからないよ。ゆうべ、フィールドがシルクハットをかぶっていたのなら、その帽子がこの家にあるはずがない。われわれが明らかにしたとおり、犯人は警察が到着したときにはまだ劇場にいたはずだ。リッターは十一時にはここに来た。したがって、その帽子がこの場所に持ちこまれたとはぜったいに考えられない。さらに言えば、たとえそれが物理的に可能だったとしても、犯人がそんな行動をとる理由があるものか。フィールドのアパートメントがただちに捜索されることは承知していたはずだ。やれやれ、少し気が滅入ってきたよ、エラリー。ここの帽子からは何も引き出せない」うんざりした顔で、山高帽をもとの棚にほうり投げた。

エラリーはむずかしい顔で考えをめぐらしていた。「そのとおりだな、父さん。この帽子にはなんの意味もない。でも、何か引っかかるんだな……ただ、それはともかく！」背筋を伸ばして鼻眼鏡をはずした。「ゆうべ、帽子以外にもフィールドの持ち物がなくなってる可能性は考えなかったのかい」

「帽子と同じくらい簡単にわかればよかったんだがな」警視は不機嫌に言った。「たしかに考えたよ――ステッキだ。しかし、わたしに何ができたと言うんだ。仮にもともとフィールドがステッキを携えていたとしても――何者かがステッキを持たずに劇場にはいったあと、フィールドのステッキを持って劇場を離れるのは造作もないことだ。われわれがその人物を足止めしたり、ステッキの持ち主をたしかめたりなんてことをできたはずがあるまい？　だから、ステッキについてわざわざ考えるのはやめたよ。それに、ステッキがローマ劇場に残っていたら、そのままそこにあるはずだ――その点は心配ない」

　エラリーは含み笑いをした。「シェリーかワーズワースを引用したいところだね、父さんの知力をたたえて。でも、〝してやられた〟以上に詩的な文句を思いつかないな。何しろ、ぼくのほうは、いまのいままでステッキのことは考えもしなかったんだから。まあ、何が言いたいかというと、このクローゼットにステッキのたぐいは一本もないということだよ。フィールドのような男が、夜会服に合うおしゃれな斧槍《おのやり》でも持ってたなら、きっとほかの衣装に合うステッキも持ってたにちがいない。そのステッキが一本もない以上は――寝室のクローゼットから出てくれば話は別だけど、コートや外出用の装身具は全部ここにあるみたいだから、それはないだろうな――ゆうべフィールドがステッキを携えていた可能性は排除される。ゆえに——ステッキのことは頭から追いやっていい」

「なるほどな、エル」警視は力なく返事をした。「それは思いつかなかったよ。さて——向こうの仕事ぶりを見てみよう」

ふたりは部屋を横切り、机を入念に調べているヘイグストロームとピゴットのもとへ行った。天板に書類やメモが小高く積みあげられている。

「おもしろそうなものはあったかね」警視は尋ねた。

「重要なものはなさそうです」ピゴットが答えた。「ありふれた品ばかりで——手紙が何通かありましたが、差出人はもっぱらあのラッソー夫人で、えらく熱々の内容ですよ——あとは請求書とか領収書のたぐいです。ここには何もなさそうですね」

警視は紙の山に目を通した。「たしかに、たいしたものはないな。まあいい、作業をつづけるように」紙の山は机のなかにもどされた。ピゴットとヘイグストロームは手早く室内を捜索した。家具を叩《たた》き、クッションの下をつつき、敷物をめくる——熟練の徹底した仕事ぶりだった。警視とエラリーが無言で見守っていると、寝室のドアがあいた。ラッソー夫人が、茶色の外出着とトーク帽というしゃれた恰好《かっこう》で現れた。戸口で足を止め、ひたすら驚きで目をまるくしてその場のありさまを見まわしている。ふたりの刑事は顔もあげずに捜索をつづけた。

「この人たちは何をしてるの、警視さん」女はつまらなそうな口調で尋ねた。「すてきな宝物でも探してるのかしら」だがその目は鋭い光を帯び、好奇心に満ちている。

「ご婦人にしてはずいぶんと身支度が早いな、ラッソーさん」警視は感心して言った。「家に帰るのかね」

女は険しい視線を警視に向けた。「あたりまえでしょ」そう言って、目をそむける。

「で、住まいは――」

女はグリニッジ・ヴィレッジにあるマクドゥーガル通りの番地を教えた。

「ありがとう」警視は丁重に言って書き留めた。女が居間を横切って歩いていく。

「ああ、ラッソーさん！」女は振り返る。「帰る前に――フィールド氏の酒食の習慣について、教えてくれないか。つまり、その、いわゆる飲兵衛《のんべえ》だったのかどうか」

女はおかしそうに笑った。「そんなことを？　イエスでもノーでもあるかな。モンティが真夜中まで飲みつづけたのにしらふだったのを見たことがある――まるで牧師みたいだった。でも、二、三口飲んだだけでぐでんぐでんに酔っぱらったこともあった。そのときしだいね――わかる？」また笑う。

「まあ、たいていの人間はそうだな」警視はつぶやいた。「友の大いなる秘密を明かせとまで言うつもりはないんだが、ラッソーさん――ひょっとして、フィールド氏の酒の出どころを知っているのでは？」

とたんに女は笑うのをやめ、憤慨そのものの表情になった。「あたしをなんだと思ってるのよ」きつい口調で言う。「知るわけないし、知ってたって言うもんか。密造酒造りにだって、まじめに働いてる人がたくさんいて、あの人たちをぶちこもうとしてる連中よりずっとましよ！」

「人の世の習いというわけか」警視はなだめるように言った。「とはいえ」穏やかにことばを継ぐ。「その情報がどうしても必要になったら、教えてもらうよ。いいね？」沈黙が流れる。「では、これでけっこう、ラッソーさん。街を離れないでもらいたい。じきにあんたの証言が必要になるかもしれないから」

「ああ、そう——じゃあ」女は頭をそびやかし、部屋を出て玄関へ行った。

「ラッソーさん！」警視は不意を突き、鋭い声で呼び止めた。女は手袋をはめて玄関のドアノブにふれたところで振り返った。唇から笑みが消えている。「フィールドとパートナー関係を解消したあと、ベン・モーガンが何をしていたかは——知っているかな」

一瞬のためらいののち、答が返った。「だれよ、それ」眉間《みけん》に皺《しわ》を寄せている。

警視は敷物の上でまっすぐ立った。「いいだろう。では」残念そうに言い、背を向けた。ドアが乱暴に閉められる。少しの間を置いて、ヘイグストロームが出ていき、ピゴットと警視とエラリーはアパートメントに残った。

同じひとつの考えが浮かんだかのように、三人は寝室へ急いだ。先刻出てきたときと変わらない様子だった。ベッドは乱れ、ラッソー夫人のナイトガウンとネグリジェが床にほうり出されている。警視は寝室のクローゼットをあけた。「うわっ!」エラリーが声をあげる。「あの男は服の好みがずいぶんとうるさかったんだな。マルベリー通りの伊達男《だておとこ》ブランメルといったところか」三人はクローゼットを漁《あさ》ったが、収穫はなかった。エラリーは首を伸ばして上の棚をのぞいた。「帽子はなし――ステッキもなし。あの件はこれで解決、と!」満足そうにつぶやく。ピゴットが小さな台所へ行き、半数ほどが空いた酒瓶のケースをかかえて、重さによろめきながらもどってきた。

エラリーと警視はケースの上にかがみこんだ。警視は慎重にコルクを抜き、中身のにおいを嗅《か》いだ。瓶を手渡されたピゴットも、上司が示した手本に注意深くならった。

「見た目もにおいも問題なさそうですが」ピゴットは言った。「思いきって味見をする気にはなれませんね――ゆうべの事件のあとでは」

「その用心は当然だね」エラリーはくすくす笑った。「だけど、もし酒の神バッカスを呼び出したくなったら、この祈りの文句を勧めておくよ。おお、酒よ、汝《なんじ》、知られたる名を持たぬなら、われ、そなたを死と呼ばん*」

「その蒸留酒を分析させよう」警視は不快そうに言った。「スコッチとライのブレンドで、ラベルはいかにも本物だ。しかし、もしかすると……」唐突にエラリーが父親の腕をつかみ、緊張した顔を寄せた。三人は体をこわばらせた。

何かを引っ掻《か》くような音が、玄関のほうからかすかに聞こえる。

「だれかがドアの鍵《かぎ》をあけようとしているらしい」警視はささやいた。「行け、ピゴット――だれだろうと、はいってきたらすぐにつかまえろ！」

ピゴットは居間を駆け抜けて玄関へ行った。警視とエラリーは寝室に身をひそめて待った。

ドアをこするような音のほかは、静まり返っていた。新参者は鍵がなかなかおさまらずに苦労しているらしい。突然、シリンダー錠のまわる音が響き、一瞬ののちにドアがあけられた。直後にドアが閉まる。

くぐもった悲鳴、雄牛を思わせるしゃがれ声、窒息しかけたようなピゴットの罵声《ばせい》、足が激しく叩きつけられる音――それらを耳にしたエラリーと警視は、居間から玄関へ突進した。

ピゴットが黒ずくめのたくましい男の腕のなかであがいていた。取っ組み合ううちに蹴飛《けと》ばされたのか、スーツケースが床の片隅に転がっている。新聞が宙を舞い、寄せ木細工の床に落ちるのと同時に、エラリーは毒づく男につかみかかった。

訪問者を押さえこむのは、三人がかりでやっとだった。ようやく男は荒い息をついて床に倒れ、ピゴットの腕が男の胸を強く押さえつけた。

警視はかがみこみ、怒りで真っ赤になった男の顔を物問いたげに見つめてから、穏やかに尋ねた。「さて、どなたかな、ミスター」

(原注)

＊　ここでエラリー・クイーンは、おそらくシェイクスピアの文句をもじっている。「おお、汝、目に見えぬ酒の精よ、汝、知られたる名を持たぬなら、われ、そなたを悪魔と呼ばん」

9　この章では、謎のマイクルズ氏が登場する

侵入者はふらつきながら立ちあがった。長身のがっしりした男で、顔つきはいかめしく、目はなんの感情も映していない。外見にも物腰にも人目を引くところはない。何か変わった点があるとすれば、それは外見も物腰もあまりに目立たないことだった。名前も職業もわからないが、まるで個性の表れを消し去ろうと意識してつとめたかのように見える。

「いったいなぜこんな乱暴な真似をするんですか」男は低い声で言った。しかし、その口調さえも平板で生気がなかった。

警視はピゴットに顔を向けた。「何があった」わざときびしく問いただす。

「自分はドアの後ろに立っていまして」ピゴットはまだ息を切らしていて、あえぎながら言った。「この野良猫がはいってきたんで、腕をつかみました。すると、貨物車一杯ぶんの虎みたいな勢いで跳びかかってきたんです。顔を押しのけられたもので――一発食らわせてやりまして……。またドアから逃げようとしましたよ」

警視は重々しくうなずいた。新参者が静かに言う。「そいつは嘘ですよ。この人が跳びかかってきたんで、反撃しただけです」

「わかった、わかった！」警視はつぶやいた。「これでは埒《らち》が明かない……」

いきなりドアがあき、戸口にジョンソン刑事が現れた。警視を片隅に連れていく。

「ヴェリー部長刑事が急に思いなおして、自分にこっちへ来るようにおっしゃったんです。もしかすると人手が要るかもしれないと……で、近くまで来たら、その男を見かけたんですよ。何を嗅ぎまわってるのかわからなかったんで、尾《つ》けてきました」警視は強くうなずいて、小声で言った。「来てくれてありがたい――出番はあるぞ」部下たちに合図し、先に立って居間へはいっていく。

「さて、きみ」大柄な侵入者にぶっきらぼうに言った。「茶番は終わりだ。きみは何者で、ここで何をする気だった」

「チャールズ・マイクルズと申します。モンティ・フィールドさまの従者をつとめております」警視は目を険しくした。男の物腰がどことなく変化している。顔は無表情のままで、態度もまったく同じだ。しかし警視は変貌《へんぼう》を感じとっていた。エラリーをすばやく一瞥《いちべつ》し、自分の印象がやはり正しいことをその目から読みとった。

「ほう、そうかね」警視は落ち着き払って尋ねた。「従者か。で、朝のこんな時間にその旅行鞄《りょこうかばん》を持って、どこへ行くつもりだね」玄関から居間へピゴットが運んできた安物の黒いスーツケースを手で示した。急にエラリーが玄関のほうへ向かった。かがんで何かを拾いあげている。

「はい？」マイクルズはその質問にうろたえた様子だった。「それはわたくしの鞄です」みずから認める。「休暇をいただいて出かける予定でして、出発前にこちらに寄って給料の小切手を賜る旨、フィールドさまとお約束したのです」

警視の目がきらめいた。見抜いたぞ！　マイクルズの表情や全体の物腰はそのままだったが、声音と口調が明らかに変化している。

「つまり、けさフィールド氏から小切手をもらう約束をしていたのか」警視はつぶやいた。「考えてみると、それは異様な話だな」

一瞬、マイクルズの顔を驚きの表情がかすめた。「何を――なんのことでしょう。フィールドさまはどちらに？」

「〝旦那《だんな》さまは冷たい、冷たい土のなかに〟（フォスターの名曲のタイトル）」玄関でエラリーがそう言って含み笑いをした。居間にもどって、ピゴットとの格闘中にマイクルズが落とした新聞を振りかざす。「ああ、でも、それはいくらなんでも無理があるな。これはきみが持ってきた朝刊だ。いま拾ったときに目に飛びこんだのが、フィールド氏のささやかな不幸を採りあげた真っ黒い見出しだよ。一面がこれで埋まってる。それなのに――

――見逃したとでも？」

マイクルズは硬い表情でエラリーと新聞を見た。が、目を伏せ、歯切れ悪く言った。

「けさは新聞を読む時間がありませんでした。フィールドさまに何かあったのでしょうか」

警視は鼻を鳴らした。「フィールドは殺されたよ、マイクルズ。とっくに承知のはずだ」

「存じませんでしたとも、ほんとうです」従者は恭しく異議を唱えた。

「嘘はやめろ！」警視は怒鳴りつけた。「ここに来た理由を言わないと、鉄格子のなかで繰り返し話す羽目になるぞ！」

マイクルズは辛抱強く警視を見つめた。「事実を申しあげております。きのうフィールドさまは、朝になったらここへ来て小切手を受けとるようにとおっしゃいました。それ以外は存じておりません」

「ここで会うことになっていたのか」

「さようでございます」

「それなら、呼び鈴をなぜ鳴らし忘れたのかね。ここにだれもいないのを知っていたかのように、鍵を使っていたな」

「呼び鈴？」従者は目を大きく見開いた。「わたくしはいつも自分の鍵を使います。なるべくフィールドさまのお手をわずらわせないようにしておりますので」

「フィールドはなぜきのう小切手を渡さなかった」警視は鋭く言った。「お手もとに小切手帳がなかったからでしょう」

警視は唇をゆがめた。「きみにはまともな想像力というものがないのか、マイクルズ。きのう、フィールドと最後に会ったのは何時だ」

「七時ごろでございます」マイクルズは即答した。「わたくしはこちらのアパートメントに住みこんではおりません。せますぎますし、フィールドさまはプライバシーを重んじていらっしゃる——いらっしゃったもので。ふだん、わたくしは早朝に参りまして、朝食を作ってさしあげ、ご入浴の支度をし、お召し物を用意いたします。ご出勤なさったあとは、少しばかり掃除をして、その後は夕食の時間まで自由にさせていただいております。五時ごろにこちらにもどって、フィールドさまから外食するとのご連絡がないかぎりは食事をお作りし、夕食をお出しするか夜のお召し物を準備いたします。夜の仕事はそれで終わりでして……きのうは、お着替えの用意をしたあとに、フィールドさまから小切手の話があったのでございます」

「さほど骨が折れる日課じゃないね」エラリーはつぶやいた。「それで、ゆうべはどんな服を用意したんだい、マイクルズ」

従者は恭しくエラリーのほうへ向きなおった。「下着をご用意しまして、それから靴下、夜会服用の靴、糊《のり》の利いたシャツ、カフス、カラー、白いネクタイ、夜会服の上下、マント、帽子――」

「ああ、そうだ――その帽子だが」警視がさえぎった。「どんな帽子だったかね、マイクルズ」

「いつものシルクハットでございますよ。ひとつしかお持ちではありませんが、大変高価な品でございます」マイクルズは親切にも付け加えた。「たしかブラウン・ブラザーズでお求めになったものです」

警視は椅子の腕をもの憂げに指で叩《たた》いていた。「では訊《き》くが、マイクルズ、ゆうべはここを出たあとに何をしていた――七時以降は」

「帰宅いたしました。荷造りがありましたし、いくぶん疲れておりましたので。軽く食事をしてからすぐに休みました――ベッドにはいったのは九時半近くだったと存じます」従者はやましいことなどないという顔で言い添えた。

「どこに住んでいるんだね」マイクルズがブロンクスの東百四十六丁目の番地を言う。

「なるほど……ここにフィールドをよく訪れてくる客はいたかね」警視はつづけた。

マイクルズは控えめに眉《まゆ》を寄せた。「わたくしには答えづらいご質問です。フィールドさまはいわゆる社交家ではいらっしゃいませんでした。それに、わたくしは夜にここにおりませんので、あとからどなたがお見えになったかはわかりかねます。ただ――」

「ただ?」

「とあるご婦人がいらっしゃいまして……」マイクルズはしかつめらしい顔で躊躇《ちゅうちょ》した。「このような場でお名前を申しあげるのは気が引けるのでございますが――」

「名前は?」警視は疲れた声で言った。

「それは――申しあげかね――ラッソーとおっしゃいます。アンジェラ・ラッソー夫人です、お名前は」

「フィールド氏とそのラッソー夫人はどれくらい前に知り合ったのかね」

「数か月前でございます。たしかグリニッジ・ヴィレッジのパーティーで知り合われたと」

「わかった。ふたりは婚約していたのでは?」

マイクルズは困惑顔になった。「そうとも言えましょうが、なにぶん正式なものでは……」

沈黙。「モンティ・フィールドに雇われてからどれくらい経つ」警視は質問を重ねた。

「来月で三年になります」

警視は攻め口を切り替えた。フィールドの芝居への熱中ぶりや経済状況や飲酒習慣を尋ねた。こうした点では、マイクルズはラッソー夫人の証言を裏づけた。ただし、新しい事実は何も出てこなかった。

「フィールドに三年仕えているという話だったな」警視は椅子にすわりなおしてつづけた。「勤めたいきさつは？」

マイクルズはすぐには答えなかった。「新聞の求人広告を見まして」

「なるほど……フィールドに三年も仕えていたなら、ベンジャミン・モーガンを知っているはずだな」

マイクルズは唇に上品な笑みを浮かべた。「ベンジャミン・モーガンさまでしたら、たしかに存じております」快活に言う。「とてもすばらしい紳士でいらっしゃいます。おふたりは法律の仕事でパートナーでした。しかし、二年前に関係を解消なさいまして、それからはモーガンさまをあまりお見かけしておりません」

「解消前はよく会っていたのか」

「いいえ」たくましい従者は、残念そうな口調で答えた。「フィールドさまはモーガンさまと――その――反りが合わず、おふたりは友人としてのお付き合いはなさっていませんでした。ええ、このアパートメントでモーガンさまに三、四度お会いしましたが、緊急の用件があったときだけでした。その折もわたくしはひと晩じゅうここにいたわけではございませんので、たいしたことは申しあげられませんが……もちろん、事務所を解散してからは、わたくしの知るかぎりではこちらに一度も見えていません」

警視はこのやりとりのなかではじめて笑みを浮かべた。「正直な態度に感謝するよ、マイクルズ……。わたしはゴシップ好きのじいさんになろうか――ふたりが関係を解消したとき、揉《も》めなかったかね」

「まさか、そんなことはありません！」マイクルズは荒々しい語気で言った。「口論のたぐいはいっさいございませんでした。それどころか、フィールドさまは関係の解消直後に、モーガンさまとはこれからも友人でありつづけるとおっしゃいました――よき友でありつづけると」

マイクルズは、腕に手をふれられたのを感じて、表情に乏しい顔を慇懃《いんぎん》にそちらへ向けた。目の前にエラリーの顔があった。「なんでございましょうか」恭しく尋ねる。

「マイクルズくん」エラリーはおごそかな口調で言った。「過去を暴き立てるのは気が進まないんだけどね、なぜきみは刑務所にいたことを警視に言わなかったんだ」

まるでむき出しの電線を踏みつけたかのように、マイクルズの体が硬直し、静止した。顔から赤みが消えていく。口を半開きにして、落ち着きを失い、エラリーの目を見返している。

「なぜ――いったい――どうしてばれたんで？」従者はあえぎながら言ったが、その口調はこれまでほど柔和で洗練されたものではなかった。警視は息子の行動に満足した。ピゴットとジョンソンが、震える男との距離を詰める。

エラリーは煙草に火をつけた。「ぜんぜん知らなかったよ」楽しげに言う。「きみがいま教えてくれるまではね。鎌のかけ方を知ってると役に立つんだよ」

マイクルズは蒼白《そうはく》な顔になった。身を震わせながら警視に顔を向ける。「お尋ねが──お尋ねがなかったもので」弱々しく言う。だが、その口調からはふたたび感情が消え、堅苦しいものになっていた。「それに、警察のかたには申しあげにくいことですから……」

「どこで服役したんだね、マイクルズ」警視はやさしい声で言った。

「エルマイラ刑務所です」マイクルズは小声で言った。「初犯でした──生活に困って飢え死にしそうだったので、金を盗みました……短期刑ですみましたが」

警視は立ちあがった。「よし、マイクルズ、きみがいま、完全に自由の身ではないことはわかっているな。家に帰ってもかまわないし、望むならつぎの仕事を探してもかまわないが、居所を変えず、いつでも呼び出しに応じるように……ああ、帰る前に、ちょっと待て」黒いスーツケースの前へ行って、勢いよく開いた。衣類の乱雑な塊が──ダークスーツ一着、シャツ、ネクタイ、靴下が──洗い立てのものも汚れたものも出てきた。警視は手早く中身を調べ、鞄《かばん》を閉めると、かたわらで悲しげな顔で待っていたマイクルズに返した。

「やけに服が少ないな、マイクルズ」警視は微笑した。「休暇の邪魔をして気の毒だった。まあ、人生はそんなものだ！」マイクルズは低い声でいとまごいをすると、バッグを持ちあげて立ち去った。間を置いて、ピゴットがアパートメントから出ていく。

エラリーは首を反らして朗らかに笑った。「ずいぶんと礼儀正しい男だったな！　白々しい嘘をついてたけどね……。あの男はここになんの用があったんだろうか」

「むろん何かをとりにきたんだろう」警視は思案した。「ということは、ここには何か重要なものがあるのに、われわれはそれを見落としたらしい……」

警視はさらに考えこんだ。電話が鳴った。

「警視ですか」ヴェリー部長刑事の声が受話器の向こうから響いた。「本部にかけてもご不在でしたので、まだフィールドの家だろうと見当をつけたんです……。ブラウン・ブラザーズで興味深い情報を仕入れました。フィールドの家までうかがいましょうか」

「いや」警視は答えた。「ここは片づいた。チェンバーズ通りのフィールドの事務所に寄ってから、すぐに本部に帰る。そのあいだに何かあったら、向こうにいるからよろしく頼む。きみはいまどこに？」

「五番街です――ブラウン・ブラザーズの店を出たところでして」

「なら、本部にもどってわたしを待つように。ああ、トマス――いますぐこちらへ巡査をひとりよこしてくれ」

警視は電話を切ってジョンソンに顔を向けた。

「巡査が来るまでここにいてくれ――そう長くはかかるまい」うなるように言った。

「このアパートメントで見張りにつかせて、交代の手配も頼む。すんだら、本部に報告するように……行くぞ、エラリー。忙しい一日になりそうだ！」

エラリーの抗議は無駄だった。父親は息子を盛んにせき立てて建物から通りに出た。タクシーのやかましい排気音が、エラリーの声をみごとに掻《か》き消した。

10　この章では、フィールド氏のシルクハットが重要度を増してくる

午前十時ちょうどに、クイーン警視と息子は曇りガラスのドアをあけた。ガラスにはこう記されている。

モンティ・フィールド
弁護士

ふたりが足を踏み入れた広い待合室は、いかにもフィールドのような服装の趣味の持ち主が好みそうな、飾り立てられた部屋だった。人気《ひとけ》はまったくない。クイーン警視は怪訝《けげん》そうに視線を走らせると、奥のドアを抜け、エラリーを従えて事務室にはいった。そこは細長い部屋で、机がところせましと置かれていた。分厚い法律書が詰まった書棚の列を除けば、新聞社の地方ニュース編集室を思わせる。
事務室は大変な騒ぎに陥っていた。何人かずつに固まった速記者たちが興奮混じり

にしゃべり合い、隅ではおおぜいの男性事務員がささやき合っている。部屋の中央にはヘス刑事が立っていて、こめかみが白くなりかけた陰気そうな細身の男と話しこんでいる。弁護士の死が、仕事場にいくらかの動揺をもたらしたのは明らかだった。クイーン父子がはいっていくと、従業員たちは驚いて目を見交わし、そそくさと自分の机にもどった。気まずい沈黙が流れる。ヘスが急いで進み出た。目が疲れて充血している。

「おはよう、ヘス」警視は静寂を破った。「フィールドの専用執務室はどこだ」

刑事はふたりを案内して事務室を通り抜け、〝立入禁止〟と大きく記された別のドアの前へ連れていった。三人が歩み入ったのは小さな執務室で、その贅沢《ぜいたく》ぶりには圧倒されるほどだった。

「雰囲気を大事にする男だったんだな」エラリーは含み笑いをし、赤い革張りの肘掛《ひじか》け椅子に体を沈めた。

「話を聞こうか、ヘス」警視は言い、エラリーにならった。

ヘスは早口で話しはじめた。「きのうの夜、ここに来るとドアは施錠されていました。中で明かりはついてない様子でした。よく耳を澄ましましたが、何も聞こえなかったんで、中にはだれもいないと判断し、廊下で夜を明かしたんです。けさの八時四十五分ごろ、事務長が何食わぬ顔で現れたもので、引き留めておきました。警視がいらっしゃったときにわたしと話していた背の高い男です。名前はルーイン――オスカー・ルーインです」

「事務長だと？」警視は嗅《か》ぎ煙草を吸いながら言った。

「はい、警視。あの男は口が利けないか、口の閉じ方を知っているかのどちらかですね」ヘスはつづけた。「もちろん、けさの新聞はもう読んでいて、フィールド殺しの報道に動転していますよ。でも、質問しても答えたくないらしく……何も引き出せていません。まったく何もね。ゆうべはまっすぐ家に帰ったと言っていまして――フィールドはここを四時ごろに出てからはもどっていないようです――新聞を読むまでは、殺人の件は何も知らなかったとも言っています。けさがたからここでいっしょに時間をつぶし、警視がいらっしゃるのを待ってました」

「ルーインを呼んでこい」

ヘスは痩身《そうしん》の事務長を連れてもどった。オスカー・ルーインの見た目の印象はあまりよくなかった。黒い目は狡猾《こうかつ》そうで、異様なほど肉が少ない。鉤鼻《かぎばな》と骨張った体は欲深そうな印象を与える。警視は冷ややかに相手を見据えた。

「ここの事務長ですか」警視は言った。「で、今回の事件をどう思いますか、ルーインさん」

「恐ろしいことです――とにかく、恐ろしい」ルーインはつらそうな声をあげた。

か」

「どういうわけで、なぜこんなことになったのかは想像もつきません。ああ、きのうの夕方四時にお話ししたばかりだというのに！」本心から悲しんでいるように見える。

「あなたが話をしたとき、フィールド氏に変わった様子や不安げな様子はありましたか」

「まったくありませんでした」ルーインは落ち着きなく答えた。「むしろ、いつになく上機嫌でした。ジャイアンツのことで冗談を飛ばしたり、夜になったらとびきりおもしろい芝居を観にいくとおっしゃったりしていました――〈銃撃戦〉です。それなのに、その劇場で殺されたと新聞に載っているんですから！」

「ほう、芝居のことを話していたのか」警視は尋ねた。「もしかして、だれかといっしょに行くと言っていませんでしたか」

「いいえ」ルーインは居心地が悪そうに足を動かした。

「そうですか」警視はことばを切った。「ルーインさん、事務長であるあなたは、どの従業員よりもフィールドと親しかったはずです。フィールドの私生活について何か知っていますか」

「いいえ、何も。何も知りません」ルーインはすぐさま答えた。「フィールドさんは従業員が気安くできるようなかたではありませんでした。ときどきご自分のことを話しましたが、ありふれたことばかりで、しかもまじめな話ではなく笑い話が大半だったんです。われわれ下の人間にとっては、理解があって気前のよい雇い主でした――そうとしか言えません」

「フィールドの仕事のしかたはどのようなものだったんでしょうか。あなたならある程度は知っているはずだ」

「仕事ですか」ルーインは驚いた様子だった。「それはもう、法曹の世界でわたしが見聞きしたどこにも引けをとりません。わたしはフィールドさんの下で二年しか働いていませんが、顧客には地位の高いかたがたもいらっしゃいます。顧客リストをお渡しすることもできますが……」

「ぜひわたし宛に郵送してもらいたい。では、この事務所は繁盛していて、順調だったということですかね。あなたの知るかぎりで、仕事以外の来客はありましたか――特に最近」

「いいえ。顧客以外のかたをここで見かけた記憶はありません。もちろん、そのなかには仕事以外でも親しくしていた人がいたのかもしれませんが……ああ、そうだ！　従者という人がときどき来ていましたね――背が高くてたくましい男性で、マイクルズという名前です」

「マイクルズ？　その名前は心に留めておかないといけないな」警視は考えこむ様子で言った。目をあげてルーインを見る。「よくわかりました、ルーインさん。とりあえずはこれでじゅうぶんです。きょうはもう職員を帰してかまいません。ただ――あなたにはしばらく残っていただきたい。サンプソン地方検事の部下がじきに来て、あなたの手を借りたがるはずです」ルーインは重々しくうなずいて退室していく。

　ドアが閉まったとたん、警視は立ちあがった。「フィールドの専用洗面室はどこだね、ヘス」刑事は部屋の隅にあるドアを指さした。

　警視がドアをあけると、エラリーがすぐ後ろについてきた。ふたりは、部屋の角を仕切って設けた小さな部屋をのぞきこんだ。洗面台、薬戸棚、小さなクローゼットがある。警視はまず薬戸棚のなかを見た。ヨードチンキの瓶、オキシドールの瓶、シェービングクリームのチューブ、ひげ剃《そ》り道具がはいっている。「何もないな」エラリーが言った。「クローゼットはどうだろうね」警視は興味を持ってドアをあけた。ふだん着がひとそろい掛かっていて、ネクタイが数本とフェルトの中折れ帽がひとつある。警視は帽子を執務室に持ってきて調べた。エラリーは帽子を渡されたが、ろくに見ようとせず、すぐさまクローゼットのフックにもどした。

「忌々しい帽子ばかりだ！」警視は爆発した。ドアがノックされ、ヘスが温和そうな青年を中へ通した。

「クイーン警視でいらっしゃいますか」新参の青年は礼儀正しく尋ねた。

「そうだ」警視は無愛想に言った。「そして、もしきみが記者なら、警察はモンティ・フィールド殺しの犯人を二十四時間以内に逮捕するだろうと書けばいい。いまのところはそれくらいしか言えないからな」

青年は微笑した。「失礼ですが、警視、わたしは記者ではありません。サンプソン地方検事の下に新しく配属されたアーサー・ストーツです。けさまで検事から連絡がつかず、こちらは別件で忙しかったもので――少し遅れました。フィールドは気の毒でしたね」意味ありげに笑い、コートと帽子を椅子にほうった。

「それは見方による」警視は不満そうに言った。「フィールドが山ほど厄介事を引き起こしていたのはたしかだからな。サンプソンからはどんな指示が？」

「ええ、言うまでもありませんが、わたしはフィールドの経歴にあまりくわしくなくて、けさは別件で身動きがとれないティム・クローニンの代役として来たんです。午後にはクローニンが動けそうなので、それまでにわたしが手をつけておくことになりました。ご存じでしょうが、クローニンはフィールドを何年も前から追っています。ここにあるファイルを調べたくてたまらないはずですよ」

「よろしい。クローニンについてサンプソンが話していたことからすると――ここの記録やファイルにフィールドの罪を暴くものがあれば、きっと探り出してくれるだろう。ヘス、ストーツくんを連れていってルーインに紹介してやってくれ――ここの事務長だよ、ストーツくん。その男には用心したまえ――ずる賢い人物に見える。それから、ストーツくん――念を押すが、合法的な仕事や顧客の記録ではなく、不正の痕《こん》跡《せき》を探すんだ……。では、またあとで」

ストーツはにこやかな笑みを見せると、ヘスにしたがって出ていった。エラリーと警視は部屋の端と端から顔を見合わせた。

「その手に持っているのはなんだ」警視は鋭く訊《き》いた。

「『筆跡は語る』という本だよ。そこの本棚で見つけたんだ」エラリーは面倒そうに答えた。「どうして？」

「考えてみたんだがな、エル」警視はゆっくりと言った。「この筆跡の件はどうも引っかかる」あきらめたようにかぶりを振って、立ちあがる。「来てくれ、ここには怪しいものはない」

ヘス、ルーイン、ストーツだけしかいなくなった事務室を通り抜けようとしたところで、警視は刑事を手招きした。「帰っていいぞ、ヘス」やさしく言う。「流感で倒れたら一大事だ」ヘスはうれしそうに笑い、ドアから急いで出ていった。

ほどなく、クイーン警視はセンター街にある自室ですわっていた。エラリーはそこを〝星室庁〟（専断と厳罰で悪名高かったイングランドの裁判所）と呼んでいたが、こぢんまりとして心安らかにくつろげる部屋だった。エラリーは椅子にすわって力を抜き、フィールドのアパートメントと事務所からくすねてきた筆跡の本を熟読しはじめた。警視がブザーのボタンを押すと、トマス・ヴェリー部長刑事のたくましい体が戸口に現れた。

「おはよう、トマス」警視は言った。「ブラウン・ブラザーズで仕入れてきた耳寄りな情報というのは？」

「耳寄りかどうかはわかりませんが」ヴェリーは冷静に言い、壁際の質素な椅子のひとつに腰をおろした。「これは本物だと思います。ゆうべ、フィールドのシルクハットと同じものを見つけるようご指示なさいましたね。実は、まったく同じ帽子がわたしの机の上に載っています。ご覧になりたいですか」

「たわけたことを言うな、トマス」警視は言った。「走れ！」ヴェリーが出ていき、すぐに帽子箱を持ってもどってくる。そして紐《ひも》をむしりとり、輝くシルクハットを見せた。警視が思わず瞬きしたほどの極上品だ。警視はそれを注意深く箱から出した。内側にサイズが記されている――7⅛。

「ブラウン・ブラザーズでフィールドを何年も担当していた、古株の店員と話しました」ヴェリーは報告を再開した。「フィールドは服を上から下まであそこで買っていたようです――ずいぶん前から。そして、お気に入りの店員がいましてね。当然ながら、そのじいさんはフィールドの好みや買ったものをよく知っていましたよ。その話によると、フィールドはとにかく服にうるさい男だったそうです。服はどれもブラウンの特別仕立て部門に作らせていたらしい。最高級のスーツや仕立て服が好きで、下着やネクタイまで最新の流行にこだわって……」

「帽子の好みは？」読んでいる本から目もあげずに、エラリーが口をはさんだ。

「いま話そうとしていたところです」ヴェリーはつづけた。「この店員が帽子に関して気になる証言をしています。たとえば、シルクハットについて尋ねると、こういう答が返ってきました。〝フィールドさまは、大の帽子好きと言ってもよいくらいでした。何しろ、この半年で、少なくとも三つはお買い求めになったくらいですから！〟もちろん、裏をとりました——売上台帳の確認をさせたんです。たしかに、フィールドは半年間でシルクハットを三つ買っていました！」

エラリーと警視は無意識に顔を見合わせ、同じ疑問を口の端に浮かべた。

「三つ——」警視のほうが先に切り出した。

「それはまた……妙な事実だね」エラリーはゆっくりと言い、鼻眼鏡に手を伸ばした。

「いったいほかのふたつはどこにあるんだ」警視は困惑しながらつづけた。

エラリーは無言だった。

警視は苛立《いらだ》たしげにヴェリーに顔を向けた。「ほかにはどんな情報があった、トマス」

「たいしたものはなかったんですが、ひとつだけ——」ヴェリーは答えた。「——フィールドの服好きは異常です。去年だけでスーツを十五着、帽子はシルクハットを含めて半ダース以上買っているくらいですから！」

「帽子、帽子、帽子ばかりだ！」警視は不快そうに言った。「あの男は頭がいかれていたにちがいない。そうだ――フィールドがブラウンの店でステッキを買ったことがあるかどうかはわかったかね」

ヴェリーの顔に狼狽《ろうばい》の色がよぎった。「それは――その、警視」悔しそうに言う。「訊き忘れました。思いつきませんでしたよ。ゆうべ、おっしゃらなかったもので――」

「やれやれ！　完璧《かんぺき》な人間はいないものだ」警視はうなった。「その店員と電話で話させてくれ、トマス」

ヴェリーは机の電話から受話器を取りあげ、少ししてからそれを上司に渡した。

「クイーン警視と申しますが」警視は早口で言った。「あなたはモンティ・フィールドを長く担当なさっていたそうですが……それで、細かい点を確認させていただきたいのですがね。フィールドはそちらでステッキのたぐいを購入したことがありますか……え？　ああ、なるほど……はい。もうひとつ質問させてください。服の仕立て方で特別な注文をしたことはありますか――たとえば隠しポケットとか……おそらくない、と。わかりました……え？　ああ、はい。ありがとうございました」

警視は受話器を置いて振り返った。

「われらが亡き友は」忌々しげに言う。「帽子に対する愛情は強かったが、ステッキに対する反感も同じくらい強かったらしい。この店員は何度もステッキを勧めたが、フィールドはぜったいに買おうとしなかったそうだ。ステッキ好きではなかった、と言っている。それから、店員の記憶によれば、特別なポケットも――見当はずれだ。つまり、われわれは袋小路にはいりこんだわけだな」

「まるで逆だね」エラリーが冷ややかに言った。「そんなことはないよ。ゆうべ犯人の持ち去ったものが帽子以外にありえないと明確に証明されたんだからね。ぼくには、これで問題が単純になったように思える」

「わたしは頭が悪いにちがいない」警視は不満げに言った。「意味があるようには思えないんだ」

「それはそうと、警視」ヴェリーがしかめ面で口をはさんだ。「フィールドのフラスクにあった指紋の件で、ジミーから報告がありました。数は少ないが、すべてフィールドの指紋でまちがいないそうです。むろん、ジミーは遺体安置所でフィールドの指紋を採取して照合しています」

「そうか」警視は言った。「フラスクは事件とまったく関係がないのかもしれないな。どのみち、中身についてのプラウティの報告を待たなくてはならないが」

「もうひとつあります、警視」ヴェリーは付け加えた。「あのがらくたを――劇場で掃き集めたもののことです——けさ届けるようパンザーにおっしゃっていましたが、少し前に届きました。ご覧になりますか」

「もちろんだ、トマス。ついでに、ゆうべきみがまとめた、半券を持っていなかった人間のリストを持ってきてくれないか。ひとりひとりの名前に座席番号を書き添えてあるな?」

ヴェリーはうなずいて立ち去った。警視が息子の頭のてっぺんを不機嫌に見つめていると、部長刑事がかさばった包みとタイプライターで打ったリストを持ってもどってきた。

三人は包みの中身を机の上に注意深くひろげた。回収された品のほとんどは、まるめたプログラムや、もっぱら菓子の箱から出てきたらしい紙切れや、何枚もの半券——捜索を担当したフリントたちが見逃した半券だった。ほかに、片方だけの女物の手袋がふたつ、男物のコートからとれたとおぼしき小さな茶色のボタン、万年筆の蓋《ふた》、女物のハンカチ、さらに、劇場の明かりがついたときによく紛失したり捨てたりする雑多な品物がいくつかある。

「たいしたものはなさそうだな」警視は考えを言った。「まあいい、少なくとも半券の照合はできる」

ヴェリーが落とし物の半券を小さな山にまとめ、座席番号を読みあげていくと、警視はヴェリーが持ってきたリストに印をつけていった。半券の数は多くなかったので、照合作業はほどなく終わった。

「それで終わりかね、トマス」警視は顔をあげた。

「終わりです」

「ふむ、このリストによると、調べのつかない人間が五十人は残っているな。フリントはどこかね」

「本部にいますよ」

警視は受話器をあげ、早口で指示した。フリントがすぐに現れた。

「ゆうべは何を見つけた」警視は前置きもなく言った。

「ええ、はい、警視」フリントはおそるおそる言った。「あの劇場は隅から隅まで洗ったと言ってもいいくらいです。たくさん見つけましたが、大部分はプログラムのたぐいでしたから、その手の品は協力してくれた掃除係にまかせました。自分たちは特に通路で半券を多数拾い集めました」輪ゴムでていねいにまとめたボール紙の束をポケットから出す。ヴェリーがそれを受けとり、ふたたび座席番号を読みあげはじめた。作業が終わると、警視はタイプライターで打ったリストを目の前の机に叩《たた》きつけた。

「成果はなし、かな」エラリーが本から顔をあげ、小声で言った。

「やれやれ、半券を持っていなかった人間はひとり残らず調べがついたよ」警視は言った。「照合できていない半券や名前はひとつもない……。まあいい、まだできることはある」半券の山を調べ、リストを参照しながら、フランシス・アイヴズ－ポープのものだった半券を探しあてた。月曜の夜に回収した四枚の半券をポケットから取り出し、娘の半券をフィールドの半券に重ねた。ちぎった端はどれも一致しない。「慰めがあるとしたら」警視は五枚を胴着のポケットに押しこんでつづけた。「フィールドの隣や前の座席の半券六枚がまだ見つかっていないことだな！」

「見つかるとは最初から思えなかったけどね」エラリーは言った。本を置き、珍しく真剣な顔で父親を見つめる。「ちゃんと考えたのかい、父さん。ゆうべフィールドが劇場にいた理由をぼくたちがまったくつかめてないことを？」

警視は灰色の眉《まゆ》をひそめた。「むろん、その問題にはわたしもずっと頭を悩ませている。ラッソー夫人とマイクルズの話によると、フィールドは芝居好きではなかったはずだが――」

「人間がどんな気まぐれを起こすかは、けっしてわからないものだよ」エラリーは断じた。「芝居好きでもない人間が、突然その手の娯楽を観にいこうと思い立つきっかけなんて、いくらでもあるさ。たしかに言えるのは――フィールドが劇場にいたことだ。でも、ぼくが知りたいのは、劇場にいた理由だよ」

警視は重々しくかぶりを振った。「仕事がらみの約束があったのでは？ラッソー夫人の話にあったはずだ――フィールドは十時にもどると約束していた、と」

「ぼくも仕事がらみの約束だとは思う」エラリーは賛同した。「だけど、どれだけたくさんの可能性があるかを考えてもらいたいんだ――ラッソー夫人が嘘をついてて、実はフィールドはそんなことを言わなかったのかもしれない。言ったとしても、十時にもどるという約束を守るつもりはなかったのかもしれない」

「わたしの考えはかなり固まっているよ、エラリー」警視は言った。「どんな可能性があるにせよ、ゆうべフィールドは芝居目当てでローマ劇場へ行ったわけではない。油断なく気を張って行ったんだ――仕事のために」

「ぼくもそのとおりだと思う」エラリーは微笑した。「でも、いろんな可能性を慎重に検討するに越したことはない。さて、仕事で行ったなら、だれかに会うために出向いたことになる。このだれかが殺人犯なのかな」

「質問が多すぎるぞ、エラリー」警視は言った。「トマス、その包みにあったほかのものも見てみよう」

ヴェリーは雑多な品物をひとつずつ注意深く警視に渡した。手袋、万年筆の蓋、ボタン、ハンカチを警視は手早く調べて脇に寄せた。あとは菓子の小さな包み紙が何枚かと、まるめたプログラムがいくつかあるだけだ。前者に手がかりはなく、警視はプログラムを手にとった。そして調べていた途中で、いきなり喜びの叫び声をあげた。

「これを見ろ！」

三人の男が警視の肩越しにのぞきこんだ。警視の手にあるのは、皺《しわ》を伸ばしたプログラムだった。まるめて捨てたものなのはひと目でわかる。そのなかの、紳士服のありふれた広告があるページに、さまざまなものが書き散らされている。文字、数字、さらには空想にふけるさなかにいたずら書きしそうな謎めいた図形もある。

「警視、これはフィールド本人のプログラムらしいですよ！」フリントが感嘆の声をあげた。

「そうだ、まちがいない」警視は言いきった。「フリント、ゆうべ被害者の服から見つけた書類を調べて、署名入りの手紙を持ってくるんだ」フリントが跳び出していく。

エラリーは落書きを熱心に見つめた。ペー

ジ上部の余白に、図のように殴り書きがされている。フリントが手紙を持ってもどってきた。警視は署名を見比べた――明らかに同じ人物の手で書かれている。

「あとで鑑識のジミーに調べさせるが」警視は静かに言った。「まず本物だろう。フィールドのプログラムだよ、疑問の余地はあるまい……どう思うね、トマス」

ヴェリーはかすれた声で言った。「ほかの数字の意味はわかりませんけど、この〝50,000〟はドル以外に考えられませんね」

「預金残高を書いたにちがいない」警視は言った。「自分の名前の見てくれもよほど好きだったんだな」

「それはフィールドに失礼というものだな」エラリーは反論した。「何かがはじまるのを所在なくすわって待ってるとき――たとえば、芝居がはじまるのを劇場で待ってるときに――自分の頭文字や名前を手近なものに落書きするのは、ごくあたりまえの行動だよ。劇場ならいちばん手近なものはプログラムだろうね……。自分の名前を書くのは人間心理の根本にある行為だ。だからフィールドは、この落書きからそう思えるほど自己中心的な人間じゃないと思う」

「それはとるに足りない問題だ」警視は眉根を寄せて落書きを見つづけた。

「そうかもね」エラリーは応じた。「でも、もっと重要な問題に話をもどすと――

〝50,000〟はフィールドの預金残高だろうという意見には賛成できないね。預金残高を書き留めたんだったら、そんな切りのいい数字になるわけがない」

「その真偽は簡単に証明できる」警視は言い返し、受話器をとった。警察の交換手に、フィールドの事務所につなぐよう指示する。しばらくオスカー・ルーインと話したあと、ばつが悪そうにエラリーのほうを振り返った。

「おまえの言うとおりだったよ、エル。フィールドの個人口座には意外なほど金が残っていない。全部合わせても六千ドルに満たないんだ。にもかかわらず、しじゅう一万ドルや一万五千ドルを預けている。ルーインも驚いていたよ。いまわたしが調べるよう頼むまで、フィールド個人の経済状態は知らなかったそうだ……。賭《か》けてもいい、フィールドは株か競馬をやっていたはずだ！」

「別に驚くような発見じゃないよ」エラリーは言った。「それなら、プログラムに〝50,000〟と書いてあったのも納得できる。この数字は金額だけであるばかりか、それ以上のものも示してる――五万ドルのかかった取引だよ！　ひと晩の仕事としては悪くないな。命を長らえたらの話だけど」

「ほかのふたつの数字はどう思う」警視は尋ねた。

「これから少しばかり知恵を絞ってみるよ」エラリーは答え、椅子に体を沈めた。

「それほど大きな金銭がからむのがどんな取引だったのかは、ぼくだってぜひとも知りたいし」言い添えて、上の空で鼻眼鏡を磨いた。

「どんな取引だったにせよ」警視は説き諭すように言った。「よこしまな取引だったことは、おまえもわかっているはずだ」

「よこしま?」エラリーはまじめな口調で言った。

「金は諸悪の根にある」警視は意味ありげに笑って切り返した。

エラリーの口調は変わらなかった。「根とはかぎらないよ、父さん――果実でもある」

「また引用か」警視は茶化した。

「フィールディングだよ」エラリーは涼しい顔で言った。

11　この章では、過去が影を落とす

電話が鳴った。

「Qか？　サンプソンだ」電話線の向こうから地方検事の声が届いた。

「おはよう、ヘンリー」警視は言った。「いまどこに？　けさの具合は？」

「検事局だ。具合は悪いね」サンプソンはくすくす笑って答えた。「医者からは、このまま仕事をつづけたら死体になると言われるし、お偉方からは、仕事に精を出さないとニューヨークが滅びると言われる。いったいどうしろと……それはそうと、Q」

警視は「ほら来た！」とでも言うかのように、テーブルの向こうにいるエラリーに目配せした。

「なんだね、ヘンリー」

「わたしの執務室にある紳士が来訪中なんだが、きみも会えば大いにためになると思う」サンプソンは声を抑えてつづけた。「きみに会いたがっているんだ。悪いが、いまやっている仕事はすべてほうり出して、大急ぎでこちらへ来てくれ。この人物は――

——」サンプソンはささやき声になった。「——むやみに敵にまわせない男なんだよ、Q」

警視は顔をしかめた。「アイヴズ－ポープか。ゆうべ、われわれが掌中の珠《たま》を尋問したから怒っているのでは？」

「そういうわけでもない。度量の大きいご老人だよ。ただし——その——ただし、失礼がないようにしてくれ、Q」

「絹の手袋をはめて扱うよ」警視は忍び笑いをした。「あんたの気が楽になるなら、息子も引っ張っていく。社交の場にはたいてい出てくれるからな」

「それはありがたい」サンプソンはうれしそうに言った。

警視は電話を切ってエラリーに顔を向けた。「哀れなヘンリーがちょっとした窮地に陥ったらしい」おかしそうに言う。「ご機嫌とりをしようとするのも無理はないがね。体調は最悪で、政治家から文句を言われているところへ、このお大尽が乗りこんできて怒鳴り散らしているんだろうから……。来てくれ、エラリー、高名なるアイヴズ－ポープに会いにいくぞ！」

エラリーはうなって腕を伸ばした。「こんなことがつづいたら、もうひとり病人をかかえることになるよ」そうは言ったものの、勢いよく立ちあがって帽子に頭を押しこむ。「実業界の大立者を観察するとしようか」

警視はヴェリーに意味ありげな笑みを向けた。「忘れないうちに言っておくが、トマス……きょうはちょっとした探偵仕事をしてもらいたい。内容は、はやりの法律事務所を構えていて、王侯貴族ばりの生活をしていたモンティ・フィールドのような男が、なぜ個人口座にほんの六千ドルしか持っていなかったのか、その理由を突き止めることだ。おそらくウォール・ストリートか競馬場が原因だろうが、確認してもらいたい。支払い済み小切手を調べれば、何かわかるかもしれない――フィールドの事務所のルーインが協力してくれるはずだ……。それと併せて――これはきわめて重要な手がかりになるかもしれないぞ、トマス――きのう一日のフィールドの行動を細大漏らさず調べあげるように」

ふたりのクイーンはサンプソンの本拠へ向かった。

地方検事局はあわただしいところで、刑事部の警視といえども、この神聖なる空間ではそっけなくあしらわれた。エラリーは憤怒し、父親は微笑したが、ようやく地方検事本人がみずからの聖域から勢いよく現れ、友人たちを硬い長椅子にすわらせて長らく待たせた事務員を叱りつけた。

「喉《のど》を大事にしたほうがいい」執務室へ案内するあいだ、サンプソンが不届きな事務員の頭の中身について小声で悪態をつきつづけていたので、警視はいさめた。「大富豪に会うのにこんな恰好《かっこう》でほんとうにだいじょうぶだろうか」

サンプソンはドアをあけて押さえた。戸口に立ったふたりのクイーンの目に、背中で手を組んで窓の外の退屈な景色をながめている男の姿が映った。地方検事がドアを閉めると、先客はその体格にしては驚くほど敏捷《びんしょう》に振り向いた。

フランクリン・アイヴズ－ポープは、いまよりも経済が力強かった時代の落とし子だった。コーネリアス・ヴァンダービルトのように、ウォール・ストリートを富の力だけでなく強烈な個性で支配した、押しの強い大事業家を思わせるものがあった。アイヴズ－ポープは明るい灰色の瞳《ひとみ》と鉄灰色の髪と半白の口ひげの持ち主で、頑健な体にはいまだに若々しいしなやかさがあり、まぎれもない支配者の威厳を漂わせている。くすんだ窓からはいる光を背にした男は、きわめて強い印象を与える人物であり、進み出たエラリーと警視はすぐに、ここにいるのが何者にも頼らぬ知性を具《そな》えた人間だと悟った。

気を吞《の》まれ気味のサンプソンが紹介する前に、財界人は深みのある感じのよい声で話しかけてきた。「人狩りで知られるクイーン警視だね。ずいぶん前から一度会いたいと思っていたよ、警視」大きな角張った手が差し出され、警視はおごそかにそれを握った。

「同じことばをお返しする必要はなさそうですね、アイヴズ－ポープさん」警視は少しだけ笑みを作った。「わたしも昔、ウォール・ストリートで勝負に出たことがありまして、たぶんあなたにいくらか巻きあげられましたよ。これは息子のエラリーで、クイーン一族の頭脳であり白眉《はくび》であります」

アイヴズ－ポープはエラリーの長軀《ちょうく》を値踏みするように見た。握手をしながら言う。

「すばらしいお父さんをお持ちだ！」

「さてと」サンプソン地方検事が深く息をつき、椅子を三つ並べた。「無事にすんでよかった。どれだけわたしがこの顔合わせに気を揉《も》んでいたかはあなたには想像もつかないでしょうね、アイヴズ－ポープさん。警視は社交儀礼にかけては悪魔そのものですから、握手しながらあなたに手錠をかけてもおかしくはなかったんですよ！」

　大人物が心地よさそうに笑い、室内の緊張がほぐれた。

　サンプソンはいきなり要点にはいった。「アイヴズ－ポープさんがここへ見えたのは、お嬢さんの件で何かできることはないかとお考えになったからだよ、Q」警視はうなずく。サンプソンはアイヴズ－ポープに顔を向けた。「すでに申しあげたように、われわれはクイーン警視に全幅の信頼を置いています——これまでもずっとそうしてきました。警視はふだんから地方検事局による確認や監督なしに仕事をしています。現状を踏まえ、この点ははっきりお伝えすべきだと考えました」

「健全なあり方だよ、サンプソン」アイヴズ－ポープは同意した。「わたしも自分の仕事では同じ方針をとっている。それに、クイーン警視についての話を聞くかぎりでは、信頼するのももっともだ」

「ときには」警視は重々しく言った。「本意でないこともわたしはせざるをえません。率直に申しあげて、わたしは昨夜、職務の一環として、自分にとってきわめて不愉快なこともしました。アイヴズ-ポープさん、お嬢さんは昨夜のわたしとのちょっとした話し合いで動揺なさったのでは？」

アイヴズ-ポープはしばらく黙していた。やがて、顔をあげて警視の目を真っ向から見据えた。「いいかね、警視。きみもわたしも、実社会や仕事というものを知っている人間だ。ふたりとも、さまざまな怪しい輩《やから》と向き合い、ほかの者にとっては非常に困難な問題を解決してきた。だから、率直に意見を交わせるはずだ……。そう、娘のフランシスは動揺したどころではない。それを言うなら、母親もそうだ。何しろ、調子のいいときでも気分がすぐれないくらいだからな。兄のスタンフォード、わたしの息子は――まあ、そこまで話す必要はあるまい……ゆうべフランシスは――その、友人たちと――帰宅してから、何があったのかをすべて話してくれた。わたしは娘をよく知っているよ、警視。娘とフィールドのあいだになんの関係もないことには、全財産を賭《か》けてもいい」

「アイヴズ-ポープさん」警視は静かに答えた。「わたしはお嬢さんをまったく疑ってなどいません。犯罪捜査の途中でどれほど奇妙なことが起こるかは、だれよりもわたし自身がよく知っています。ですから、わたしはわずかな盲点もけっして見逃しません。お嬢さんに対しては、バッグがご自分のものかどうかを確認するようお願いしただけです。ご自分のバッグということでしたので、どこで発見されたかを伝えました。当然ながらわたしは、お嬢さんから説明があるのを期待していました。が、説明はなく……ご理解いただきたいのですが、アイヴズ－ポープさん、殺された男のポケットから女のバッグが発見されたら、持ち主を見つけ出して事件への関与を調べあげるのは、警察の義務です。しかし、むろん——そんなことは念を押すまでもないでしょう」

大事業家は椅子の腕を指で打っていた。「きみの言い分はわかった、警視。当然それはきみたちの義務だし、徹底的に調べるのも義務だよ。むしろ、全力を尽くしてもらいたい。わたし個人の意見を言うと、娘は巻き添えを食っただけだ。しかし、娘をむやみにかばうようなことはしたくない。この問題を調べつくしたあとに、きみならきっと正しい判断をくだしてくれるものと信頼する」そこでことばを切った。「クイーン警視、あすの午前中に、わが家でちょっとした話し合いの場を設けたいのだが、どうだろう。こんな面倒はかけたくないのだが」申しわけなさそうに付け加える。「何しろ、フランシスの体調が思わしくなく、母親が家から出そうとしないのだよ。ご足労を願えるかね」

「お心配りに感謝します、アイヴズ‐ポープさん」警視は穏やかに答えた。「うかがいましょう」

財界人はこの会談を終わらせる気がないようだった。椅子の上で重たげに体を動かした。「わたしはつねに公正な人間たらんとしてきたよ、警視。特別扱いを求めて自分の立場を利用したことで非難されても仕方があるまい。だが、そうではないのだよ。ゆうべ、きみの駆け引きで衝撃を受けて、フランシスは何があったかを話せなくなっている。自宅で家族がまわりにいれば、きみが満足するまで、事件とのかかわりを説明できるはずだ」一瞬ためらってから、やや冷たい口調でつづける。「娘の婚約者も同席するだろう、そのほうが娘も落ち着くだろうから」その声からは、父親はそう思っていないことがうかがえた。「来てもらうのは、そう、十時半ではどうだろうか」

「それでけっこうです」警視はうなずいた。「どなたが同席されるのか、もう少し具体的に知っておきたいのですが」

「きみの希望どおりにできるよ、警視」アイヴズ‐ポープは答えた。「ただ、家内は同席したがるだろうし、バリーもそうだろう――わたしの未来の娘婿だ」淡々と説明する。「それに、フランシスの友達も何人か――芝居関係の友達だよ。息子のスタンフォードが同席できればさいわいだが――あれは多忙だからな」かすかな苛立《いらだ》ちをこめて付け加えた。

三人は居心地が悪そうに身じろぎした。アイヴズ－ポープが大きく息を吐いて立ちあがると、エラリーと警視とサンプソンもそれにならった。「もう話すことはなさそうだ、警視」財界人は先ほどより明るい口調で言った。「ほかにわたしにできることは？」

「ありません」

「では、失礼する」アイヴズ－ポープはエラリーとサンプソンに顔を向けた。「もちろん、サンプソン、きみも抜け出せるようなら来てもらいたい。来られそうかね」地方検事がうなずく。「それからクイーンくん」アイヴズ－ポープはエラリーを見た。「きみも来てくれないか。きみはお父さんのそばで捜査を詳細に見守ってきたはずだ。来てくれるとありがたい」

「うかがいますよ」エラリーが柔らかな声で答えると、アイヴズ－ポープは部屋から出ていった。

「で、どう思う、Q」自分の回転椅子にすわったサンプソンが落ち着かない様子で尋ねた。

「きわめて興味深い人物だな」警視は答えた。「実に公平だ！」

「ああ――そうだな。その――Q、きみが来る前に、マスコミへの発表を控えるようにできないものかと訊《き》かれたんだよ。まあ、格別の配慮を頼むということだな」

「直接わたしに頼む度胸はなかったのか」警視は含み笑いをした。「アイヴズ-ポープも人の子だな……ヘンリー、できるだけのことはするが、あの娘が事件に深くかかわっていたら、マスコミを遠ざけておくとは約束できない」

「それでいい、それでいいとも、Q――きみにまかせるよ」サンプソンは苛立ち混じりに言った。「この忌々しい喉《のど》ときたら！」机の抽斗《ひきだし》から噴霧器を取り出し、渋い顔で喉に吹きかける。

「しばらく前に、アイヴズ-ポープは化学研究基金に十万ドルを寄付したのでは？」エラリーは唐突にサンプソンに顔を向けて訊いた。

「そんなことがあったな」サンプソンはしゃがれ声で答えた。「なぜ？」

エラリーはつぶやき声で何か説明したものの、サンプソンが猛然と吹きかける噴霧器の音で掻《か》き消された。警視は思案顔で息子を見つめていたが、かぶりを振り、腕時計を見て言った。「さて息子よ、そろそろ退散して昼食にしよう。そうだ――ヘンリー、いっしょにどうだね」

サンプソンは笑みをつくろった。「首まで仕事に浸かっているが、地方検事だって食事をしないとな。ただし、条件がひとつある――支払いはわたしが持ちだ。きみたちに借りがあるのはまちがいないからな」

三人がコートを着ると、警視はサンプソンの電話に手をかけた。

「モーガンさんですか……ああ、こんにちは、モーガン。きょうの午後、少しお話しする時間をとっていただけませんか……そうです。二時半でけっこうですよ。それでは」

「これでよし」警視は満足そうに言った。「礼儀正しいふるまいはかならず報われるものだ、エラリー——覚えておけよ」

二時半ちょうどに、ふたりのクイーンはベンジャミン・モーガンの静かな法律事務所に招き入れられた。フィールドの豪華な部屋とはまったくちがう——調度品に金はかかっているが、仕事場にふさわしい落ち着いた造作だった。若い女がにこやかにふたりを通してドアを閉めた。モーガンはやや構えた態度で迎えた。腰をおろしたふたりに葉巻の箱を差し出す。

「いや、けっこうです——嗅《か》ぎ煙草がありますから」警視は愛想よく言い、エラリーは紹介がすむと紙巻き煙草に火をつけて煙の輪を作った。モーガンは震える指で葉巻に火をつける。

「ゆうべの話のつづきをしに見えたんでしょう、警視さん」モーガンは言った。

警視はくしゃみをして嗅ぎ煙草入れをしまい、椅子の背に寄りかかった。「さて、モーガンさん」冷静に言う。「あなたはあまり正直に話してくださっていませんね」

「どういう意味ですか」モーガンは顔を上気させた。

「ゆうべ、あなたはこうおっしゃった」警視は記憶を探りながら言った。「二年前にフィールド&モーガン法律事務所を解散した際、フィールドとは円満に手を切った。そうおっしゃいましたね」

「言いました」

「では、ウェブスター・クラブでの口論をどう説明するんですか。殺してやると脅しておいて、それをパートナー関係の〝円満な〟解消と言うのは、無理がありますよ」

モーガンは数分のあいだ無言のままだった。警視はそれを辛抱強く見つめ、エラリーはため息を漏らした。やがてモーガンは顔をあげ、激情をはらんだ低い声で話しはじめた。

「申しわけありません、警視さん」つぶやいて目をそらす。「あんなふうに脅したら、だれかが覚えていてもおかしくない……ええ、事実です。フィールドに誘われて、ウェブスター・クラブで昼食をともにしました。自分としては、仕事以外であの男と付き合うのはなるべく避けたかったんですよ。けれど、その昼食の目的は関係解消に関する細部を相談することだったので、むろんほかに道はなくて……不覚にも逆上してしまいました。殺してやると脅したのはたしかですが、あれは――つまり、怒りにわれを忘れて口走っただけなんです。そんなことは何日も経たずに忘れてしまいました」

警視はわけ知り顔でうなずいた。「ええ、そういうことはたまにあるものです。しかし——」窮地の予感にモーガンが唇をなめる。「——たとえ本気でなくても、単なる仕事上の些細《ささい》な問題で、殺してやるなどと脅す人間はいない」警視はモーガンのすくみあがった体に指を突きつけた。「さあ、どうだ——白状しろ。何を隠している」

モーガンの全身から力が抜けた。唇が灰色になり、無言の懇願をこめてクイーン父子を交互に見る。だがふたりの視線は揺るぎなかった。そして、生体解剖されるモルモットを見るような目つきだったエラリーが口を開いた。

「モーガンさん」冷ややかに言う。「フィールドはあなたの弱みを握っていて、例の昼食はその事実をあなたに伝えるいい機会だと思ったんだろう。それはあなたの目が真っ赤なのと同じくらい明らかだ」

「その推測の一部はあたっていますよ、クイーンさん。わたしは神がお造りになったなかで最も不幸な人間です。あのフィールドという悪魔は——やつを殺した者は人類に貢献したとして賞賛されるべきです。あの男はまるで蛸《たこ》だった——人間の皮をかぶった卑劣な生き物だった。わたしがどれだけ喜んでいるか——ええ、喜んでいますとも！——あいつが死んでくれて」

「それくらいにしておくんだ、モーガン」警視は言った。「われらが共通の友はかなり腹黒い男だったようだが、そういうことばが、あなたに対してあまり同情的でない人間の耳にはいるかもしれない。それで――」

「洗いざらいお話しします」モーガンはデスクマットに視線を据えて小声で言った。「恥ずかしい話ですが……大学にかよっていたころ、わたしはある娘と問題を起こしました――学生食堂で働いていたウェイトレスです。性悪な女ではなかった――愚かだっただけで、わたしもあのころは思慮に欠けていたんだと思います。ともかく、その娘に子供ができました――わたしの子供です……。ご存じでしょうが、わたしは非常に厳格な家に生まれました。ご存じでなくても、調べればすぐにわかりますとも。両親はわたしに大きな期待をかけていて、社会的地位への野望が大きく――簡単に言ってしまえば、わたしがその娘と結婚して父の家に妻として迎え入れるなど、とうていできませんでした。それは両親の顔に泥を塗るも同じで……」

モーガンはことばを切った。

「とはいえ、過ぎたことは仕方がありません。わたしは――わたしはその娘をいまもずっと愛しています。それは分別のある女性で、条件を受け入れてくれて……わたしは小遣いをかなりもらっていたので、養うことができました。しかし、だれひとりとして――その娘は父親を亡くし、老いた善良な母親がいるだけでしたが、その母親を除くだれひとりとして――この件を知りませんでした。誓ってもいい。それなのに――」こぶしを握りしめたが、ため息をついて話をつづける。「結局、わたしは親の選んだ娘と結婚しました」ことばを切って咳払《せきばら》いをするあいだ、痛ましい沈黙が流れた。「政略結婚——それ以外の何物でもありません。妻は貴族の旧家の出で、わたしには財産がありました。ふたりでそれなりに幸せに暮らしましたが……やがてわたしはフィールドに出会いました。あの男とパートナー関係を結ぶことに同意した日を呪いますよ——しかし、当時のわたしの仕事は思うように立ち行かず、フィールドが行動力に富んだ頭の切れる弁護士だったのはたしかでした」

警視は嗅ぎ煙草を吸った。

「最初は何もかも順調でした」モーガンは小声のまま話をつづけた。「ところが、しだいにわたしは、パートナーがどうも真っ当な人物とは言えないのではないかと疑いはじめました。怪しげな顧客が——実に怪しげな顧客が——就業時間のあとにフィールドの部屋へよくはいっていくんです。問いただしてもはぐらかされ、いよいよ妙に感じられます。ついにわたしは、このままあの男とかかわっていたら自分の評判に傷がつくと判断し、関係の解消を切り出しました。フィールドは強硬に反対しましたが、こちらも譲らず、言いなりにはなりません。われわれは関係を解消しました」

エラリーの指はステッキの握りを無心に叩《たた》いている。

「ウェブスターでの一件があったのはそのあとです。細かいことを決めたいからいっしょに昼食をとろうと、フィールドのほうから強く誘ってきました。もちろん、それが目的ではありませんでした。どんな意図があったかはご想像がつくでしょう……あの男はやけに慇懃《いんぎん》に恐ろしい話を持ち出し、隠し子とその母親を養っているのはお見通しだと言いました。証拠になる手紙数通と、支払い済みの小切手がたくさんある、とね……。それをわたしから盗んだことを平然と認めました。こちらはもう何年もそんなものを見ていなかったのに……。そしてあの男は、この証拠でひと稼ぎさせてもらうとのたまったんです！」

「恐喝か」つぶやいたエラリーの目が光を宿しはじめる。

「そう、恐喝です」モーガンは苦々しげに返した。「まさにそれですよ。この話が表に出ればどうなるか、あの男はいやに生々しく説明しました。ああ、フィールドは狡《こう》猾《かつ》な悪党だった！　これまで築きあげてきた社会的な地位が――何年もかかったのに――一瞬で崩れ去るさまがわたしには見えました。そんなことになったら、妻にも、妻の家族にも、わたし自身の家族にも――それだけでなく、付き合いのある人たちにも――顔向けができない。仕事の面でも――大事な顧客はたなごころを返してほかの事務所に法務を依頼するようになるにちがいない。わたしは窮地に陥りました――こちらも向こうも、どうなるかわかっていた」

「いくら要求してきたんですか、モーガンさん」警視は尋ねた。

「途方もない額ですよ！　二万五千ドルでした――口止め料だけでね。それ一度きりという保証もなかった。わたしは完全に相手の掌中に落ちました。というのも、この件は何年も前に終わったことではなかったからです。わたしはあの不幸な女と息子を養いつづけていました。いまでも養っています。これからも——養いつづけるつもりです」モーガンは爪に視線を落とした。

「わたしは金を払いました」陰気に話をつづける。「その場しのぎにすぎないのに払ったんです。でも、大きな痛手でした。だからクラブで激昂《げっこう》し——あとはご存じのとおりです」

「それで、この恐喝はずっとつづいたんですか」警視は尋ねた。

「そうです——まるまる二年もね。あの男はほんとうに欲深だった！　いま考えても理解できないほどです。自分の仕事でべらぼうな報酬を得ていたはずなのに、いつも金に困っているふうだった。しかも、わずかな額じゃない——一度の支払いが一万ドル以下におさまったことはなかったんですよ！」

警視とエラリーはすばやく視線を交わした。警視が言う。「それは災難でしたな、モーガンさん。フィールドについての話を聞けば聞くほど、あの男を始末した人間に手錠をかけるのは気が進まなくなってきましたよ。しかし、だ！　いまのお話からすると、フィールドとは二年も会っていないという昨夜のあなたの証言は、どう見ても事実ではありませんね。実際に最後に会ったのはいつですか」

モーガンは記憶を呼びもどそうとしている様子だった。「そう、二か月ほど前です、警視さん」ようやく答える。

警視は椅子の上で身じろぎした。「なるほど……ゆうべ打ち明けてくれなかったのが残念です。むろん、いまのお話は警察のなかだけにとどめます。これは非常に貴重な情報ですよ。ところで――アンジェラ・ラッソーという女性をご存じですか」

モーガンは目を見開いた。「いえ、知りませんね。名前を聞いたこともありません」

警視はしばらく無言だった。「〝牧師のジョニー〟という紳士のことは？」

「それならお話しできることがありそうです。わたしとパートナーだったころ、フィールドが何かの汚れ仕事をさせるためにその小悪党を使っていたのはたしかです。就業時間のあとに、目立たないように事務所にはいってくるのを何度も見かけました。フィールドに問いただすと、冷ややかに笑いながら〝ああ、あいつはただの牧師のジョニーで、おれの友達さ！〟と言っていました。しかし、それで正体の見当がつきました。どんな関係だったかまでは説明できません。知りませんから」

「ありがとう、モーガンさん」警視は言った。「教えてもらって助かりましたよ。さあ――最後の質問です。チャールズ・マイクルズという名前を聞いたことは？」

「はい、あります」モーガンは険しい顔で答えた。「マイクルズはフィールドのいわば従者でしたが――役まわりは用心棒《ボディガード》で、内実はならず者《ブラックガード》でした。そうでないとしたら、わたしの人間観察眼は大いに曇っていることになる。ときどき事務所に来ていましたよ。思いつくのはそれぐらいです」

「当然、向こうもあなたを知っていますね」

「まあ——おそらく」モーガンはあいまいに答えた。「一度もことばを交わしたことはありませんが、事務所に来たときにわたしの姿を見ているはずです」

「なるほど、では、これでけっこうです、モーガンさん」警視は軽くうなって立ちあがった。「実に興味深く有益なお話でしたよ。それから——いや、もうないな。現時点ではありません。ふだんどおりの生活をしてかまいませんが、街を離れないように——こちらが話を聞きたくなったら応じてください。どうか忘れないように」

「忘れるとは思えませんね」モーガンは元気なく答えた。「その——もちろんわたしの話は——息子の話は——外に漏れませんね？」

「ご心配には及びません——その件についてはね」警視は言い、ほどなくエラリーとともに歩道に出た。

「恐喝だったのか」エラリーはつぶやいた。「それでひとつ思いついたんだけどね」

「おや、息子よ、わたしは二、三、思いついたぞ！」警視は含み笑いをし、ふたりは無言で意思をかよわせて、警察本部のほうへ通りを足早に歩いていった。

12　この章では、クイーン父子が社交界に切りこむ

水曜の朝、ジューナは、物思いにふける警視と、しゃべり立てるエラリーを前にして、コーヒーをついでいた。電話が鳴った。エラリーと父親はふたりそろって電話機に跳びつこうとした。

「おい！　なんのつもりだ！」警視は声を張りあげた。「電話がかかってくることになっていたんだ、わたし宛に！」

「まあまあ、愛書家にだって電話を使う権利くらい認めてくれよ」エラリーは言い返した。「わが友の書店主が幻のファルコナーの件で電話をかけてきた気がしてね」

「おい、エラリー、またその話なら――」ふたりがテーブルをはさんで仲よくやり合っていると、ジューナが受話器をとった。

「警視に――警視に、とおっしゃいましたね。警視」ジューナは通話口を痩《や》せた胸に押しあてて、笑みを作った。「お電話です」

エラリーは椅子にすわりなおし、警視は勝ち誇った様子で受話器をひったくった。

「もしもし」

「ストーツです。フィールドの事務所からかけています、警視」はつらつとした快活な声が答えた。「クローニンに代わります」

警視は早くも期待で額に力を入れた。エラリーは熱心に耳を澄まし、ジューナまでもが、大事な知らせを待ちかまえるかのように、骨張った顔に猿じみたひたむきな色を浮かべて定位置で足に根を生やしている。こういうときのジューナは、同胞たる類人猿に似ている――態度や表情に緊張感や生き生きとした好奇心が満ちあふれ、それはいつもクイーン父子を楽しませた。

ようやく、甲高い声が電話の向こうから届いた。「ティム・クローニンです、警視」クローニンの興奮した声が響く。「わたしがこのフィールドという男をずっと監視していたのはご存じですね。フィールドは、もう思い出せないくらい昔から、わたしの最大の悪夢でした。おとといの夜に地方検事がその話をしたそうですから、わたしからくわしく述べる必要はないでしょうね。けれども、これだけの年月にわたって目を光らせ、機を待ち、丹念に調べたにもかかわらず、法廷に提出してあの男を有罪にできそうな証拠は何ひとつ見つかりませんでした。そう、あの男は悪党でしたよ、警視――わたしの命を賭《か》けてもいい……。それももう終わった話になりました。わたしはこれだけフィールドのことを知りつくしていたのだから、期待などすべきではなかったのでしょう。それでも――こう願わずにはいられませんでした。どこかでフィールドも何かぼろを出すはずだ、あの男の私的な記録を入手できればそれを暴けるはずだ、と。しかし――成果は何もありませんでした」

警視の顔に失望の色がよぎり、それを読みとったエラリーはため息をついて立ちあがるや、室内を落ち着きなく行ったり来たりしはじめた。

「仕方がないさ、ティム」警視はつとめて明るく答えた。「気に病むことはない――まだ攻め手はある」

「警視」クローニンは唐突に言った。「あなたも手を焼いていらっしゃるのでしょうね。フィールドは実に狡猾《こうかつ》な人間だった。そしてわたしの見るかぎり、あの用心深いフィールドを出し抜いて葬り去った天才も、やはり実に狡猾な人間です。そうとしか考えられない。まあ、ファイルにはまだ半分も目を通していないし、すでに調べたものも思ったほど見こみがないわけではないのかもしれません。フィールドがいかがわしい仕事の糸を引いていたと示唆するものはここにたくさんある――直接の罪証がないだけです。調べるうちに何か見つかるといいのですが」

「わかった、ティム――引きつづきよろしく頼む」警視は小声で言った。「進展があったら報告してもらいたい……ルーインはそこにいるのかね」

「事務長のことですか」クローニンは声をひそめた。「そのあたりにいるはずですが。

どうしてですか」

「油断なく見張っておいたほうがいい。あの男は見た目ほど愚かではない気がしてならない。そこに転がっている記録にあまり近づけないことだ。われわれの知るかぎり、あの男もフィールドのちょっとした副業にかかわっていた可能性がある」

「了解しました、警視。また連絡します」電話を切る音が受話器から聞こえた。


十時半に、警視とエラリーはリヴァーサイド・ドライブにあるアイヴズ＝ポープ邸の大きな正門を押しあけた。エラリーが思わず口に出したとおり、その雰囲気は正式なモーニングコートこそがふさわしいと言わんばかりで、石造りの玄関のなかにはいると大変な居心地の悪さを味わわされそうだった。

実のところ、アイヴズ＝ポープ家の運命を内に秘めたこの邸宅は、クイーン父子のようなつつましい趣味を持った人間には、多くの点で畏怖《いふ》の念をいだかせた。それは四方八方に張り出した巨大な邸宅で、道路からかなりはずれた広大な芝地にそびえ立っている。「そうとうな金がかかっているな」建物のまわりでゆるやかに波打つ草原を見渡しながら、警視はうなった。庭園と阿舎《あずまや》、遊歩道と休憩所——街の喧噪《けんそう》は、邸宅を取り囲む高い鉄柵《てっさく》をはさんでほんのわずかしか離れていないはずなのに、何マイルも遠くにあるかのように感じる。アイヴズ＝ポープ家は計り知れぬほど裕福であり、これだけの並々ならぬ土地を、植民地時代のアメリカの仄暗《ほのぐら》い片隅にさかのぼるその家系に与えたのだった。

玄関の扉をあけたのは、頰にひげを蓄えた貴族然とした男で、鼻先が天井に向かってやけに突き出していて、背中は鋼でできていそうだった。エラリーは戸口でくつろぎつつ、この制服姿の貴人を感心したようにながめ、クイーン警視は名刺を出そうとポケットを探った。名刺はなかなか出てこない。背筋を伸ばした執事は石造りの彫刻のように立ちつくしている。警視は赤面しながら、皺《しわ》の寄った名刺をようやく見つけ出した。差し出された盆にそれを載せ、執事がおのれの洞穴のどこかへとさがっていくのを見守った。

彫刻が施された広い戸口からフランクリン・アイヴズ－ポープの大柄な体が現れたとたん、父親が姿勢を正したので、エラリーは忍び笑いをした。

アイヴズ－ポープはふたりのほうへ急いだ。

「警視！　クイーンくん！」親しげな声をあげる。「はいりたまえ。お待たせしたかな」

警視は口ごもりながら挨拶《あいさつ》した。三人は、高い天井と磨きあげられた床がつづく、渋い古風な調度品で飾られた廊下を進んだ。

「時間どおりだったな、おふたりとも」アイヴズ－ポープは脇に寄り、ふたりを広い部屋に通した。「きょうのささやかな会議に参加するほかの面々だ。全員と面識があると思うが」

警視とエラリーは室内を見まわした。「存じあげないのはおひとりだけです。こちらの紳士は——スタンフォード・アイヴズ-ポープさんですね」警視は言った。「何人かのかたは息子とは顔合わせがまだでしたな——ピールさんでしたね？——それからバリーさん——そしてもちろん、アイヴズ-ポープさん」

紹介は緊張した空気のなかでおこなわれた。「ああ、Q！」サンプソン地方検事が小声で言いながら、部屋の奥から急いで近づいてきた。「こんな機会を逃しはしないとも」声をひそめて言う。「あとで取り調べに立ち会う人たちのほとんどと、わたしは初対面だ」

「あのピールという男はここで何をしているんだろうか」警視が地方検事にささやくあいだに、エラリーは部屋を横切って、奥にいる三人の青年と立ち話をはじめた。アイヴズ-ポープは部屋の外へ出ていった。

「あれはアイヴズ-ポープの息子のほうの友人だ。むろん、あそこのバリーとも仲がいい」地方検事は答えた。「きみたちが来る前の雑談を聞いたかぎりでは、アイヴズ-ポープの息子のスタンフォードが、あの役者たちを妹のフランシスに引き合わせたらしい。それがフランシスとバリーのなれそめだな。ピールもあの娘と親しいようだ」

「アイヴズ‐ポープとその高貴なる奥方は、中産階級の人間と自分の子供たちが付き合うことを、どう思っているんだろう」警視は部屋の奥の一団を興味深そうに見つめながら言った。

「じきにわかるとも」サンプソンは声を抑えて笑った。「役者のだれかを目にするたびにアイヴズ‐ポープ夫人の眉からつららが落ちるのを見るといい。ボルシェヴィキの一味並みの歓迎ぶりだよ」

警視は背中で手を組み、好奇心に駆られて室内を見まわした。ここは図書室で、たくさんの豪華な本や珍しい本が輝くガラス戸の向こうに整然と分類され、埃《ほこり》ひとつついていない。机が一脚、部屋の中央で存在感を放っている。大富豪の書斎にしては地味で、警視は好感を持った。

「ついでに言うと」サンプソンはふたたび話しはじめた。「月曜の夜にローマ劇場でアイヴズ‐ポープ嬢やその婚約者といっしょにいたイヴ・エリスも来ている。いまは上の階でご令嬢といっしょにいるんだろう。母親はそれが気に入らないらしいがね。いまはだがふたりとも感じのいい娘だ」

「アイヴズ‐ポープ一家と役者たちだけで集まったら、さぞ楽しい場になりそうだな！」警視はうなるように言った。

四人の青年がこちらへ歩いてきた。スタンフォード・アイヴズ＝ポープは爪までよく手入れをした細身の若者で、流行の服に身を包んでいる。目の下には大きなたるみがある。退屈で苛立《いらだ》っている様子に、警視はすぐに気づいた。ピールとバリーの役者ふたりも申し分のない正装だった。

「クイーンくんから聞いたんですけど、大変な難題をかかえていらっしゃるそうですね、警視」スタンフォード・アイヴズ＝ポープは気だるげにいった。「かわいそうな妹が巻きこまれたと知って、ぼくたちみんな、痛ましく思ってますよ。いったいなぜ、妹のバッグがその男のポケットにはいってたんでしょうか。フランシスが困った立場に置かれたせいで、バリーは何日も寝てないんですよ、ほんとうに！」

「スタンフォードさん」警視は目をきらめかせて言った。「妹さんのバッグがモンティ・フィールドのポケットにあった理由を知っていたら、わたしはきょうこちらには来ていませんよ。バッグの件もまた、この事件をひどく興味深いものにしているんです」

「おもしろがるのはあなたの勝手ですがね。でも、フランシスが事件に少しでもかかわりがあるなんて、まさか考えていませんよね」

警視は微笑混じりに反論した。「わたしはまだ何も考えていませんよ。妹さんの言い分を聞いていませんから」

「フランシスは問題なく説明するはずですよ、警視さん」スティーヴン・バリーが言った。整った顔に疲労の皺が刻まれている。「心配は要りません。彼女に不愉快な疑いがかけられるなんて腹立たしい——何もかもばかげている！」

「お気持ちはわかりますよ、バリーさん」警視はやさしく言った。「それと、ついでながら、先日のわたしのふるまいをお詫《わ》びします。少しばかり——きびしすぎたかもしれません」

「ぼくのほうこそお詫びをしないと」バリーは弱々しい笑みを作った。「あの事務室で、心にもないことをいくつか口走ったようです。あのときは熱くなってしまって——フランシスが——アイヴズ‐ポープさんが失神したのを見たもので——」気まずそうに口をつぐむ。

モーニングに身を包んだ、血色がよく健康そうな巨漢のピールが、バリーの肩に親しげに腕をまわした。「警視さんはもちろんわかってくれてるよ、スティーヴ」快活に言う。「そう思い詰めるな——何もかもきっとうまくいくさ」

「クイーン警視にまかせてだいじょうぶだとも」サンプソンが警視の脇腹を陽気につついた。「わたしの知るかぎり、警視はバッジの下に情け深い心を持つただ一匹の警察犬です——アイヴズ‐ポープ嬢の説明に警視がそれなりにでも満足できれば、一件落着ですよ」

「いや、それはどうかな」エラリーが思案顔でつぶやいた。「父は人を驚かせるのが得意ですからね。ところで、アイヴズ－ポープ嬢と言えば――」悔しそうに微笑んで、役者に一礼する。「バリーさん、あなたはうらやましいほど幸運な男だ」

「母に会ったらそうは思わないだろうね」スタンフォード・アイヴズ－ポープはもの憂げに言った。「どうやらお出ましらしい」

男たちはいっせいにドアのほうを見た。途方もなく太った女がよろめきながらはいってきた。制服を着た看護師が一方の太い腕で慎重にその体を支え、もう一方の手で大きな緑色の瓶を持っている。アイヴズ－ポープが機敏な足どりであとから現れた。その隣に、黒っぽいコートを着て黒い鞄《かばん》を持った若白髪の男が立つ。

「キャサリン」アイヴズ－ポープは、太った女が肘《ひじ》掛け椅子に体を沈めると、低い声で言った。「こちらがこの前の話に出た紳士がただ――リチャード・クイーン警視とエラリー・クイーンくんだよ」

ふたりのクイーンが会釈をすると、アイヴズ－ポープ夫人の近視の目から冷えきった視線が返ってきた。「お会いできてうれしいわ」夫人は甲高い声で言った。「看護師はどこ？　看護師！　ああ、気が遠くなってきた」

白衣の女が緑色の瓶を用意して駆け寄った。夫人は目を閉じてその香りを吸いこむと、安堵《あんど》のため息をついた。アイヴズ－ポープは若白髪の男を手短に紹介し、主治医のヴィンセント・コーニッシュ医師だと伝えた。医師はすぐにことわりの文句を言い、執事につづいて退室した。「あのコーニッシュはやっている男だよ」サンプソンが警視にささやいた。「この界隈でいちばんはやっている医者というだけでなく、本物の科学者だ」警視は眉を吊りあげたが、何も言わなかった。

「ぼくが医学の道を志さなかった理由のひとつは、あの母なんだ」スタンフォード・アイヴズ-ポープは、耳打ちするには大きすぎる声でエラリーに言った。

「おお、フランシス！」アイヴズ-ポープが急いで進み出て、そのあとからバリーも戸口へ駆け寄った。アイヴズ-ポープ夫人の生気のない視線が、冷ややかな不興の色を宿してその背中にまとわりつく。ジェイムズ・ピールは気まずそうに咳払いをすると、低い声でサンプソンに何か話しかけた。

薄手のモーニングガウンで正装したフランシスは青ざめてやつれた顔で、女優のイヴ・エリスの腕にもたれかかりながら部屋にはいってきた。いくらか無理のある笑顔を作って、警視に小声で挨拶をする。ピールがイヴ・エリスを紹介し、ふたりの娘はアイヴズ-ポープ夫人の近くにすわった。夫人は椅子に堂々とすわり、わが子が脅かされたライオンの母親のように周囲をねめつけている。ふたりの従者が音もなく現れて、男たちのために椅子を並べた。アイヴズ-ポープのたっての希望で、警視は大きな机と対の椅子にすわった。エラリーは椅子をことわり、一同から見て斜め後ろにある書棚に寄りかかるほうを選んだ。

会話が途絶えると、警視は咳払いをしてフランシスに顔を向けた。フランシスは驚いてまぶたを震わせたが、視線を落ち着いて受け止めた。

「まずは、フランシスさん——そう呼んでもかまいませんね」警視は慈父のような口調で切り出した。「月曜の夜にわたしが用いた駆け引きについて説明させていただきたい。きっとあなたにはまったく不当できびしいやり方に思えたでしょうから、お詫びします。お父さまからうかがいましたが、あなたはモンティ・フィールドが殺害された夜のご自身の行動を説明してくださるそうですね。それなら、きょうのこのささやかなやりとりで、事実上、あなたを捜査の対象からはずせます。話し合いをはじめる前に、まず信じていただきたいんですが、月曜の夜、あなたはおおぜいの容疑者のひとりにすぎませんでした。わたしはそういう場合の習慣どおりに行動しました。あなたのように育ちがよく、地位もあるご婦人が、あれだけ緊迫した状況で警察官にきびしく尋問されたら、ショックを受けて現在のような状態になるのは、いま思えば当然です」

フランシスは弱々しく笑みを浮かべた。「もうお気になさらないでください、警視さん」澄んだ声で小さく言う。「あんな愚かなふるまいをしたわたくしもいけなかったんです。お答えする用意はできていますので、なんなりとお尋ねください」

「ちょっとお待ちを」警視は少し姿勢を改め、沈黙しているほかの面々にも自分のことばを聞かせようとした。「ひとつはっきりさせておきたいことがあります、みなさん」おごそかに言う。「この会合には明確な目的があります。アイヴズ＝ポープ嬢のバッグが死んだ男のポケットから見つかったという事実と、彼女がその事情をすぐには説明できなかったという事実のあいだには、なんらかの関係があるはずであり、それを突き止めるのが目的です。それから、きょうのこの努力が実を結ぼうと結ぶまいと、ここで出た話はくれぐれも内密にお願いしますよ。サンプソン地方検事がよくご存じだが、ふだんわたしは、これほどおおぜいの聞き手がいる前では取り調べをしません。それでも、この犯罪に巻きこまれた不幸なお嬢さんをみなさんが深く心配なさっていると思ったからこそ、この例外を設けたんです。しかし、きょうの会話がひとことでも外に漏れたら、手心はいっさい加えません。よろしいですか」

「待ってください、警視」アイヴズ＝ポープ青年が異議を唱えた。「それは少し言いすぎでしょう。ぼくたちはみな、どのみちこの話を知ってるんですよ」

「たぶんそれが、アイヴズ＝ポープさん」警視は意味ありげに笑って切り返した。「わたしがみなさんの同席を承諾した理由ですよ」

かすかな衣擦れの音が聞こえ、アイヴズ＝ポープ夫人が、まるで怒りに満ちた演説でも一席ぶとうとするかのように口を開きかけた。が、夫の鋭い視線を浴びて唇を力なく閉じ、抗議のことばを呑《の》みこんだ。代わりに険しい目をフランシスの隣にすわる女優に向ける。イヴ・エリスは赤面した。夫人の隣では、獲物のにおいを嗅《か》ぎつけるセッター犬よろしく、看護師が気つけ薬を持って立っている。

「さて、フランシスさん」警視はやさしく話を再開した。「現状を説明しましょう。わたしはモンティ・フィールドという男の死体を調べました。この男は有名な弁護士で、おそらく人気の芝居を楽しんでいたところを、いきなり殺害されたんです。その夜会服の後ろのポケットから、イブニングバッグが見つかりました。中にはいっていたいくつかの名刺や私信から、あなたのバッグだと特定したというわけです。わたしは〝ほう！　女がからんできたぞ！〟と胸の内で言いました――当然の反応でしょう。そして、この実に疑わしい状況を説明していただくために、部下にあなたを呼びにいかせた。あなたは来てくださった――が、ご自分の持ち物と、それがどこで発見されたかという事実を突きつけられるや、気を失った。このとき、わたしは思いました。〝この娘は何か知っているぞ！〟と――それは不自然な結論ではないはずです。では、あなたはご自分が何も知らないということを――そして、気を失ったのは衝撃を受けたからだけだということを、どうやってわたしに納得させてくれますかな。よろしいですか、フランシスさん――わたしはこの問いかけを、リチャード・クイーンとしてではなく、真実を探し求める警察官として発しているんです」

「わたくしの話は、ご期待に添えるほど明快なものではないかもしれません」警視の長い演説のあとにつづいた深い静寂のなかで、フランシスの静かな声が響いた。「どれほどお役に立てるかも、まったくわかりません。でも、わたくしには重要でないように思える事実でも、あなたの訓練された目には、意味のあるものとして映るかもしれません……。大まかにお話しすると、こんなふうでしたの。

月曜の夜、わたくしは自然な成り行きでローマ劇場へ参りました。ごく内々の話ですけれども、バリーさんと婚約していましたから――」アイヴズ‐ポープ夫人が鼻を鳴らし、その夫の視線は娘の黒っぽい髪を素通りして一点に注がれている。「――わたくしはよく劇場に寄って、お芝居のあとに婚約者と会うのを習慣にしておりました。そういうとき、バリーさんはわたくしを家に送ってくださったり、お夜食をいただきに近くの店へ連れていってくださったりします。ふだんは劇場でお会いする約束を前もってしておくのですが、折があれば、何もお伝えせずに立ち寄るときもあります。月曜の夜もそうでした……。

ローマ劇場に着いたのは第一幕が終わる少し前でした。もちろん、〈銃撃戦〉は何度も観ていたものですから。わたくしの席は決まっていて――何週間も前にバリーさんがパンザーさんを通じて手配してくださいましたから――お芝居を観ようと腰を落ち着けたとたん、幕がおりて最初の幕間にはいりました。少し体が火照《ほて》っていて、空気もあまりよくなかったもので……地下のラウンジの近くにある化粧室へ向かいました。そのあと、上にもどって、開いているドアから小道へ出ました。おおぜいの人がいて、新鮮な空気を吸っていました」

フランシスがそこでことばを切ると、エラリーは書棚に寄りかかったまま、何人かの聞き手の顔に鋭い視線を走らせた。アイヴズ－ポープ夫人は、相変わらず巨獣のようにあたりを睥睨《へいげい》している。夫のアイヴズ－ポープは、フランシスの顔の向こうの壁をまだ凝視している。スタンフォードは爪を嚙《か》んでいる。ピールとバリーのふたりは、心配でたまらなさそうな顔でフランシスを見守りつつも、そのことばの効果を推し量るかのように、警視をときどき盗み見ている。イヴ・エリスはひそかに手を伸ばして、フランシスの手を握りしめている。

警視はふたたび咳払いをした。

「どちらの小道でしたか、フランシスさん――左側ですか、それとも右側ですか」

「左側です、警視さん」フランシスは即答した。「ご存じでしょうけれど、わたくしの席は左M8でしたので、そちら側の小道へ出るのが自然だと思いますが」

「おっしゃるとおりです」警視は微笑した。「つづけてください」

「わたくしは小道へ出ました」フランシスは少し落ち着いてきた様子で話を再開した。

「でも、知り合いのかたがひとりもいらっしゃらなかったので、煉瓦《れんが》の外壁のそばの、開いた鉄のドアで少し陰になっていたところに立っていました。雨あがりの夜の空気はさわやかで、気持ちがいいものでした。そこに立ってから二分も経たないうちに、どなたかの体がふれるのを感じました。もちろん、わたくしは少し脇によけました。そのかたがよろけたのだろうと思ったもので。ところが、その男性が——男のかたでした——また同じことをしてきたので、少しこわくなって、立ち去ろうとしました。男性は——その男性はわたしの手首をつかんで引きもどしました。わたくしたちの体は開ききっていない鉄のドアで半ば隠れていましたから、どなたもその人の行動には気づかなかったと思います」

「なるほど——そうか」警視は同情をこめてつぶやいた。「公共の場で赤の他人がそんなことをしてくるとは、尋常ではありませんな」

「口づけをしたがっているように思えましたの、警視さん。もたれかかって〝こんばんは、ハニー〟とささやいてきたので——すぐに察しました。わたくしは少し体を引いて、できるだけ冷静に〝放してください、人を呼びますよ〟と言いました。その人はただ笑って、もっと顔を寄せてきたんです。息からウィスキーの強いにおいがして、顔をそむけたくなるほどでした。わたくしは気分が悪くなってしまって」

フランシスは口をつぐんだ。イヴ・エリスが安心させるようにその手を軽く叩《たた》く。バリーが抗議のことばをつぶやいて腰を浮かしかけたが、ピールが肘《ひじ》でつついて思いとどまらせた。「フランシスさん、妙な質問をさせてください——ばかげた質問のように思われるでしょうが」警視は椅子の背に寄りかかりながら尋ねた。「男の息のにおいからして、高い酒のように思えましたか、それとも安い酒のように思えましたか……ほら！　笑われると思いましたよ」そして、そこにいた全員が警視のおどけた表情に笑い声を漏らした。

「そうですわね、警視さん——それはお答えするのがむずかしいです」娘は朗らかに答えた。「わたくしは強いお酒になじみがないもので。でも、記憶にあるかぎりでは、上等なお酒の香りだったと思います。上等でしたけれども——それはもう、きついにおいでした！」不快そうに軽く頭を振って言いきる。

「ぼくがその場にいたら、何年物かもあててやれたのに！」スタンフォード・アイヴズ-ポープがつぶやいた。

その父親は唇を固く結んだが、すぐに力をゆるめて笑みらしきものを漂わせた。いましめるように息子に向かってかぶりを振る。

「つづけてください、フランシスさん」警視は言った。

「わたくしはほんとうにこわくなってしまいました」娘は赤い唇を震わせて打ち明けた。「気分も悪くなりまして——その人の手をどうにか振りほどいて、夢中で劇場に駆けこんだのです。気がついたときには、自分の席にすわって、第二幕がはじまるのを知らせる舞台裏のベルの音を聞いていました。どうやってたどり着いたのかはまったく覚えていません。心臓が喉《のど》から飛び出しそうで、いまでもはっきり覚えているのは、この件をスティーヴンに――バリーさんに――言ってはいけないと考えていたことです。あの人を探し出して、懲らしめようとなさるでしょうから。バリーさんはわたくしのことをこの上なく心配してくださるもので」娘がやさしく微笑みかけると、婚約者も表情を一変させて笑顔を返した。

「そして警視さん、月曜の夜の出来事でわたくしが知っているのはこれで全部ですわ」娘はことばを継いだ。「この話のどこにわたしのバッグが出てくるのかとお尋ねになりたいのでしょう。でも――どこにも出てこないんです。だって、誓って申しあげますけど、バッグのことは何ひとつ思い出せません」

警視は椅子の上で身じろぎした。「それはどういうことでしょうか、フランシスさん」

「実は、支配人室で警視さんから見せられるまで、バッグをなくしたことに気づいてさえいなかったんです」フランシスははっきりと答えた。「第一幕が終わって、化粧室へ行こうと席を立ったときに、バッグを持っていったことは覚えています。化粧室でパフを使うためにバッグをあけたことも。でも、化粧室にバッグを置き忘れたのか、そのあとどこかで落としたのかは、いまになってもわからないんです」

「こうは考えられませんか、フランシスさん」警視はそう言って、嗅《か》ぎ煙草入れに手を伸ばしたが、アイヴズ‐ポープ夫人の氷の視線に気づき、きまり悪そうにポケットにもどした。「その男に小道でからまれたときに、落としたかもしれない、と」

安堵《あんど》の色が娘の顔にひろがり、命を吹きこまれたようになった。「まあ、警視さん！」フランシスは叫んだ。「わたくしもちょうど同じことをずっと考えていましたが、苦しい言いわけのように思えて――それに、とてもこわかったんです。自分が――蜘蛛《くも》の巣にからめとられるような気がして……自分からはどうしても言いだせませんでしたの！　ほんとうに何も覚えていないんですけど、それなら筋が通るはずですね――手首をつかまれたときに落として、そのあとすっかり忘れていたのでしたら」

警視は微笑した。「いやむしろ、お嬢さん、すべての事実に嚙み合いそうな説明はそれしかありませんね。十中八九、あの男はバッグを見つけると――拾いあげ――酔っぱらって恋心に駆られ、おそらくあとであなたに返すつもりでポケットにしまいこんだはずです。そうすれば、またあなたに会える口実ができますからね。あなたの魅力に参ったんでしょうな――無理もありませんが」警視が芝居がかった会釈をすると、娘は顔色を完全に取りもどし、まばゆい笑みを返した。

「さて――あと少しだけうかがったら、フランシスさん、このささやかな取り調べも終わりです」警視はつづけた。「その男の外見を説明できますかな」

「できますとも！」フランシスはすぐさま答えた。「おわかりいただけると思いますが、あの人の印象はとても強く残っていますから。わたくしよりも少し背が高くて――ですから、五フィート八インチくらいでしょう――太り気味でした。顔はむくんでいて、目の下に鉛色の大きなたるみがありました。あんなふうに遊び好きそうな人は見たことがありません。ひげはきれいに剃《そ》ってありました。これといった特徴のない顔でしたが、鼻がとても高かったように思います」

「われらが友人のフィールド氏にまちがいなさそうですな」警視はきびしい顔で答えた。「それから――よく考えてください、フランシスさん。以前にその男とどこかで会ったことはありますか――少しでも見覚えのある人物だったかどうか」

　フランシスは即答した。「それは考えるまでもありませんわ、警視さん。断言いたしますが、あの人とはかつて一度も会ったことがありません！」

　間を置いて、エラリーの冷静沈着な声が響いた。すべての頭がその声に驚いて振り返った。

「話に割りこんで申しわけないけど、アイヴズ－ポープさん」エラリーは愛想よく言った。「あなたにからんできた男の服装について、何か気づいた点がないかを教えていただきたい」

　フランシスが笑顔を向けると、エラリーもやはり人の子で、目をしばたたいた。

「服装で特に気づいたことはありませんわ」娘は白く輝く歯を見せた。「でも、正装だったと記憶しております——シャツの胸に小さな染みがありましたけれど——お酒の染みのようでした——シルクハットもかぶっていらっしゃいました。覚えているかぎりでは、服装に凝るかたのようで、趣味もよいと感じました。もちろん、シャツの染み以外はですが」

エラリーは魅了されたように礼のことばをつぶやき、書棚に寄りかかった。警視は息子に鋭い視線を向けたのち、立ちあがった。

「これで終わりです、みなさん。この件は片づいたと考えてくださってかまいません」

すぐに同意の小さなざわめきが起こり、喜びで晴れやかな顔になったフランシスのもとへ全員が押し寄せた。バリー、ピール、イヴ・エリスが勝利の行進さながらにフランシスを連れて出ていき、スタンフォードは陰気な笑みを浮かべつつ、丁重に肘を曲げて母親に差し出した。

「かくて第一の講義は終了せり」おごそかに宣言する。「母上、失神する前にぼくの腕につかまって!」アイヴズ－ポープ夫人は文句を言いながらも、息子に大きく寄りかかって出ていった。

アイヴズ－ポープは警視の手を握って勢いよく振った。「では、娘に関しては、この件は疑念をはさむ余地がないと考えているんだな」

「そう考えています、アイヴズ－ポープさん」警視は答えた。「ご厚意に感謝します。さて、そろそろおいとましないと——仕事が山ほどありますもので。あなたも行きますか、ヘンリー」

五分後、警視とエラリーとサンプソン地方検事は、七十二丁目へ向かってリヴァーサイド・ドライブを並んで歩きながら、午前中の出来事を盛んに論じ合っていた。

「この線の捜査が空振りに終わってよかったよ」サンプソンは気が抜けたように言った。「それにしても、あの娘の勇気はたいしたものだな、Q！」

「いい娘だった」警視は言った。「おまえはどう思う、エラリー」ハドソン川を見つめながら歩いていた息子にいきなり顔を向けて尋ねた。

「ああ、すてきな女性だね」うつろだった目に光がもどり、エラリーは答えた。

「あの娘のことじゃない」警視は苛立《いらだ》たしげに言った。「けさの出来事の全体について訊《き》いているんだ」

「ああ、そのことか！」エラリーはかすかに笑った。「イソップ風に言ってもいいかい」

「好きにしろ」警視はうなるように言った。

「ライオンも」エラリーは言った。「ネズミに感謝するかもしれない」

13 クイーン対クイーン

その夜の六時半、ジューナがちょうどテーブルから夕食の皿をさげ、ふたりのクイーンにコーヒーを出しているところで、玄関の呼び鈴が鳴った。小柄ななんでも屋はネクタイを直して上着を整えると（警視とエラリーはおもしろそうに目をきらめかせながらそれをながめていた）、まじめくさって控えの間へ歩いていった。すぐに、銀の盆に二枚の名刺を載せてもどってくる。警視は眉間《みけん》に皺《しわ》を寄せて名刺を手にとった。「やけにもったいをつけたな、ジューナ！」警視はつぶやいた。「なんとまあ！プラウティ大先生が客を連れてきたようだ。通しなさい、悪たれめ！」

ジューナはまた出ていき、検死官補と、長身痩軀《そうく》で口ひげをていねいに刈りこんだ禿《は》げ頭の男をともなって帰ってきた。警視とエラリーは立ちあがった。

「報告を待っていたよ、先生」警視はうれしそうに笑い、プラウティと握手を交わした。「そしてこちらは、わたしの思いちがいでなければ、ジョーンズ教授ご本人では！わが城にようこそ、博士」痩《や》せた男が会釈した。

「これはわたしの息子で、わが良心の番人だよ、博士」警視は言い添えて、エラリーを紹介した。「エラリー——サディウス・ジョーンズ博士だ」

ジョーンズ博士は大きなたるんだ手を差し出した。「では、きみが警視とサンプソンの話にしじゅう出てくる人か！」博士はよく響く声で言った。「お会いできて光栄だよ」

「ぼくのほうこそ、ニューヨーク市の錬金術師パラケルススにして高名な毒物学者である博士に、ぜひともお目にかかりたいと思ってましたよ」エラリーは微笑んだ。「街じゅうの骸骨《がいこつ》をいじくりまわす栄誉をひとり占めしていらっしゃるんですからね」大げさに身震いし、椅子を勧める。四人は腰をおろした。

「コーヒーはどうかな、諸君」警視は言い、せまい台所のドアの向こうで目を輝かせるジューナに大声で言った。「ジューナ！　いたずら小僧！　コーヒーを四人ぶんだ！」ジューナは笑顔を返して奥へ引っこむと、すぐにびっくり箱の人形のように跳び出して、湯気の立つコーヒーカップを四つ運んできた。

悪魔メフィストフェレスと聞いて人々が思い浮かべる姿にそっくりのプラウティは、ポケットから強烈そうな黒い葉巻を抜きとって、盛んに吹かしはじめた。

「きみたち暇人にはこういう無駄な語らいもけっこうなのかもしれないがね」プラウティは葉巻を吹かす合間に言い放った。「わたしはあるご婦人の胃袋の中身を分析するので一日じゅう働き詰めだったから、早く帰って眠りたいよ」

「ごもっとも！」エラリーはつぶやいた。「ジョーンズ博士に助けを求めたということは、フィールド氏の体内残留物の検査で壁にぶつかったらしい。白状したらどうですか、医の神アスクレピオス！」

「するとも」プラウティは不機嫌に答えた。「きみの言うとおりだ――どうにもならないほど大きな壁にぶつかった。この仕事に似合わしく控えめに言わせてもらうが、絶命した紳士淑女のはらわたを調べることでは、わたしもそれなりの経験を積んでいる。しかし、正直なところ、このフィールドという男ほど悲惨な状態のはらわたは見たことがない。冗談は抜きにして、まさに悲惨そのものだったとジョーンズも証言してくれるだろう。たとえば食道と気管全体は、溶接バーナーで内側から入念にあぶったようなありさまだった」

「原因は――塩化水銀じゃありませんね、先生」精密な科学にはまったくの無知であることを誇りにしているエラリーが尋ねた。

「それはない」プラウティは濁った声で言った。「ともあれ、いきさつを話しておこうか。一覧に載っているすべての毒物と比較分析した結果、これの組成がガソリンと似ていることはわかったが、特定はできなかった。ああ、そうとも――完全にお手あげだったよ。これは内密にしてもらいたいが――検死官本人が、わたしの目が過労で節穴になったと思いこんで、あのイタリア系の優美な手で調べたんだ。その成果はやはりゼロだった。化学分析にかけては、検死官殿も素人とは言えない。だから検死局はこの問題をわれらが知識の源泉たる人物に委《ゆだ》ねた。では、その人物に大いに語っていただこう」

サディウス・ジョーンズ博士がしかつめらしく咳払《せきばら》いをした。「ずいぶん芝居がかった紹介に感謝するよ」太いしゃがれ声で言う。「そう、警視、死体はわたしに引き渡されたのだが、掛け値なしで、この十五年間の毒物研究所で最も驚くべき発見があったと、いまここで宣言しよう！」

「おやおや」警視はつぶやいて嗅《か》ぎ煙草を吸った。「われらが友人たるこの殺人犯の頭のよさを尊敬する気になってきたよ。このところ、その非凡さを物語る証拠ばかりだ！　それで、何を発見したんだね、博士」

「予備検査はプラウティと検死官が確実におこなってくれたものとわたしは考えた」ジョーンズ博士は骨張った脚を組んで話しはじめた。「いつもそうだからな。だから、まず何より、人に知られていない毒物との比較分析をした。人に知られていないというのは、犯罪目的で毒物を使おうとする者に知られていないという意味だ。綿密に調べた証拠として――小説家諸兄のお気に入りが使われた可能性まで考えたと言っておこう。推理小説が五冊あれば四冊で活躍する南米の毒物、クラーレだよ。だが、悲しいほど頻繁に酷使されているこの毒も、今回は期待はずれだった」

エラリーはのけぞって笑った。「もしぼくの仕事をあてこすってるのなら、ジョーンズ博士、お知らせすると、ぼくは自分の小説で一度もクラーレを使ったことはありませんよ」

毒物学者は目をきらめかせた。「ほほう、きみも小説家なのか。となると、クイーン警視」考えこみながらフレンチペストリーを咀嚼《そしやく》している警視に顔を向けて、気の毒そうに言った。「お悔やみを申しあげるよ……。それはともかく、珍しい毒物の場合、われわれはたいがい、さしたる苦労もなく明白な結論にたどり着ける——珍しいと言っても、薬局に置いてある毒物ならな。もちろん、われわれがまったく知らない珍しい毒物も多数ある——特に東洋の薬物だ。

ひとことで言うと、わたしは万策尽きたという不快な結論に達した」ジョーンズ博士は思い出し笑いをした。「そう、愉快な結論ではなかった。プラウティが言ったとおり、分析した毒はどこかで見覚えのある組成だったものの、完全に一致する毒物はなかった。で、きのうは夕方からずっと蒸留器や試験管をいじくりまわしていたんだが、深夜になって突然、答が見つかった」

エラリーと警視は背筋を伸ばし、プラウティ医師は椅子の上でため息を漏らしつつ力を抜いて、二杯目のコーヒーに手を伸ばした。毒物学者は組んでいた脚をほどき、いっそう恐ろしげな声を響かせた。

「被害者を殺害した毒物は、警視、テトラエチル鉛という物質だよ！」

科学者が相手なら、ジョーンズ博士がおごそかに発したこの宣言は、劇的な印象を与えたかもしれない。だが警視にとっては、まったくなんの意味も持たなかった。エラリーなど、「神話の怪物みたいな名前だ！」とつぶやくありさまだった。

ジョーンズ博士は微笑してつづけた。「あまり感銘を受けていないらしいな。ここでテトラエチル鉛について少し話しておこう。ほぼ無色――もっと正確に言えば、見た目の特徴はクロロフォルムに似ている。それが一点目だ。二点目――においがある――実に微少なにおいだが――エタノールによく似ている。三点目――恐ろしく効力が強い。あまりに強力なので――いや、この悪魔のように強力な化学物質が生体組織に及ぼす作用については、例を出して説明しよう」

すでに、聞き手の全員が毒物学者に注目していた。

「わたしは実験用の健康体のウサギを用意して、耳の裏側の柔らかい部分に、希釈していないこの物質を塗ってみた――いいか、塗っただけだ。念を押すが、体内に注射したわけではない。皮膚に塗ったにすぎない。血流に乗せるには、真皮から浸透させる必要があるんだ。わたしはウサギを一時間観察して――その後は観察するまでもなかった。完全に死んでいたからだ」

「それほど強力な毒には思えないんだが」警視は反論した。

「そうかね？　まあ、わたしを信じることだな。これはきわめて強力だ。損傷のない健康な皮膚にひと塗りしただけで——ほんとうに愕然《がくぜん》としたよ。皮膚に切り傷でもあったり、毒を内服したりしたのであれば、そんなものではすまない。だから、想像してみてくれ。フィールドが毒を飲みくだしたときに、体内で何が起こったかを——しかも大量に飲んでしまったのだ！」

エラリーは眉《まゆ》を寄せて考えこんだ。鼻眼鏡のレンズを磨きはじめる。

「しかも、それだけではない」ジョーンズ博士はことばを継いだ。「わたしの知るかぎり——わたしはもう何年も市のために働いているし、自分の専門分野に関しては世界各地からつねに最新の知識を仕入れているが——そのわたしの知るかぎりで、テトラエチル鉛が犯罪目的で使われたことは一度もないのだよ！」

警視は驚いて身を乗り出した。「それは重要な情報だな、博士」と小声で言う。「たしかなのかね」

「まちがいない。だからわたしも強い興味を持っている」

「この毒で人間が死ぬのにどれくらいの時間がかかるんでしょうか、博士」エラリーはゆっくりと訊《き》いた。

ジョーンズ博士は顔をしかめた。「はっきりしたことは答えられない。何しろ、これまでにこの毒の作用で死んだ人間をわたしは知らないからな。とはいえ、見当はつく。フィールドが毒を内服してから十五分以上、最大でも二十分以上生きていたとは考えられない」

その後につづいた沈黙は、警視の咳払いで破られた。「逆に考えると、それだけ特異な毒なら、出どころをかなり簡単に突き止められるはずだ。最も手ごろな入手先はどこだろう。どこで手にはいるのかね。犯罪目的でこれがほしくて、痕跡《こんせき》を残したくないときは、どうやって手に入れればいいんだ」

陰気な微笑が毒物学者の顔に浮かびあがった。「これの出どころを突き止める仕事は、警視」力のこもった口調で言う。「きみにまかせよう。よろしく頼むよ。テトラエチル鉛は、わたしに判断できるかぎりでは——繰り返すが、われわれにとってもこれは未知の物質に等しい——とある石油製品にごくふつうに含まれている。わたしはさんざん試したすえに、まとまった量を作る最も簡単な方法を見つけた。きみたちには想像もつかないだろうな。これはどこにでもある、なんの変哲もない、ありふれたガソリンから抽出できるのだよ！」

ふたりのクイーンは驚きの声を漏らした。「ガソリンだと！」警視は叫んだ。「なんだって——そんなものの入手先をどうやって突き止めろと？」

「問題はそこだ」毒物学者は言った。「わたしだって、角のガソリンスタンドまで車で行って満タンにしてもらい、家に帰ってタンクからガソリンを少々抜きとって、実験室へ持っていけば、驚くほど短時間で驚くほどたやすくテトラエチル鉛を蒸留できるというわけだ！」

「それなら、博士」エラリーは期待をこめて口をはさんだ。「フィールドを殺害した犯人には、実験の経験が――化学分析についていくらかの知識が――あったことになるのでは？」

「いや、それはちがう。自宅に酒造り用の蒸留器があれば、なんの痕跡も残さずにこの毒を分留できる。この製造過程の要は、ガソリン中のテトラエチル鉛の沸点がほかのいかなる含有物よりも高いことにある。一定の温度まで熱してほかの含有物をすべて蒸発させるだけで、毒が残ってくれるというわけだ」

警視は震える指で嗅ぎ煙草をつまんだ。「ただただ――この殺人犯には脱帽だよ」とつぶやく。「しかし――博士――毒物学にかなり通じた人間でないと、そんな知識は持っていないのでは？　この分野に特別な関心を持っていなければ――したがって訓練を受けていなければ――そんなことは知りえないのでは？」

ジョーンズ博士は鼻を鳴らした。「警視、きみらしくもない。その質問にはとうに答えている」

「というと？　どういう意味だね」

「いまわたしは作り方を教えなかったか？　どこかの毒物学者からこの毒のことを聞いたら、きみだって蒸留器があれば作れるだろう？　テトラエチル鉛の沸点さえ知っていれば事足りる。しっかりしたまえ、クイーン！　毒から犯人を突き止めるのが成功する見こみはない。犯人がふたりの毒物学者の会話を耳にしたとも考えられるし、この毒のことを知ったふたりの医師の会話を耳にしたとも考えられる。あとの作業は簡単だ。わたしは断言しているわけではない。犯人はことによると化学者かもしれない。ただ、可能性を示しておきたいだけだ」

「毒はウィスキーに混ぜこまれていたんだろう、博士？」警視は上の空で尋ねた。

「それについては疑問の余地がない。胃の内容物には大量のウィスキーが含まれていた。それが被害者をだまして飲ませる最も簡単な方法だったはずだ。何しろ、最近のウィスキーはたいていエタノールのにおいがする。それに、何か変だとフィールドが感づいたときには、もう飲みこんでしまっていただろう――感づいたとしたらの話だが」

「味でわからなかったのかな」エラリーは疲れた声で聞いた。

「わたしだって、これを味わった経験がないから、はっきりしたことは言えないね」ジョーンズ博士はいささか辛辣《しんらつ》に応じた。「だが、わからなかったと思う――少なくとも、警戒するほどの味ではなかっただろう。飲みこんでしまえば、あとは関係ない」

警視がプラウティに顔を向けると、検死官補は火の消えた葉巻を持ったまま、気持ちよさそうに居眠りしていた。「おい、先生!」

プラウティは眠そうに目をあけた。「わたしのスリッパはどこだ——スリッパがどこにも見あたらないぞ、ちくしょう!」

緊迫した時間が流れていたが、検死官補のおかげで一同は思わず大笑いした。自分の言ったことが理解できるほどに目が覚めると、プラウティも笑いの輪に加わった。

「帰ったほうがいいという証拠だな、クイーン。何か訊きたかったことは?」

「あるとも」警視はまだ身を震わせながら言った。「ウィスキーの分析結果はどうだったのかね」

「ああ!」プラウティはすぐさままじめな態度になった。「フラスクのウィスキーは、これまで調べたなかでも最も上等な酒だった——わたしはもう何年も酒ばかりを調べているがね。口のアルコール臭に毒が混ざっていたせいで、最初はフィールドが腐った酒でも飲んだのかと思ったよ。フィールドのアパートメントからきみが送りつけてきた何本かのスコッチ&ライも最高級品だった。おそらくフラスクの中身の出どころはそのボトルと同じだな。さらに言えば、どちらも輸入品だと思う。あれほど上等な国産の酒は、大戦以来見ていない——と言っても、戦前の酒が保管されていたら話は別だが……。それから、ジンジャーエールに問題はないという報告はヴェリーが伝えてくれたと思うが」

警視はうなずいた。「よし、これではっきりしてきた」重々しく言う。「どうやらわれわれは、このテトラエチル鉛の件では行き詰まったらしい。だが、念のため、先生――博士と協力して、この毒の流通経路のどこかにほころびがないかを探ってもらいたい。あんたらふたりはこの事件にわたしが投入できるだれよりも、くわしい知識を持っている。闇夜で手探りをするようなものだから、たぶん何も出てこないだろうが」

「まちがいなく出てこないよ」エラリーはつぶやいた。「小説家は要らぬ口出しをすべきじゃないけどね」

「さてと」専門家ふたりが辞去すると、エラリーは勇んで言った。「ファルコナーを買いに本屋まで行くとするかな」立ちあがってあわただしくコートを探しはじめる。

「おい！」警視はエラリーを叱りつけ、引っ張って椅子にふたたびすわらせた。「だめだ。その忌々しい本はどこへも逃げていかないんだ。ここにすわってわたしの頭痛に付き合ってもらうぞ」

エラリーはため息をついて、革張りのクッションに腰を据えた。「人間精神の弱点を探るのはすべて無益で、時間の無駄だと考えはじめたところだったのに、ご立派な父上は知恵を絞るという重荷をまた息子に負わせようとするのか。やれやれ！　何をすればいい？」

「重荷など負わせていないだろうに」警視はこわい顔で言った。「それと、そのもったいぶった言い方はやめろ。もうじゅうぶんにめまいがしているよ。おまえに頼みたいのは、この複雑きわまる事件をいっしょにおさらいして、見つけることだ――とりあえずは、見つけられるものを」

「そうだろうと思ってたよ。どこからはじめるんだい」

「おまえがやるわけじゃない」父親はうなり声で言った。「今夜はわたしが語り手で、おまえは聞き手だ。メモをとってもいいぞ。

まずはフィールドからはじめよう。真っ先に考えられることとして、われらが友が月曜の夜にローマ劇場へ行ったのは、娯楽のためではなく仕事のためだと見なしてまちがいない。そうだな？」

「それはぼくも疑ってないさ。月曜のフィールドの行動について、ヴェリーからはどんな報告が？」

「フィールドは九時半に事務所に着いた――ふだんの出勤時間だ。そして正午まで仕事をした。この日、フィールドの個人的な客はひとりもいなかった。十二時にウェブスター・クラブでひとり昼食をとり、一時半に事務所にもどった。四時までずっと仕事をして――まっすぐ帰宅したようだ。アパートメントのドアマンとエレベーターボーイが、四時半に帰ってきたと証言しているからな。その後は、五時にマイクルズが来て六時に帰ったことくらいしか、ヴェリーにもつかめなかった。七時半になると、フィールドは死体発見時の服装で外出した。日中にフィールドが会った顧客のリストもあるが、たいした参考にはならない」

「銀行口座に金が少ししかなかった理由は？」

「予想どおりだった。フィールドは株で損を出しつづけている――しかもちょっとやそっとの額ではない。フィールドが競馬場の常連で、大きく負けていたという耳寄りな情報もヴェリーが伝えてきた。抜け目のない男だったくせに、もっと利口な人間からはカモにされていたんだな。ともあれ、銀行口座にわずかな額しか残っていない理由はこれで説明がつく。それだけではない――われわれの見つけたプログラムに〝50,000〟という数字があった理由も、これで妥当な説明がつくだろう。あれは金額のことだし、この金はフィールドが劇場で会う予定だった人物となんらかの関係がある。

フィールドは犯人をかなりよく知っていたと結論して差しつかえないだろう。ひとつには、フィールドはどうやらなんの疑いも持たず、少なくとも勧められるままに飲み物を受けとっている。もうひとつには、この待ち合わせには明らかに人目を避ける意図があった――さもなければ、そもそもどうして落ち合う場所として劇場を選ぶのか」

「なるほど。ぼくからも同じ質問をさせてもらうよ」エラリーは口をすぼめ、さえぎって言った。「どう考えてもいかがわしい取引をひそかにおこなうための場所として、なぜ劇場を選ぶ必要があるんだろう。公園のほうが目立たないのでは？　ホテルのロビーのほうが都合がいいのでは？　その答は？」

「残念ながら、息子よ」警視は落ち着いて言った。「自分が殺されるとフィールド氏が確信していたはずがない。フィールドにしてみれば、取引を成立させることだけを心配していればよかった。実のところ、落ち合う場所として劇場を選んだのはフィールド本人だったのかもしれない。何かのアリバイにしたかったとも考えられる。フィールドが何をしたかったのかは、いまとなっては知りようがない。ホテルのロビーは――だれかに目撃されるという重大な危険をかならず冒すことになる。それから、フィールドは公園のような人気《ひとけ》のない場所で自分の身を危うくするのは避けたかったのかもしれない。そして最後に、何か特別な理由があって、相手といっしょにいるところを目撃されたくなかった可能性もある。繰り返すが――われわれが見つけた半券は、フィールドと相手が同時に劇場にはいらなかったことを示している。まあ、どれも推測の域を出ないが――」

エラリーは思案をめぐらす様子で微笑したが、何も言わなかった。胸の内では、父は自身の反論にあまり満足していないようだが、単純思考型のクイーン警視にしては珍しいことだと思っていた……。

けれども、警視は話をつづけた。「まあいい。フィールドの取引相手と殺人犯が別人だという可能性も頭に留めておかなくてはいけない。むろん、それはひとつの可能性にすぎない。この犯罪はあまりにも周到に計画されているからな。しかし仮にそれが事実なら、月曜の夜の観客のなかから、フィールドの死にかかわった人間をふたり探さなくてはならないことになる」

「モーガンとか?」エラリーはそっけなく言った。

警視は肩をすくめた。「そうかもしれない。だが、それならなぜモーガンは、きのうの午後に話したときにその取引の話を出さなかったのかね。ほかのことはすべて打ち明けたのに。もっとも、殺害された男に脅迫されて金を払ったなどと告白したら、劇場に居合わせたという事実と合わせて、非常に不利な状況証拠になると思ったのかもしれないが」

「見方を変えてみよう。発見されたのは、どうやら金額を示すらしい〝50,000〟という数字をプログラムに書き残して死んだ男だ。サンプソンとクローニンの話から、フィールドが悪人でおそらく犯罪者だったことはわかってる。加えて、モーガンの話から、恐喝をおこなっていたこともわかってる。したがって、フィールドが月曜にローマ劇場へ行ったのは、正体不明の恐喝相手から五万ドルを受けとるためか、受けとる手筈《てはず》を整えるためだったと推理しても問題ないと思う。ここまではいいかな？」

「つづけろ」警視は賛否のどちらとも言えない態度で言った。

「わかった。あの夜に恐喝された人間と犯人が同一人物だと断定するなら、これ以上動機を探す必要はない。動機は言うまでもなく――恐喝者のフィールドを殺すことだ。けれど、仮に犯人と恐喝された人間が同一人物ではなく、まったくの別人ふたりだという想定で進めるなら、当然ながらこの犯罪の動機をまだがんばって探さなくてはいけない。ぼくに言わせれば、その必要はないけどね――犯人と恐喝された人間は同一人物だ。父さんはどう思う？」

「おまえに同意したいね、エラリー。さっきは別の可能性としてあげただけだ――そう信じているわけじゃない。だから、当面は、フィールドに恐喝された人間と犯人が同一人物だという想定で進めよう……。

つぎは――消えた切符の件を整理しておきたい」

「ああ――消えた切符か」エラリーはつぶやいた。「父さんがどう考えてるのか、気になっていてね」

「生意気を言うな、いたずら者め」警視は憤然と言った。「わたしの考えはこうだ。問題の座席は八つ――ひとつにはフィールドがすわっていて、その半券は死体から見つかった。別のひとつには犯人がすわっていて、その半券はフリントが見つけた。残りの六つは空席で、切符が購入されたのは切符売り場で確認できたが、その半券は劇場内でも切符売り場でも、切れ端さえ見つからなかった。真っ先に言えることとして、月曜の夜、六枚の切符すべてが劇場内にあって、その後に何者かが劇場外へ持ち出したという可能性はまずない。覚えているだろうが、あの夜の身体検査は、切符のような小物まで見つけ出せるほど徹底したものではなかった。とはいえ、切符が持ち出されたとはきわめて考えにくい。最も筋が通る説明は、フィールドか犯人のどちらかが一度に八枚の切符を購入して、二枚だけを使い、残りの六枚は短時間の取引のあいだも人目を完全に避けるために、座席を押さえただけだったという考え方だ。この場合、切符を購入したらすぐに破棄してしまうのが賢明だろう。フィールドなのか犯人なのかはわからないが、おそらく切符を手配したほうがこれをやったはずだ。だから、この六枚の切符のことは忘れるしかない――もう処分されていて、手に入れるすべはないだろう。

「先へ進もう」警視はつづけた。「フィールドと恐喝されていた相手が劇場に別々にはいったことはわかっている。二枚の半券を重ね合わせても、ちぎった端の形が一致しなかったという事実から、これは自信を持って言える。ふたりの人間がいっしょにはいったら、切符はいっしょに差し出され、決まっていっしょにちぎられるからだ。とはいえ――ほぼ同時に入場しなかったとまでは言いきれない。安全のため、知り合いでないかのようなふりをして、少し間隔をあけてはいったのかもしれない。だがマッジ・オコンネルが、第一幕のあいだはＬＬ30の席が空席だったと言っているし、オレンジエード売りのジェス・リンチも、第二幕がはじまって十分が経っても、ＬＬ30の席が依然として空席だったと証言している。このことは、犯人が劇場にまだはいっていなかったか、あるいは、すでにはいっていたものの、一階席のほかの席の切符を持っていて、そちらにすわっていたことを意味する」

エラリーがかぶりを振る。「わたしだってわかっている」警視は不機嫌そうに言った。「想像をたくましくしているだけだ。いま、犯人が定刻に劇場にはいった可能性は低いと言おうとしていたところだよ。犯人がはいったのは、第二幕がはじまってから少なくとも十分後だろう」

「その証拠を示せるよ」エラリーはもの憂げに言った。

警視は嗅《か》ぎ煙草を吸った。「わかっている――プログラムの謎の数字だ。なんと書いてあったかな。

930
815
50,000

この五万が表すものはわかっている。ほかのふたつの数字が示しているのは、金額ではなく時刻だ。〝815〟を考えてみよう。芝居は八時二十五分にはじまる。おそらくフィールドは八時十五分に到着したか、もっと早く到着していて、この時刻に何かの理由で腕時計を見たんだろう。さて、もしフィールドが待ち合わせの約束をしていて、その相手がわれわれの想定どおりに遅れて現れたとしたら、フィールドが所在なくプログラムに落書きするというのは、いかにもありそうなことだ――まずは〝50,000〟だが、これは五万ドルをゆすりとる取引が間近に迫っていることを考えていたんだろう。つぎの〝815〟は、それを考えていた時刻だ。最後の〝930〟は――恐喝されていた相手の到着予定時刻だ！　フィールドがそういう落書きをしたのはごく自然なことだし、退屈なときに落書きをする癖のある人間ならだれだってそうする。おかげでわれわれは大変な幸運に恵まれた。これはふたつのことを示しているからだ。第一に、犯人と約束していた正確な時刻を教えてくれる――九時半だ。そして第二に、殺人が実行された時刻に対するわれわれの推測を裏づけてくれる。九時二十五分に、リンチはフィールドがまだ生きていて、ひとりでいるところを見ている。フィールドの落書きから、犯人は九時半に来る予定で、実際にその時刻に現れたと想定してみよう。ジョーンズ博士によると、毒を飲んでから死亡するまでに十五分から二十分かかる——フィールドが事切れるのをピューザックが見たのは九時五十五分だから、毒は九時三十五分ごろに飲まされたんだろう。テトラエチル鉛で死ぬまでに二十分かかったとしたら——死亡時刻は九時五十五分になる。むろん、それよりずっと前に犯人は犯行現場を離れたはずだ。忘れてはならないことがある——われらが友のピューザック氏が突然立ちあがって席から離れようとすることなど、犯人が知りえたはずがない。おそらく犯人は、十時五分の幕間までフィールドの死体は発見されないと読んでいた。それだけの時間があれば、フィールドはだれにも何も伝えずに死んだだろう。謎の殺人犯にとっては幸運なことに、フィールドの発見はやや遅すぎで、他殺であることを虫の息で伝えるのがやっとだった。もしピューザックが五分早く席を立っていたら、いまごろは正体不明の人物を鉄格子の向こうにぶちこめただろうに」

「ブラボー！」エラリーはつぶやき、愛情のこもった笑みを浮かべた。「完璧《かんぺき》な解説だったよ。すばらしい」

「茶々を入れるな」警視はたしなめた。「ここで、月曜の夜におまえがパンザーの支配人室で明らかにしたことを繰り返しておこう——たとえ犯人が九時半から九時五十五分のあいだに犯行現場を離れたとしても、あの晩われわれが全員を解放するまでのあいだ、ずっと劇場にいたということだ。見張りやオコンネルからおまえが引き出した証言、ドアマンの証言、小道にいたというジェス・リンチの証言、案内係の裏づけなどから、それが事実なのは明らかだ……。犯人はまちがいなく劇場にいた。

いまのところは、そこまでで手詰まりになっている。われわれにできるのは、捜査の過程で浮上した人物に注目することぐらいしかない」警視はため息をついてつづけた。「第一に――マッジ・オコンネルは、第二幕のあいだに通路を行き来した者を見なかったと話したが、それはほんとうなのか。そして、九時半から死体が発見される十分か十五分前までのあいだを含めて、ＬＬ30の席にいたはずの人物を見ていないと話しているが、これもほんとうなのか」

「それは注意を要する問いだよ、父さん」エラリーは真剣に言った。「もしオコンネルがそうしたことで嘘をついてたなら、大前提となる情報源が消えることになる。もしほんとうに嘘をついたのだとしたら――とんでもない話だ！　――あの女は犯人の特徴を述べることも、指さすことも、ひょっとしたら名前を言うこともできるのかもしれない。まあ、実のところ、あの女が不安げで態度がおかしかったのは、劇場に居合わせた〝牧師のジョニー〟をおおぜいの警官がいまにもつかまえようとしてるのを知ってたからだろうけど」

「筋は通るな」警視は不満そうに言った。「では、〝牧師のジョニー〟はどうか。あの男はこの事件にどうかかわってくるのか――そもそも、どこかにかかわってくるのか。頭に入れておくべきなのは、カザネッリがフィールドと親しくしていたというモーガンの証言だ。フィールドはあの男の弁護士だったし、クローニンが探っていた裏の仕事を手伝わせるために〝牧師〟を雇っていたのかもしれない。〝牧師〟があそこにいたのが偶然でないとしたら、フィールドがらみなのか、それとも本人たちが口をそろえて言っていたように、オコンネルがらみなのか。わたしは」警視は口ひげを乱暴に引っ張ってつづけた。「〝牧師のジョニー〟に鞭《むち》の味を教えてやろうかと思っている――あれだけ面の皮が厚ければ痛くもあるまい！　それから、あの生意気なオコンネルの小娘も――脅しつけても損はないだろう……」

警視は嗅ぎ煙草を盛大に吸い、エラリーの同情をこめた含み笑いにくしゃみで答えた。

「そして、親愛なるベンジャミン・モーガンだが」警視はつづけた。「謎の人物が実に都合よく劇場の切符を送ってくれたという匿名の手紙の話はほんとうなのか。

さらに、最も興味深い女性であるアンジェラ・ラッソー夫人は……ああ、世の女性に祝福のあらんことを！　女はいつだって男の論理を混乱させる。なんと言っていたかな――フィールドのアパートメントには九時半に着いたという話だった。アリバイいているのかどうか。もちろん、アパートメントのドアマンはそのことばを裏づけている。だが、ドアマンに〝仕込む〟のはたやすい……。夫人はフィールドの仕事について――特に裏の仕事について――本人が言うよりくわしく知っているのか。フィールドが十時にもどると言っていたという話は嘘なのかどうか。繰り返すが、フィールドはローマ劇場で九時半に人と会う約束をしていた――ほんとうに約束を守って、十時までに帰るつもりだったのか。タクシーに乗れば道が混んでいても十五分から二十分で帰れるが、そうなると取引の時間は十分しかなくなる――もちろん、不可能ではないがね。地下鉄に乗ってもたいして変わらない。それと、この女があの晩、一度も劇場へ行っていないことも忘れてはならない」

「いまにあの美しい花に手を焼かされるさ」エラリーは評した。「何かを隠してるのは一目瞭然《りょうぜん》だよ。あの図々《ずうずう》しい反抗的な態度に気づいたかい？　あれはただの強がりじゃない。何かを知ってるんだよ、父さん。ぼくならあの女から目を離さないな――いずれ馬脚を現すはずだ」

「ヘイグストロームにやらせよう」警視は考えこみながら言った。「さて、マイクルズはどうだ。月曜の夜の確たるアリバイはない。まあ、あってもなくても変わらないがね。劇場にいなかったんだから……。あの男にはどうもうさんくさいところがある。火曜の朝、フィールドのアパートメントに現れたのは、ほんとうに何かを探すためだったのか。われわれはあの家を徹底的に捜索した——何かを見逃したなど、ありうるだろうか。小切手の話を持ち出して、フィールドの死は知らなかったと言っていたが、あれは嘘に決まっている。それに、この点を忘れるな——あの男は、フィールドの家へ出向くのが危険だとまちがいなく知っていた。殺人の記事を読んでいたら、警察はすぐには来ないだろうなどという甘い期待をいだくことはありえない。だから、薄氷を踏む思いだったんだろうが——いったいなんのために？　答えてくれ！」

「服役したことと関係があるかもしれないな——ぼくが言いあてたときの驚きようと言ったら！」エラリーは含み笑いをした。

「そうかもな」警視は応じた。「それはともかく、マイクルズのエルマイラでの服役に関する報告がヴェリーからあった。事件の揉《も》み消しがあったらしく——軽犯罪刑務所での短期刑では釣り合わないくらいの重大犯罪だったそうだ。容疑は通貨偽造で——マイクルズに非常に不利な状況だったらしい。そこでフィールド弁護士が訴因をまったく別のものに——軽窃盗に関連したものに——うまく変えてしまい、それ以後、通貨偽造の件が取り沙汰《ざた》されることはなかった。このマイクルズという男は、正真正銘の悪党だと思える——しばらく目を光らせておく必要があるな」

「マイクルズについてはぼくも思うところがある」エラリーは思案顔で言った。「でも、いまは置いておこう」

警視は聞いていない様子だった。石造りの暖炉で燃えさかる炎を見つめている。「ルーインもいるな。ルーインの性格から判断するかぎり、本人が言うよりも雇い主のことをずっとよく知っていなくては、その右腕にはなるまい。あの男も何か隠しているのか。もしそうなら、哀れなことだ――クローニンがまさに叩《たた》きのめしてくれるだろうからな！」

「ぼくはあのクローニンという男が気に入ったよ」エラリーは深く息をついた。「どうしてあれほどひとつの考えに執着できるんだろう……。父さんはこの可能性を考えたかな。モーガンはアンジェラ・ラッソーと知り合いなのかどうかだ。どちらも知り合いじゃないと言ってるけどね。もし知り合いだったら、なんともおもしろいことになるんじゃないか？」

「息子よ」警視は不満げに言った。「厄介の種を探さないでくれ。わざわざこれ以上探さなくても、じゅうぶんにかかえこんでいるんだから……まったく！」

心地よい静寂が流れ、警視は躍る光に照らされて伸びをした。エラリーは汁気の多いペストリーを満足そうに食べている。いつの間にか音もなく部屋にはいってきたジューナが、床の片隅に痩《や》せた尻《しり》を据えてすわりこみ、目を輝かせてふたりの会話に聞き入っている。

思考が急に切り替わったかのように、警視の目が突然エラリーの視線をとらえた。

「帽子……」警視はつぶやいた。「いつだって帽子にもどることになる」

エラリーは困った目になった。「そう悪いことじゃないよ、父さん。帽子——帽子——帽子！　どこにかかわってくるのか。ぼくたちは帽子について何を知ってるのか」

警視は椅子の上で身じろぎした。脚を組んで嗅《か》ぎ煙草をひと吸いし、元気を取りもどしてことばをつづけた。「いいだろう。あの忌々しいシルクハットの件をなおざりにはできない」力強く言う。「現時点では何がわかっているのか。第一に、あの帽子は劇場から持ち去られていない。妙だと思わないか？　あれほど徹底的に捜索したのに、影も形もないというのはありえないように思えるが……全員が外へ出たあと、クロークには何も残されていなかった。床を掃いても、帽子が細かく切り裂かれたり燃やされたりした痕跡《こんせき》は何も見つからなかった。それどころか、使えそうな手がかりのひとつも、使えそうなもののひとつもない。だから、エラリー、いま立てられる妥当な結論はひとつしかない。すなわち、われわれは正しい場所で帽子を探していない！　それに、月曜の夜から念のために劇場を封鎖したおかげで、どこであれ、帽子はまだ劇場内にあるはずだ。エラリー、あすの朝は劇場にもどって、隅から隅まで調べる必要がある。この件に少しでも光が見えるまではおちおち寝ていられない」

エラリーは無言だった。「父さんの話にはまったく納得できないな」ようやく小さな声で言う。「帽子——帽子——どこかで何かがまちがってる！」ふたたびだまりこむ。「いや！　帽子こそがこの捜査の焦点だ——そうとしか考えられない。フィールドの帽子の謎を解けば、犯人を指し示す重要な手がかりが見つかるはずだ。そう確信してるから、正しい道を進んでるとぼくが満足できるのは、帽子の謎解きで進展がある場合だけなんだ」

　警視はしきりにうなずいた。「きのうの朝から、暇さえあれば帽子の件を考えていたんだが、どこかで道をまちがえた気がしてならない。いまは水曜の夜だが——まだ光明は見えない。やるべきことはやったが——結果が出ていない……」炎を見つめる。「何もかもがひどくもつれ合っている。糸口はすべて指先にあるのに、何やら忌々しい理由から、それを結びつけること——組み合わせることができそうもなく、何ひとつ説明できないんだよ……。まちがいない、欠けているのはシルクハットについての説明だ」

　電話が鳴った。警視が受話器に跳びついた。相手のゆっくりとした声に熱心に耳を傾け、手短に何か言ってから、電話を切った。

「こんな真夜中にしゃべりまくってたのはだれだい、事情通さん」エラリーはおかしそうに笑った。

「エドマンド・クルーからだった」警視は言った。「覚えているだろうが、ローマ劇場を入念に調べるよう、きのうの朝に頼んだんだ。きのう、きょうと二日かけて調べてくれたよ。劇場の敷地のどこにも秘密の隠し場所はないと断言した。この手の建築上の問題では最高の権威と言ってもいいエディー・クルーが、あそこに隠し場所はないと言うのなら、そのとおりだと安心しても差しつかえない」

警視は勢いよく立ちあがり、部屋の隅でジューナがすわりこんでいるのを見つけた。「ジューナ！　ベッドの支度だ」大声で言う。ジューナは静かに部屋を横切り、無言で笑みを浮かべて姿を消した。警視が振り返ると、エラリーは早くも上着を脱ぎ、ネクタイをはずそうとしていた。

「あすの朝いちばんにローマ劇場へ行って、一からやりなおすぞ！」警視は断固として言った。「それから、おまえに言っておくが――時間を無駄にするのはもうたくさんだ！　だれかさんも気をつけたほうがいいぞ！」

エラリーは愛情をこめて大きな腕を父親の肩にまわした。「ベッドへ行ってくれよ、ご老体！」そう言って笑った。

第三部

すぐれた探偵は作られるものではなく、生まれるものだ。天才の例に漏れず、それは大切に育てられた警察《ポリツァイ》のなかからではなく、全人類のなかから現れる。わたしの知る最も驚くべき探偵は、森から一度も出たことのない、薄汚れたまじない師の老女だった……。論理の不変の法則に三つの触媒を用いることができるのは、真に偉大な探偵のみに許された天賦の才だ。三つとはすなわち、物事に対する並々ならぬ観察力と、人間精神についての知識と、人間心理への洞察力である。

――小ジェイムズ・レディックス『探偵入門』

14　この章では、帽子が注目される

九月二十七日の木曜日、ローマ劇場の事件から三日後の朝、クイーン警視とエラリーは早起きしてすばやく身支度をした。ジューナが恨めしげに見つめるのをよそに、ありあわせの品で朝食をすませた。ジューナはベッドから体ごと引きずり出され、クイーン家の家令として好んで着ている地味な服に無理やり着替えさせられていた。

親子で味気ないパンケーキをかじりながら、警視はルイス・パンザーに電話をつなぐようジューナに指示した。ほどなく、受話器に向かって愛想よく話していた。「おはようございます、パンザーさん。こんな朝っぱらに叩き起こして申しわけない……重要な問題が持ちあがったんで、あなたの手を借りたいんですが」

パンザーは眠そうな声で承諾のことばをつぶやいた。

「ただちにローマ劇場に出向いて、鍵《かぎ》をあけてくれますかな」警視はつづけた。「そう長く封鎖することにはならないとお伝えしましたが、事件が有名になったおかげであなたもひと儲《もう》けできそうですよ。再開の時期を確約できないのは理解していただきたいが、もしかすると今夜にも上演できるかもしれない。お願いしてもよろしいですか」

「すばらしい！」電話の向こうから、喜びに震えるパンザーの声が届いた。「すぐに劇場へ行けばよろしいのですね。着くのは三十分後です――まだ着替えておりませんので」

「それでけっこうです」警視は答えた。「言うまでもありませんが、パンザーさん――だれも中に入れないでください。われわれが着くまで歩道で待って、鍵は使わないように。それから、口外無用に願いますよ。事情は劇場で話します……少しだけ待ってください」

警視は受話器を胸に押しあて、懸命に合図しているエラリーをいぶかしげに見た。エラリーがある名前を音節で区切って唇の動きで伝えると、警視は同意してうなずいた。ふたたび受話器に向かって話しはじめる。

「もうひとつ頼みたいことがあります、パンザーさん」先をつづけた。「あのフィリップスさんという年配のご婦人と連絡がとれますかね。できるだけ早く、劇場でお会いしたいんだが」

「かしこまりました、警視さん。できるかぎりのことはいたします」パンザーは言った。警視は受話器を架台にもどした。

「さあ、これでよし」両手をこすり合わせてから、ポケットの嗅《か》ぎ煙草入れを探った。「ああ、ああ！　この悪徳の草のために戦った、ウォルター卿《きょう》とすべての勇敢なる入植者に祝福あれ！」うれしそうにくしゃみをする。「ちょっと待ってくれ、エラリー。すぐに出るから」

警視はもう一度受話器をとり、警察本部に電話をかけた。上機嫌でいくつか指示を出すと、受話器を勢いよくテーブルにもどし、エラリーを急《せ》かしてコートを着させた。ジューナはふたりが出ていくのを悲しげな表情で見守っている。クイーン父子がときどきニューヨークの脇道探訪に出かけようとすると、ジューナは自分も連れていくよう警視によくせがんでいた。青少年の教育に一家言ある警視は、それを拒むのが常だった。そしてジューナは、石器時代人が魔よけを崇《あが》めるように自分の保護者を崇めていたので、無理なことだとあきらめて、もっと明るい未来を期待するのだった。

この日は冷たい雨が降っていた。エラリーと父親はコートの襟を立て、ブロードウェイの地下鉄へ向かった。ふたりともいつになく寡黙だったが、顔は強い期待の色を浮かべ——不思議なほど似ているようで、それでいてまったくちがう表情だった——興奮と謎解きの一日になる予感をたたえていた。

朝の冷たい風が吹き抜けるブロードウェイは、建物の細い谷間も人影はまばらで、ふたりはローマ劇場をめざして四十七丁目通りを早足で歩いた。ロビーの閉ざされたガラス戸に面した歩道を、くすんだ灰色のコートを着た男がぶらついている。もうひとり男がいて、通りと左の小道を隔てる高い鉄柵《てっさく》にゆったりと寄りかかっている。劇場の正面扉の前に立つルイス・パンザーのずんぐりした体が見えてきた。フリントとことばを交わしている。

パンザーは興奮気味に握手してきた。「やれやれ！」声を張りあげる。「ようやく立入禁止も解除ですか！……何よりうれしい知らせでございます」

「まだ解除されたわけではありませんよ、パンザーさん」警視は微笑んだ。「鍵は持っていますね。おはよう、フリント。月曜の夜から少しは休めたかな」

パンザーは重たげな鍵束を取り出し、ロビーの正面扉の鍵をあけた。四人は順々に中へはいった。肌の浅黒い支配人は内側の扉の鍵に手こずっていたが、ようやくあけ放った。一同の前で、真っ暗な一階席が口をあけている。

エラリーは身震いした。「たぶんメトロポリタン歌劇場とタイタス・トゥームを除けば、ぼくが足を運んだなかでいちばん陰気な劇場だね。死せる友の霊廟《れいびょう》としてまさにふさわしい……」

現実主義者の警視は不満げにうなり、息子を一階席の暗闇へと押しやった。「やめてくれ！　よけいに気味が悪くなる」

急ぎ足で先を進んでいたパンザーが主電源を入れた。大きなアーク灯やシャンデリアの光に照らされ、見覚えのある客席の輪郭が形を結んだ。エラリーの突飛なたとえは、父親が言うほど的はずれではなかった。座席の長い列には汚れた防水シートが掛けられている。すでに埃《ほこり》の積もった絨毯《じゅうたん》の上で、影が不気味な縞模様《しまもよう》を作り、何もない舞台の奥では、むき出しの漆喰《しっくい》塗りの壁が赤いビロードの海のなかで醜く浮いている。

「防水シートは厄介だな」警視はパンザーに不平がましく言った。「巻きとらなくてはいけない。これから一階席を少し捜索するつもりでしてね。フリント、外のふたりを連れてきてくれ。俸給ぶんの仕事はしてもらおう」

フリントは急いで外へ行き、劇場の外で見張りに立っていたふたりの刑事を連れて、すぐにもどってきた。警視の指示で、刑事たちが巨大なゴム引きのシートを横に寄せていくと、クッション張りの座席の列があらわになった。左端の通路の近くに立っていたエラリーは、ポケットから小さな本を取り出した。月曜の夜にメモを書きつけながら劇場の大ざっぱな見取図を描いておいた本だ。エラリーはそれをながめて唇を噛《か》んだ。劇場内の配置をたしかめるかのように、ときどき視線をあげる。

警視は、後方で不安そうに行きつもどりつしているパンザーのもとへ早足で歩いていった。「パンザーさん、われわれはこれから二、三時間、とても忙しくなるんですが、迂闊《うかつ》にも応援を連れてくるのを忘れてしまいましてね。恐縮ですが、実はお願いが……急いで手配すべきことがあるんです――お時間はとらせませんから、手を貸していただけると大変助かります」

「もちろんですとも、警視さん！」小柄な支配人は答えた。「お役に立てれば光栄でございます」

警視は咳払《せきばら》いをした。「あなたを使い走りか何かのように使おうとしているとは、どうか思わないでいただきたい」申しわけなさそうに説明する。「あの刑事たちは、この手の捜索の訓練を受けているので、この場で必要なんです――しかし、その一方で、ダウンタウンでこの事件を別の角度から調べている地方検事局の局員から、重要な資料をもらってこなくてはならない。わたしの手紙をその局員に届けて――クローニンという名前ですが――引き替えに荷物を受けとってきてもらえませんか。あなたにこんなことを頼むのは心苦しいんですが」声を落として言った。「ふつうの使いの者にはまかせられない重要な仕事でして――ああ！　ほんとうに困っているんですよ」

パンザーは小鳥のようにすばやく独特の笑みを浮かべた。「それ以上おっしゃらないでください、警視さん。なんでもいたしますよ。手紙をこれからお書きになるのでしたら、支配人室に道具がそろっております」

ふたりはパンザーの支配人室へ行った。そして五分後にふたたび客席に現れた。パンザーは封をした封筒を持って、急いで通りに出ていった。警視はそれを見送ると、大きく息を吐いて振り返った。エラリーはフィールドが殺された席の腕に腰を載せて、鉛筆書きの見取図をまだながめている。

警視は息子に短く耳打ちした。エラリーは微笑し、警視の背中を勢いよく叩《たた》いた。

「そろそろはじめるか」警視は言った。「フィリップス夫人に連絡がついたかどうか、パンザーに訊《き》き忘れたな。たぶんだいじょうぶだろう。だめなら何か言ってきたはずだ。それにしても、あの婦人はいまどこにいるんだ」

警視はフリントを手招きした。フリントはほかのふたりの刑事を手伝って、防水シートを剝《は》がすという背中の痛くなる仕事をしていた。

「けさは流行の屈伸運動をしてもらうぞ、フリント。二階席で仕事にかかってくれ」

「きょうは何を探せばいいんですか、警視」肩幅の広い刑事はうれしそうに笑った。「月曜の夜よりは運に恵まれるといいんですが」

「探すのは帽子だ——しゃれ者が好きそうな、輝く上等のシルクハットだよ」警視は告げた。「だが、ほかにも何か見つかったら、声をかぎりに呼ぶんだ」フリントが大理石の広い階段を駆けあがって二階席へ向かっていく。警視はその後ろ姿を見送ってかぶりを振った。「気の毒だが、また失望するだけだろうな」エラリーに言った。「しかし、二階席に何もないことはなんとしても確認しなくてはな——月曜の夜に二階席への階段を見張っていた案内係のミラーが、ほんとうのことを言っていたかどうかもだ。さあ来い、怠け者」

エラリーはしぶしぶトップコートを脱いで、手にしていた小さな本をポケットにしまった。警視はアルスターコートを脱ぎ捨て、息子を従えて通路を歩いていった。ふたりは横並びになって、客席のさらに前にあるオーケストラピットを捜索した。何も見つからなかったので、ふたたび一階席へとのぼり、エラリーは右側を、父親は左側を受け持って、時間をかけてしらみつぶしに探しはじめた。座面をあげてから、警視が胸ポケットからいつの間にか取り出してあった長い針をビロードのクッションに突き刺し、ひざまずいて懐中電灯の光で絨毯の隅々まで調べた。

防水シートを巻く仕事を終えたふたりの刑事は、警視から手短に指示を受け、それぞれ左右のボックス席を調べはじめた。

長いあいだ、四人は無言で作業を進め、クイーン警視がいささか苦しげに息をつく音しか聞こえなかった。エラリーは迅速に手際よく作業をこなしたが、警視はそうでもない。列をひとつ調べ終わって、中央付近で顔を合わせるたびに、ふたりは物問いたげに互いを見つめたが、ともにかぶりを振ってつぎの列に移ることの繰り返しだった。

パンザーが出ていって二十分が経ったころ、捜索に没頭していた警視とエラリーは電話のベルの音に仰天した。静まり返った劇場のなかで、ベルの澄んだ音は驚くほど鋭く響いた。父子は茫然《ぼうぜん》と見つめ合ったが、間を置いて警視が笑いだし、パンザーの支配人室のほうへ大儀そうに歩いていった。

警視はすぐに笑顔で帰ってきた。「パンザーからだったよ。フィールドの事務所へ行ったが、鍵《かぎ》がかかっていたそうだ。それもそうだ――まだ八時四十五分だからな。クローニンが来るまでそこで待つよう頼んだよ。長くはかからないだろう」

エラリーも笑い、ふたりは作業を再開した。

十五分後、ふたりが捜索をほぼ終えたころ、正面扉があき、黒い服を着た小柄な年配の女性が現れて、アーク灯のまばゆい光に目をしばたたいた。警視は跳び出して出迎えた。

「フィリップスさんですね」愛想よく言う。「こんなに早く来ていただいて恐縮です、マダム。そこにいるわたしの息子をご存じですね」

エラリーは進み出ると、とっておきの笑顔を見せ、心からの敬意をこめて一礼した。フィリップス夫人は愛すべき老婦人の見本とでも言うべき女性だった。背は低く、母親らしい体型をしている。年配の女性に弱いところのあるクィーン警視は、その真っ白な髪と、どことなく漂うやさしさに、すぐさま好意を持った。

「ええ、存じております」夫人はそう言って片手を差し出した。「月曜の夜には、こんなおばあちゃんにとても親切にしてくださいましたから……それから、お待たせして申しわけありません！」警視に顔を向け、柔らかい声で言った。「けさパンザーさんから使いが来て――うちには電話がないものですから。昔はわたしも舞台にあがっていたんですよ……。とにかく、できるだけ急いで参りました」

警視は顔をほころばせた。「ご婦人にしては驚くほど早いですよ、びっくりするほどね、フィリップスさん！」

「父は大昔にブラーニー石（キスをするとお世辞がうまくなると言われている石）に接吻《せっぷん》したんですよ、フィリップスさん」エラリーは真顔で言った。「父のことばは何ひとつ信じないほうがいい……。一階席の残りはまかせてもかまわないね、父さん。フィリップスさんと少し話したいんだ。ひとりでやりとげる体力はありそうかな」

「体力があるかだって？」警視は鼻を鳴らした。「さっさと向こうの通路へ出て、自分のすべきことをしろ……。息子にできるだけ協力してくださると助かります、フィリップスさん」

白髪の女性は微笑し、エラリーに腕をとられて、舞台のほうへ歩いていった。クイーン警視はそれをうらやましそうに見送ったが、すぐに肩をすくめて捜索を再開した。しばらくしてふと体を起こすと、まるで役者が稽古《けいこ》をするかのように、エラリーとフィリップス夫人が舞台の椅子にすわって話しこんでいた。警視は座席の列のあいだを行き来しては悲しげにかぶりを振り、収穫のないまま最後の数列に近づいた。ふたたび顔をあげると、舞台の上のふたつの椅子にはだれもいなかった。エラリーと老婦人は姿を消していた。

ついに警視は、左LL32の席に来た——モンティ・フィールドが死んでいた席だ。念入りにクッションを調べたが、その目にはあきらめの色があった。何やらつぶやきながら客席後方の絨毯《じゅうたん》の上をゆっくり歩き、パンザーの支配人室にはいった。やがて出てくると、こんどは広報係のハリー・ニールソンが事務室として使っている小部屋に向かった。しばらくその部屋にとどまってから、切符売り場を訪れた。用が終わると、そこを出てドアを閉め、一階席の下のラウンジへ通じる右側の階段をおりた。そこで時間をかけて、すべての隅、すべての壁龕《へきがん》、すべてのごみ箱をくまなく探した——どこにも何もなかった。冷水器の真下にある大きな容器を考えこむように見つめ、中をのぞいてみたが、何も見つけられずにその場を離れた。それから、大きく息を吐き、金文字で〝婦人用化粧室〟と記されたドアをあけ、中にはいった。少ししてから出てきて、〝紳士用〟と記されたスイングドアを押して中へ進んだ。

地下の念入りな捜索を終えたあと、警視は重い足どりで上へもどった。一階席へ行くと、ルイス・パンザーが、体を動かしたせいで少し火照《ほて》った顔に得意そうな笑みを浮かべて待っていた。ハトロン紙でくるんだ小さな包みを持っている。

「クローニンに会えたんですね、パンザーさん」警視は駆け寄った。「大変助かりました――お礼のことばもない。それがクローニンの渡した包みですか」

「そうです。とてもいいかたですね、クローニンさんは。警視さんにお電話してから、あまり待たずにすみました。ストーツとルーインというかたといっしょにいらっしゃいましたよ。結局、十分も待ちませんでしたね。これが重要なものでしたらよかったのですが」パンザーは微笑してつづけた。「謎解きにひと役買えたのなら幸いです」

「重要なものだって？」警視は支配人の手から包みを受けとりながら言った。「これがどれほど重要かは想像もつかないでしょう。そのうちくわしくお話ししますよ……。ちょっと失礼してもよろしいですかな、パンザーさん」

小柄な男がかすかに失望した顔でうなずくと、警視は笑みを浮かべて隅の暗がりにさがった。パンザーは肩をすくめ、支配人室へもどった。

パンザーが帽子とコートを置いてまた出てくると、警視は包みをポケットに押しこんでいた。

「お望みのものは手にはいりましたか」パンザーは尋ねた。

「ああ、ええ、ええ、たしかに！」警視は言って両手をこすり合わせた。「では――エラリーはまだもどっていないようだし――息子が来るまであなたの部屋で時間をつぶすとしませんか」

ふたりはパンザーの聖域にはいって腰をおろした。支配人は長いトルコ煙草に火をつけ、警視は嗅《か》ぎ煙草入れに指を突っこんだ。

「差し出がましいことを言うようですが、警視さん」パンザーは太く短い脚を組んで紫煙の雲を吐きながら、何気なく訊《き》いた。「いまはどのような状況なのでしょうか」

警視は悲しげにかぶりを振った。「あまりよくない——よくありませんな。正面から事件に取り組んでも、埒《らち》が明かない。いや、打ち明けてしまうと、ある品の行方がつかめないかぎり、われわれは失敗するでしょう……これが実に困難で——こんなに頭を悩ます捜査はわたしもはじめてですよ」途方に暮れて眉《まゆ》をひそめ、嗅ぎ煙草入れの箱を乱暴に閉じた。

「それは残念でございますね、警視さん」パンザーは舌打ちして同情を表した。「わたしも期待していたのですが——ああ、いえ！　正義の実現よりも個人の心配事を優先するわけにはいきませんね。何をお探しなのでしょうか、警視さん。捜査関係者でもないのにうかがってよろしければ」

警視は顔を明るくした。「かまいませんよ。けさ、あなたは骨を折ってくださったし——ああ、わたしとしたことが、なぜもっと早く思いつかなかったんだ！」パンザーが興味を引かれて身を乗り出す。「あなたはローマ劇場の支配人になってどのくらいですか、パンザーさん」

支配人は眉を吊《つ》りあげた。「ここが建てられて以来ずっとでございます。その前は、四十三丁目の古いエレクトラ劇場の支配人をしておりました——あちらもオーナーはゴードン・デイヴィスです」

「ほう！」警視は熟慮する顔になった。「それなら、この劇場を隅から隅まで知りつくしているはずだ——これを建てた建築家と同じくらい、構造にはくわしいのでは？」

「かなりくわしく存じておりますとも」パンザーは認め、背もたれに寄りかかった。

「すばらしい！　では、ちょっとした問題を出させてもらいましょう、パンザーさん……仮にあなたが何かを——たとえばシルクハットを——この建物のどこかに隠すとしたら——つまり、劇場を徹底的に捜索しても見つからないように隠すとしたら——どうしますか。どこに隠すでしょうか」

　パンザーは考えこんで煙草を見つめた。「ずいぶん変わった質問ですね、警視さん」ようやく口を開く。「それに、簡単にお答えできる質問ではありません。わたしはこの劇場の見取図を大変よく存じております。工事がはじまる前に、建築家から相談されましたから。そして、もともとの青写真に、隠し通路や秘密の部屋といった中世風の仕掛けがいっさいなかったことは断言できます。シルクハットのようなわりと小さい品を隠せそうな場所ならたくさんあげられますが、本気で徹底的な捜索をすればどこでも見つかるでしょう」

「そうですか」警視は失望した様子で、爪に視線を落とした。「残念ですな。知ってのとおり、われわれは隅から隅まで調べましたが、影も形もなくて……」

ドアがあき、埃《ほこり》で少し汚れているが、朗らかな笑みを浮かべたエラリーがはいってきた。警視は強い興味をいだいてエラリーを見つめた。父子だけにしたほうがいいと思ったらしく、パンザーはためらいがちに腰を浮かせた。ふたりのクイーンは意味ありげに目を見交わした。

「かまいませんよ、パンザーさん──ここにいてください」警視は有無を言わせなかった。「あなたに隠し事はありません。さあ、すわって！」

パンザーは腰をおろした。

「どうだろう、父さん」エラリーは机の端に腰かけて鼻眼鏡に手を伸ばしながら言った。「ちょうどいい機会だから、パンザーさんに今夜から劇場を再開してもかまわないと伝えたら？　パンザーさんがいないあいだに決めたんだからね。今夜からお客を入れて、いつもどおり上演してもらおうって……」

「そうだった、忘れていたよ！」警視はそんな作り事の決定を聞くのははじめてだったが、瞬きもせずに言った。「パンザーさん、そろそろローマ劇場の立入禁止は解除仕事の邪魔をする理由はありませんもうここでできることはなさそうですから、これ以上あなたの仕事の邪魔をする理由はありません。今夜から上演してけっこうです――いやむしろ、ぜひ上演していただきたい。そうだな、エラリー」

「〝ぜひ〟なんてことばじゃとうてい足りないね」エラリーはそう言って煙草に火をつけた。「何がなんでも上演してもらいたい、と言うべきだよ」

「そのとおり」警視は重々しくつぶやいた。「何がなんでも上演していただきたい、パンザーさん」

支配人は顔を輝かせて、椅子から跳びあがった。「それはほんとうにすばらしいことです、おふたりとも！」声を張りあげる。「すぐにディヴィスさんに電話して、この吉報を伝えます。もちろん――」パンザーはうなだれた。「――こう差し迫っては、今夜上演すると告知しても世間の反応はまったく期待できません。これほど急な話では……」

「そのことなら心配は要りません」警視はことばを返した。「ここを封鎖させたのはわたしなんだから、今夜はその埋め合わせをさせてもらいますよ。記者たちに電話をして、つぎの版で劇場の再開を派手に宣伝するよう頼みます。そちらには予想外の大きな宣伝になるし、完全無料の広告にもなるから、人々の好奇心も加わって、大入り満員になるでしょう」

「公正なお計らいに感謝いたします、警視さん」パンザーは揉《も》み手《で》をした。「さしあたって、わたしにできることがほかにもございましょうか」

「ひとつ忘れてるよ、父さん」エラリーが口をはさんだ。肌の浅黒い小柄な支配人に顔を向ける。「今夜、左LL32と左LL30の席は売らないでもらえますか。警視もぼくも今夜の公演を観たいんです。まだその楽しみを味わっていないものでね。それから、ぼくたちの正体は当然、伏せておきたい——観客にちやほやされたりは好きじゃないんで。だから、ぼくたちのことはだれにも言わないでください」

「おっしゃるとおりにいたします、クイーンさん。その席の切符を取り置くよう売り場に指示しておきます」パンザーは愛想よく言った。「それで、警視さん——新聞社に電話をかけてくださるとおっしゃいましたが——」

「もちろん」警視は受話器をとり、主要紙の地方部デスクと矢継ぎ早に短い会話を交わした。それが終わると、パンザーは立ち去るふたりにあわただしく別れを告げ、自分が電話にかじりついた。

クイーン父子が一階席へ歩いていくと、フリントがボックス席を調べていたふたりの刑事とともに待っていた。

「三人とも、いつものやり方どおりに劇場周辺を見張ること」警視は指示した。「午後からは特に注意するように……何か見つけた者は？」

フリントが顔をしかめた。「カナーシー（公害で魚介類がとれなくなった漁村）で潮干狩りをするほうがましですね」不満そうに言った。「月曜の夜に成果がなかったのに、きょう何か出てきたら、自分の探し方が悪かったことになりますよ。上の階は猟犬の牙《きば》並みにきれいに洗いました。自分は警邏《けいら》にもどるべきなんですかね」

警視は大柄な刑事の肩を叩《たた》いた。「どうしたのかね。赤ん坊みたいなことを言うものじゃない。最初から何もなかったら、見つからないのも当然じゃないか。きみたちは何か見つけたかね」警視はほかのふたりに顔を向けた。

ふたりは顔を曇らせて首を横に振った。

ほどなく、警視とエラリーはタクシーをつかまえて乗りこみ、本部に着くまでの短いあいだ、体を休めた。警視は運転席と後部座席を隔てるガラス戸を注意深く閉めた。「さて、エラリー」険しい声で言い、心ここにあらずで煙草を吹かしているエラリーに顔を向けた。「パンザーの支配人室での猿芝居を父上に説明してもらおうか！」

エラリーは唇を引き結んだ。窓の外をながめてから答える。「そう、こんなふうに話をはじめようか。きょうの捜索で、父さんは何も見つけられなかった。刑事たちもね。ぼくも探しまわったけど、やっぱり成果はなかった。父さんはこれを基本認識にしたほうがいい――月曜の夜、モンティ・フィールドは帽子をかぶって〈銃撃戦〉を観にいき、帽子は第二幕の冒頭まで本人の手もとにあって、おそらく犯行後に犯人が持ち去ったわけだが、この帽子はいまローマ劇場になく、月曜の夜からずっとそこにはない。先に進めるよ」警視は白いものが混じった眉《まゆ》を寄せて、エラリーを見つめている。「十中八九、フィールドのシルクハットはもうどこにもない。父さんが嗅《か》ぎ煙草を賭《か》けるなら、ぼくはファルコナーを賭けるね。あの帽子が一生を終え、市のごみ焼却炉で灰としての新たな日々を楽しんでいるほうに。これが一点目」

「つづけろ」警視は命じた。

「二点目は、子供でもわかるくらい初歩的なことだよ。それでも、クイーン一族の知性をあえて侮辱させてもらおうか……。フィールドの帽子がいまローマ劇場になく、月曜の夜からずっとローマ劇場にはないとすると、あの夜のどこかの時点でローマ劇場から持ち出されたにちがいない！」

エラリーはことばを切り、思案顔で窓の外をながめた。四十二丁目通りとブロードウェイの交差点で、交通警官が腕を振りまわしている。

「したがって、これが」エラリーは淡々とことばを継いだ。「三日間にわたってぼくたちを悩ませている問題の、事実に基づく立脚点になる。すなわち、ぼくたちの探している帽子はローマ劇場から持ち去られたのかどうか……弁証していくと——そう、持ち去られた。殺人のあった夜にローマ劇場から持ち去られたんだよ。ここでもっと大きな疑問が出てくる——いつ、どのようにして、帽子は持ち去られたのか」紫煙を吐き、赤く光る先端を見つめる。「月曜の夜、ローマ劇場から出ていった者のなかに、帽子をふたつ持っている者や、ひとつも持っていない者がいなかったのはわかってる。ちぐはぐな恰好《かっこう》で出ていった者はひとりもいなかった。つまり、夜会服で正装しているのにフェルト帽をかぶって出ていったとか、ふだん着なのにシルクハットをかぶっているなどの者は皆無だったんだ。そう、ぼくたちがそういう面から見ておかしいと感じた者はどこにもいなかった……このことは必然的に、ぼくも驚いてるんだけど、第三の重要な結論を導く。モンティ・フィールドの帽子はきわめて自然な形で、劇場から持ち去られた。すなわち、シルクハットにふさわしい夜会服《イド・エスト》で正装した人物が、頭にかぶって出ていったんだよ！」

警視は強い関心を持った。エラリーの意見をしばらく熟考する。やがて真剣に言った。「それは解決の糸口になるかもしれないな。モンティ・フィールドの帽子をかぶって劇場から出ていった男がいるというわけか――これは重要だし、手がかりになる意見だ。しかし、この疑問にも答えてもらいたい。帽子をふたつ持って出ていった者はいないんだから、その男は自分の帽子をどうしたんだ」

エラリーは微笑した。「やっとこのささやかな謎の核心にふれたね、父さん。でも、ひとまずその問題は脇に置こう。検討すべき点がほかにもたくさんあるからね。たとえば、モンティ・フィールドの帽子をかぶって出ていった男は、ふた通りに絞られる。

殺人の実行犯か、共犯者のどちらかだ」

「おまえの考えていることはわかるぞ」警視はつぶやいた。「つづけてくれ」

「もしその人物が実行犯なら、性別と、あの夜に夜会服を着ていたという事実を確定できる。――劇場にはそんな男が山ほどいたから、たいした手がかりにはならないかもしれないけどね。共犯者なら、殺人犯はつぎのどちらかだと結論せざるをえない。シルクハットを持って出ていけば明らかに疑われるふだん着の男か、シルクハットをかぶるなんてできるはずのない女だということだよ！」

警視は革張りのクッションに体を沈めた。「みごとな推理だな！」うれしそうに笑う。「息子よ、わたしはおまえを誇りに思うと言いたいところだ――そんなふうに、いやになるほどうぬぼれていなければな……。しかし、話がいっこうに進んでいないな。つまり、パンザーの支配人室で小芝居をやった理由は……」

警視は声をひそめ、エラリーは身を乗り出した。聞きとれないくらいの声で会話をつづけるうちに、タクシーが本部の前で停まった。

クイーン警視がエラリーを脇に従えて、足どりも軽く陰気な廊下を歩いていき、小さな執務室にはいったとたん、ヴェリー部長刑事が靴音を響かせて立ちあがった。「迷子になられたのかと思ってましたよ、警視！」ヴェリーは大声で言った。「あのストーツという青年がしばらく前に青い顔でここに来ていました。クローニンがフィールドの事務所で頭を掻《か》きむしっているそうです――犯罪の決め手になるような記録はまだひとつも見つかっていないとのことで」

「わかったからさがっていてくれ、トマス」警視はかすれた声でやさしく言った。「死人を鉄格子の奥へぶちこむなどというつまらない問題にかかずらっている暇はない。エラリーとわたしは――」

電話が鳴った。警視は跳び出して机から受話器をひったくった。耳を傾けるうちに、その痩《や》せた頰から血の気が失《う》せ、額にふたたび皺《しわ》が刻まれた。エラリーは異様なほど集中して警視を見つめている。

「警視ですか」男のあわただしい声が聞こえた。「ヘイグストロームです。少ししか時間がないんで――くわしくは話せません。けさからアンジェラ・ラッソーを尾行していたんですが、苦労させられまして……尾行したのは正解だったようです……。三十分前、あの女は自分をまいたと思って――タクシーに跳び乗ってダウンタウンに向かったんですよ……。ところが、警視――ほんの三分前に、あの女がベンジャミン・モーガンの事務所にはいっていくのをこの目で見ました！」

警視は「女が出てきたらすぐにつかまえろ！」と怒鳴り、受話器を叩きつけた。エラリーとヴェリーにゆっくり顔を向け、ヘイグストロームの報告を繰り返した。エラリーの顔は驚愕《きょうがく》して不機嫌そのものだった。ヴェリーは明らかに喜んでいる様子だ。

だが、回転椅子に力なく腰を落とした警視の声は嗄《か》れていた。ようやくうめき声を漏らす。「いったいどういうことなんだ！」

15　この章では、告発がなされる

ヘイグストローム刑事は粘り強い男だ。ノルウェーの山地にさかのぼるその家系では、無感動こそ美徳であり、禁欲こそ究極の宗教だとされていた。にもかかわらず、マダーン・ビルディングの二十階で、磨かれた大理石の壁に寄りかかっていると、鼓動が少し速くなった。三十フィートほど先にブロンズとガラスのドアがあり、こう記されている。

ベンジャミン・モーガン
弁護士

落ち着きなく足を動かし、嚙《か》み煙草を嚙んだ。警察に奉職してからというもの、ヘイグストロームはさまざまな経験を積んできたが、実のところ、逮捕目的で女の肩をつかんだことは一度もなかった。だから、自分が待ち伏せしている女の烈火のごとき気性をまざまざと思い出しながら、これからおこなおうとしている任務にいささか不安を感じていた。

その懸念には無理からぬものがあった。廊下で二十分ほど待って、獲物が裏口から逃げたのではないかと思いはじめたころ、ベンジャミン・モーガンの事務所のドアがいきなり開き、流行のツイード服一式でまとめたアンジェラ・ラッソー夫人の豊満な体が現れた。入念に化粧を施した顔が、下品な罵声《ばせい》でゆがんでいる。女はハンドバッグを猛々《たけだけ》しく振りまわしながら、並んだエレベーターのほうへ歩いてきた。ヘイグストロームはすばやく腕時計を一瞥《いちべつ》した。十二時十分前。まもなく昼休みになって、ほかの職場からもいっせいに人が出てくるだろうから、廊下に人気《ひとけ》がなくて静まり返っているうちに、なんとしても逮捕してしまいたかった。

そこでヘイグストロームは身を起こし、オレンジと青のネクタイを直してから、つとめて冷静な態度で、迫りくる女の正面に進み出た。刑事の姿を認めたとたん、女の足どりが目に見えて遅くなった。ヘイグストロームは逃走を予期して足を急がせた。しかし、アンジェラ・ラッソー夫人は強気だった。頭をそびやかして、平然と近づいてくる。

ヘイグストロームは赤みがかった大きな手で女の腕をつかんだ。「用件はわかってるな」語気荒く言う。「同行してもらおう。騒げば手錠をかけるぞ！」

ラッソー夫人は手を振り払った。「あらあら――あのがさつなおまわりさんね」小声で言う。「自分が何してるか、わかってるの？」

ヘイグストロームはにらみつけた。「減らず口を叩《たた》くな！」エレベーターの下りのボタンを乱暴に押す。「いいからだまっていっしょに来い！」

女は愛らしく刑事を見つめた。「もしかして、あたしを逮捕する気？」甘い声で言う。「だって知ってるよね、男らしいおまわりさん。逮捕するには逮捕状が要るのよ！」

「だまれ！」ヘイグストロームはすごみを利かせた。「逮捕するわけじゃない――本部に連れていって、クイーン警視と少し話をさせるだけだ。おとなしく来るか、それとも護送車を呼ぶか？」

ランプがついてエレベーターが停止した。エレベーターボーイが「下へ参ります！」とそっけなく言う。女は一瞬のためらいを見せてエレベーターに目をやり、ついでヘイグストロームを盗み見たが、結局は中に乗りこんだ。刑事の手は女の肘《ひじ》を固く握っている。乗り合わせた数人から好奇の視線を向けられながら、ふたりは無言で下におりた。

ヘイグストロームは、隣を平然と歩く女の胸中で嵐が吹き荒れようとしているのを感じとり、不安ながらも臍《ほぞ》を固めて、けっして油断しなかった。本部へ向かうタクシーの座席に並んですわるまで、指の力をゆるめなかった。ラッソー夫人の顔は頬紅の下で土気色になっていたが、不敵な笑みを口もとに浮かべている。そして、自分を捕らえた男にいきなり顔を向け、そのしかつめらしくこわばった体にしなだれかかった。

「ねえ、おまわりさん」耳打ちする。「百ドル札を使ってみたくない？」

女の手が意味ありげに財布を探る。ヘイグストロームは癇癪《かんしゃく》を起こした。

「袖《そで》の下か？」鼻を鳴らす。「そいつは警視に報告しないとな！」

女の顔から笑みが消えた。その後は本部に着くまで、女は運転手のうなじを見据えていた。

広々とした警察本部の暗い廊下を、閲兵式の兵士のように歩かされるうちに、女はようやく自信を取りもどした。そしてヘイグストロームがクイーン警視の執務室のドアをあけ放つと、女は気どって首をかしげ、女性警官ですらだませそうな愛嬌《あいきょう》のある笑みを浮かべて、中にはいった。

クイーン警視の執務室は日差しと生気に満ちたあたたかみのある部屋だった。ちょうどそのときは、どこかのクラブルームを思わせるものがあった。エラリーはくつろいで長い脚を分厚い絨毯《じゅうたん》の上に投げ出し、『筆跡鑑定の完全指南』と題された安っぽい装丁の本を楽しそうに熟読している。力を抜いたその指から、煙草の煙が渦を巻いて立ちのぼっている。ヴェリー部長刑事は無表情で奥の壁際の椅子にすわり、クイーン警視が親指と人差し指で大事そうにつまんだ嗅《か》ぎ煙草入れを一心に見つめている。警視は自分の快適な肘掛け椅子にすわり、秘められた考えに浸るような顔で微笑んでいる。

「ああ、ラッソーさん！　どうぞ、はいって！」警視は勢いよく立ちあがって叫んだ。「トマス――ラッソーさんに椅子を頼む」部長刑事は無言で硬い木の椅子を警視の机の横に置き、やはり無言で引きさがった。エラリーは女のほうを見ようともしなかった。心ここにあらずで楽しげな笑みを口もとに浮かべたまま、本を読みつづけている。警視は歓迎の意をこめて、礼儀正しく会釈した。

　女はとまどいながらこの平和な光景を見渡した。峻厳《しゅんげん》、辛辣《しんらつ》、乱暴な扱いを覚悟していたのだが――小さな執務室の家庭的な雰囲気は、まったく意表を突くものだった。それでも、椅子にすわるとそのためらいを一瞬で消し去り、廊下で巧みに試演した人好きのする笑みと淑女らしい物腰を披露した。

　戸口の内側に立ったヘイグストロームは、椅子にすわった女の横顔を、誇りを傷つけられたまなざしでにらみつけた。

「この女は自分に百ドル札を握らせようとしました」憤慨して言う。「袖の下をつかませようとしたんです、警視！」

警視は瞬時に両眉《まゆ》を吊《つ》りあげ、いかにも衝撃を受けたという顔をした。「ラッソーさん！」もの悲しい声を張りあげる。「まさかこの優秀な刑事に市への義務を忘れさせようとしたんじゃないだろうね。いや、むろんそんなはずはない！　わたしとしたことが、なんと愚かなことを！　ヘイグストローム、きみは何か勘ちがいしたにちがいない。百ドル札を握らせるなど――」悲しげにかぶりを振り、革張りの回転椅子にすわりなおした。

ラッソー夫人は微笑んだ。「変ね、近ごろのおまわりさんはどうして誤解するのかしら」愛らしい声で言う。「断言するわ、警視さん――あたし、この人をちょっとからかっただけなの」

「だろうな」おかげで人間の本性に対する信頼を取りもどしたかのように、警視はふたたび微笑した。「ヘイグストローム、そういうことだ」

刑事は茫然《ぼうぜん》と口をあけ、上司と微笑む女を見比べていたが、すぐわれに返り、女の頭越しにヴェリーが警視に目配せするのに気づいた。ヘイグストロームは何やらつぶやきながら早足で出ていった。

「さて、ラッソーさん」警視はまじめな口調で切り出した。「きょうはどんな用件かな」

女は呆気《あっけ》にとられて警視を見つめた。「な――何を言ってるのよ、あんたのほうがあたしに会いたかったんでしょ……」唇を引き結ぶ。「冗談はやめてよね、警視さん！」つっけんどんに言った。「あたしが自分からこんなところに挨拶《あいさつ》に来るわけがないし、あんただってそれはわかってるでしょ。なんであたしをつかまえたのよ」

警視は申しわけなさそうに繊細な指をひろげたものの、不満そうに口をすぼめた。

「だがね、ラッソーさん！　あんたはわたしに話すことがきっとあるはずだ。ここに来た以上——この明らかな事実は避けて通れないが——何か理由があって来たはずなんだよ。かならずしも自分の意思でここに来たんじゃないにしても——わたしに何か話すことがあるから、連れてこられたんだ。わかるかね」

ラッソー夫人は警視の目をにらみ据えた。「いったい——ねえ、クイーン警視さん、どういうつもりよ。あたしがあんたに何を話すっていうの？　火曜の朝に、質問には全部答えたんだって」

「ほう！」警視は顔をしかめた。「言っておくが、あんたは火曜の朝、すべての質問に包み隠さず答えたわけではけっ、、、してない。たとえば——ベンジャミン・モーガンと知り合いでは？」

女はひるまなかった。「わかったよ。そのことじゃ、そっちの勝ちね。あんたのところのしつこい刑事に、モーガンの事務所から出てきたところをつかまえられたんだから——それが何よ」悠々とハンドバッグをあけ、鼻に白粉《おしろい》をはたきはじめる。そうしながら、目の端でエラリーを盗み見た。エラリーはまだ読書に没頭していて、夫人の存在を気にも留めていない。女は頭をそびやかし、ふたたび警視に顔を向けた。

警視は悲しそうに女を見た。「ラッソーさん、こんな哀れな老人に対してひどいあしらいようだな。わたしは、この前話したときにあんたが――はっきり言わせてもらうと――嘘をついていたと指摘したかっただけだ。そしてこれは、警視という立場の人間に対する危険な対応だよ――非常に危険だ」

「聞きなさいよ！」女はいきなり言った。「まるめこもうとしたって無駄よ。火曜の朝、あたしはたしかに嘘をついた。だって、あたしをずっとつけまわせる刑事なんているとは思わなかったから。そう、あたしは賭《か》けに出て、しくじった。で、嘘をついてたってわかったから、あんたはどういうことかを知りたがってるわけね。教えてあげるよ――やっぱりやめようかな！」

「ほう！」警視は低く感嘆の声をあげた。「では、強気に出られるほど自分が安全な立場にいると思っているのかね。だが、ラッソーさん――いいかね、あんたはそのとても魅力的な首を縄のなかに突っこもうとしているんだよ！」

「あら、そう？」仮面は明らかに脱ぎ捨てられていた。女の顔はその狡猾《こうかつ》な本性をむき出しにしている。「何もつかめてないくせに。あんただってよくわかってるはずよ。そう――たしかにあたしは嘘をついた――それがどうしたっていうの？　あたしはいま認めたのよ。お望みなら、モーガンの事務所で何をしてたかも教えてあげるわ！

このあたしはそれくらい正直者なのよ、警視さん！」

「ラッソーさん」警視は傷ついた口調で言い、唇で小さく笑みを作った。「けさ、あんたがモーガンの事務所で何をしていたかはもう知っているから、気遣いは無用だよ……。いやはや、あんたがそこまで自分を犯罪者にしたいとは、驚いたな、ラッソーさん。恐喝は重罪だぞ！」

女は死人のように蒼白《そうはく》になった。腰を半ば浮かし、椅子の腕を握りしめている。「やっぱりモーガンが密告したのね、あの卑怯者《ひきょう》！」女は怒鳴った。「もっと賢い男だと思ってたんだけどね。泣きを入れさせてやるから、かならず！」

「ああ、やっと話が合ってきたな」警視はつぶやき、身を乗り出した。「われらが友モーガンについて、何を知っているのかね」

「いまから言うって――でも、ねえ、警視さん、あたしが教えるのはとびきりの情報よ。哀れな孤独の女に恐喝の罪を着せたりしないよね？」

警視は渋面を作った。「こらこら、ラッソーさん！　そんなことを言ってもいいと思っているのか。むろん、約束はできないが……」腰をあげ、細身の体を微動だにさせずに立った。女が少したじろぐ。「知っていることを話してくれたら、ラッソーさん」もったいをつけて言う。「問題視されない範囲で、わたしが感謝の意を示すことはないとは言いきれないさ。話しなさい――正直に。わかったかね」

「ああ、あんたが石頭だってことはよくわかってるよ、警視さん！」女はつぶやいた。

「でも、卑怯なことはしなさそうね……何を知りたいの？」

「すべてを」

「まあ、あたしが破滅するわけじゃないし」女は前よりも落ち着いた口調で言った。間が空き、警視は興味を持って女をながめた。モーガンを恐喝しただろうと責めたのは賭けだったが、うまくいった。が、一抹の疑念を感じる。この取り調べのはじめから、女がモーガンの過去をくわしく知っているのはたしかだと思っていたが、やけに自信満々な態度を見るにつけ、ほかにも何か知っている気がしてならない。警視はエラリーを一瞥《いちべつ》し、息子の目がもはや本ではなくラッソー夫人の横顔に釘《くぎ》づけになっていることをすぐさま見てとった。

「警視さん」勝ち誇ったかのような耳障りな響きを帯びた声で、ラッソー夫人は言った。「あたしはだれがモンティ・フィールドを殺したか知ってるのよ！」

「なんだって？」白い顔を紅潮させて、警視は椅子から跳び出した。エラリーははじかれたように椅子の上で身を起こし、鋭い視線を女の顔に注いだ。読んでいた本が手からこぼれ落ち、床に落ちて音を立てる。

「だれがモンティ・フィールドを殺したか知ってるって言ったのよ」自分が引き起こした動揺を明らかに楽しんでいる様子で、ラッソー夫人は繰り返した。「ベンジャミン・モーガンよ。殺しの前日にモーガンがモンティを脅してるのを聞いたの！」

「ああ！」警視は椅子に腰をおろした。エラリーは本を拾いあげ、中断された『筆跡鑑定の完全指南』の読書を再開した。ふたたび静寂が流れる。強烈な驚きに打たれて父子を見つめていたヴェリーは、ふたりの態度の豹変《ひょうへん》ぶりに困惑顔だった。

ラッソー夫人は苛立《いらだ》ちを募らせた。「どうせまた嘘だと思ってるんだろうけど、嘘じゃないんだって！」金切り声で言う。「日曜の夜、ベン・モーガンがモンティに向かって、殺してやると言ってたのをこの耳で聞いたんだから！」

警視はまじめに聞いていたが、心を動かされなかった。「あんたのことばはまったく疑っていないよ、ラッソーさん。日曜の夜だったというのはたしかかね」

「たしか？」けたたましく言う。「たしかに決まってるでしょ！」

「場所はどこですか」

「どこって、モンティ・フィールドのアパートメントよ！」嚙《か》みつくように言う。

「日曜の夜はずっとモンティといっしょだったんだけど、お客は来ないはずだった。だって、いっしょに夜を過ごすときは、お客を呼ばないのがふつうだったから……十一時に呼び鈴が鳴ったときはモンティも跳びあがって、〝どこのどいつだ？〟なんて言ってたし。そのとき、あたしたちは居間にいたの。モンティは立ちあがってドアのほうへ行ったんだけど、そのあとすぐ、外から男の声が聞こえた。モンティはあたしの姿を見られたくないだろうって思ったから、ちょっとだけ隙間を空けて、ドアを閉めたの。モンティが男を言いくるめようとしてるのが聞こえた。結局、ふたりは居間にはいってきた。ドアの隙間から見えたのよ。相手はあのモーガンだった──そのときは正体を知らなかったけど、ふたりの会話を聞いてるうちにわかったの。それに、あとでモンティも教えてくれたし」

女はことばを切った。警視は驚いた様子もなく聞いていて、エラリーはその話に毛ほどの注意も払っていない。女は必死につづけた。

「あたしが遠慮なく声を出せるようになるまで、三十分くらい話してた。モーガンは冷静で頑固だった。興奮したのは最後のほうになってからよ。話を聞いたかぎりじゃ、モンティは少し前、何かの書類と引き替えに、大金をモーガンに要求したみたいだった。モーガンは、そんな金はない、工面できないって言ってたね。最後の決着をつけるためにモンティの家に寄ることにしたんだって。モンティはなんとなく皮肉っぽく、意地悪な態度になった──意地悪になろうと思えばとことんなれる人だからね。モーガンはどんどん怒ってきたけど、癇癪《かんしゃく》を抑えてるのがわかった……」

警視は口をはさんだ。「フィールドが金を要求した理由は?」

「あたしのほうが知りたいよ、警視さん」女はけんもほろろに言い返した。「でも、ふたりとも理由を口に出さないようにすごく用心してた……とにかく、モンティがモーガンに買いとらせようとしてた書類が関係してると思う。モンティがモーガンの弱みを握ってて、それを利用できるだけ利用しようとしてたのは、ちょっと考えればわかるでしょ」

〝書類〟ということばを耳にしたエラリーは、ラッソー夫人の話にふたたび興味を示した。本を置き、熱心に耳を傾けはじめる。警視は息子を一瞥してから、女に話しかけた。

「フィールドはいくら要求していたのかね、ラッソーさん」

「きっと耳を疑うと思う」女は高慢に笑った。「モンティはしみったれた男じゃないのよ。要求額は――五万ドルよ！」

警視は平然としていた。「つづけて」

「それで、ふたりは盛んに言い合ってて、モンティはますます冷静になり、モーガンはますます怒ってた。とうとうモーガンが帽子を拾いあげて怒鳴ったのよ。〝この詐欺師め、これ以上食い物にされてたまるか！　好きにするがいい――わたしはもうたくさんだ、わかったか？　もうこれきりだ！〟って。顔は真っ青だった。モンティは椅子から立ちあがりもしなかった。こう言っただけ。〝おまえこそ好きにするがいい、わが友ベンジャミン。だが、金を支払うまできっかり三日の猶予をやろう。それから、交渉の余地はなしだ、いいな！　五万ドルを払わなければ――おっと、拒否したときの不快な結果はあらためて教えるまでもないな〟モンティって、ほんとうに弁が立つ（の）陶然と言い添える。「その道の玄人みたいな言い方ができるのよ。モーガンは帽子をいじくってた。両手の使い道に困ってるみたいに。そしたら、いきなり癇癪を起こしたのよ。〝もうやめる潮時だと教えてやったんだぞ、フィールド。わたしは本気だ。書類を公開したければするがいい、たとえわたしが破滅しようと——もうだれも恐喝できないようにしてやる！〟モンティの鼻先でこぶしを振りまわして、しばらくのあいだ、いまにも殺しそうな顔をしてたのよ。それから急に気を静めて、何も言わずにアパートメントから出ていった」

「それで終わりかな、ラッソーさん」

「じゅうぶんでしょ？」女は憤慨した。「どういうつもりよ——あの腰抜けの人殺しをかばうの？　……でも、これで終わりじゃない。モーガンが帰ったあと、モンティに〝おれの友達が言ったことを聞いたか？〟って言われたの。聞いてないふりをしたんだけど、モンティはお見通しだった。あたしを膝《ひざ》に乗せて、上機嫌でこう言ったの。〝あいつは後悔するよ、エンジェル……〟って。モンティはあたしをいつもエンジェルって呼んでくれた」かまととぶって言い添える。

「なるほど……」警視は思案した。「それで、モーガンはなんと言ったのかね——フィールドを殺してやるという意味だと、あなたが受けとったことばというのは？」

女は信じられないという顔で警視をにらんだ。「ちょっと、あんた、ばかなの？」声を張りあげる。「モーガンは〝もう、だれも恐喝できないようにしてやる！〟って言ったのよ。そして、つぎの日の夜、あたしのモンティは殺されたんだから……」

「ごく当然の結論だな」警視は微笑した。「あんたはベンジャミン・モーガンの告発を望んでいる。そう理解していいかね」

「あたしが望んでるのは平穏な生活だけよ、警視さん」女は言い返した。「話はすんだから――あとは好きにしたら？」肩をすくめ、立ちあがるそぶりを見せた。

「ちょっと待ちなさい、ラッソーさん」警視は繊細な小ぶりの指を一本立てた。「さっきの話のなかで、フィールドが何かの〝書類〟を恐喝の道具にしていると言ったね。口論の最中に、フィールドはその書類を実際に出してこなかったかな」

ラッソー夫人は冷ややかに警視の目を見返した。「いいえ、出さなかった。出さなくても残念じゃないって顔をしたいところよ！」

「好感の持てる態度だな、ラッソーさん。いつかその態度が……頭に入れておいてもらいたいんだが、この件で、あんたのスカートに――なんと言うか――染みがないとは言いきれない。だから、つぎの質問にはくれぐれもよく考えたうえで答えなさい。モンティ・フィールドはその秘密の書類をどこに隠していたのかね」

「考えるまでもない」女は言い放った。「知らないんだもの。知る機会があったら、ちゃんと覚えてるよ」

「もしかすると、フィールドの留守中に、あんたも何度か漁《あさ》ってみたのでは？」警視は微笑しながら追及した。

「そうかもね」女はえくぼを浮かべて答えた。「でも、無駄だった。誓ってもいいけど、あの家にはないね……で、警視さん、まだ何か？」

そこでエラリーのよく通る声が響き、女は驚いた顔になった。それでも、なまめかしく髪を掻《か》きあげながら、エラリーに顔を向けた。

「知っているかぎりで答えてもらえるかな、ラッソーさん」エラリーは冷ややかに言った。「騎士レアンドロス（恋ゆえに命を落とした、ギリシャ神話に出てくる青年）とのけだし親密な、長い付き合いから知るかぎりで――フィールドはシルクハットをいくつ持っていただろうか」

「クロスワードパズルみたいな人ね」女は喉《のど》を鳴らした。「あたしの知るかぎりじゃ、ひとつしか持ってなかったけど。男にはいくつも要るものなの？」

「自信があるようだね」エラリーは言った。

「あなたが生きてるのと同じくらいたしかよ、ミスター――クイーン」女は巧みに声に媚《こ》びを含ませた。エラリーは珍獣の標本でも見るかのような目で女を見つめる。女は少し頬をふくらませてから、勢いよく振り返った。

「このへんじゃ、あたしはあまり人気がないみたいだから、もう行くよ……あたしを汚い牢屋《ろうや》にぶちこんだりしないよね、警視さん。帰っていい？」

警視はうなずいた。「ああ、そうだな——かまわないが、ラッソーさん、ある程度は監視させてもらう……しかし、近いうちにまた楽しいおしゃべりがしたくなるかもしれない。街を出ないでもらえるかね」

「ええ、喜んで！」女は笑い、急ぎ足で部屋から出ていった。

ヴェリーが兵士のように機敏に立ちあがった。「では、警視、これで解決ですね！」

警視は疲れた体を椅子に沈めた。「きみはエラリーのくだらない小説に出てくる部長刑事のように——きみはそんな刑事ではないのに——モーガンをフィールド殺しの容疑で逮捕すべきだと言っているのかね」

「でも——ほかにどう考えられますか」ヴェリーはとまどっている様子だった。

「もう少し待とう、トマス」警視は重々しく言った。

16　この章では、クイーン父子が劇場へ赴く

小さな執務室の両端から、エラリーと父親は見つめ合っていた。ヴェリーは困惑して顔をしかめ、椅子にすわりなおした。沈黙がしだいに深まるなか、無言ですわっていたが、急に心を決めたらしく、退室の許可を求めて去った。

警視は嗅《か》ぎ煙草入れの蓋《ふた》をいじりながら、意味ありげに笑った。

「おまえもぞっとしたかね、エラリー」

エラリーのほうは真顔だった。「ウッドハウスは〝怖《お》じ気《け》立つ〟という表現をよく使うけど、あの女はその見本だね」身震いして言う。「ぞっとするなんて生やさしいものじゃない」

「わたしは最初、あの態度の意味がわからなかった」クイーン警視は言った。「われわれがいろいろと探っているあいだも、あの女が知っていたかと思うと……はらわたが煮えくり返ったよ」

「いまの面談は大成功だったと言ってよさそうだ」エラリーは評した。「筆跡に関す

るこの長ったらしい本からおもしろい事実をいくつか得られたというのが、そのもっぱらの理由だけどね。でもアンジェラ・ラッソー夫人は、ぼくの理想の女性像からはかけ離れてるな……」

「わたしが見たところ」警視は含み笑いをした。「われらの見目麗しき友はおまえにお熱だがな。せっかくだから考えてみたらどうだ、息子よ！」

エラリーは強い嫌悪を表して顔をしかめた。

「さて！」警視は机の上に並ぶ電話のひとつに手を伸ばした。「ベンジャミン・モーガンにもう一度機会を与えるべきだと思うかね、エラリー」

「そこまで親切にしてやるのはごめんだけど」エラリーは不満たらしく言った。「でも、そうするのが手順だろうね」

「おまえは書類のことを忘れているぞ――あの書類だ」警視は目をきらめかせて言い返した。

警視が警察の交換手に上機嫌で指示すると、まもなく呼び出し音が鳴った。

「こんにちは、モーガンさん！」警視は陽気に言った。「調子はどうですかな」

「クイーン警視？」わずかにためらってから、モーガンは言った。「こんにちは。捜査の進捗《しんちょく》状況はどうですか」

「もっともな質問ですな、モーガンさん」警視は笑った。「しかし、無能扱いされてはたまりませんので、その質問にはお答えしかねます……モーガンさん、今晩はお暇ですかな」

沈黙。「いえ――それほど暇では」弁護士の声は聞きとれないほど小さかった。「もちろん、夕食までに帰宅しなければなりませんし、たしか家内がささやかなブリッジの会を開くことになっていまして。どうしてまた、警視さん」

「今夜、息子とわたしであなたを夕食に誘おうと思っていたんですよ」警視は残念そうに言った。「夕食のころに抜けられませんかな」

長い沈黙。「どうしてもということでしたら、警視さん――」

「そこまでは言いませんがね、モーガンさん……ただ、招待を受けていただけるとありがたい」

「ああ」モーガンの声から迷いが消えた。「それでしたら、おっしゃるとおりにしましょう、警視さん。どちらへうかがいましょうか」

「おお、すばらしい！　カルロスの店に六時では？」

「わかりました、警視さん」弁護士は落ち着いて答え、受話器を置いた。

「この哀れな男には同情を禁じえないな」警視はつぶやいた。

エラリーはうなり声をあげた。同情する気にはなれなかった。口のなかにアンジェラ・ラッソー夫人の後味が強く残っていて、それはけっして快いものではなかった。

六時ちょうどに、クイーン警視とエラリーは、陽気な雰囲気に包まれたカルロスの店の待合室でベンジャミン・モーガンと合流した。モーガンは赤い革張りの椅子に元気なくすわり、手の甲を見つめていた。悲しげに唇の端を垂らし、意気消沈していると無意識にそうするように、両膝《りょうひざ》を大きく開いている。

ふたりのクイーンが歩み寄ると、モーガンはけなげにも笑みを作ろうとした。そして意を決して立ちあがったが、招待した側の鋭敏なふたりは、相手が型どおりの行動にしがみつこうとしているのだと感じとった。警視はこの上なく快活だったが、その理由のひとつは、この太鼓腹の弁護士に心からの好意を持っていたからであり、もうひとつは、それが仕事だからだった。エラリーはいつもどおり超然とした態度だった。

三人は昔からの友人同士のように握手を交わした。

「時間どおりに来てくださってありがとう、モーガンさん」警視は言い、しゃちほこばった給仕長が三人を隅の席に案内した。「ご自宅で食事するはずだったのに、連れ出してまことに申しわけない。昔はよかったもので――」深く息をつき、腰をおろした。

「謝っていただくには及びませんよ」モーガンは弱々しい笑みを浮かべた。「結婚している男ならだれでも、ときには男同士で食事を楽しみたいものですからね……で、警視さん、わたしに話があるのでは？」

警視はたしなめるように指を立てた。「いまは仕事の話はやめましょう、モーガンさん。ルイスが食べ応《ごた》えのある食事を用意してくれている気がする――そうだね、ルイス」

すばらしい食事だった。料理という芸術の機微に無頓着《むとんちゃく》な警視は、細かい献立選びを息子にまかせた。エラリーは料理や調理といった繊細な問題に異常なほど関心を持っている。おかげで三人は食事を大いに楽しめた。最初こそ、モーガンは料理を味わう余裕などなさそうだったが、おいしそうな料理が運ばれるにつれ、しだいに元気になり、しまいには悩みをすべて忘れて談笑していた。

カフェ・オ・レとともに出された上等な葉巻を、エラリーは注意深く、警視はためらいがちに、モーガンはうまそうに吹かした。そして警視は本題にはいった。

「モーガンさん、まわりくどい言い方はしません。なぜ呼び出されたのかは、あなたもわかっているはずだ。包み隠さずに言いますよ。九月二十三日の日曜――四日前の夜の出来事について、あなたが口をつぐんでいた理由を正直に説明してもらいたい」

警視が切り出したとたん、モーガンは深刻な顔つきになった。灰皿に葉巻を置き、ことばでは言い表せぬほど打ちひしがれた表情で警視を見つめた。

「こうなるのはわかっていました」モーガンは言った。「いずれあなたに突き止められるだろうと思っていましたよ。ラッソーさんが腹いせにしゃべったんですね」

「そうです」警視は率直に認めた。「紳士としては告げ口になど耳を貸しませんが、警察官としては耳を貸すのが義務です。どうして隠していたんですか」

モーガンはテーブルクロスの上に、スプーンででたらめな図形を描いた。「それは――おのれの愚かさを思い知らされないかぎり、人はいつまで経っても愚かだからですよ」顔をあげ、静かに言う。「わたしは願い、祈りました――これも人間の弱さなんでしょう――あの出来事が、死者とわたしだけの秘密でありつづけるようにと。しかし、あの売女《ばいた》が寝室に隠れていて――わたしのことばを一言一句聞いていたと知って――望みを打ち砕かれた気分でした」

モーガンはグラスの水をひと息に飲み、早口でつづけた。「神に誓って言いますが、警視さん、わたしは自分が罠《わな》にはめられたと思っていて、しかも自分から証拠を提供することができなかったんです。わたしは劇場にいるところを見つかりました。仇敵《きゅうてき》の他殺死体が発見された現場から、さほど離れていない場所にいました。そこにいた理由は、根拠に乏しいばかげた話でしか説明できない。死んだ男とわたしは前日の晩にたしかに口論している。わたしは進退窮まりました――けっして大げさではなく」

クイーン警視は何も言わなかった。エラリーは背もたれに深く寄りかかり、暗い目でモーガンをながめている。モーガンは唾《つば》を呑んでつづけた。

「だから何も言いませんでした。培った法律の知識ゆえに、自分で自分を状況証拠でがんじがらめにすることを強く警戒した男が、口をつぐんだことを責められますか?」

警視はしばらくだまっていた。そして――「ひとまず、そのことは置いておきましょう。日曜の夜、なぜフィールドに会いにいったんですか」

「しかるべき理由があったからですよ」弁護士は苦々しげに言った。「一週間前の木曜にフィールドがわたしの事務所に電話をかけてきて、最後の大勝負に出るつもりだから、至急五万ドルを調達しなくてはならないと言ってきたんです。五万ドルですよ!」乾いた笑い声を立てる。「こちらはさんざん搾りとられて、老いた乳牛並みに何も出せないというのに……しかも〝大勝負〟とは――なんのことか想像がつきますか? わたしと同じくらいフィールドを知っていれば、答が競馬場か株式市場にあるのはわかりますよ……。もしかしたら、見当ちがいかもしれません。ほんとうは金にひどく困っていて、過去のつけを支払おうとしていたのかもしれません。いずれにせよ、フィールドはまったく新しい条件で五万ドルを要求してきました――それだけ払えば書類の原本を返すと言ったんです! そんなことを少しでも口に出したのはそれがはじめてでした。いつだって――それまでは――口止め料を居丈高に要求してくるだけだった。今回は売買の提案だったんです」

「それは興味深い点ですね、モーガンさん」エラリーが目をきらめかせて口をはさんだ。「いま〝過去のつけを支払おうとしている〟という言い方をしましたが、会話のなかにそう感じさせるものがあったと？」

「ええ。だからそう言ったんです。わたしの印象では、フィールドは金に困っていて、ちょっとした休暇をとるつもりらしく――ヨーロッパを三年は旅行するとか言っていました――〝友人〟の全員に金をせびっているようでした。あの男がそれほど大がかりに恐喝をおこなっていたとは知りませんでしたよ。しかし、こんどのこれで――」

エラリーと警視は視線を交わした。モーガンは少しずつ話を進めた。

「わたしは事実を伝えました。もっぱらフィールドのせいで金に余裕がないこと、そんな法外な額を要求されても用意できるはずがないことを。フィールドは笑うだけで――金を払えと言い張りました。もちろん、わたしはなんとしてもあの書類を取りもどしたかったのですが……」

「あなたの支払い済み小切手がなくなったことは確認したんですか」警視は尋ねた。

「その必要はありませんでした、警視さん」モーガンはかすれた声で言った。「二年前に、ウェブスター・クラブで、小切手と手紙を見せつけられましたから――口論したときのことです。ああ、その点に疑いはなかった。げすな男でしたよ」

「つづけて」

「先週の木曜、フィールドは見え透いた脅し文句を言って、電話を一方的に切りました。やりとりのなかで、わたしはどうにかして要求に応えるつもりがあると懸命に信じさせようとしました。わたしからもう搾りとれないと悟ったら、フィールドはなんのためらいもなくあの書類を公開するだろうとわかっていたからです……」

「書類を見せてくれないかとは頼まなかったと？」エラリーが尋ねた。

「頼みましたよ——でも、フィールドは笑い飛ばして、小切手や手紙を見せてやる前にまず金を見せろ、と言いました。抜け目がなかった、あの悪党は——忌々しい証拠を出したとたんに殺されるような危険はけっして冒さなかった……。わたしが正直に話しているのがおわかりいただけるでしょう。実際、暴力に訴えようと思ったことは何度もあります。こんな状況で思わない人間がいるでしょうか。でも、本気で殺そうと考えたことは一度もありません——はっきりとした理由もあります」モーガンはことばを切った。

「殺してもなんの得もない」エラリーは穏やかに言った。「書類のありかを知らなかったんだから！」

「そのとおりです」モーガンは弱々しい笑みを浮かべて答えた。「知りませんでした。あの書類がいつ表に出るかわからないのに——だれの手に渡るともわからないのに——フィールドが死んでなんの意味がありますか。もっと性質《たち》の悪い強欲な人間を相手にすることになりかねない……。要求された金を掻《か》き集《あつ》めようと――なんの甲斐《かい》もなく――三日間苦しんだすえ、わたしは日曜の夜、最後の決着をつけようと腹をくくりました。フィールドのアパートメントへ行ったところ、向こうはナイトガウン姿でひどく驚いていて、わたしが来るとは思ってもいなかったようでした。居間は散らかっていて――まさかラッソー夫人が隣の部屋に隠れているとは思いませんでしたよ」

モーガンは震える指で葉巻に火をつけなおした。

「わたしたちは言い争いました――というより、わたしが言い立てて、向こうはせせら笑うばかりでしたが。わたしの説得にも、懇願にも、フィールドはまったく耳を貸そうとしません。五万ドルを払わなければ、この話を――証拠とともに――ぶちまけると言うのです。わたしはしだいに苛立《いらだ》ちを募らせ……すっかり自制心を失う前に帰りました。そして、警視さん、紳士としての名誉と、不幸にも災いに襲われた者としての名誉にかけて誓いますが、これですべてです」

モーガンは顔をそむけた。クイーン警視は咳払《せきばら》いをして、葉巻を灰皿に投げ入れた。ポケットの褐色の嗅《か》ぎ煙草入れを探り、ひとつまみ取り出して深々と吸ってから、椅子の背にもたれた。エラリーが急に気づいたかのように、グラスに水をついでやると、モーガンはそれを手にとって飲みほした。

「ありがとう、モーガン」警視は言った。「ここまでありのままに話したんですから、日曜の夜、フィールドと口論した際に、殺してやると脅したかどうかも正直に話してくれませんか。お知らせするのが公平だと思いますが、あなたが激昂《げっこう》して言ったことばに基づいて、ラッソー夫人があなたをフィールド殺しの犯人としてはっきり告発しているんですよ」

モーガンは青ざめた。眉《まゆ》を引きつらせ、生気のない不安げな目で警視を哀れっぽく見つめる。

「それは嘘です！」しゃがれた声で叫んだ。近くの客が何事かと視線を向けてきたので、その腕をクイーン警視が軽く叩《たた》く。モーガンは唇を嚙《か》み、声を落とした。「わたしはそんなことを言っていませんよ、警視さん。先ほど申しあげたとおり、怒りのあまりフィールドを殺してやりたいと思ったことが何度もあるのは事実です。でもそれは、愚かで無意味な、ゆがんだ考えです。わたしには――わたしには人を殺す勇気などありません。ウェブスター・クラブで逆上し、殺してやると言い放ったときでさえ、本気ではありませんでした。もちろん日曜の夜も――どうか、あの恥知らずの業突く張りな売女ではなく、わたしの言うことを信じてください――お願いです！」

「わたしはあなたに釈明してもらいたいだけです。というのも」警視は静かに言った。「変な言い方をするようですが、わたしはラッソー夫人が聞いたと言い張っていることばを、あなたが口にしたと信じているからです」

「どんなことばですか」モーガンは冷や汗にまみれ、目玉が飛び出しそうになっている。

「〝書類を公開したければするがいい、たとえわたしが破滅しようと――もうだれも恐喝できないようにしてやる！〟」警視は答えた。「そう言ったんですか、モーガンさん」

弁護士は呆気《あっけ》にとられてクイーン父子を見つめていたが、やがてのけぞって笑いだした。「これは驚いた！」あえぎながらようやく言う。「それがわたしのやった〝恐喝〟ですか？　いや、警視さん、そのことばは、もしあの男の卑しい要求に応《こた》えられず、書類を公開されることになったら、警察に何もかも話して、地獄への道連れにしてやるという意味です。そういう意味だったのに！　それをあの女は、殺してやると言ったなどと――」モーガンは憤然と目をぬぐった。

エラリーは微笑し、指でウェイターを呼んだ。勘定を払い、煙草に火をつけて父親を横目で見ると、警視は放心と同情の入り混じった表情でモーガンを見つめていた。

「よくわかりました、モーガンさん」警視は立ちあがって椅子を後ろへ押しやった。「知りたかったのはそれだけです」礼儀正しく脇へ退き、まだ茫然《ぼうぜん》自失で震えている弁護士を先に行かせて、クロークに向かった。

ふたりのクイーンがブロードウェイから四十七丁目通りを歩いてくると、ローマ劇場に面した歩道は人でごった返していた。あまりの混みように、警官隊が出動して警戒線を張っている。せまい通りは端から端まで交通がすっかり麻痺《まひ》した状態にある。庇《ひさし》では電飾がまばゆい光を放ち、〈銃撃戦〉の題目が煌々《こうこう》と輝くとともに、〝出演――ジェイムズ・ピール、イヴ・エリス、ほかオールスターキャスト〟という小さめの文字もきらめいている。男も女も興奮して肘《ひじ》を振りまわし、人ごみを押しのける。警官が声を嗄《か》らして叫び、警戒線を通らせる前に、今夜の切符を見せるようひとりひとりに命じている。

警視がバッジを見せると、父子は押し合う群衆といっしょくたにされて、小さなロビーにほうりこまれた。切符売り場の横で、ラテン系の顔に笑みをたたえたパンザー支配人が、丁重ながら断固として指示を飛ばし、当日券目当てに長い列を作った客を切符売り場から係の前へとすみやかに誘導している。歳を重ねたドアマンは大汗を掻きながら、狼狽《ろうばい》した顔でドアの脇に立っている。切符売りはてんてこ舞いで働いている。ハリー・ニールソンは、明らかに記者とおぼしき三人の若い男と、ロビーの隅で話しこんでいる。

パンザーはふたりのクイーンに気づき、出迎えようと走り出た。警視が手ぶりで制止すると支配人はためらったが、理解したようにうなずき、切符売り場にもどった。

エラリーはおとなしく列に並び、取り置かれていた二枚の切符を売り場で受けとった。ふたりは人の波に揉《も》まれながら一階席にはいった。

エラリーが左LL32と左LL30と明記された二枚の券を差し出すと、マッジ・オコンネルは仰天してあとずさった。警視の微笑を受け止めつつ、案内係はぎこちない手つきで半券を受けとり、半ば怯《おび》えた視線を返した。そして、分厚い絨毯《じゅうたん》の上を歩いて左端の通路までふたりを案内し、最後列の左端の二席を無言で指し示すなり、逃げるように立ち去った。ふたりは腰をおろし、座席の下の物掛けに帽子を掛けて、ゆったりと椅子の背にもたれかかった。その姿はどこから見ても、一夜の血湧き肉躍る娯楽を鑑賞しようとする客そのものだった。

客席は大入りだった。人々が通路に案内され、空席をつぎつぎに埋めていく。いくつもの頭が何かを期待するようにクイーン父子のほうを振り返り、はからずもふたりは、何より避けたかった好奇の視線をその身に集めることになった。

「やれやれ！」警視は不快そうに言った。「幕があがってから来るべきだったな」

「大衆の歓呼に反応しすぎだよ、父《モン・ペール》さん」エラリーは笑った。「ぼくは注目されても気にしないね」腕時計を見て、父親と意味ありげに視線を交わした。八時二十五分ちょうどだ。ふたりは座席の上で体を揺すってから腰を落ち着けた。

照明がひとつずつ消えていく。それに合わせて観客のしゃべり声も静まっていった。

真っ暗闇のなかで緞帳《どんちょう》があがり、不気味に薄暗く光る舞台が現れた。銃声が静寂を切り裂く。男の絞り出すような絶叫に、観客は息を呑《の》んだ。〈銃撃戦〉は広く宣伝されたとおり、劇的にはじまった。

警視はほかのことに気をとられていたが、エラリーは三日前の晩にモンティ・フィールドの死体があった座席に無心ですわり、実に甘美なメロドラマを存分に楽しむことができた。山場を迎えた舞台にジェイムズ・ピールの豊かな美声が響き渡り、そのすぐれた演技力にエラリーは興奮した。イヴ・エリスは役になりきっている様子だ――いまは低く震える声でスティーヴン・バリーと話している。そのバリーの整った顔立ちと快い声に、警視のすぐ右にすわっていた若い娘が感嘆の声を漏らした。ヒルダ・オレンジは役柄に合ったきらびやかな服を着て、片隅にうずくまっている。年配の〝怪優〟があてもなく舞台の上を歩きまわっている。エラリーは父親に顔を寄せた。「いい役者を使ってるね」とささやく。「あのオレンジって女優を見るといい！」

芝居は緩急を織り交ぜながら快調に進んでいった。台詞《せりふ》と効果音の耳を聾《ろう》する交響楽とともに、第一幕は終わりとなった。照明がつくと同時に、警視は腕時計を見た。九時五分だった。

警視は立ちあがり、エラリーも大儀そうにそのあとについていった。マッジ・オコンネルがふたりに気づかないふりをしながら、通路に設けられた鉄のドアを押しあけると、観客はわれ先にと薄明るい小道へ出ていった。ふたりのクイーンも観客に交じって外へ出た。

制服姿の青年が、紙コップでいっぱいの小ぎれいなスタンドの後ろに立って、〝気の利いた〟控えめな売り文句で呼びかけている。モンティ・フィールドにジンジャーエールを買いにいかされたと証言した、あのジェス・リンチだ。

エラリーは鉄のドアの裏へ行った――ドアと煉瓦《れんが》の外壁のあいだにせまい空間がある。小道をはさんで向かい側にそびえる建物は少なくとも六階建てで、壁に崩れたところはない。警視は青年からオレンジエードを買った。ジェス・リンチが気づいて目をまるくすると、警視は愛想よく挨拶《あいさつ》した。

人々は数人ずつ固まって、周囲に異様な関心を示している。警視の耳に、半ば怯え、半ば好奇心に駆られた女の声が聞こえた。「その人は月曜の夜にちょうどここにいて、オレンジエードを買ったんですって！」

やがて劇場内で開演前のベルが鳴り響き、外の空気を吸いに出ていた人々は急いで一階席にもどった。警視は席に着く前に、一階席の後ろに視線を走らせ、二階席への階段ののぼり口をたしかめた。制服姿のたくましい青年が一段目で目を光らせている。

第二幕は爆音とともにはじまった。舞台の上で派手な銃撃戦が繰りひろげられ、観客は感嘆して体をのけぞらせたり、固唾《かたず》を呑んだりした。ここに来てクイーン父子もその活劇に引きこまれた。前のめりになり、体に力を入れて視線を注いでいる。エラリーが腕時計を見ると、九時半だった——ふたりのクイーンはふたたび椅子の背にもたれ、芝居は騒々しい音を立てながら進んでいった。

九時五十分ちょうどにふたりは立ちあがり、帽子とコートを持って、LLの列から一階席の後ろの開けた空間へと抜け出した。立ち見客がおおぜいいる——それを見た警視は笑みを浮かべ、口のなかでマスコミの力をたたえた。案内係のマッジ・オコンネルが青白い顔で柱にぎこちなく寄りかかり、前方の虚空に視線を据えている。

クイーン父子は、支配人室の戸口で大入りの客席に満面の笑みを向けるパンザー支配人に目を留め、そちらへ歩いていった。警視は中にはいるよう支配人に合図し、自分もすばやく待合室にはいった。背後でエラリーがドアを閉める。パンザーの顔から笑みが消えた。

「実りある夜をお過ごしになれたらよかったのですが」支配人は不安そうに訊《き》いた。

「実りある夜？　まあ——それはそのことばの意味によるな」警視は小さな身ぶりでついてくるよう伝え、パンザーの私室に通じるドアを抜けた。

「さて、パンザーさん」興奮気味に歩きまわりながら言った。「一階席の座席番号とすべての出入口がわかる図面が手近にありますか」

パンザーは目を見開いた。「あると思います。少々お待ちを」書類整理棚を掻《か》きまわし、いくつかのフォルダーのなかを探してから、ようやく劇場をふたつに区切った大きな図面を見つけ出した——一方には一階席が、他方には二階席が描かれている。警視は二階席の図面を苛立《いらだ》たしげに押しやり、エラリーとともに一階席の図面をのぞきこんだ。*しばらくのあいだ、ふたりでそれに見入る。警視が顔をあげると、パンザーはつぎは何を頼まれるのかと見るからに困った様子で、落ち着きなく足から足へと体重を移し替えていた。

「この図面をお借りしてもよろしいですか、パンザーさん」警視は手短に言った。「数日中にこのままお返しします」

「どうぞ！　どうぞ！　ほかに何かできることはございますか、警視さん……宣伝の件ではご配慮くださって感謝いたします——今夜の入りに、ゴードン・デイヴィスも大変喜んでおります。お礼を申しあげるようにとことづかりました」

「いやいや——それには及びません」警視は生返事をし、図面をたたんで胸ポケットにしまった。「あなたの力ですよ——当然の結果です……さあ、エラリー——行こうか……。おやすみなさい、パンザーさん。この件は口外しないように。いいですね！」

ふたりのクイーンは、沈黙を守ると繰り返すパンザーを残して、支配人室から静かに出た。

一階席の後ろをふたたび横切り、左端の通路へ向かった。警視はマッジ・オコンネルをぶっきらぼうに差し招いた。

「なんでしょうか」案内係は蒼白《そうはく》な顔で息をついた。

「あのドアをあけて、われわれを通してくれ、オコンネルさん。われわれが行ったら、このことはすべて忘れるように。いいかね」

オコンネルは何やらつぶやき、ＬＬの列の先にある大きな鉄のドアのひとつを押しあけた。警視は最後に一度、警告するようにかぶりを振ってから外へ抜け出し、エラリーもつづいた——そしてドアは静かに閉められた。

十一時、幕がおりて、芝居好きの最初の一団があけ放たれた出入口から吐き出されると、リチャード・クイーンとエラリー・クイーンは、正面扉からふたたびローマ劇場に足を踏み入れた。

（原注）

＊　冒頭にエラリーが描いた見取図を掲げたが、これはパンザー支配人が手渡した図面を下地にしている——編者

17　この章では、さらに多くの帽子が注目される

「すわりたまえ、ティム——コーヒーでもどうだね」ティモシー・クローニンは炎のように赤い髪を豊かに蓄えた眼光の鋭い中背の男で、クイーン家の安楽椅子のひとつに腰をおろし、警視の申し出をきまり悪そうに受け入れた。

それは金曜の朝のことで、警視とエラリーは色鮮やかなナイトガウン姿という浮世離れした恰好《かっこう》で上機嫌に過ごしていた。前夜はいつになく——このふたりにしては——早い時間に就寝し、たっぷり睡眠をとっていた。いま、ジューナが自分でブレンドしたコーヒーの湯気の立つポットを食卓に用意している。まさしく、何もかも順風満帆と言いたくなりそうな光景だった。

その陽気なクイーン家に、クローニンはとんでもない時刻を選んで姿を現した——身なりを乱し、不機嫌な顔で恥ずかしげもなく毒づいている。警視が穏やかに諭しても、口からつぎつぎとほとばしる罵詈《ばり》雑言の奔流を堰《せ》き止めることはできなかった。エラリーはと言えば、素人が玄人のことばを謹聴するかのように、法律家の悪態にす

こぶる楽しげに聞き入っている。

ようやくクローニンは自分の居場所に気づいて赤面し、勧められるままに腰をおろして、ジューナのまっすぐ伸びた背中を見つめた。なんでも屋は朝食用のこまごました品を忙しく準備している。

「先ほどの罰あたりな弁舌を詫《わ》びる気分ではないだろうが」警視は腹の上で仏陀《ぶつだ》のように手を組み合わせてたしなめた。「きみが不機嫌な理由をこちらから尋ねなくてはならないのかね」

「尋ねなくても」クローニンはうなって、敷物の上の足を乱暴に動かした。「あなたならおわかりのはずです。フィールドの書類の件で行き詰まったんですよ。あの男の暗い魂に災いあれ!」

「災いならもう遭っているよ、ティム――もう遭ったから心配は要らない」警視は悲しそうに言った。「哀れなフィールドはいまごろ地獄の炭火で爪先をあぶられていることだろう――きみの罵詈雑言にひとり高笑いしながらね。実のところ、どういう状況なのかね――進展はあったのか」

クローニンは目の前にジューナが置いたカップをつかむと、火傷《やけど》しそうなほど熱い中身を一気に飲みほした。「進展?」声を張りあげ、カップを叩《たた》きつけるように置く。「進展なんてありませんよ――ゼロ、なし、空っぽです!　早く証拠の文書を手に入れないと頭がおかしくなりそうだ！　もちろんですが、警視――ストーツとわたしはフィールドの小じゃれた事務所をくまなく捜索しました。壁に十フィートの穴があいていても、ネズミがこわがって顔を出さないほどにね――それでも、何も見つかりませんでした。何ひとつ！　ああ――信じられない。わが名誉にかけて誓いますが、まちがいなくどこかに――神のみぞ知る場所に――フィールドの書類は隠されていて、だれかが引き出してくれるのを待ちこがれているというのに」

「隠された書類があるという強迫観念に取り憑《つ》かれていますね、クローニンさん」エラリーは穏やかに言った。「はたから見ると、チャールズ一世の時代の人間のようです。隠された書類なんてものは存在しない。探す場所をわきまえればいいだけです」

クローニンは見くだすように笑った。「ご親切にどうも、クイーンくん。なら、モンティ・フィールド氏がどこを書類の隠し場所に選んだのか、教えてくれるんだろうね」

　エラリーは煙草に火をつけた。「いいでしょう。挑戦を受けて立とう……あなたが言うには――そしてぼくはそれになんの疑念も持っていませんが――あなたがあると信じている書類はフィールドの事務所にはありません……。ところで、あなたの話だと、フィールドは一大ギャング団にかかわっていたそうですが、自分の犯罪の証拠となる書類をフィールドが保管していたはずだと確信する理由は？」

「まちがいないからだよ」クローニンは言い返した。「考えてみれば変な話だが、それで筋が通るんだ……わたしの得た情報によると、われわれがずっと検挙を目論《もくろ》んでいるのに手を出せずにいるギャング団の上層部とフィールドが連絡をとっていて、共謀していたのはぜったいにまちがいない。それについては、わたしのことばを信じてもらうしかない。ここでくわしく話すにはあまりに事情が複雑なんだよ。だが、これだけは頭に叩きこんでくれ、クイーンくん――フィールドは破棄するわけにはいかない書類を持っていた。わたしが探しているのはその書類だ」

「いいでしょう」エラリーはもったいぶった口調で言った。「事実を確認したかったんです。さて、繰り返しますが、その書類はフィールドの事務所にはなかった。それなら、もっと捜索範囲をひろげる必要があります。たとえば、貸金庫に保管されているかもしれない」

「だが、エル」クローニンとエラリーのやりとりをおもしろそうに聞いていた警視が反論した。「その線はトマスが地の果てまで追ったと、けさおまえに言わなかったかね。フィールドは貸金庫を借りていない。それは確実だ。郵便局留めも私書箱も使っていない――本名でも偽名でもな。

トマスはクラブの入会状況も調べ、フィールドが七十五丁目のアパートメント以外には、決まった住まいも仮の住まいも持っていなかったことを突き止めた。そのうえ、トマスがどれほど探しまわっても、隠し場所らしきものがありそうな気配はまったくなかった。フィールドが書類を包みか鞄《かばん》に入れて、どこかの店の主人あたりに預けている可能性まで探ったんだよ。しかし、そんな痕跡《こんせき》はなかった……。ヴェリーはこういう仕事に長《た》けているんだ、エラリー。賭《か》けてもいいが、おまえの仮説はまちがっている」

「ぼくはクローニンのために言っただけなんだけどね」エラリーは言い返した。そして、指をていねいに食卓の上にひろげて、ウィンクをした。「そう、ぼくたちは〝かならずここにある〟と断言できるまでに捜索範囲を絞りこまなくてはならない。事務所、貸金庫、私書箱は除外された。でも、フィールドとしては、近づきにくい場所に書類を保管するわけにもいかなかったはずだ。あなたが探している書類については何も請け合えませんよ、クローニンさん。だけど、ぼくたちが探している書類なら話がちがう。そう、フィールドはどこか手近な場所に保管していた……さらに言えば、重要な秘密書類をまとめて同じ隠し場所に保管していたと考えるのが筋だよ」

クローニンは頭を掻《か》いてうなずいた。

「初歩の考え方を応用しよう」エラリーはつぎのことばを強調するかのように、間をとった。「徹底した捜索の結果、考えうる隠し場所はほぼすべて除外され、残っているのは一か所だけだ——書類はまちがいなくあの隠し場所にある……あそこに匹敵する場所はない」

「そう言われてみると」警視は口をはさんだが、上機嫌が消え去って憂鬱《ゆううつ》な顔になっていた。「あの場所でわれわれはじゅうぶんに念を入れなかったかもしれない」

「ぼくたちはまちがいなく正しい道筋をたどってる」エラリーは決然と言った。「きょうが金曜日で、三千万の家庭で魚料理が出されるのがまちがいないようにね」

クローニンは困惑顔だった。「よくわからないんだが、クイーンくん。隠し場所がひとつしか残っていないというのはどういう意味なんだね」

「フィールドのアパートメントですよ、クローニンさん」エラリーは落ち着き払って答えた。「書類はあそこにある」

「しかし、わたしはその件について、きのう地方検事と話し合ったばかりだ」クローニンは反論した。「フィールドのアパートメントはきみたちが調べつくしたが、何も見つからなかったと聞いている」

「そう――たしかにそうです」エラリーは言った。「フィールドのアパートメントを捜索したけれど、何も見つからなかった。問題は、正しい場所を探さなかったということですよ」

「そうか、そこまでわかっているのなら、さっさと行こう！」クローニンは椅子から勢いよく立ちあがった。

　警視は赤毛の男の膝《ひざ》をやさしく叩いて、椅子を指さした。「すわるんだ、ティム。エラリーは大好きな推理ごっこを楽しんでいるだけだよ。きみと同じで、息子だって書類のありかはわかっていない。あてずっぽうだよ……。探偵小説ではそういうのを」悲しげな微笑を漂わせて言い添える。「〝演繹《えんえき》の技術〟と呼ぶそうだ」

「どうやら」エラリーはつぶやいて紫煙の雲を吐いた。「また挑戦を受ける羽目になったらしいね。でも、ぼくはあれからフィールドの家へ行っていないけど、クイーン警視のご寛恕《かんじょ》を乞《こ》えれば、もう一度あそこにもどって幻の書類を見つけるつもりだよ」

「その書類の件だが――」言いかけた警視の声を玄関の呼び鈴がさえぎった。ジューナが連れてきたのはヴェリー部長刑事で、小柄でずる賢そうな青年をともなっていた。青年はひどく居心地が悪そうに身を震わせている。警視は椅子から跳び出し、ふたりが居間にはいる前に駆け寄った。クローニンは目をまるくしている。警視が「この男かね、トマス」と言うと、ヴェリーは苦々しげに軽口を叩いた。「ご本尊ですよ、警視」

「きみは人目を盗んで家に忍びこめるそうだね」警視は愛想よく言い、新たな客の腕をとった。「まさに注文どおりの人物だ」

　青年は恐怖で全身が麻痺《まひ》したかのようだった。「な、なあ、警視さん、あんた、おれをだましてるんじゃないよな？」ぎこちなく言う。

警視は安心させるように微笑むと、控えの間へ青年を連れていった。警視が小声で一方的に何かを話し、ひとことおきに青年が承諾のうなり声をあげている。警視の手が一枚の小さな紙を差し出し、青年がそれをひったくる一瞬の光景を、居間にいたクローニンとエラリーは見逃さなかった。

警視は早足で居間にもどった。「これでいい、トマス。あとの手配は頼む。われらが新たな友が面倒に巻きこまれないようにしてもらいたい……さあ、行ってくれ」ヴェリーは短くいとまごいをすると、怯《おび》えた見知らぬ青年を連れてアパートメントから出ていった。

警視は椅子に腰をおろした。「フィールドの家へ行く前に」思慮深く言う。「いくつかはっきりさせたいことがある。まず、ベンジャミン・モーガンの話によると、フィールドは法律の仕事をしてはいたものの、最大の収入源は――恐喝だった。きみも知っていただろう、ティム。モンティ・フィールドは何十人もの名士を食い物にし、おそらく何百万ドルも搾りとっていた。実のところ、ティム、フィールド殺しの動機はこの裏の仕事に関係しているはずだとわれわれは確信している。多額の口止め料を巻きあげられて、もう我慢できなくなった人物が殺害に及んだと見てまちがいない。きみもよくわかっているだろうが、恐喝という卑劣な行為の要となるのは、醜聞の証拠となるものを恐喝者が持っていることだ。だからこそわれわれは、そういった書類がどこかに隠されていると確信しているわけだ——そしてこのエラリーは、それがフィールドの家にあると言い張っている。まあ、じきにわかるさ。その書類が見つかった暁には、エラリーがいま指摘したとおり、きみが長年追っていたものもきっと出てくるだろう」

物思いにふける顔で、警視は間をとった。「ティム、わたしがその忌々しい書類をどれだけ入手したいかは、ことばでは言いつくせないほどだ。わたしにとっても、それは大きな意味を持っている。いまだ解けずにいる疑問の多くに答を出してくれるからな……」

「それなら、すぐに行きましょう！」クローニンは叫んで椅子から跳び出した。「ご存じですね、警視、わたしがこの目的だけのために、フィールドを追いつづけていたことを。きょうは人生最良の日になりそうだ……警視——さあ！」

だが、エラリーも父親も、急ぐ様子はなかった。ふたりが寝室にさがって着替えをしているあいだ、クローニンは居間でやきもきしていた。もしクローニンがこれほど自分の考えに気をとられていなかったら、ここに来たときのクイーン父子は見るからに上機嫌だったのに、いまでは暗く沈んだ顔をしているのに気づいただろう。特に警視はひどく苛立《いらだ》っていて、捜査を進めることに今回ばかりは二の足を踏んでいた。

着替えをすませたクイーン父子がようやく現れた。三人は通りへ出た。タクシーに乗りこんだとき、エラリーはため息を漏らした。

「恥をかかされるのがこわいのか」警視はトップコートの襟もとに鼻をうずめて尋ねた。

「そんなことは考えてないさ」エラリーは答えた。「ほかに気になることがあって……書類は見つかるよ、心配要らない」

「きみが正しいことを祈るよ！」クローニンが熱っぽい声でささやき、その後はタクシーが七十五丁目通りにそびえ立つアパートメントの前で停車するまで、みな黙していた。

三人はエレベーターに乗って四階へ行き、静まり返った廊下に出た。警視がすばやく周囲を見まわしてから、フィールドの家の呼び鈴を鳴らした。返事はなかったが、ドアの向こうからかすかに衣擦れの音が聞こえた。いきなりドアがあき、赤ら顔の警官が現れた。不安げに尻《しり》ポケットのあたりに手をさまよわせている。

「こわがるな――嚙《か》みつきはしない！」叫んだ警視は明らかに不快そうで、若い競走馬よろしく緊張して興奮していたクローニンには、その理由がまったくわからなかった。

制服警官は敬礼した。「だれかが嗅《か》ぎまわってるのかもしれないと思ったもので、警視」蚊の鳴くような声で言う。

三人は玄関にはいり、警視の細く白い手が乱暴にドアを閉めた。

「何か変わったことは？」警視は問いただし、居間の戸口まで歩いていって中をのぞきこんだ。

「何もありません、警視」警官は答えた。「自分はキャシディと四時間交代で見張っておりまして、ときどきリッター刑事が様子をたしかめに立ち寄られます」

「ほう、リッターがね」警視は振り返った。「ここにはいろうとした者は？」

「自分がいるあいだはいませんでした、警視――キャシディの担当中も」警官はおそるおそる答えた。「火曜の朝から交代で見張っております。リッター刑事を除けば、この家に近づいたものはひとりもいません」

「二、三時間ほど、そちらの玄関で待機していろ」警視は命じた。「椅子を持ってきて、居眠りしてもかまわない――だが、もしドアをいじくる者がいたら、ただちに知らせてくれ」

警官は居間の椅子を玄関へと引きずっていくと、ドアを背にして腰をおろし、腕を組んで臆面《おくめん》もなく目を閉じた。

三人は陰気な目で周囲を観察した。玄関はせまいが、こまごまとした調度品や装飾品で隙間もないほどだ。書棚には手をつけた形跡のない本が詰めこまれている。小さなテーブルに、〝現代風〟のランプがひとつと、彫刻入りの象牙《ぞうげ》の灰皿がいくつか置かれている。アンピール様式の椅子が二脚。食器棚と書き物机の中間に見える珍妙な家具がひとつ。クッションと敷物がほうぼうにある。これらの雑多な代物を、警視はしかめ面で見まわした。

「さて、エラリー——最善の捜索法は、三人でひとつひとつ検討しつつ、ひとりが調べたものをもうひとりが確認することだろうな。あまり期待は持てないがね。正直に言うと」

「嘆きの壁にて祈る紳士よ」エラリーは悲しげに言った。「その高貴なる面に大書されたるは悲嘆の二文字なり。父さんもぼくも、それにクローニンさんも——そこまで悲観論者ではないと思うけど」

クローニンは言った。「わたしに言わせるなら——ことばより行動だ。ちょっとした親子喧嘩《げんか》をしたくなるのもわかるがね」

エラリーは感心して見返した。「あなたは食虫動物並みに迷いがありませんね。人間というよりまるで軍隊アリ《アロン・ザン・ファン》だ。哀れなフィールドは遺体安置所で寝転がってるというのに……さあ、はじめよう！」

三人は船を漕《こ》いでいる警官を尻目に仕事に取りかかった。ことばはほとんど交わさない。エラリーの顔には静かな期待があった。警視の顔には憂鬱《ゆううつ》そうな苛立ちがあった。クローニンの顔には獰猛《どうもう》なまでの決意があった。書棚から本がつぎつぎに抜き出されて、念入りにあらためられる。中身は振ってひろげられ——表紙は綿密に調べられ——背表紙はつままれたり、針を刺されたりした。本は二百冊以上もあったので、すべて調べあげるのには長い時間がかかった。エラリーもしばらくは手を動かしていたが、重労働は父親とクローニンにまかせる気になったらしく、書名に注意を向けはじめた。そしていきなり喜びの声をあげ、安っぽい装丁の薄い本を光にかざした。すぐさまクローニンが目をぎらつかせて駆け寄った。警視はわずかに気を引かれて視線をあげた。しかしエラリーは、筆跡鑑定に関する本をまた見つけただけだった。

警視は物問いたげに無言で息子を見つめ、唇をすぼめて考えこんだ。クローニンはうなり声を漏らして書棚のほうに向きなおった。ところが、ページをすばやくめくっていたエラリーが、また叫び声をあげた。ふたりはエラリーの肩越しにのぞきこんだ。いくつかのページの余白に、鉛筆で書き留めた文字がある。人名だ。〝ヘンリー・ジョーンズ〟、〝ジョン・スミス〟、〝ジョージ・ブラウン〟。まるでいろいろな筆跡を練習したかのように、余白に何度も繰り返し書かれている。

「フィールドは落書きなんてずいぶん子供っぽいものが好きだったのかな」鉛筆で書かれた名前に見入りながら、エラリーは言った。

「例によっておまえは手のうちに何か隠しているな」警視はうんざりした顔で言った。

「おまえの言いたいことはわかるが、それが役に立つとは思えない。ただし――おお、そういうことか！」

警視は身をかがめて捜索を再開したが、新たな興味でその体には活力がみなぎっていた。エラリーは微笑を浮かべて手伝っている。クローニンはわけがわからないという顔でふたりを見つめた。

「わたしも仲間に入れてもらいたいんだが」傷ついた声で言う。

警視は体を起こした。「エラリーが気づいたんだよ。もしこれが事実なら、われわれにとってはなかなか幸運なことだし、フィールドという人物の新たな一面も明らかになる。あの腹黒い悪党め！　いいかね、ティム――恐喝を生業《なりわい》にしている者がいたとして、その人物が筆跡に関する本を使って字の練習をしていた証拠がつぎつぎと出てきたら、きみはどんな結論を導くかな」

「フィールドは文書偽造犯でもあったということですか？」クローニンは眉《まゆ》をひそめた。「これだけ長いあいだあの男を追っていたのに、そんなことは考えもしませんでしたよ」

「ただの文書偽造犯ではありませんよ、クローニンさん」エラリーは笑った。「モンティ・フィールドが小切手か何かの署名を偽造していたなんていう事実は出てこないでしょう。あれほどずる賢い男が、そんなことをして墓穴を掘るはずがない。おそらくフィールドは、だれかの醜聞の証拠となる文書の原本は大事にとっておき、写しを作ったんですよ。相手にはその写しを売り、原本はまた利用するために手放さなかったんです！」

「そしてその場合は、ティム」警視はもったいぶって言い添えた。「もし書類の金脈をどこかで掘りあてることができれば──わたしは大いに危ぶんでいるが──モンティ・フィールドの命を奪うことになった書類の原本もたぶん見つかるはずだ！」

赤毛の地方検事補はふたりの連れに対して浮かない顔を向けた。「〝もし〟が多すぎますね」間を置いて言い、首を左右に振った。

沈黙が深まるなか、三人は捜索を再開した。

玄関には何も隠されていなかった。一時間にわたって背中の痛くなる作業をつづけたすえに、そういう結論に達せざるをえなかった。一平方インチも残さずに調べた。ランプや書棚の内側も、天板の薄い華奢《きゃしゃ》なテーブルも、書き物机の中と外も、クッションも。壁さえも、警視が注意深く叩《たた》いた。いまや警視は、興奮を抑えようとしても隠しきれず、引き結んだ唇と紅潮した頬からそれが明らかにうかがえた。

三人は居間に襲いかかった。最初にめざしたのは壁で、板に仕掛けがないかを探った。つぎは玄関からはいってすぐのところにある大きなクローゼットだった。警視とエラリーはいま一度、ラックに掛けてあるトップコートやオーバーコートやマントを調べた。何もない。上の棚には、火曜の朝に調べた四つの帽子が載っている。古いパナマ帽と山高帽がひとつずつに、フェルト帽がふたつ。やはり何もない。クローニンはひざまずき、クローゼットの奥の暗がりをがむしゃらにのぞきこんで、壁を叩いたり、板に仕掛けがないかを探ったりした。それでも何もない。警視は椅子に乗って棚の奥を漁《あさ》った。そして床におり、かぶりを振った。

「クローゼットは忘れよう」警視はつぶやいた。三人は居間全体に目を向けた。

三日前にヘイグストロームとピゴットがくまなく調べた彫刻入りの大きな机が、まず捜索の対象になった。中には書類や支払い済みの小切手や手紙が山ほどはいっていて、それらは警視が担当すると決まった。警視は見えないインクで何かがひそかに書きこまれているのではないかと疑って、破れた紙を透かし見ることまでした。が、肩をすくめ、紙の束をほうり出した。

「この歳にして空想好きになってしまったのはまちがいないな」警視はうなった。「これも小説書きの息子のせいだ」

つづいて、火曜日にクローゼットでコートのポケットから見つけた雑多な品々を取り出した。いまやエラリーは渋面を作っている。クローニンは絶望してあきらめた表情になりつつある。警視は鍵《かぎ》や古い手紙や財布を放心状態で掻《か》きまわしていたが、やがて背を向けた。

「机には何もない」疲れた声で宣言する。「あの狡猾《こうかつ》な悪魔の手先が、机のようなだれでも気づくところを隠し場所に選ぶとも思えないが」

「エドガー・アラン・ポーを読んでいたら選ぶだろうけどね」エラリーはつぶやいた。

「つづけよう。隠し抽斗《ひきだし》はありそうですか」クローニンに尋ねる。赤毛の男は悲しげに、だがはっきりと、首を横に振った。

三人は家具や、絨毯《じゅうたん》とランプの下や、本立てや、カーテンレールを調べ、のぞきこんでいった。空振りがつづくたびに、探しても無駄だという思いがおのおのの顔に表れていく。居間を調べ終わったときには、ハリケーンの通り道に迷いこんだかのようになっていた——力は尽くしたが、むなしく、わびしかった。

「あとは寝室と台所と浴室だ」警視はクローニンに言った。三人は、月曜の夜にアンジェラ・ラッソー夫人が陣どっていた部屋へ行った。

フィールドの寝室の調度品は、明らかに女好みのものだった——あのグリニッジ・ヴィレッジの麗人の影響だとエラリーは評した。ここでも三人は、一インチの空間もその鋭敏な目と探索の手から逃すことなく、隅々まで探した。そしてここでも失敗を認めるほかはなさそうだった。ベッドを分解し、マットレスのスプリングを調べる。それを組み立てなおし、クローゼットに襲いかかる。衣類は一着残らず、三人の執拗《しつよう》な指によって、皺《しわ》だらけになるまで探られた——バスローブ、ナイトガウン、靴、ネクタイ。クローニンはあきらめ気味に、また壁や刳《く》り形を調べていく。三人は敷物を剝《は》がし、椅子を持ちあげた。ベッド脇の電話台にあった電話帳を振った。床のスチームパイプにはめられた金属の円盤がゆるんでいたので、もしやと思った警視はそれもはずしてみた。

三人は寝室から台所へ移った。台所道具がところせましと置かれ、身動きができないほどだ。まず大きな戸棚を探った。クローニンの怒れる指が小麦粉や砂糖の容器に苛立《いらだ》たしげに突き入れられる。ガスコンロ、食器棚、鍋《なべ》用の棚が——隅にある大理石の洗い桶《おけ》も——順々に調べられていく。かたわらの床に、半数ほどが空いた酒瓶のケースがあった。クローニンは物欲しげにそちらを見たが、警視ににらみつけられて、ばつが悪そうに目をそらした。

「さてつぎは——浴室だな」エラリーがつぶやいた。不穏な沈黙のなか、三人はタイル張りの浴室にはいった。三分後、だまったまま出てきて、居間で椅子にすわりこんだ。警視は嗅《か》ぎ煙草入れを取り出し、悪徳の草を吸った。クローニンとエラリーは紙巻き煙草に火をつけた。

「どうやら、エラリー」聞こえるのは玄関の警官のいびきのみという重苦しい静寂がつづいたすえに、警視が陰気な声で言った。「どうやら、シャーロック・ホームズ氏とその一党に富と名声をもたらした演繹《えんえき》法も、うまくいかなかったようだ。いや、おまえを非難しているわけではないが……」そう言いながらも、うなだれて椅子の砦《とりで》に身を沈めた。

エラリーはなめらかな顎《あご》を神経質な手つきでなでた。「ぼくは恥をさらしたらしいな」と認める。「それでも、例の書類はここのどこかにあるよ。これは愚かな信念なのか？ でも、論理がそう教えている。全部で十あって、二と三と四の和を除いたら、あとは一しか残っていない……古めかしい考え方で申しわけないけどね。とにかく、書類はここにある」

クローニンが不満そうにうなり、口いっぱいの煙を吐き出した。

「異議は認めますとも」エラリーはつぶやき、椅子の背にもたれた。「もう一度、現場を確認してみよう。いや、ちがうって！」クローニンが驚いて渋い顔になったので、あわてて説明した。「口頭で、ということです……。フィールド氏のアパートメントには、玄関、居間、台所、寝室、浴室がある。ぼくたちは玄関、居間、台所、寝室、浴室を調べたが、成果はなかった。ユークリッドならやむなくここで結論を出すんだろうけど……」考えをめぐらす。「ぼくたちはこれらの部屋をどう調べたのか」唐突に問いを発した。「目に見えるものを調べて、目に見えるものを分解した。家具、ランプ、絨毯――繰り返すが、目に見えるものだ。そして床も壁も刳り形も叩いてみた。見逃したものは何もないように思える……」

エラリーはそこで口をつぐみ、目を輝かせた。警視はすぐさま疲れた表情をかなぐり捨てた。エラリーが瑣末《さまつ》なことではめったに興奮しないのを、経験上知っていたからだった。

「しかし」エラリーは父親の顔を魅入られたように見つめながら、ゆっくりと言った。「セネカの黄金の屋根にかけて、見落としたものがある——そう、たしかに見落としてたよ！」

「なんだって！」クローニンは叫んだ。「ふざけないでくれ」

「いや、ふざけてなんかいません」エラリーは含み笑いをして立ちあがった。「床は調べたし、壁も調べたが、はたして——天井は？」

エラリーが芝居がかった言い方でそのことばを口に出すと、ほかのふたりは驚いた顔で見つめ返した。

「それで、何が言いたいんだね、エラリー」父親がしかめ面で訊《き》いた。

エラリーはすばやく灰皿で煙草を揉《も》み消した。「こういうことだよ。ひたすら理詰めで考えていくと、ある方程式において、ひとつを除くすべての可能性が消去されたとしたら、残ったただひとつの可能性が、たとえどれほど受け入れがたくてばかげたものに思えても——正しいにちがいない……。これは定理であり、ぼくは同様に考えて書類がこのアパートメントにあるという結論を出した」

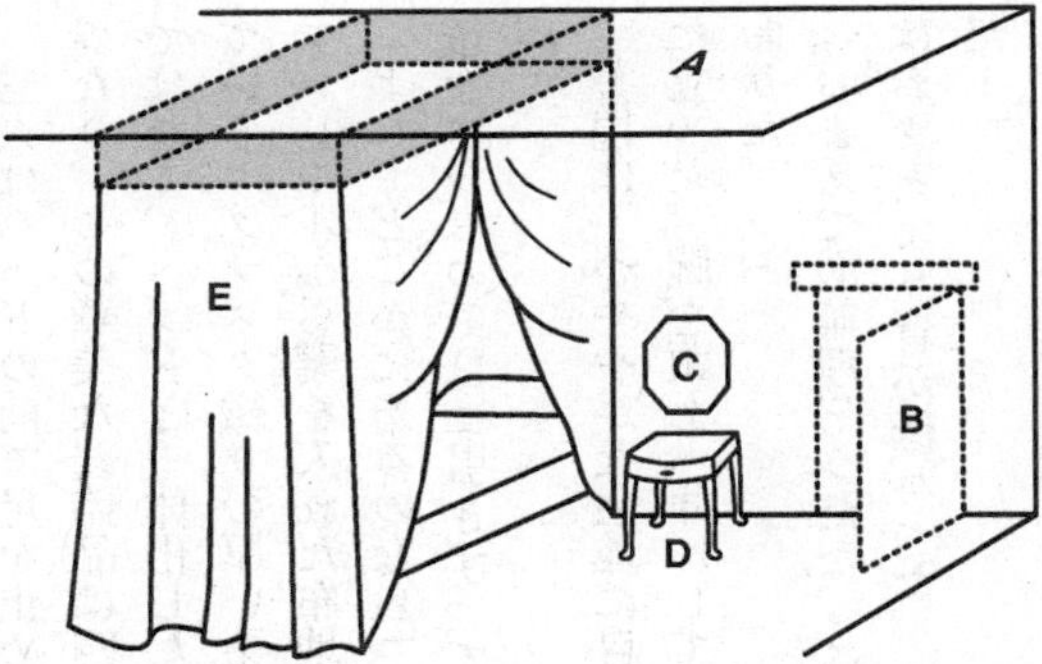

A　天井
B　居間へのドア
C　鏡
D　化粧台
E　ベッドを囲むダマスク織りのカーテン。天井から床まであり、帽子がおさめられた木枠（影つきの部分）を隠している。

「しかしだね、クイーンくん、まさか――天井だって！」クローニンはいきり立ち、警視は困ったように居間の天井を見あげた。

エラリーはその表情に気づき、かぶりを振りながら笑った。

「何も左官を呼んで、このしゃれたブルジョワ向け住宅の天井を壊してもらおうと言ってるんじゃないよ。というのも、ぼくはもう答を得ているからね。この家の天井には何がある？」

「シャンデリア」クローニンは疑わしげにつぶやき、頭上の重たげなブロンズの照明器具を見あげた。

「そうか――ベッドの天蓋《てんがい》だ！」警視は叫び、勢いよく立ちあがって寝室に駆けこんだ。クローニンが足音も荒くそれを追いかけ、エラリーは楽しげな顔で悠然とついていく。

三人はベッドの前で足を止め、天蓋を見あげた。アメリカでよく見られる天蓋とは異なり、この華美な装飾品は四隅の柱に大きな四角い布を渡してあるだけというものではなく、ベッドと一体化したものだ。四隅の柱は床から天井まで達する構造になっている。ダマスク織りの厚い栗色のカーテンも天井から床まで届く長さがあり、カーテンレールから襞《ひだ》を入れた布地が優美に垂れさがっている。

「よし、どこかにあるのなら」警視はうなり、ダマスク織りの覆いがついた寝室の椅子をベッドのそばに引きずってきた。「上にあるはずだ。さあ、手を貸してくれないか」

警視は、つややかな生地に自分の靴がもたらす被害にはまるで頓着《とんちゃく》せず、椅子の上に立った。腕を頭上へ伸ばしても天井まではまだ何フィートもあったので、椅子からおりた。

「おまえでも無理そうだな、エラリー」警視は小声で言った。「それに、フィールドはおまえより背が低かった。ここにのぼるのに使っていた梯子《はしご》が近くにあるはずだ！」

エラリーが台所を顎で示すと、クローニンはそちらへ走っていった。すぐに六フィートの脚立をかかえてもどってくる。警視はその最上段にのぼったが、まだカーテンレールに指が届かなかった。エラリーは問題を解決すべく、父親におりるよう言って自分がいちばん上までのぼった。脚立の上に立つと、天蓋の上部を探れる体勢がとれた。

エラリーはダマスク織りのカーテンを強く握って引いた。その力に負けた布地が脇に寄せられ、幅十二インチほどの羽目板でできた木枠が現れた――カーテンで隠されていた天蓋の枠だ。エラリーの指が羽目板の浮き彫りをすばやくなでる。クローニンと警視は定まらぬ表情でその様子を見守っている。開口部らしきものがすぐには見つからなかったため、エラリーは身を乗り出し、カーテンを掻《か》き分けて木枠の底を見あげた。

「引きちぎるんだ！」警視は怒鳴った。

エラリーが布地を乱暴に引っ張ると、天蓋のカーテン全体がベッドに落ちた。装飾のない木枠の底がむき出しになる。

「中は空洞だ」エラリーは木枠の底をこぶしで叩《たた》いて断言した。

「それがわかったところでたいした役には立たない」クローニンは言った。「どうせ一本の木から削り出してあるわけがない。ベッドの向こう側を調べたらどうだ、クイーンくん」

だが、エラリーは体を引いてふたたび木枠の腹を調べなおし、勝利の雄叫《おたけ》びをあげた。複雑で策を弄《ろう》した〝隠し扉〟を探していたのだが――見つかった隠し扉は、羽目板のひとつが引き戸になっているという程度の仕掛けにすぎなかった。それは巧妙に隠されていた――引き戸の羽目板と固定された羽目板の継ぎ目が、連なった薔薇《ばら》の文様や不恰好《ぶかっこう》な装飾のあいだにまぎれている――が、謎解きの探求者がみごとな隠匿法と褒めたたえるほどのものではなかった。

「どうやらぼくが正しかったことが立証されつつあるね」エラリーは含み笑いをし、自分が見つけた空洞の暗い奥をのぞきこんだ。長い腕をその穴に突っこむ。警視とクローニンは固唾《かたず》を呑《の》んで見守った。

「あらゆる異教の神々にかけて」エラリーは不意に叫び、細身の体を興奮で震わせた。「ぼくの言ったことを覚えてるかい、父さん。書類のありかはここ以外にありえない――帽子のなかだって！」

袖《そで》を埃《ほこり》まみれにして腕を抜くと、下のふたりにもその手にあるものが見えた。薄汚れたシルクハットだ！

クローニンが歓喜の舞を踊るそばで、エラリーは帽子をベッドに落として、大きく口をあけた穴のなかへまた腕を差し入れた。すぐに帽子をもうひとつ取り出す――またひとつ――さらにひとつ！　ベッドの上に帽子が並んだ――シルクハットがふたつと、山高帽がふたつだ。

「この懐中電灯を使え」警視は命じた。「まだ何かないか調べるんだ」

エラリーは差し出された懐中電灯を受けとり、穴のなかを照らした。やがてかぶりを振って脚立からおりた。

「これで全部だよ」袖の埃を払いながら明言する。「でも、これでじゅうぶんなはずだ」

警視は四つの帽子を拾いあげて居間に運び、ソファーに置いた。三人は厳粛な面持ちで腰をおろし、見つめ合った。

「早く中身を見たくてたまらない」ようやくクローニンがかすれた声で言った。

「わたしはむしろ見るのがこわいな」警視は言い返した。

「メネ・メネ・テケル・ウパルシン（旧約聖書のダニエル書第五章二十五節にある、古代バビロニア王国の王宮の壁に現れたという滅亡の預言。意味は「数えられり、数えられり、量られり、分かたれり」）」エラリーは笑った。「この場合は〝羽目板に現れた文字〟とでも言うべきかな。さあ調べよ、マクダフ（シェイクスピア『マクベス』で、マクベス王を討つ者）！」

警視はシルクハットのひとつを取りあげた。光沢のある上等な裏地に、ブラウン・ブラザーズの地味な商標がはいっている。裏地を破っても何も見つからなかったので、汗革を引きちぎろうとした。渾身《こんしん》の力をこめてもちぎれない。クローニンからポケットナイフを借りて、なんとか汗革を切り落とした。そして、顔をあげた。

「ローマびとよ、同胞諸君よ。（シェイクスピア『ジュリアス・シーザー』で、アントニウスの台詞）この帽子には」警視はおかしそうに言った。「帽子としてはありきたりなものしかはいっていない。見てみるかね」

クローニンは荒々しく叫び、警視の手からそれをひったくった。怒りにまかせて、帽子を文字どおり八つ裂きにする。

「くそっ！」罵声《ばせい》を浴びせ、残骸《ざんがい》を床に叩きつけた。「わたしの鈍い頭にもわかるように説明してくれませんか、警視」

警視は微笑してふたつ目のシルクハットを手にとり、仔細《しさい》に観察した。

「きみはわれわれより条件が不利なだけだよ、ティム」警視は言った。「われわれは、なぜここの帽子のひとつが空っぽなのかを知っている。そうだな、エラリー」

「マイクルズだね」エラリーはつぶやいた。

「そのとおり——マイクルズだ」警視は応じた。

「チャーリー・マイクルズか！」クローニンは叫んだ。「フィールドの用心棒でしたね！　あの男がこの事件にどうかかわっているんですか」

「まだなんとも言えない。マイクルズについて何か知っているかね」

「フィールドの腰巾着《こしぎんちゃく》だということくらいです。前科者なのはご存じでしたか」

「知っている」警視は上の空で答えた。「マイクルズ氏の件は、また別の機会に話そう……いまは帽子の説明をさせてもらおうか。本人の供述によると、殺人のあった夜、マイクルズはフィールドの夜会服をシルクハットも含めて用意した。自分の知るかぎり、フィールドはひとつしかシルクハットを持っていなかったと、マイクルズは断言している。フィールドが複数の帽子を書類の隠匿場所として利用していて、あの夜は〝実弾入り〟の帽子をかぶってローマ劇場へ行ったのなら、マイクルズの用意した空の帽子のかわりにかぶっていったにちがいない。クローゼットにシルクハットをひとつしか置かないほど用心していたということは、もしマイクルズにシルクハットが見つかったら、怪しまれるとわかっていたんだろう。それなら、帽子を取り替えたら、空のほうは隠さなくてはならない。実弾入りの帽子を取り出した場所よりも自然な隠し場所があるかね——ベッドを見おろす木枠のなかよりも」

「なるほど！」クローニンは声をあげた。

「そして」警視は説明をつづけた。「帽子の扱いには慎重きわまりなかったフィールドのことだから、ローマ劇場から帰ったら、かぶっていた帽子を隠し場所にもどすつもりだったのはまずまちがいない。それから、きみがいま引き裂いた帽子を取り出して、クローゼットにしまうつもりだったんだろう……まあ、いまはつぎの帽子を調べよう」

警視は、やはりブラウン・ブラザーズの商標が刷られた、ふたつ目のシルクハットの汗革を引きさげた。「これを見ろ！」叫び声をあげる。ほかのふたりが身を乗り出して汗革の内側を見ると、紫のインクでやけにはっきりと、〝ベンジャミン・モーガン〟という文字が記されていた。

「秘密を守ると誓ってもらわなくてはならない、ティム」警視は即座に言い、赤毛の男に顔を向けた。「この事件に対するベンジャミン・モーガンのなんらかの関与を示す書類が出てきたことは、けっして口外してはならない」

「わたしをなんだと思っているんですか、警視」クローニンは不満げに言った。「わたしは口が堅いんですよ、信じてください！」

「よろしい」警視は帽子の裏地を探った。紙のこすれる音がたしかに聞こえる。

「これで」エラリーは冷静に意見を言った。「月曜の夜にフィールドがかぶっていた帽子を、犯人がどうしても持ち去らなくてはならなかった理由がようやくわかったね。十中八九、犯人の名前も同じように記されてて――あのインクは消えないし――犯人は自分の名前が記された帽子を犯行現場に置いていくわけにはいかなかったんだよ」

「ああ、その帽子さえあれば」クローニンは嘆いた。「殺人犯の正体がわかるのに！」

「残念ながら、ティム」警視は淡々と言った。「その帽子は永遠に失われたはずだ」

そして、汗革のつなぎ目あたりの、裏地と本体を縫い合わせてあるていねいな縫い目を指さした。縫い糸をすばやくちぎって、裏地と本体のあいだに指を差し入れる。細い輪ゴムでまとめられた紙の束を、無言で引っ張り出した。

「ぼくがだれかさんの言うとおり、性格の悪い人間なら」エラリーは背もたれに寄りかかってつぶやいた。「得意満面で〝ほら、言ったとおりじゃないか〟と言っただろうね」

「負けたときはそうとわかっているよ——いちいち言わなくてもいい」警視は高笑いした。輪ゴムをはずし、書類に急いで目を通してから、満足げに笑って胸ポケットにしまう。

「モーガンのものだ、まちがいない」短く言ってから、山高帽のひとつに手をかけた。汗革の内側にXという謎めいた文字が記されている。警視はシルクハットと同じような縫い跡を見つけた。取り出した書類に——モーガンのものよりも分厚かった——大まかに目を通す。それから、クローニンの震える指に渡した。

「思いがけない幸運に見舞われたな、ティム」ゆっくりと言う。「きみが狙っていた男は死んだが、これには大物の名前がいくつも書かれている。じきにきみは英雄扱いされるだろう」

クローニンは紙の束をつかんで、憑《つ》かれたように一枚ずつひろげていった。「ある——あるぞ！」叫んで勢いよく立ちあがり、書類をポケットに突っこんだ。

「わたしはもう行かないと、警視」早口で言う。「ようやく仕事がたくさんできましたし——それに、四つ目の帽子の中身には興味がありません。あなたとクイーンくんにはお礼のことばもない！　では失礼！」

クローニンは部屋から跳び出していき、その直後に玄関の警官のいびきが途絶えた。外へ通じるドアが大きな音を立てて閉められる。

エラリーと警視は顔を見合わせた。

「これがどれだけわれわれの役に立つかはわからないな」警視はつぶやくように言い、最後に残った山高帽の汗革を探った。「われわれは発見し、推理し、想像だにしていなかったところまで行き着いた——が……」大きく息を吐き、汗革を光にかざした。

そこには〝その他〟と記されていた。

18　手詰まり

金曜の正午、クイーン警視とエラリーとクローニンがモンティ・フィールドの家で捜索に没頭していたころ、ヴェリー部長刑事は、例によって冷厳な態度を崩さぬまま、ブロードウェイから八十七丁目通りをゆっくり歩いていき、クイーン父子の住むアパートメントの褐色砂岩の外階段をのぼって、呼び鈴を鳴らした。ジューナが陽気な声であがるように言い、好人物の部長刑事は重々しくそれに従った。

「警視はお留守ですよ！」元気よく告げたジューナの痩《や》せた体は、主婦用の巨大なエプロンで完全に隠れていた。オニオンソースのステーキの強い香りが立ちこめている。

「まったく、この悪童め！」ヴェリーはうなるような声で言った。内ポケットから封をした分厚い封筒を出してジューナに手渡す。「警視がお帰りになったら渡してくれ。忘れたら、おれがイーストリヴァーにほうりこんでやる」

「あなたにそんなことができると？」ジューナは息を吐き、これ見よがしに唇をゆがめた。が、礼儀正しく言い添えた。「かしこまりました」

「よし」ヴェリーは悠々と体をめぐらし、通りへおりていった。四階の窓から笑顔で見送るジューナの目に、その広い背中は度はずれて大きく見えた。

六時少し前に、ふたりのクイーンが疲れた足どりで帰宅すると、警視の鋭い視線は自分の皿に載った警察の封筒をすかさずとらえた。

警視は封筒の端を破り、刑事部の便箋《びんせん》にタイプライターで打った何枚もの書類を引き出した。

「おやおや!」気だるげにトップコートを脱いでいるエラリーに向かって、小声で言った。「一同が勢ぞろいだ……」

帽子を脱ぐのも忘れ、コートのボタンもかけたまま、警視は肘《ひじ》掛け椅子に体を沈めて報告書を朗読しはじめた。

一枚目にはこう書かれていた。

釈放に関する報告

一九二一年九月二十八日

ジョン・カザネッリ、別名〝牧師のジョニー〟、別名イタ公ジョン、別名ピーター・ドミニクは、本日釈放され、保護観察処分に付された。

ボノモ絹工場強盗事件(一九二一年六月二日)へのJ・Cの関与について、秘密裏に調査がおこなわれたが、成果はなし。さらなる情報を得るべく情報屋の〝ちびのモアハウス〟を探しているが、ふだん出入りする場所に姿を現していない。

釈放はサンプソン地方検事の助言による。J・Cは監視下にあり、いつでも確保できる。

T・V

警視は顔をしかめて〝牧師のジョニー〟に関する報告書を脇に置き、二枚目の報告書を手にとって読みあげた。

ウィリアム・ピューザックに関する報告

一九二一年九月二十八日

ウィリアム・ピューザックの身辺調査をおこない、以下の事実を得た。

年齢三十二歳。ニューヨーク州ブルックリン出身。両親は帰化したアメリカ人。未婚。性癖は正常。社交性あり。週に三、四度、〝デート〟をする。信心深い。ブロードウェイ一〇七六の衣料品店スタイン&ラウチで簿記係をつとめる。賭け事《ごと》や飲酒はせず。悪い仲間はなし。悪癖は女好きらしいことくらいか。

月曜の夜からの行動に異常なし。手紙は出さず、銀行から預金もおろさず、規則正しい生活を送っている。怪しい動きはなし。

エスター・ジャブローなる娘が、ピューザックの最も親しい女性と見られる。月曜以降、当人はE・Jと二度会っている――火曜の昼食時と、水曜の晩に。水曜の晩は映画を観てから中華料理店へ行く。

刑事第四号
T・Vによる承認済み

警視はうなり、報告書を脇へほうった。三番目の報告書の見出しにはこうあった。

マッジ・オコンネルに関する報告

一九二一年九月二十八日金曜日まで

オコンネルは十番街一四三六にある安い共同住宅の四階に居住。父親なし。ローマ劇場の封鎖にともない、月曜の夜から休職。月曜の夜は、観客の解放とともに劇場を離れる。家路に就くが、八番街と四十八丁目通りの角にあるドラッグストアに立ち寄って電話をかける。通話先は不明。会話中、〝牧師のジョニー〟の名が出てきたのを確認。興奮していた様子。

火曜は一時まで外出せず。収監された〝牧師のジョニー〟と連絡をとろうとはせず。ローマ劇場の無期限封鎖を確認したのち、劇場関係の職業斡旋《あっせん》所をめぐって案内係の仕事を探す。

水曜と木曜は終日、変化なし。支配人からの連絡を受け、木曜の夜にローマ劇場の職場に復帰。〝牧師のジョニー〟に会おうとも連絡しようともせず。電話も、訪問客も、手紙もなし。疑わしい様子あり——尾行を看破したか。

刑事第十一号

T・Vによる承認済み

「ふん！」警視は鼻を鳴らし、つぎの紙を取りあげた。「こっちにはなんと書いてあるかな……」

フランシス・アイヴズ－ポープに関する報告

一九二一年九月二十八日

F・I－Pは月曜の夜、クイーン警視によって支配人室から解放された直後に、ローマ劇場を離れた。正面扉で、ほかの帰る観客たちとともに身体検査を受ける。芝居に出演しているイヴ・エリス、スティーヴン・バリー、ヒルダ・オレンジと連れ立って劇場を出る。タクシーを拾い、リヴァーサイド・ドライブのアイヴズ＝ポープ邸に向かう。半ば失神した状態で車から運び出される。三人の役者はまもなく邸宅を去る。

火曜は外出せず。庭師の情報で、まる一日寝こんでいたこと、日中は何本も電話がかかってきたことが判明。

公の場に姿を現さぬまま、水曜の午前中に邸宅でクイーン警視から事情を聴取される。その後、スティーヴン・バリー、イヴ・エリス、ジェイムズ・ピール、兄スタンフォードにともなわれて外出。アイヴズ＝ポープ家のリムジンに乗ってウェストチェスターに向かう。外出でFは元気を取りもどす。夜は邸宅でスティーヴン・バリーと過ごす。ブリッジのパーティーがおこなわれる。

木曜は五番街で買い物。S・Bと会って昼食をとる。セントラルパークへ連れていかれ、午後は外で過ごす。五時前にS・Bが邸宅まで送る。S・Bは夕食まで邸宅に残り、夕食後に支配人からの連絡を受けてローマ劇場に向かう。その夜、F・I＝Pは邸宅で家族と過ごす。

金曜の朝の特記事項はなし。一週間を通じて、怪しい動きはなし。未知の人物が近づくこともなし。ベンジャミン・モーガンからの連絡も、同人への連絡もなし。

刑事第三十九号
T・Vによる承認済み

「それはそうだろう」警視はつぶやいた。つぎに選んだ報告書は極端に短かった。

オスカー・ルーインに関する報告

一九二一年九月二十八日

ルーインは火曜、水曜、木曜の終日、さらに金曜の午前中を、モンティ・フィールドの事務所で過ごし、ストーツ氏とクローニン氏に協力する。三人は毎日、昼食をともにする。

ルーインは既婚、ブロンクスの東百五十六丁目の二百十一に居住。毎晩、自宅で過ごす。怪しい手紙も電話もなし。悪癖は持たず。地味でまじめな生活を送る。近所の評判も上々。

刑事第十六号

追記　オスカー・ルーインの経歴や性癖などに関する詳細は、ティモシー・クローニン検事補に要請すれば入手可能。

T・V

警視はひとつ息を吐くと、五枚の紙片を皿に置いて立ちあがり、帽子とコートを脱いで、待ちかまえるジューナの腕めがけてほうり投げたのち、ふたたび腰をおろした。それから、封筒にはいっていた最後の報告書を手にとった——これまでのものより大きく、〝R・Qへ〟と記した小さな付箋《ふせん》が留めてある。

付箋にはこうあった。

けさ、プラウティ先生からこの報告書を託されました。直接報告ができないのを詫《わ》びていらっしゃいました。バーブリッジの毒殺事件にかかりきりだそうです。

署名として、見慣れたヴェリーの頭文字が殴り書きされている。

付箋の貼られた報告書は、検死局のレターヘッドがはいった便箋に、タイプライターで急いで打ったものだった。

親愛なるQ（という出だしだった）。テトラエチル鉛に関する情報だ。ジョーンズとわたしで、この毒の入手先を徹底的に探ってみた。成果はなかったので、それに関してはあきらめてもらうしかあるまい。モンティ・フィールドを殺害した毒の出どころを突き止めるのは不可能だろう。これは小生だけでなく、検死官とジョーンズ博士の意見でもある。ガソリンより抽出したとするのが最も理にかなった説明だという点では、全員が同意している。そんなものの出どころを突き止めたければやってみたまえ、シャーロック！

プラウティ医師の手書きの追記があった。

もちろん、何かわかったらすぐに知らせる。かっかするな。

「そんなものが役に立つものか！」警視は文句を言ったが、エラリーはひとことも発せず、得がたき好人物のジューナが用意したかぐわしく食欲をそそる料理に襲いかかっていた。警視はフルーツサラダに荒々しくフォークを突き刺した。とうてい満足した表情ではない。小声で毒づいたり、皿の脇に置いた報告書に険悪な視線を投げかけたり、エラリーの疲れた顔とせわしなく動く顎《あご》をながめたりしていたが、とうとうスプーンをほうり出した。

「これほど使えなくて、腹立たしくて、中身のない報告書は見たことがない！」警視は怒りの声をあげた。

エラリーは微笑した。「ペリアンドロス(古代ギリシャの七賢人のひとり)はもちろん知ってるね……どう？　ほどほどにするんだな、警視さん……コリントスのペリアンドロスはしらふのときにこう言ってるよ。〝勤勉に不可能なし！〟」

暖炉の火が盛んに燃える前で、ジューナはお気に入りの姿勢で床の片隅にうずくまった。エラリーは煙草を吸いながらくつろいで炎を見つめ、警視は憎しみをぶつけるかのように嗅《か》ぎ煙草入れの中身を鼻に押しこんでいる。ふたりのクイーンは深刻な議論をはじめた。もっと正確に言えば――警視は身を入れて深刻な口調で話したが、エラリーは心ここにあらずの超然とした態度で、罪と罰などという浅ましい事柄にはまるで関心がなさそうだった。

警視は椅子の腕を手のひらで鋭く叩《たた》いた。「エラリー、おまえは生まれてこのかた、これほど神経をすり減らす事件に遭ったことがあるかね」

「むしろ」エラリーは半開きの目で炎を見つめながら評した。「父さんが勝手に神経を使ってるんじゃないかな。犯人をつかまえるなんていう些事《さじ》に心を乱されすぎなんだよ。快楽主義の思想で悪いけどね……。ぼくの『黒い窓事件』という小説を思い出してもらいたいんだが、あれに出てくる探偵たちは苦もなく犯人をつかまえる。なぜだと思う？　冷静でありつづけたからだよ。結論。つねに冷静であれ……ぼくはいま、あすのことを考えてるんだ。すばらしき休暇を！」

「おまえは学があるくせに」警視は苛立《いらだ》たしげになった。「驚くほど一貫性がないな。何か言ったと思えば、意味のないことだし、何も言わないと思えば、それに意味があったり。いや——頭がこんがらがってきたが——」

エラリーは大笑いをした。「メーン州の森——赤リンゴ——善良なる友ショーヴィンの湖畔の小屋——釣り竿《ざお》——空気——おお神よ、あすはまだ来ないのですか？」

クィーン警視は哀れっぽい目で息子を見つめた。「わたしは——できれば……いや、なんでもない」ため息をつく。「わたしに言えるのは、エル、もしあの雇った空き巣が失敗したら——もう手詰まりだということだけだ」

「空き巣に恵まれた地獄《ゲヘナ》ことニューヨークよ！」エラリーは声を張りあげた。「森に住む牧神《パン》には人の世の苦難など無縁だ。ぼくの次作は書けたも同然だね」

「また現実の事件を盗用するのか、不届き者め」警視は不平を言った。「フィールドの事件から構想を借りるなら、最後の何章かをぜひとも読みたいところだよ！」

「気の毒な父さん！」エラリーは含み笑いをした。「そんなに人生を深刻に考えすぎないほうがいいね。失敗するときは失敗するんだ。どうせモンティ・フィールドなんて、豆ひと山ほどの価値もない」

「そういう問題じゃない」警視は言った。「わたしは負けを認めたくないんだよ……

この事件は、動機や犯行計画がわけのわからないほどこみ入っている。これほどの難事件に出くわしたのは、わたしの警察官人生でもはじめてだ。卒中を起こしそうなほどだよ！　わたしはだれが殺人を犯したのか知っている——なぜ殺人を犯したのかも知っている——どうやって殺人を犯したのかさえ知っている！　それなのに、いまの自分はどこにいるのか……」ことばを切り、猛然と嗅ぎ煙草を吸う。「あと何百万マイル進んでも、どこにもたどり着けそうにない！」怒声を張りあげ、だまりこんだ。

「たしかに異常きわまりない状況だね」エラリーはつぶやいた。「でも——もっと困難なものが成しとげられた例はあるんだから……がんばって！　ぼくはあの理想郷の小川で水浴びするのが待ちきれないよ！」

「肺炎にかかるのが落ちだな」警視は心配そうに言った。「約束しろ、向こうへ行っても自然に帰るとか言って妙な真似をしないように。この手で息子の葬式を出すのはごめんだからな——わたしは……」

　いきなりエラリーはだまりこくった。父親に目を向ける。揺らめく炎に照らされた警視は、驚くほど年老いて見える。苦悶《くもん》の表情が、顔に深く刻まれた皺《しわ》に表れている。豊かな白髪を掻《か》きあげる手が、胸を突くほどにか細い。

　エラリーは立ちあがり、ためらって、顔を赤らめてから、すばやく身をかがめて父親の肩を叩いた。

「元気を出して、父さん」小さな声で言った。「ぼくがショーヴィンと約束していなければよかったんだけど……。万事うまくいくよ――それは請け合う。ぼくがここに残ることで、少しでも父さんの役に立てるのなら……でも、役に立たない。あとは父さんの仕事だ――そして、父さんよりうまくこの事件を取り扱える人間はどこにもいない……」警視は奇妙な愛情のこもった目で息子を見あげる。エラリーは不意に顔をそむけた。「さて」明るく言う。「あすの朝七時四十五分にグランドセントラル駅を出るために、そろそろ荷造りをしないと」

エラリーは寝室へ姿を消した。いつもの隅でトルコ人のようにすわっていたジューナがすばやく立ちあがり、部屋を横切って警視の椅子の前へ行った。床に腰をおろし、警視の膝《ひざ》に頭をもたせかける。部屋は静寂に包まれ、暖炉で薪《まき》がはぜる音と、エラリーが隣室で動きまわるくぐもった音がときどき聞こえるだけだった。

クイーン警視は疲労困憊《こんぱい》していた。憔悴《しょうすい》し、やつれ、痩《や》せこけ、血の気がなく、皺の刻まれたその顔は、鈍い赤い光のもとでは浮き彫りの彫刻のように見える。手はジューナの巻き毛の頭をなでている。

「ジューナ」警視はつぶやいた。「大人になっても警察官にだけはなってはいけないぞ」

ジューナは首をめぐらして真剣な視線を返した。「ぼくはあなたのようになります」と宣言する……。

　電話が鳴り、警視ははじかれたように立ちあがった。テーブルから受話器をひったくり、青ざめた顔で声を絞り出す。「クイーンだ。それで？」

すぐに受話器を置き、重い足どりで部屋を横切って寝室へ向かった。戸枠に力なく寄りかかる。スーツケースの上にかがみこんでいたエラリーは体を起こし――そして駆け寄った。

「父さん！」声を張りあげる。「どうしたんだい」

警視は弱々しい笑みを見せようとした。「ほんの――少し――疲れただけだと思う」うめくように言う。「雇った空き巣から連絡があったよ……」

「それで――」

「何も見つからなかったそうだ」

エラリーは父親の腕をつかみ、ベッドのそばの椅子に連れていった。崩れるようにすわった警視の目は、ことばで言いつくせぬほどに疲れ果てていた。「エラリー、最後の証拠の一片すら失われたよ。腹立たしい！　法廷で犯人に有罪を宣告しうる明白な物証はまったくない。われわれには何が残っている？　完璧《かんぺき》に筋の通る推理――それだけだ。腕利きの弁護士にかかれば、こちらの主張などスイスチーズ並みに穴だらけのものに仕立てあげられるだろう……まあいい！　まだ最後の決着がついたわけじゃない」警視はにわかに決然として言い添え、椅子から立ちあがった。気力を取りもどして、エラリーの広い背中を叩く。「もう寝るんだ。あすの朝は早いんだろう。わたしは夜更かしして考える」

幕間　ここでは、謹んで読者の注目を促したい

推理小説の昨今の流行を見るに、読者を主たる探偵の座に置くという習慣が大いに好まれている。わたしもエラリー・クイーン氏を説き伏せ、『ローマ帽子の秘密』のこの時点で読者への挑戦状を差しはさむ許しを得た……。〝だれがモンティ・フィールドを殺したのか〟〝いかにして殺人はおこなわれたのか〟……。ミステリー小説の慧眼《けいがん》な研究者であれば、すでに適切な情報をすべて入手しているのだから、物語のこの段階で、右記の問いに対する確実な結論に到達しているはずだ。それにはクイーン氏も同意している。解答へは――すなわち、罪を犯した人物をまちがいなく指摘できるだけの解答へは――論理にかなった演繹《えんえき》法と心理の観察によってたどり着けるだろう……。この物語におけるわたしの最後の登場を締めくくるにあたり、買い手は用心せよ《カヴェアト・エンプトル》という成句をもじったことばをもって、読者への忠言とさせていただこう。

〝読み手は用心せよ！〟

J・J・マック

第四部

完全犯罪を成しとげる者は超人である。おのれの手口に細心の注意を払わなくてはいけない。だれにも見られず、見ることを許さず、一匹狼にならなくてはいけない。仲間や味方も持ってはならない。ひとつの失敗にも用心し、頭も手も足もすばやく働かせなくてはいけない……いや、これだけではたいしたことではない。そういう人間はいるものだから……。しかしながら、完全犯罪を成しとげるには、運命の寵児《ちょうじ》でもなくてはならない――おのれの手がまったく及ばない状況によって破滅を招くのを避けるためだ……とはいえ、この最後の条件が最もむずかしい。同じ犯罪、同じ凶器、同じ動機をけっして繰り返してはならない！　……アメリカの警察官として奉職した四十年のあいだ、わたしは完全犯罪を成しとげた者に出会ったことも、完全犯罪を捜査したことも一度としてない。

――リチャード・クイーン『アメリカの犯罪と捜査法』

19　この章では、クイーン警視がさらなる法律問答をおこなう

土曜の晩、リチャード・クイーン警視の様子は明らかにふだんとまったくちがい、とりわけサンプソン地方検事はそれに注意を引かれた。警視は苛立《いらだ》っていて、ぞんざいで、どう見ても近寄りがたかった。ルイス・パンザーの支配人室で絨毯《じゅうたん》の上をせわしなく歩きまわり、唇を噛《か》んで何やらつぶやきつづけている。サンプソン、パンザー、そしてもうひとりがそこにいることは忘れているようだ。この第三の人物は、劇場内のその聖域に足を踏み入れたのがはじめてで、目を皿並みにまるくして、パンザーの大きな椅子のひとつにネズミのようにすわっていた。それは目をきらめかせたジューナで、ローマ劇場への今回の訪問に同行するといういまだかつてない名誉を、白髪の保護者から与えられたのだった。

実のところ、警視は珍しく意気消沈していた。解決できそうもない問題に直面したことは、これまでの警察官人生で幾度となくあった。そしてそのたびに、失敗から勝利を引き出してきた。だから、長年にわたって警視と協力しながらも、これほどまで

に鬱々《うつうつ》とした姿を見たことがないサンプソンにとっては、その異常な態度はなおのこと不可解だった。

警視がふさぎこんでいるのはフィールドの事件の捜査がはかどっていないからではないかとサンプソンは懸念していたが、そうではなかった。がむしゃらに歩きまわる警視を見て、真実を言いあてられる者がいるとしたら、それは隅で口をあけてすわっている痩《や》せっぽちのジューナにほかならない。目端の利くいたずら小僧らしく明敏で、天性の観察力に恵まれ、愛情あふれるふれ合いを通じてクイーン警視の気性を熟知しているジューナは、保護者のその態度がひとえにエラリーの不在によるものだと知っていた。この日の朝、エラリーは憂鬱そうな父親に駅まで見送られて、七時四十五分発の急行列車でニューヨークを離れた。最後の瞬間、青年は気を変え、メーン州への旅行を中止してニューヨークに残る、そして事件が解決するまで父親のそばにいると言い張った。警視は聞き入れなかった。エラリーの性格を鋭く見抜いていた警視は、はりきっていた息子がゆうに一年ぶりのこの休暇をどれほど楽しみにしていたかを承知していたからだ。息子にずっとそばにいてもらいたい気持ちは強かったが、前々から計画していた楽しい旅行の機会を奪うのは気が進まなかった。

そんなわけで、警視はエラリーの申し出を退けると、列車のステップをのぼらせ、別れの挨拶《あいさつ》代わりにその背中を叩《たた》いて、力なく微笑した。駅から滑り出る列車のデッキから、エラリーは最後にこう叫んだ。「父さんのことはずっと考えてるよ。意外なくらい早く連絡を入れるから！」

いま、警視はパンザー支配人の部屋の絨毯を踏みつけながら、息子との別離の痛手をひしひしと感じていた。頭が混乱し、体には力がはいらず、胃が痛み、目がかすんだ。世界ともその住人たちともまったく同調できない気がして、焦燥を隠そうともしなかった。

「そろそろのはずだが、パンザーさん」警視はずんぐりとした小柄な支配人に不機嫌な声を浴びせた。「いったい、あの忌々しい観客が出払うには、どれくらいかかるんですか」

「もうすぐでございます、警視さん。もうすぐです」パンザーは答えた。地方検事が風邪の名残で鼻をすすった。ジューナは自分の守護神を陶然と見つめている。

ドアがノックされ、全員が首をめぐらした。亜麻色の髪の広報係、ハリー・ニールソンが、いかつい顔を部屋のなかに突き出した。「ごいっしょしてもかまわないですか、警視」と陽気に尋ねる。「わたしは事件の誕生に立ち会いましたし、それがもうすぐ死を迎えるのなら――見届けさせてください、お許しいただけるのなら」

警視は乱れた眉《まゆ》の下から険しい視線を送った。ナポレオンさながらに立つその姿は、全身の毛と筋肉が苛立ちに満ちている。サンプソンはそれを驚いて見つめた。クイーン警視は思いも寄らない一面を見せていた。

「いいでしょう」警視は荒々しく言った。「ひとり増えたところで害はない。このとおり、もう大人数だ」

ニールソンはかすかに顔を赤らめ、引きさがるようなそぶりを見せた。少し機嫌を直したかのように、警視の目がきらめいた。

「さあ――すわって、ニールソンさん」さほど冷ややかでもない口調で言う。「わたしのような頭の古い頑固者に気を遣うことはありませんよ。少しくたびれているだけです。今夜、あなたの助けが必要になるかもしれない」

「仲間に入れてくださって光栄です、警視」ニールソンはうれしそうに笑った。「何をするつもりなんですか――スペインの異端審問のようなことでも?」

「そんなところかな」警視は眉をひそめた。「まあ――いずれわかります」

そのとき、ドアがあいて、ヴェリー部長刑事の大柄なたくましい体がすばやく室内に現れた。持ってきた一枚の紙を警視に渡す。

「全員そろいました」

「部外者は残らず出ていったのかね」警視は鋭く訊《き》いた。

「はい。掃除係たちには、ラウンジでわれわれの用がすむまで待つよう指示しました。切符売りと案内係は帰りました。役者は楽屋で着替えているはずです」

「よし。では、行こう」警視は大股《おおまた》で部屋から歩み出た。そのすぐあとにつづいたジューナは、この晩ずっとひとことも口を利かず、声なき賛嘆の吐息を漏らすだけだったが、おもしろがって見ている地方検事には、その理由がまるでわからなかった。パンザーとサンプソンとニールソンもあとにつづき、ヴェリーがしんがりをつとめた。

客席は先日と同じで、だだっぴろくてものさびしく、無人の座席の列が殺風景で寒々しかった。劇場の照明は残らず点灯し、冷たい光が一階席の隅々までを照らし出している。

五人の男とジューナが左端の通路に向かって早足で歩いていくと、座席の左側の区画でいっせいに頭が揺れ動いた。ひと握りの人々が警視の到着を待っていた様子だ。警視は重い足どりで通路を進み、左のボックス席の手前に陣どって、着席していた人々全員と向かい合った。パンザーとニールソンとサンプソンは通路の突きあたりに立ち、ジューナはそのかたわらで熱心な見物人になった。

集まった人々は、奇妙な位置どりですわらされていた。一階席の中ほどに立つ警視にいちばん近い列から最後列まで、左の通路に面した席だけが使われている。十余りある列のそれぞれ左端の二席に、雑多な取り合わせの人々が坐《ざ》している――男も女も、老いも若きもいる。運命の芝居がおこなわれたあの夜に同じ席にいて、死体の発見後にクイーン警視がじきじきに質問した人々だ。問題の八つの座席――モンティ・フィールドの席と、それを取り巻いていた空席——には、ウィリアム・ピューザック、エスター・ジャブロー、マッジ・オコンネル、ジェス・リンチ、〝牧師のジョニー〟が着席している。〝牧師〟は落ち着きなく視線をさまよわせ、脂《やに》で汚れた手を口もとにかざして、案内係に何かささやいている。

警視の突然の手ぶりで、一同は墓場のように静まり返った。明るいシャンデリアと照明、閑散とした客席、おろされた緞帳《どんちょう》へと視線を移したサンプソンは、衝撃の新事実を暴くためにこの舞台が整えられたかのように感じ、興味津々で身を乗り出した。パンザーとニールソンは無言で神経を集中させている。ジューナは警視から目を離さずにいる。

「紳士淑女のみなさん」警視は集まった人々を見つめて淡々と言った。「ここにお集まりいただいたのは明確な目的があってのことです。必要以上に引き留めるつもりはありませんが、何が必要で何が必要でないかはすべてわたしが判断します。こちらの質問に対して正直に答えてくださらないと感じられた場合は、わたしの納得がゆくまで全員に残ってもらいます。先へ進む前に、このことをよく頭に入れておいていただきたい」

ことばを切り、きびしい視線で見まわした。不安のさざめきと抑えた話し声があがったあと、すみやかに消えた。

「月曜の夜」警視は冷ややかにつづけた。「みなさんはこの劇場で芝居を鑑賞しました。そして、後ろの席にいる一部の従業員などを除いて、いまと同じ席にすわっていました」このことばを聞いて、座席が急に生あたたかく不快に感じられたかのように、全員の背筋がこわばったので、サンプソンがほくそ笑んだ。

「いまがその月曜の夜だと想像してください。あの夜を思い返して、何があったかを一切合財思い出していただきたい。どれほど些細《ささい》なものでも、とるに足りないように思えるものでも、記憶に残ったあらゆる出来事をです……」

警視のことばが熱を帯びたとき、一階席の後方に滑りこむ人々がいた。サンプソンは小声で挨拶《あいさつ》した。その小さな一団は、イヴ・エリス、ヒルダ・オレンジ、スティーヴン・バリー、ジェイムズ・ピールとほか三、四人の〈銃撃戦〉の出演者たちだった。みなふだん着にもどっている。楽屋から出たら声が聞こえたので客席に寄ってみたのだと、ピールがサンプソンに伝えた。

「クイーン警視がちょっとした集会を開いていましてね」サンプソンはささやき返した。

「ぼくたちがしばらくここにいて話を聞くことに、警視さんは反対なさるでしょうか」バリーが声をひそめて言い、おそるおそる警視を見やった。警視は口をつぐんで氷のようなまなざしを向けている。

「たぶんだいじょうぶでしょうが――」サンプソンが困惑気味の口調で言いかけると、イヴ・エリスが「しっ！」と言ったので、みなだまりこんだ。

「さて――」ざわめきが静まると、警視は険呑《けんのん》な口調で言った。「いまはこういう状況です。そう、みなさんは月曜の夜にもどっている。第二幕がはじまって、場内は暗い。舞台は騒々しい音を響かせ、みなさんは刺激的な場面の連続に心を奪われている……。どなたか、特に通路側の席にすわっていた人で、このとき自分の近辺で何か変わったことや不自然なことや迷惑なことに気づいた人はいませんか」

警視は期待をこめて間をとった。とまどった様子で遠慮がちにいくつかの首が横に振られる。だれも答えなかった。

「よく考えて」警視は声を荒らげた。「月曜の夜、わたしがこの通路を歩いて、ひとりひとりに同じように質問したのを覚えていらっしゃるはずです。むろん、嘘は聞きたくありませんし、月曜の夜に何も思い出せなかったみなさんから、いまになって何か驚くべき事実が聞き出せると期待するのは無理というものでしょう。しかし、状況は絶望的です。ここでひとりの男が殺されたのに、率直に言って、捜査は行き詰まっています。われわれがこれまでに経験したなかで最大の難事件と言ってもいい！　万策尽きて、どこに目を向けるべきかも皆目わからないという状況ですから――みなさんに正直に話していただきたいので、わたしも正直に話しているのですが――ひたすらあなたがたに頼るしかない。五日前の夜、何か重要なことが起こっていたらそれを目撃できる位置にいたひと握りの観客であるあなたがたに……。わたしの経験上、不安や興奮といった重圧にさらされていたときに忘れていた細かな事実が、平常心に返った数時間後、数日後、数週間後に記憶によみがえるということはよくあるものです。そういったことをみなさんにも期待しているんですが……」

クイーン警視の唇から胸を突くことばが吐き出されるにつれ、一同は不安を忘れて懸命に耳を傾けた。警視がことばを切ると、人々は顔を寄せ合い、興奮してささやき合ったり、ときどきかぶりを振ったり、小声で激しく言い合ったりした。警視は辛抱強く待った。

「何か話がある人は挙手を願いたい……」警視は言った。

ひとりの女がためらいがちに白い手をあげた。

「なんでしょうか、奥さん」警視は指さした。「何か不自然なことでも思い出しましたか」

しなびた老婦人が恥ずかしそうに立ちあがり、震える声でつかえながら切り出した。「重要なことかどうかはわかりかねますが」おそるおそる言う。「第二幕のあいだに、たしか女の人だったと思いますけれど、通路の前のほうへ歩いていって、すぐもどってきた人がいたのを覚えています」

「ほう？　それは興味深いですね」警視は評した。「何時ごろのことだったか――覚えていらっしゃいますか」

「時間までは覚えていませんけれど」老婦人は甲高い声で言った。「幕があがってから十分くらい経っていたと思います」

「なるほど……その女性の外見で、何か覚えていることはありますかな。若い人だったか、年配の人だったか。そしてどんな服装だったか」

老婦人は困った顔になった。「はっきりとは覚えていません」震える声で言う。「あまり気に留めなかったものですから――」

よく通る高い声が後方から割りこんできた。一同が首をねじ曲げる。マッジ・オコンネルが立ちあがっていた。

「それ以上ほじくり返す必要はありません、警視」冷ややかに宣言した。「そちらの奥さまは、わたしが通路を行き来するのをご覧になったんですよ。そう――あのことの前に」図々《ずうずう》しくも、警視のほうにウィンクをしてみせた。

人々は息を呑《の》んだ。老婦人は気の毒なほどうろたえて案内係を見つめ、つぎに警視を見つめてから、結局腰をおろした。

「なるほど、そういうことか」警視は静かに言った。「さあ、ほかの人は？」

返事がない。人前で自分の考えを述べるのが恥ずかしいのかもしれないと思いついた警視は、通路を列から列へと歩いて、ほかの者には聞こえないように小声でひとりずつ質問した。それがすむと、もとの場所へゆっくりもどった。

「どうやら、みなさんを心安らげる炉辺に帰さなくてはいけないようだ。ご協力に大変感謝します……解散！」

警視はぶっきらぼうに告げた。一同は当惑して警視を見つめたが、小声で話しながら立ちあがり、コートと帽子を取りあげると、ヴェリーのきびしい視線を浴びつつ、列を作って劇場から出ていった。最後列の後ろで仲間といっしょに立ち見をしていたヒルダ・オレンジがため息をついた。

「あの気の毒な老紳士が失望なさるのを見ると、やりきれない気持ちになるの」仲間にささやく。「さあ、わたしたちも帰りましょう」

役者たちは帰る一同に交じって、劇場から出ていった。

最後の男女の姿が消えると、警視は通路の後ろのほうまで歩いて、居残った一団を暗い目で見おろした。そこにいた人々は警視のなかで炎が燃えたぎっているのを感じたらしく、身を縮ませた。けれども、警視は電光石火の速さで態度を一変させる得意技を用い、ふたたび人の子にもどった。

そして、座席のひとつに腰をおろすと、腕を組んで椅子の背に預け、マッジ・オコンネルや〝牧師のジョニー〟たちを見まわした。

「さて、みなさん」愛想よく言う。「どうだね、〝牧師〟。おまえは自由の身で、絹工場の件ももう心配する必要はないんだから、立派な市民として遠慮なく話せるはずだ。今回の事件で何か助けてくれないかね」

「いや」小柄な悪党はうなるように言った。「知ってることは残らず吐きましたよ。もう話すことなんてありません」

「ふむ……なあ〝牧師〟よ、われわれはおまえとフィールドの取引に興味を持っているんだがね」悪党が激しい動揺を見せて顔をあげる。「ああ、そうだ」警視はつづけた。「いずれおまえには、フィールド氏との過去の仕事について話してもらう。よく頭に叩《たた》きこんでおくことだ……〝牧師〟よ」鋭く問いただす。「だれがモンティ・フィールドを殺したんだ。あの男を恨んでいたのはだれだ。知っているのなら──吐け！」

「おいおい、警視さん」〝牧師〟は哀れっぽく言った。「またおれに罪を着せようとしてるんじゃないだろうな。なぜおれが知ってるって？　フィールドはずる賢いやつで──わざわざ敵を作るようなことはしなかったんだ。ちがいますよ！　おれだって知らないって……おれにはずいぶん親切にしてくれたし──いくつか無罪を勝ちとってくれて」臆面《おくめん》もなく認める。「だけど、月曜の夜にここにいたなんて知らなかったんですよ──ほんとだって！」

警視はマッジ・オコンネルに顔を向けた。「きみはどうだね、オコンネルさん」警視はやさしく訊《き》いた。「息子の話だと、きみは出入口を閉めたことを月曜の夜に打ち明けたそうだね。わたしにはそんなことを言わなかったのに。いったい何を知っているんだ」

娘は冷ややかに見つめ返した。「言ったはずよ、警視さん。話すことなんてないって」

「それならあなたはどうですか、ウィリアム・ピューザックさん」警視は元気のない小柄な簿記係に視線を注いだ。「月曜の夜には忘れていたが、いま思い出したことはあるかな」

ピューザックは不安そうに身じろぎした。「話そうと思っていたことがあるんです、警視さん」歯切れ悪く言う。「新聞で記事を読んだら思い出して……月曜の夜にフィールドさんの上にかがみこんだとき、ウィスキーのものすごくきついにおいがしたんですよ。前に話したかどうか覚えていなくて」

「ありがとう」警視は淡々と言い、立ちあがった。「われわれのささやかな捜査に対するきわめて重要な貢献です。もう帰ってよろしい、全員……」

オレンジエード売りのジェス・リンチが落胆の表情を見せた。「ぼくの話は聞かないんですか」残念そうに尋ねる。

警視は物思いにふけっていたが、笑みを浮かべた。「ああ、そうそう。頼りになるオレンジエードの売り子がいたんだった……それで、話というのはなんだね、ジェス」

「ええと、そのフィールドという人がぼくのスタンドに来てジンジャーエールを頼む前に、小道で何か拾いあげるところをたまたま目にしたんです」青年は勢いこんで言った。「何かぴかぴかしたものでしたけど、はっきりとは見えませんでした。すぐに尻《しり》ポケットにしまってましたよ」

青年は得意げに締めくくり、拍手喝采《かっさい》を促すかのように周囲を見まわした。警視はそれなりに興味を示した。

「そのぴかぴかしたものは何に見えたね、ジェス。拳銃《けんじゅう》だったとでも？」

「拳銃？　まさか、ちがうと思います」オレンジエード売りの青年は怪訝《けげん》そうに言った。「角張ったものでした。そう、たとえば……」

「女物のバッグ？」警視は口をはさんだ。

青年の顔が明るくなった。「そうです！」声を張りあげる。「きっとそれですよ。全体が宝石みたいに光ってました」

警視は深く息をついた。「よく思い出してくれた、リンチ。いい子だから、きみも帰るんだ」

悪党、案内係、ピューザックとその連れの女、オレンジエード売りの青年は、無言のまま立ちあがって席を離れた。ヴェリーが正面扉まで付き添った。

全員が去るのを待ってから、サンプソンが警視を脇へ引っ張っていった。

「どうしたんだ、Q」と問いただす。「うまくいっていないのか?」

「ヘンリー」警視は微笑した。「われわれは人知の及ぶあらゆることをやった。もう少し待てば……願わくは――」その先は言わなかった。警視はジューナの腕を固くつかむと、パンザーとニールソンとヴェリーと地方検事に静かな声でおやすみと言い、劇場を出た。

アパートメントに着き、警視が鍵《かぎ》を使ってドアをあけ放つと、床に落ちていた黄色い封筒にジューナが跳びついた。ドアの下の隙間に押しこんであったにちがいない。ジューナはそれを警視の顔の前で振ってみせた。

「エラリーさんからですよ、きっと!」と叫ぶ。「忘れるはずがないと思ってました!」電報を手に、歯をむいて笑っているジューナは、いよいよ猿に瓜《うり》ふたつだった。

警視はジューナの手から封筒をひったくり、帽子やコートを脱ぐ手間も惜しんで、居間の明かりをつけ、心をはやらせながら黄色い紙を引き抜いた。

ジューナの言うとおりだった。

無事到着（と電報はは
じまっていた）。釣りは豊漁の見こみでショーヴィンは歓喜。父さんのささやかな問題を解決できた模様。不可避なれば潔くこれをおこなえと述べた偉人たち――ラブレー、チョーサー、シェイクスピア、ドライデンらの仲間に加わってもらいたいね。ご自分でも恐喝に手を染めてはいかがか。ジューナを怒鳴りすぎて殺さぬように。愛をこめて、エラリー。

なんの変哲もない黄色い紙切れを見つめるうちに、驚きつつも何かを悟った表情が、顔に深く刻まれた皺《しわ》を消し去った。

勢いよくジューナのほうを振り返り、幼い紳士の乱れ髪に載った帽子を叩いて、意味ありげに腕を引っ張った。

「ジューナ」大喜びで言う。「そこの角まで行って、アイスクリームソーダでお祝いだ！」

20　この章では、マイクルズ氏が手紙を書く

　この一週間ではじめて、クイーン警視は本来の調子を完全に取りもどしたらしく、警察本部の小さな執務室に上機嫌で歩み入り、コートを椅子にほうり投げた。月曜の朝だった。両手をこすり合わせ、〈ニューヨークの歩道〉を鼻歌でうたいながら、机の前に腰をおろして、大量の手紙や報告書にすばやく目を通していく。三十分ほどかけて、刑事部のさまざまな部署にいる部下たちに口頭や電話で指示を出し、速記者が目の前に置いていった多数の報告書をしばらく読んでから、ようやく机に並んだボタンのひとつを押した。

　ヴェリーがすぐさま現れた。

「やあ、トマス」警視は快活に言った。「この気持ちのいい秋の朝、きみの調子はどうだね」

　ヴェリーは思わず微笑んだ。「申し分ありません。警視はいかがですか。土曜の夜は少し具合が悪いようにお見受けしましたが」

警視は含み笑いをした。「それはもう過去の話だ、トマス。きのうはジューナとふたりでブロンクス動物園へ行って、われらが同胞たる動物たちと楽しい四時間を過ごしたよ」

「お宅の悪童にとってはふるさとですな」ヴェリーは言った。「特に猿どものいるあたりは」

「おいおい、トマス」警視はたしなめた。「ジューナを見損なってはいけない。なかなか頭のいい小僧だよ。いつか大物になるぞ。わたしがそう言ったのを忘れるな」

「ジューナが？」ヴェリーは大げさにうなずいた。「おっしゃるとおりでしょうね、警視。わたしだって、あの子のためなら右手をくれてやってもいいと思っていますから……。きょうのご予定は？」

「きょうは予定が詰まっているぞ、トマス」警視は謎めいた言い方をした。「きのうの朝、きみに電話をかけたあと、マイクルズをつかまえたかね」

「もちろんです、警視。一時間前から向こうで待っています。ピゴットに付き添われて朝早くに来ました。ピゴットはあの男にさんざん引きずりまわされて、かなりうんざりしています」

「まあ、つねづね言っているとおり、警察官になるのは愚か者だけだよ」警視はくすくす笑った。「子羊を連れてきてもらおうか」

ヴェリーは出ていき、長身で太り肉のマイクルズを連れてすぐにもどってきた。フィールドの従者は地味な服を着ていた。緊張して不安そうな様子だ。

「では、トマス」警視は机の脇の椅子にすわるようマイクルズに手ぶりで示してから言った。「ここから出ていってドアに鍵をかけ、たとえ警察本部長ご自身が来臨しても邪魔をさせないように。わかったな」

ヴェリーはいぶかしんで見返したくなるのをこらえ、うなりながら出ていった。すぐに、ドアの曇りガラスの向こうに薄くかすんだ大きな人影が見てとれた。

三十分後、ヴェリーは電話で上司の執務室に呼び出された。そこで鍵をあけた。警視の前の机に、封をしていない安物の角封筒が載っていて、中から便箋《びんせん》が少しのぞいている。マイクルズは蒼白《そうはく》な顔で震えながら、肉づきのよい両手で帽子を握りつぶしている。その左手の指がインクまみれになっているのをヴェリーの鋭い目は見てとった。

「マイクルズの世話をくれぐれもよろしく頼むよ、トマス」警視はにこやかに言った。「きょうは、そうだな、楽しませてやってもらいたい。きみなら何か思いつくはずだ――映画を観にいくとか――それもいい案だな！　とにかく、わたしから連絡があるまで、この紳士と仲よくやるように……だれとも連絡をとってはならないぞ、マイクルズ、わかったな」警視は大男に顔を向け、にべもなく言い添えた。「ヴェリー部長刑事についていって、楽しく遊んでいてくれ」

「わたくしが実直な人間なのはご存じでしょう」マイクルズは不機嫌につぶやいた。

「そこまでなさらなくても——」

「ただの用心だよ、マイクルズ——ただの初歩的な用心だ」警視はさえぎって微笑した。「楽しんでくれ、ご両人！」

ふたりの男は出ていった。警視は机の前にすわって回転椅子をまわすと、思案顔で目の前の封筒を取りあげ、安物の白い紙を抜きとって、小さな笑みを浮かべつつ一読した。

その紙には、日付も挨拶《あいさつ》の文句も書かれていなかった。いきなり本文からはじまっている。

わたしはチャールズ・マイクルズという者だ。わたしのことはおまえも知っているだろう。二年以上にわたって、モンティ・フィールドの右腕をつとめてきた。もってまわった言い方はしない。先週の月曜の夜、おまえはローマ劇場でフィールドを殺した。劇場でおまえと会う約束があると、日曜にモンティ・フィールドから聞いた。そして、それを知る者はわたしだけだ。

もうひとつ言っておこう。わたしはなぜおまえがフィールドを殺したかも知っている。フィールドの帽子のなかの書類を手に入れるために始末したのだ。しかし、おまえは知らないだろうが、奪った書類は原本ではない。その証拠に、フィールドが持っていたネリー・ジョンソンの証言の書類を一枚同封する。フィールドの帽子から奪った書類がまだ残っているなら、比べてみるといい。わたしが本物を送ったことが、すぐにわかるはずだ。原本の残りは、けっしておまえの手が届かない安全な場所に保管してある。言っておくが、警察もこれを必死に探している。この書類をクイーン警視の執務室に持ちこんで、少しばかり話をしたら、おもしろいことになると思わないか？

おまえにこの書類を買いとる機会をやろう。指定する場所に現金で二万五千ドル持ってくれれば、書類を渡す。こちらは金が必要で、そちらは書類とわたしの沈黙が必要というわけだ。

あす火曜の夜十二時に、五十九丁目通りと五番街の交差点の北西からセントラルパーク内を進む舗道の、右側の七番目のベンチで待つ。わたしは灰色のオーバーを着て、灰色のソフト帽をかぶっていく。〝書類〟とだけ声をかけろ。

これはおまえが書類を手に入れる唯一の方法だ。待ち合わせの前に、わたしを探すな。おまえが現れない場合には、わたしはすべきことをわきまえている。

読みにくい走り書きで埋めつくされた手紙には、〝チャールズ・マイクルズ〟の署名があった。

クイーン警視は大きく息をし、封筒の綴《と》じ蓋《ぶた》をなめて封をした。同じ筆跡で封筒に書かれた名前と宛先を凝視する。あわてることなく、隅に切手を貼った。

別のボタンを押す。ドアがあいてリッター刑事が現れた。

「おはようございます、警視」

「おはよう、リッター」警視は考えながら、封筒の重さを手ではかった。「いまどんな仕事をしているのかね」

刑事は落ち着きなく足を動かした。「たいした仕事はしておりません、警視。土曜まではヴェリー部長刑事を手伝っていましたが、けさはまだ、フィールドの事件に関する仕事は何も指示されていません」

「それなら、ちょっとしたすてきな仕事を与えよう」警視は唐突に意味ありげに笑うと、封筒を差し出した。リッターがとまどった様子で受けとる。「さあ、百四十九丁目通りと三番街の角へ行って、いちばん近くのポストにこの手紙を投函《とうかん》してこい！」

リッターは目をまるくして頭を掻《か》き、警視を見たが、結局手紙をポケットに入れて出ていった。

警視は椅子に寄りかかり、いかにも満足そうに嗅《か》ぎ煙草を吸った。

21　この章では、クイーン警視が逮捕をして——

十月二日の火曜の夜、午後十一時半ちょうどに、黒いソフト帽と黒いオーバーコートを身につけた長身の男が、夜の冷気を防ぐべく顔のまわりに襟を立て、七番街近くの五十三丁目通りにある小さなホテルのロビーから歩み出たのち、セントラルパークに向かって七番街を急ぎ足で進んでいった。

五十九丁目通りに出ると、東へ曲がって、人気《ひとけ》のない街路を五番街のほうへ歩いた。プラザ広場の端にある、五番街からセントラルパークにはいる入口の前に来ると、大きなコンクリートの柱の陰で立ち止まり、何をするでもなく寄りかかった。煙草に火をつけたとき、マッチの炎が男の顔を照らし出した。小皺《こじわ》が寄った年配の男の顔だった。灰色の口ひげが上唇からだらしなく垂れさがっている。帽子の下からは白髪交じりの髪がのぞいている。じきにマッチの明かりは揺らめいて消えた。

男は静かにコンクリートの柱にもたれ、両手をオーバーのポケットに突っこんで煙草を吹かした。注意深い者が見れば、男の指がかすかに震えていて、黒い靴が落ち着きなく歩道を打っていたことに気づいただろう。

煙草が燃えつきると、男はそれを投げ捨て、腕時計に目をやった。針は十一時五十分を指している。苛立《いらだ》たしげに毒づき、セントラルパークに通じる門を抜けた。石畳の道を歩くにつれ、プラザ広場を取り囲むアーク灯が投げかける光は届かなくなっていった。行動を決めかねるかのように男はためらい、周囲を見まわして少し考えていたが、ひとつ目のベンチに歩み寄って大儀そうに腰をおろした――一日の仕事に疲れて、セントラルパークの静寂と暗闇のなかで十分ばかり休もうとしている男のように。

ゆっくりと首が垂れる。ゆっくりと体から力が抜ける。居眠りをはじめた様子だった。

時が刻一刻と過ぎていく。ベンチで身じろぎもしない黒ずくめの男のそばを通る者はだれもいない。五番街を自動車が騒々しく走っている。プラザ広場の交通警官の鋭い呼子が、ときおり冷気を貫く。冷たい風が木々の葉をざわめかせる。セントラルパークの奥まった暗闇のどこかから、若い女のよく通る笑い声が届く――はるか遠くの抑えた声なのに、驚くほどはっきりと聞こえる。時間が無為に過ぎ、男は深い眠りに落ちていった。

だが、近所の教会が十二時の鐘を鳴らしはじめたとたん、男は体をこわばらせ、一瞬の間を置いてから、決然と立ちあがった。

入口へ引き返すかわりに、男は歩道の先に体を向け、重い足どりで歩きはじめた。帽子のへりとコートの襟が作る暗い影のなかで、その目が油断なく光っている。あわてずに一歩ずつ進みながら、ベンチの数をかぞえているようだった。二――三――四――五――そこで立ち止まった。前方の薄闇のなかに、ベンチに静かに腰かけた灰色の人影がかろうじて見分けられる。

男はゆっくり歩いていった。六――七――立ち止まらず、そのまま先に進んだ。八――九――十……ようやくきびすを返し、来た道をもどった。足どりは速くなり、決意がみなぎっている。七番目のベンチに急いで近づくと、足を止めた。腹を決めたかのように、ベンチに静かに坐《ざ》するおぼろな人影にいきなり歩み寄った。人影は何やら小声で言って体を少しずらし、新たに来た男のために場所を空けた。

ふたりの男は無言ですわっていた。やがて、黒ずくめの男がコートのポケットに手を突っこみ、煙草の箱を取り出した。一本抜いて火をつけ、煙草の先が赤く光り出してからもマッチをしばらく持っていた。マッチの光で、隣の静かな男をひそかに観察している。そのわずかな時間では、ほとんど何もわからなかった――相手も顔をうまく覆って正体を隠している。すぐに火は消え、ふたりはふたたび暗闇に包まれた。

黒ずくめの男は意を決したらしかった。身を乗り出して相手の膝《ひざ》をすばやく叩《たた》き、低くかすれた声でひとことだけ言った。

「書類！」

そのとたん、第二の男の体に生命がかよった。体勢を少し変えて黒ずくめの男を凝視し、満足したかのようにうなり声を発する。隣の男から注意深く体を遠ざけ、手袋をはめた右手をコートの右ポケットに入れた。第一の男は目を輝かせ、期待して前のめりになった。第二の男が手袋をはめた手をポケットから抜くと、そこには何かが握りしめられていた。

そして、その手の持ち主は、意外な行動に出た。筋肉に力をこめてベンチから勢いよく立ちあがり、後ろへ跳びすさって第一の男から距離をとる。同時に、前かがみになったまま凍りついている男に、右手を突きつけた。遠くのアーク灯から切れ切れに届く光で、その手にあるものがわかった――拳銃《けんじゅう》だ。

しゃがれた声で叫びながら、第一の男は猫のように敏捷《びんしょう》に立ちあがった。片手が稲妻の速さでコートのポケットに突っこまれる。心臓に狙いを定めた武器にはかまわず、目の前に立ちはだかる相手に突進した。

しかし、事態は矢継ぎ早に展開した。ほんの一瞬前までは開けた空間と暗い郊外の静寂しかうかがえなかった平和な情景は、激しい動きの現場へと、魔法のように一変していた――大人数が暴れわめく修羅場へと。ベンチの数フィート後ろにあった茂みから、銃を抜いた男たちが跳び出した。同時に、歩道の反対側にも同じような男たちが出現し、ふたりに駆け寄ってくる。さらに、歩道の両端からも——百フィートほど離れた入口と、反対側のセントラルパークの暗闇からも——数人の制服警官が拳銃を振りかざしながら迫ってきた。四組の集団がまとまって、ほぼひとつに交ざり合う。

銃を抜いてベンチから跳びすさった男は、応援の到着を待たなかった。先ほどまでは取引の相手だった男がコートのポケットに手を突っこむのを見るや、慎重に銃の狙いを定めて発砲した。銃声が轟《とどろ》き、セントラルパークにこだまを響かせる。オレンジ色の火線が黒ずくめの男の体を貫く。男は前によろめき、痙攣《けいれん》しながら肩をつかんだ。膝が崩れ、男は石畳の歩道に倒れこむ。その手はまだオーバーをまさぐっている。

その男が必死で何を試みたにせよ、人の体の雪崩の前では無力だった。容赦のない手が男の腕をつかんで地面に押しつけ、ポケットから手を抜けないようにする。一団はそうやって声もなく男を拘束したが、そこで背後から歯切れのいい声が飛んだ。

「気をつけろ——やつの手に注意だ！」

リチャード・クイーン警視が、荒い息をつく一団のなかに身を入れ、舗道の上であがく男を感慨深げに見おろした。

「そいつの手を外に出すんだ、ヴェリー——ゆっくり！　しっかりつかんで——しっかりだ、しっかり！　隙あらば刺してくるぞ！」

トマス・ヴェリー部長刑事は、男がもがき暴れるのにもかまわず、つかんでいたその腕をポケットから慎重に引き出した。手が現れる――最後の瞬間に力を抜いたらしく、何も持っていない。ふたりの男がただちに手錠をかける。

ヴェリーはポケットのなかを探ろうとした。警視はそれを鋭く制止し、歩道でのたうつ男の体の上に、みずからかがみこんだ。

油断すれば命がないかのように、警視は慎重に、細心の注意を払って、ポケットに手を入れ、へりのあたりを手探りした。何かをつかむと、同じくらい用心深く引き抜き、光にかざした。

皮下注射器だ。アーク灯の光を受けて、中の透明な液体がきらめく。

警視はわが意を得た顔で笑い、痛めつけられた男のかたわらに膝を突いた。黒いフェルト帽を脱がす。

「徹底した変装だな」小声で言う。

灰色の口ひげを引きはがし、男の皺だらけの顔を手早くこする。すぐに肌がまだらになった。

「おやおや！」熱に浮かされたような目でにらんでいる男に向かって、警視は穏やかに言った。「またきみに会えて光栄だよ、スティーヴン・バリーくん。それから、きみの親友のテトラエチル鉛にも！」

22 ――そして、説明する

クイーン警視は自宅の居間で書き物机の前にすわり、〝クイーン〟というレターヘッドがある細長い便箋《びんせん》に、熱心に文章を書き連ねていた。

水曜の朝だった――よく晴れた水曜の朝で、屋根の明かりとりの窓から日差しが注ぎこみ、下の通りから八十七丁目のにぎやかな音がかすかに聞こえてくる。警視はガウンにスリッパというでたちだった。ジューナは食卓から朝食の皿を片づけるのに忙しい。

警視はこう書いていた。

息子へ

昨夜遅くに電報で知らせたとおり、事件は解決した。マイクルズの名前と筆跡を餌にして、実に鮮やかにスティーヴン・バリーを捕らえた。人間の心理にうまくかなった計画が立てられて、ほんとうに自分を褒めてやりたいくらいだよ。バリーは窮地に陥り、犯罪者のご多分に洩《も》れず、もう一度罪を繰り返してもつかまらないと思ったのだろう。

こんなことは言いたくないが、自分がどれほど疲れ、人狩りの仕事がどれほどやりきれないものか、愚痴をこぼしたくもなる。あの気の毒な、愛らしいフランシス嬢が、殺人犯の恋人として世間に顔向けしなければならないかと思うと……まったく、エル、この世に正義はまれで、慈悲に至っては皆無だ。そしてもちろん、令嬢が生き恥をさらしたことについては、わたしにもいくらか責任がある……。だが、知らせを聞いたアイヴズ－ポープから少し前に電話があったんだが、あの人の態度はいたって丁重だった。ある意味で、わたしはアイヴズ－ポープとフランシスを助けたことになるのだろう。われわれは――

呼び鈴が鳴り、ジューナがあわててふきんで手を拭《ふ》きながら、玄関へ走っていった。サンプソン地方検事とティモシー・クローニンがはいってきた――興奮し、喜び、ふたり同時にしゃべっている。警視は立ちあがり、吸いとり紙で便箋を隠した。

「Q大先生！」サンプソンが叫び、両手を差し出した。「おめでとう！　けさの新聞を見たか？」

「コロンブスに栄光あれ！」クローニンが顔をほころばせ、派手な見出しでニューヨークじゅうにスティーヴン・バリーの逮捕を知らせる新聞を掲げた。警視の写真が大きく載せられ、〝クイーンがまた栄冠を得る〟と題した大げさな記事がまるまる二段にわたって書かれている。

しかし、警視はやけに無関心な様子だった。手を振って客に椅子を勧め、コーヒーを持ってくるようジューナに命じると、フィールドの事件にはまったく興味を持っていないかのように、市の部署の人事異動計画について話しはじめた。

「おいおい！」サンプソンは不平を鳴らした。「いったいどうしたんだ。胸を張るべきところだぞ、Q。それなのに、まるで大失敗でもしたように見えるじゃないか」

「そういうわけではないんだがね、ヘンリー」警視はため息とともに言った。「エラリーがそばにいないと、どうも手放しで喜べなくて。まったく、忌々しいメーン州の森などへ行かずに、ここにいてくれたらいいのに！」

ふたりの男は笑った。ジューナがコーヒーを出し、警視はしばらく悩みを忘れてペストリーに夢中になった。煙草を吸いながらクローニンが言った。「わたしはただの表敬訪問のつもりだったんですが、この事件についてはいくつか知りたい点がありますす……。捜査全体のことはよく知らないんですよ。サンプソン検事がここに来る途中で話してくれたことのほかは」

「わたしだってわかっていない」地方検事は口をはさんだ。「きみはわれわれに話すべきことがあるはずだ。さあ、教えてくれ！」

クイーン警視は苦笑した。「わたしのメンツを立てるためには、自分でほとんどの仕事をやったように話すしかないな。実のところ、今回の浅ましい事件でほんとうに賢明な働きをしたのはエラリーだけだ。頭の切れるやつだよ、あいつは」

警視が嗅《か》ぎ煙草を吸って肘掛《ひじか》け椅子に体を落ち着かせると、サンプソンとクローニンもくつろいだ。ジューナは片隅で静かにうずくまり、聞き耳を立てた。

「フィールドの事件を検討するなら」警視は切り出した。「ベンジャミン・モーガンの名をときおり出さなければならないが、モーガンは最も罪のない犠牲者にほかならない。*胸に刻んでもらいたいんだが、ヘンリー、モーガンに関するわたしの話は、仕事の場でも社交の場でもけっして漏らさないように。ティムにはもう沈黙を約束してもらったんだがね……」

ふたりとも無言でうなずいた。警視はつづけた。

「言うまでもないが、たいがいの犯罪捜査は動機探しからはじまる。犯罪の背後にある理由がわかれば、容疑者を絞りこめる場合が多い。この事件の動機は、長いあいだ謎に包まれていた。ベンジャミン・モーガンの話など、いくつかの手がかりはあったんだが、決定的なものではなかった。モーガンは何年もフィールドから恐喝されていた――検事局はフィールドのそのほかの社交関係なら知っていたが、この稼業は知らなかった。ここから、動機はおそらく恐喝――というより、恐喝の根を断つことだと考えられた。しかし、動機になりうるものはいろいろあった――フィールドのせいで〝ぶちこまれた〟犯罪者による復讐《ふくしゅう》などだ。あるいは、犯罪組織の一員が恨みを晴らそうとしたのかもしれない。フィールドには敵がたくさんいたし、もちろん味方もたくさんいたが、味方と言ってもフィールドに急所を握られていただけだ。おおぜいのうちのだれが――男であれ女であれ――あの弁護士を殺す動機を持っていてもおかしくなかった。だから、あの夜のローマ劇場では、ほかにも急いで判断すべき、実行すべき差し迫った問題がたくさんあったこともあって、動機を突き詰めては考えなかった。それは終始後ろに控えていて、呼び出されるのを待っていたわけだがね。

ともあれ、この点を考えてもらいたい。もし動機が恐喝なら――その可能性が最も高いと思われたので、エラリーとわたしは結局そう判断したんだが――フィールドが何かの書類を持っていて、行方知れずになったそれが見つかれば、少しは光明が見えてくるのは明らかだった。モーガンにまつわる書類が実在するのはわかっていた。クローニンは、自分の探している書類はどこかにあると言い張っていたな。だからわれわれも、つねに怠りなく、書類の存在を念頭に置く必要があった――事件の背後にある重要な事実を、もしかすると明らかにしてくれるかもしれない物証だからだ。

また、文書に関して、エラリーはフィールドの持ち物のなかに筆跡鑑定の本が多数あるのを発見して、興味をそそられた。われわれの知るだけでも一度（モーガンに対して）恐喝をおこない、おそらくほかにも幾度となくおこなっているフィールドのような男が、筆跡の研究に強い関心を寄せているのなら、文書の偽造にまで手を染めていた可能性があるとわれわれは結論した。もしそれがほんとうなら、そしてこれは妥当な解釈だと思われたんだが、おそらくフィールドは恐喝に使う書類の原本を日ごろから偽造していたはずだ。そんなことをする理由は、もちろん、偽物を売りつけて、本物はいずれまた恐喝するためにとっておきたかったからにほかならない。暗黒街とかかわったせいで、そういう狡猾《こうかつ》な方法を身につけたにちがいない。のちにわれわれは、この仮説が正しかったことを知った。そしてそのころには、この事件の動機は恐喝だと断定していた。しかし、それがわかってもなんにもならなかったんだ。容疑者のだれが恐喝の被害者でもおかしくなかったし、被害者を突き止めるすべもなかった」

警視はきびしい顔つきになり、もっと楽な姿勢で椅子の背にもたれかかった。

「だが、わたしはまちがった方向から説明をつけようとしているな。いかに人間が習慣に縛られやすいかの見本だ。わたしは動機を出発点にすることが癖になっていて……しかしだ！　この捜査にはひとつだけ、重要なよりどころとなる際立った事実があった。それは混乱を誘う手がかりで——いや、失われた手がかりと言うべきかな。例の消えた帽子のことだよ……。

あの消えた帽子の件で不運だったのは、月曜の夜のローマ劇場では当面の緊急捜査にかかりきりで、帽子が消えていることの重要性を察知できなかったことだ。最初から帽子のことなど考えていなかったわけではない——まったく逆だ。死体を調べたとき、真っ先に気づいたくらいだった。エラリーなどは、劇場にはいって死体の上にかがみこんだとたんに気づいていた。とはいえ、われわれに何ができた？　気にかけるべき細かな事柄が百もあったんだ——質問して、指示して、矛盾や不審な点を明らかにして——そういうわけで、さっき言ったように、またとない機会を迂闊《うかつ》にも逃してしまった。帽子が消えていたことの意味をあの場でただちに分析していれば——事件当夜に解決できたかもしれない」

「まあ、結局のところ、さほど長くはかからなかったんだから、そんなに愚痴をこぼさなくても」サンプソンは笑った。「きょうは水曜で、殺人事件が起こったのは先週の月曜だ。九日しか経っていない——何が不満なんだね」

警視は肩をすくめた。「だが、大きなちがいになったはずだ。あのとき推理を働かせていたら——まあいい！　ようやく帽子の問題の分析にかかったとき、われわれはまず自問した。なぜ帽子は持ち去られたのか。筋の通る答はふたつだけだと思われた。ひとつは、帽子そのものが犯人を指し示しているから。もうひとつは、帽子のなかに犯人のほしいものがはいっていて、そのために犯行がおこなわれたから。結局、どちらも正しかった。帽子の汗革の裏にスティーヴン・バリーの名前が消せないインクで書かれていて、帽子そのものが犯人を指し示していた。そして帽子のなかには、犯人がなんとしてもほしかったものがはいっていた――恐喝に使われた書類だ。むろん、バリーはあのとき、それが原本だと思ったのだろう。

これだけではたいした進展ではないが、足がかりにはなった。劇場を封鎖させた月曜の夜の時点で、徹底した捜索にもかかわらず、消えた帽子は見つかっていなかった。しかし、帽子がなんらかの想像もつかない手口で劇場から持ち去られたのか、それとも、探しても見つからないだけでまだ劇場にあるのかは、判然としなかった。木曜の朝、劇場にもどったわれわれは、モンティ・フィールドの厄介なシルクハットの行方に関して、最終的な結論に至った――つまり、否定の形をとる結論だ。帽子は劇場のなかには存在しない――それだけはたしかだった。そして、月曜の夜から劇場は封鎖されていたのだから、帽子はその夜に持ち去られたことになる。

さて、月曜の夜に出ていった者はみな、帽子をひとつしか持っていなかった。ということは、二度目の捜索の結果と照らし合わせると、何者かがあの夜にフィールドの帽子を手に持つか頭にかぶるかして出ていき、自分の帽子はやむなく劇場に残していった、と結論せざるをえなくなった。

その人物が帽子を劇場の外に持ち出して処分できたのは、観客が解放されたとき以外にない。そのときまで、すべての出入口は見張りがつくか施錠されていて、左側の小道は、最初はジェス・リンチとエリナー・リビーが、つぎは案内係のジョニー・チェイスが、そのあとはうちの警官が見張っていた。右側の小道は一階席のドアからしか出られず、ここもひと晩じゅう見張られていて、脱出路にはならなかった。

こう考えていくと――フィールドの帽子はシルクハットで、夜会服を着ていないのにシルクハットをかぶって劇場から出ていった者はいなかったのだから――それについてはわれわれが目を光らせていたよ――消えた帽子を持ち去った人物は、まちがいなく正装していたことになる。前もってこのような犯行を企てていれば、帽子をかぶらずに劇場に来ただろうから、自分の帽子を処分する必要はなかったと言いたくなるかもしれない。だが、よく考えてみると、それがまずありえないことはわかるはずだ。シルクハットだけかぶらずに来たら、特に劇場にはいるときに、人目を引くだろう。もちろん、一応の可能性はあるから、頭に入れておいたんだが、これほど完璧《かんぺき》な犯罪を計画した人物なら、顔を見覚えられるという不必要な危険を冒すことは避けたはずだ。エラリーも、犯人がフィールドの帽子の重要性を前もって知っていたはずがないと確信していた。それなら、犯人が自分の帽子をかぶらずに劇場に来たという可能性はますます低くなる。犯人は自分の帽子をかぶってきて、最初の幕間にそれを処分したとわれわれは考えた――つまり、犯行の前だ。ところが、エラリーの推理で、犯人が帽子について前もって知っていたはずがないと証明されたんだから、それはありえない。最初の幕間の時点では、自分の帽子を処分する必要性を知らなかったんだからな。ともあれ、われわれの求める人物が、自分の帽子を劇場に残してきて、それはシルクハットにちがいないという推定は妥当だと思う。ここまではいいだろうか」

「じゅうぶん筋が通っているよ」サンプソンは認めた。「ずいぶんややこしいが」

「どれだけややこしかったかは想像もつかないだろうな」警視はいかめしく言った。「同時に、ほかの可能性も心に留めておかなくてはいけなかったんだから――フィールドの帽子を持ち去った人物は犯人ではなく共犯者である場合とか。まあいい、つづけよう。

さて、つぎにわれわれはこう自問した。犯人が劇場に残したシルクハットはどうなったのか。犯人はそれをどうしたのか。どこに置いていったのか……これはほんとうに難問だった。われわれは劇場を上から下までくまなく探した。楽屋でいくつか帽子を見つけたのは事実で、衣装係のフィリップス夫人がどれも役者たちの私物だと確認した。けれども、そのなかに私物のシルクハットはなかった。では、犯人が劇場に残したシルクハットはどこにあるのか。エラリーはいつもの鋭い洞察力を発揮し、真実の核心を突いた。こう考えたんだよ。〝犯人のシルクハットはまちがいなくここにある。自分たちは、目立ったり不自然だったりするシルクハットをひとつも見つけていない。だとしたら、自分たちの探しているシルクハットは、ここにあっても不自然ではないものにちがいない"。初歩だろう？　ばかばかしいほどに。だが、わたし自身はそんなことは思いつきもしなかった。

では、どんなシルクハットなら、あっても不自然ではないのだろうか――あたりまえのように溶けこんでいて、そこにあるのがあたりまえだからだれも不思議に思わないものは？　すべての衣装がルブラン商会の貸衣装であるローマ劇場では、答は簡単だ。芝居に使われる貸衣装のシルクハットだよ。それらのシルクハットはどこにあるのか。役者の楽屋か、舞台裏の共用の衣装部屋だ。エラリーは推理によってこの点までたどり着くと、フィリップス夫人を舞台裏へ連れていき、楽屋と衣装部屋にあったシルクハットをひとつ残らず調べさせた。そこのシルクハットはすべて――なくなっていたものはひとつもなく、全部そろっていたが――裏地にルブラン商会の印がはいった、小道具のシルクハットだった。フィールドの帽子はブラウン・ブラザーズの品だとわかっていたが、小道具のシルクハットのなかにも、舞台裏のどこにもなかった。

月曜の夜にふたつ以上のシルクハットを持って劇場から出ていった者はいないし、モンティ・フィールドの帽子がその夜に持ち出されたのはまちがいないのだから、ローマ劇場が封鎖されているあいだずっと、犯人のシルクハットが場内にあって、二度目の捜索のときもそこにあったのは疑いなかった。そして、劇場に残っていたシルクハットは小道具のものだけだった。したがって、犯人のシルクハットは（自分はフィールドのものをかぶって出ていったので、残さざるをえなかったため）舞台裏にあった小道具のなかにまちがいなくまぎれこんでいることになる。なぜなら、繰り返すが、物理的に考えて、それしかありえないからだ。

言い換えれば——舞台裏にあった小道具のシルクハットのひとつは、正装でフィールドのシルクハットをかぶって月曜の夜に劇場を出ていった人物のものだということだ。

もしその人物が殺人犯なら——そうでない可能性はきわめて低いが——われわれの捜査範囲は大きく絞りこまれる。正装で劇場を離れた男性出演者か、同様の服装をしていた劇場関係者のどちらかしかありえない。後者だとすると、この人物は第一に、置いていくための小道具のシルクハットを入手しておかなくてはならない。第二に、衣装部屋や楽屋に自由に出入りできなくてはならない。そして第三に、どちらかの部屋に小道具のシルクハットを残していく機会がなくてはならない。

では、後者の可能性から検討しよう——犯人は劇場関係者であって、出演者ではないという可能性だ」警視は間をとり、大事にしている箱から嗅《か》ぎ煙草を出して深く吸った。「裏方は除外してもいいだろう。フィールドのシルクハットを持ち去るのに欠かせない夜会服を着ていた者はひとりもいなかったからだ。同じ理由から、切符売り、案内係、ドアマン、そのほかの雑用係たちも除外される。広報係のハリー・ニールソンもふだん着だった。支配人のパンザーはたしかに正装していたが、帽子のサイズを念のために調べたところ、六と四分の三だった——珍しいほど小さいサイズだ。七と八分の一のフィールドの帽子を頭にかぶるのはまず無理だろう。わたしがエラリーといっしょに、パンザーよりも先に劇場を離れたのは事実だ。しかし、パンザーに対しても手心を加えず、ほかの人々と同様に身体検査をするようにと、帰り際にトマス・ヴェリーにはっきり指示しておいた。あの夜、支配人室にいるときに、ただの職業意識からパンザーの帽子を調べてみると、山高帽だった。ヴェリーがあとから報告してきたんだが、パンザーはこの山高帽をかぶって出ていき、ほかに帽子は持っていなかった。さて——もしパンザーがわれわれの追う男だったとしたら、大きすぎるフィールドの帽子を手に持って出ていくしかなかっただろう。しかし、山高帽をかぶって帰ったということは、フィールドの帽子を持ち去るのはまちがいなく不可能だ。劇場はパンザーが去った直後に封鎖され、木曜の朝にわたし自身が出向くまで、だれひとり——担当の部下が見張っていて——場内にはいっていないからだ。理論上は、もしフィールドのシルクハットを劇場内に隠すことができたなら、パンザーやそのほかの劇場関係者が犯人である可能性はあった。だがこの仮説も、われわれのかかえる建築専門家のエドマンド・クルーが、ローマ劇場のどこにも秘密の隠し場所はないと断言する報告を入れたことで、消去された。

パンザー、ニールソン、そのほかの従業員を除外すると、可能性があるのは、あとは出演者だけだ。どのようにして捜査範囲を絞りこみ、バリーに行き着いたかは、いまは置いておこう。この事件で興味深いのは、複雑で驚くべき演繹《えんえき》法の連続であり、おかげでわれわれは筋の通った推理のみによって真相にたどり着けた。いま〝われわれは〟と言ったが――エラリーは、と言うべきだな……」

「警視という立場のかたにしては、ずいぶんと控えめですね」クローニンは含み笑いをした。「それにしても、この話は推理小説などよりもおもしろい。わたしはもう職場にもどらなくてはいけないんですが、上司が自分と同じくらい興味津々なので――どうかつづけてください、警視！」

警視は微笑し、少しずつ先に進めた。

「犯人は出演者のなかにいるという事実によって、おそらくきみが思い浮かべ、はじめはわれわれもずいぶん悩まされた疑問に答が出るんだ。当初は、なぜ劇場を秘密の取引の待ち合わせ場所として選ぶ必要があったのかが謎だった。少し考えればわかるが、ふつうなら劇場はまったく不適当な場所だ。ひとつ例をあげると、周囲を空席にして秘密を保つために、切符をよぶんに購入しなければならない。ほかに便利な待ち合わせ場所がいくらでもあるのに、くだらない手間だ！　劇場はほとんどの時間が真っ暗で、落ち着かないほど静かだ。不自然な音や会話は目立つ。まわりにいるおおぜいの人たちが終始脅威になる。だが、バリーが出演者のひとりだということに気づけば、すべてにおのずと説明がつく。バリーにしてみれば、劇場は理想的だ――一階席で死体が見つかったとして、俳優が殺したのではないかと考える者がいるだろうか。もちろんフィールドは、バリーの企みを疑うことなく、その指示に従って、みずからの死を招いたわけだ。たとえ少しは疑ったところで、フィールドは危険な連中の相手をするのに慣れていたから、おそらく自分の身を守れる自信があったのだろう。それでいくらか自信過剰になっていたのかもしれない――むろん、われわれには知る由もないがね。

エラリーの話にもどろう――わたしの大好きな話題だ」警視はいつもの乾いた笑い声を漏らしてつづけた。「帽子に関するこうした推理は別として――実のところ、この推理が完成するより前に――エラリーはアイヴズ-ポープ邸での話し合いの折に、捜査が向かう先の最初の道しるべを見てとっていた。フィールドが幕間に小道でフランシス・アイヴズ-ポープに声をかけたのは、単なる好き心からだったはずがない。エラリーには、この似ても似つかぬふたりの人物になんらかの接点があるように思えたんだ。だからといって、フランシスがその接点に気づいていたとはかぎらない。フィールドなどという人物は名前を聞いたこともないし、会ったこともないと断言していた。令嬢のことばを疑う理由はなく、信じる理由はいくらでもあった。接点として可能性があるのはスティーヴン・バリーだが、その場合はフランシスの知らないところでバリーとフィールドが知り合いだったことになる。仮にフィールドが月曜の夜にこの俳優と会う約束をしていて、フランシスを見かけたのなら、ほろ酔い気分で大胆にも近寄ったことはありうる。何しろ、フィールドとバリーの双方の関心事は、令嬢に深くかかわっていたんだからな。フランシスの顔を知っていたのは――何万人という新聞購読者が令嬢の顔を隅々まで知っているんだよ――しじゅう写真に撮られている上流階級のご婦人だからね。フィールドはきっと、仕事の綿密な手順のひとつとして、フランシスの特徴や容姿を調べておいたのだろう……。ともあれ、この三角関係に話をもどそう――詳細についてはあとにまわすが、フィールドとフランシスとバリーの三人だ。フランシスと婚約し、写真やその他もろもろの形で婚約者として公表されていたバリー以外の出演者では、さっきの問いにじゅうぶん納得のゆく答を出すことはできない。なぜフィールドはフランシスに声をかけたのか、という問いだ。

フランシスに関しては、ほかにも気になる点があった――フィールドの服から彼女のバッグが見つかったことだが、酔っぱらった弁護士に迫られて、思わず取り乱したときに落としたというもっともらしい説明がついた。そして、フランシスのバッグをフィールドが拾いあげたとおぼしき場面を見たというジェス・リンチの証言によって、のちに裏づけがとれた。かわいそうな娘だよ――気の毒に」警視はため息を漏らした。「帽子の話にもどろう――わかるだろうが、いつだってあの忌々しいシルクハットに行き着くんだよ」警視は間を置いてから先をつづけた。「たったひとつの要素が、捜査のあらゆる面を方向づけていたなどという事件は、わたしもはじめてだった。さて、よく聞いてもらいたい。出演者全員のなかで、月曜の夜に夜会服とシルクハットを身につけて劇場から出ていったのは、バリーただひとりだ。月曜の夜、エラリーは人々が列をなして出ていくのを正面扉の前で観察していたんだが、バリーを除いた出演者全員がふだん着で帰っていったという事実を、いかにもあいつらしく、はっきり記憶していた。それどころか、エラリーはのちにパンザーの支配人室で、そのことをサンプソンとわたしにほのめかしさえしたんだが、あのときのわれわれはどちらも、それがどれだけ重要かに気づかなかった……。したがって、フィールドのシルクハットを持ち去ることのできた出演者はバリーだけだ。少し考えればわかるとおり、これと帽子に関するエラリーの推理を照らし合わせると、もはや一片の疑いもなく、バリーを犯人として特定できる。

われわれのつぎの一手は芝居を観ることで、エラリーがきわめて重要な推理をした日の晩にふたりで行ってきた――木曜だ。理由はわかるだろう。第二幕のあいだに、バリーに殺人を実行する時間があったかどうかをたしかめて、結論の裏づけをとりたかったからだ。そして驚いたことに、出演者全員のなかで、その時間があったのはバリーただひとりだった。九時二十分からバリーは舞台におらず——芝居の先陣を切ったかと思うと、そのほぼ直後に退場して——九時五十分に再登場し、あとは第二幕が終わるまで舞台にとどまった。これについては異論の余地がない——時間割は決まっていて、変更は許されないからだ。ほかの出演者はずっと舞台上にいるか、退場してから登場するまでの時間がごく短かった。つまり、五日以上前の、先週の木曜の夜に——事件がすべて解決するまでは九日間しかかからなかったんだが——われわれはすでに謎を解いていたんだよ。しかし、犯人の正体にまつわる謎を解いたからといって、裁きの場に引き出すのはまた別の話だった。理由はすぐにわかる。

九時半前後まで犯人が場内にはいれなかったという事実から、左LL32と左LL30の半券のちぎった端が一致しなかった理由を説明できる。フィールドとバリーは、別々の時間に劇場にはいる必要があった。連れ立ってはいるわけにはいかないし、人目を引くほど遅れてはいるわけにもいかない——バリーにとっては人目を避けることがきわめて重要であり、フィールドも秘密裏の行動が必要なことを理解していたか、少なくとも理解した気になっていた。

バリーを犯人として特定した木曜の夜、われわれはほかの出演者や裏方にそれとなく質問することにした。もちろん、バリーが出ていくか、帰ってくるところを目撃した者がいないかを知りたかったんだよ。実際には、だれも目撃していなかった。みな演技や着替えや裏方の仕事にかかりきりだった。このささやかな捜査をしたのは、当日の芝居が終わって、バリーが劇場を離れたあとのことだ。そしてまったくの空振りだった。

われわれはすでにその前に、パンザーから座席表を借りていた。この図面をもとに、左の小道と舞台裏の楽屋の配置を検討したところ——木曜の夜、第二幕が終わった直後にしたんだが——殺人がどのように実行されたかがわかった」

サンプソンが体を揺すった。「わたしもそれにずっと頭を悩ませていたんだ」と白状する。「何しろ、フィールドは世間知らずのうぶな男じゃない。このバリーという男は天才にちがいないよ、Q。いったいどうやったんだ」

「答がわかってしまえば、謎は決まって単純なものだよ」警視は切り返した。「九時二十分に自由の身になったバリーは、すぐさま楽屋にもどって、手早く、だが抜かりなく化粧して顔立ちを変えると、夜会服用のマントをまとい、衣装のシルクハットをかぶって——覚えているだろうが、もともとバリーは夜会服を着ていたので——楽屋から小道に忍び出た。

むろん劇場の構造は知らないだろうな。この建物の奥に張り出した部分は左の小道に面していて、各階にいくつも楽屋があってね。バリーの楽屋はいちばん下の階で、そこには小道に通じるドアがある。鉄の階段をおりていけば下の通りに出られる。バリーはこのドアを通って楽屋から出ると、まだ第二幕がおこなわれていて、劇場の横のドアが閉まっているあいだに、暗い小道を通り抜けた。この時間はまだ小道の端に見張りがいないし――バリーにもそれはわかっていて――ジェス・リンチとその〝恋人〟もいなかったことが幸いして、見とがめられずに通りに出られた。それから、遅れてきた客のようなふりをして、大胆にも正面入口から劇場にはいった。入口で切符を見せたが――左LL30だ――マントにくるまって、うまく変装していた。場内にはいると、わざと半券を捨てた。そうするのが賢明だと思えたからだ。半券がそこで見つかれば、疑いの目を観客に向けさせ、役者からそらすことができる。さらに、計画が失敗してあとで入念な身体検査を受けることになった場合、半券を身につけているのが見つかったら、言い逃れできない証拠になる。要するに、切符を捨てれば捜査を攪乱《かくらん》できるし、自分の身を守れると考えたわけだ」

「しかし、どうやって案内されずに席にたどり着くつもりだったんでしょう――つまり、だれにも見られないように」クローニンは反論した。

「案内係を避けるつもりはなかったのさ」警視は答えた。「むろん、こう踏んでいたんだろう。芝居の真っ最中だし、場内は真っ暗だから、案内係に近づかれる前に、ドアにいちばん近いところにある最後列にたどり着ける。だが、たとえ案内係に先を越され、席に連れていかれたとしても、しっかり変装しているし、顔がよく見えないくらい場内は暗かった。だから、最悪の場合でもせいぜい、これといった外見的特徴のない見知らぬ男が第二幕のあいだにはいってきたという記憶が残る程度だろう。実際には、幸運にもマッジ・オコンネルが恋人の隣にすわっていたおかげで、声をかけてくる者はいなかった。バリーは首尾よく、だれにも気づかれずにフィールドの隣の席に滑りこむことができた。

言っておくが、いままでの話は」警視は咳払《せきばら》いをしてつづけた。「推理や捜査の賜物《たまもの》ではない。このような事実を見つけるすべはわれわれにはなかった。昨夜、バリーが自供して、こうした点をすべて明らかにしたんだよ……。もちろん、バリーが犯人だとわかっていれば、われわれもすべての流れを推理しただろうが――わかっていれば簡単に導けるし、自然な方法だからね。だが、その必要はなかったわけだ。エラリーやわたしの言いわけのように聞こえるかね。ふん！」警視はかすかに笑った。

「フィールドの隣にすわったバリーは、どう行動するかを入念に考えてあった。念を押すが、バリーは時間にきびしく縛られていて、一分も無駄にできる余裕がなかった。フィールドのほうもまた、バリーがもどらなくてはならないのを知っていたから、無意味な引き延ばしはしなかった。バリーによると、実のところ、フィールドにはもっと手こずらされると思っていたらしい。ところがフィールドはバリーの提案や話に機嫌よく素直に応じた。おそらく、かなり酔っていて、まもなく大金が手にはいるのを楽しみにしていたからだろう。

バリーはまず書類を要求した。フィールドが抜け目なく、書類を見せる前に金を渡すよう言うと、バリーは見た目は本物の札束でふくれあがったかのような財布を示した。場内はかなり暗く、バリーのほうも財布から札束を抜きはしなかった。実は、小道具の金だった。バリーは財布を意味ありげに叩《たた》き、きっとフィールドも予想していたにちがいない行動に出た。書類をたしかめるまでは金を渡さないと言ったんだよ。バリーがベテランの役者で、むずかしい状況にも舞台で培った自信ありげな態度で対応できたということを、忘れないでもらいたい……。フィールドは座席の下へ手を伸ばし、驚いて茫然《ぼうぜん》とするバリーの前で、シルクハットを取り出した。フィールドはこう言ったらしい。〝まさかこのなかに書類を入れてあるとは思わなかったろう？　実は、この帽子はおまえの過去専用だ。ほら――おまえの名前がはいってる〟。そしてこの驚くべき宣言とともに、汗革をひっくり返した。バリーはペンライトを使い、自分の名前が汗革の内側にインクで書かれているのを見てとった。

この瞬間、バリーの頭をどんな思いが駆けめぐったか、想像してもらいたい。自分の周到な計画を台なしにしかねない、思いがけぬ災難に出くわしたと、そのときのバリーには思えた。死体の発見時にフィールドの帽子が調べられたら——当然そうなるだろうが——汗革のスティーヴン・バリーという名前が歴然とした証拠になる……。汗革を切りとる時間はなかった。第一に、ナイフを持っていない——不運なことにな。第二に、汗革は頑丈な生地に固く縫いつけられている。瞬時に頭を働かせたバリーは、残された道はただひとつ、フィールドを殺害してから帽子を持ち去ることだとすぐに悟った。体格はだいたい同じだし、フィールドは平均的なサイズの七と八分の一の帽子をかぶっていたから、フィールドの帽子を頭にかぶるか手に持つかして劇場から出ていこうと即座に腹を決めた。自分の帽子は、あっても不自然ではない楽屋に残し、フィールドの帽子を劇場から持ち出して、自宅に着いたらすぐに処分するつもりだった。また、劇場を離れる際に成り行きで帽子を調べられたとしても、自分の名前が内側に記されていれば疑いを招かない、とも考えた。この事実があったおかげで、予想外の事態が起こったがとりたてて危険な立場に陥ったわけではない、と十中八九、バリーは思ったんだろう」

「利口な悪党だ」サンプソンはつぶやいた。

「頭の回転が速いんだよ、ヘンリー、頭の回転が」警視は重々しく言った。「そのせいで、おおぜいの人間が縛り首の縄に頭を突っこんできたんだがね……。さて、バリーは帽子を持ち去ろうととっさに決意したが、自分の帽子を代わりに残しておくわけにはいかないことに気づいた。ひとつには、バリーがかぶっていたのはスナップダウン――つまり、折りたたみ式のオペラハットだったからだが、もっと重要なのは、劇場に衣装を貸し出しているルブラン商会の印が押されていたことだ。これを残していったら、役者のだれかが犯人だと言っているようなものだ――それだけは避けたいのに。バリーが言うには、そのときも、それよりかなりあとになっても、警察ではせいぜい、帽子が消えたのは何か貴重な品がはいっていたからだと推測するぐらいしかできまいと思っていたそうだ。その程度の推測では、自分に疑いの目が向けられるはずがないと読んでいたんだな。シルクハットが消えたという事実のみからエラリーが組み立てた一連の推理を説明してやったら、愕然《がくぜん》としていたよ……。それでわかるだろうが、バリーの犯罪の根本にあった欠陥は、本人の見落としや誤りではなく、とうてい予見できなかった出来事が生んだものだ。そのせいでバリーは不本意な行動を強いられ、それが連鎖反応を生んだ。もしバリーの名前がフィールドの帽子に記されていなかったら、いまもあの男は自由の身でなんら疑われていなかったはずだと、わたしは確信している。警察の事件簿に、またひとつ迷宮入りの殺人事件が加わっていただろう。

言うまでもなく、これだけの考えが、ことばで述べるよりも短い時間で、バリーの頭のなかに一気にひらめいたわけだ。バリーはとるべき行動を理解し、計画を即座に修正して新しい事態に対応させた……。フィールドが帽子から書類を取り出すと、バリーは相手に見張られながら急いで目を通した。そのために例のペンライトを使った――わずかな光線は、ふたりが体でさえぎってうまく隠した。書類はすべてそろっているように見えた。だがこのときバリーは、書類にあまり時間を割かなかった。顔をあげ、もの憂げな笑みを浮かべて言った。〝全部そろっているようだな、やってくれるよ〟と、休戦中の敵に接する紳士のように、ごく自然な口調でね。フィールドはそのことばをそのまま受けとった。バリーはポケットに手を入れ――この時点でペンライトは消してあった――落ち着かないふりをして、フラスクから上等のウィスキーをひと口あおった。それから、礼儀を思い出したかのように、取引の成立を祝って一杯飲むよう愛想よく勧めた。バリーがそのフラスクから飲んだのを見ていたフィールドは、悪巧みがあるとは思わなかったはずだ。それどころか、自分を殺そうとするとは夢にも思っていなかったんだろう。バリーはフラスクを手渡した……。

しかし、それは同じフラスクではなかった。闇にまぎれてバリーはフラスクをふたつ取り出していて――自分が飲んだのは左の尻《しり》ポケットにはいっていたほうだった。フィールドに手渡すときにすり替えたんだよ。たやすいことだった――あたりが暗くて、相手が酔っぱらっていたとなれば、なおのこと簡単だった……。フラスクを使った策略はうまくいった。けれども、バリーはただの運まかせにはしていない。ポケットに毒入りの注射器を忍ばせてあり、もしフィールドが酒をことわったら、腕か脚に注射器を突き立てるつもりでいた。何年も前に医者から注射器を一本もらっていたらしい。バリーは昔、神経を病んでいたんだが、一座とともに旅から旅への暮らしを送っていたから、医者にずっと診てもらうのは無理だった。そんな昔の注射器の出どころをたどれるわけがない。そんなふうにして、フィールドが酒をことわった場合の準備も怠りなかった。わかるだろう――この点だけをとっても、バリーの計画は失敗しようがなかったんだ。

フィールドが飲んだフラスクにも上等のウィスキーがはいっていたが、テトラエチル鉛が大量に混ぜこまれていた。この毒のかすかなエタノール臭は、酒の強いにおいにまぎれた。そしてフィールドは、何か変だと気づくより早く、大きくひと口飲みくだしてしまっていた。気づいたとしたらの話だがね。

フィールドはそのままフラスクを返し、バリーはそれをポケットにしまってこう言った。〝書類をもっと入念に調べさせてもらうよ――あんたを信じる理由はないからな、フィールド……〟。このときはもう興味を失っていたフィールドは、怪訝《けげん》そうにうなずくだけで、椅子に体を沈めた。バリーは書類を調べながらも、目の隅でフィールドをずっと監視していた。五分も経つと、フィールドは正体をなくしていた――永遠に。完全に意識を失ったわけではなかったが、もはや時間の問題だった。顔をゆがめ、息を切らしてあえいでいた。筋肉を大きく動かすことも、叫ぶこともできないありさまだった。むろん、バリーのことなどもう頭から消えていただろう——苦痛のせいで——あまり長く意識は保てなかったかもしれない。ピューザックにいくつかのことばをうめき声で伝えたときは、いまわの際の男が超人的な力を振り絞っていたんだよ……。

そしてバリーは腕時計を見た。九時四十分。フィールドとともにいたのは十分間にすぎなかった。九時五十分には舞台裏にもどっていなくてはならない。もう三分、待つことにした——予想よりも短い時間ですんでしまったが、フィールドが騒ぎださないのをたしかめるためだ。九時四十三分ちょうどに、フィールドが体内の苦痛でまったく動けずにいる横で、バリーはフィールドの帽子を手にとり、自分の帽子はたたんでマントのなかにしまって、立ちあがった。帰り道に問題はなかった。壁に張りつくようにして、できるかぎり慎重に、目立たないように通路を歩き、だれにも目撃されずに左側のボックス席の裏にたどり着いた。芝居は山場を迎え、すべての目が舞台に釘《くぎ》づけになっていた。

ボックス席の裏でかつらをむしりとってから、急いで化粧を直し、舞台脇のドアを抜けた。このドアの先は細い通路になっていて、さらに行くと舞台裏のいろいろな場所へ枝分かれする廊下がある。バリーの楽屋はその廊下の入口から数フィートのところだ。バリーは静かに中にはいると、衣装の帽子を自分のいつもの小道具のなかへ投げこんでから、死のフラスクに残った中身を洗面台にあけ、フラスクをきれいに洗った。注射器も、中身をトイレに流してから洗って片づけた。もし見つかったところで——どんな問題があるのか。注射器を持ち歩く完璧《かんぺき》に正当な理由があるし、そのうえ殺人にその道具はまったく使われていないんだから……。バリーはすでに冷静で、落ち着き、少しばかり退屈して、いつ出番の合図があってもよかった。九時五十分ちょうどに呼び出しがかかると、舞台に出ていって、九時五十五分に一階席で騒ぎが起こるまでそこにとどまった……」

「とんでもなくややこしい計画だな！」サンプソンがいきなり叫んだ。

「聞いた印象ほどややこしくはないよ」警視は切り返した。「バリーはきわめて頭の切れる若者であり、そして何より、すぐれた俳優だった。こんな計画を成功させられるのは、経験を積んだ俳優以外にありえない。結局のところ、手口は単純だ。最もむずかしいのは時間を守ることだな。だれかに目撃されたとしても、変装している。計画で唯一危険なのは逃走時——通路を歩いて、ボックス席の裏の楽屋口から舞台裏へ向かうときだ。通路については、フィールドの隣にすわっているあいだに、案内係を目で追いながら対処した。もちろん、芝居の性質上、案内係がたいてい忠実に持ち場に張りついているのを、バリーは前もって知っていたわけだが、どんな緊急事態が起こっても変装と注射器で切り抜けられると踏んでいた。ところが、マッジ・オコンネルが職務に怠慢だったため、なんとも好都合だった。ゆうべ誇らしげにバリーは語っていたよ。あらゆる偶発事件に備えていたと……。楽屋口に関しては、芝居のそのころにはほぼ全員が舞台の上にいるのを経験から知っていた。裏方も持ち場で忙しくしているはずだと……。バリーは自分がどんな条件下で犯行をおこなうことになるか、前もって正確に把握したうえで計画したんだ。危険な要素や不確実な要素があるにしても――どのみち危険は付き物では？――ゆうべバリーは笑いながらそう言っていたよ。ほかはともかく、あの考え方には賛嘆せざるをえないな」

警視は落ち着きなく身じろぎした。「これでバリーの手口はつまびらかにできたと思う。われわれの捜査については……帽子に関して推理し、犯人の正体を突き止めたところで、犯行の正確な背景はまったくわからなかった。木曜の夜までに入手した物証を覚えていればわかるだろうが、役に立つものは何ひとつなかった。いちばん期待できそうなのは、探していた書類のどこかに、バリーにつながる手がかりがあることだった。それだけではじゅうぶんではないにしても……。そういうわけで、つぎの段階は」警視はひとつ息をついてから言った。「フィールドのアパートメントで、ベッドの天蓋《てんがい》の巧妙な隠し場所から書類を発見したことだった。これは最初から最後までエラリーの手柄だ。フィールドが貸金庫も私書箱も別宅も持たず、親しくしている友人や店主もいなかったこと、そして書類が事務所にないことはわかっていた。エラリーは消去法を用い、書類はフィールドの家のどこかにあるにちがいないと主張した。この捜索がどうなったかは、知ってのとおりだ——エラリーの精緻《せいち》で純粋な推理のおかげだよ。われわれはモーガンの書類を発見した。クローニンが探していた、ギャングの活動に関する書類も見つけた——ちなみにティム、大掃除に取りかかったらいったい何が出てくるか、楽しみでならないよ——そしてわれわれは最後に、その他の書類の束を見つけた。そのなかに、マイクルズのものやバリーのものがあった……。覚えているだろう、ティム、筆跡鑑定の件から、バリーの書類の原本があるはずだとエラリーが推理していたことを——そして、そのとおりになった。

マイクルズの件は興味深かった。軽窃盗でエルマイラにはいるぐらいですんだのは、フィールドが巧みに法律をねじ曲げたからだ。しかし、フィールドはマイクルズの犯行の証拠をつかみ、真の罪状のあかしとなる書類を、いずれ使いたくなるときに備えてお気に入りの隠し場所にしまっておいた。ほんとうにこすっからい男だよ、あのフィールドは。マイクルズが釈放されると、フィールドはその書類を相手の頭の上に振りかざして脅迫し、無節操にも汚れ仕事をさせた。

マイクルズは長いあいだ、気を抜かずに探しつづけた。書類がほしくてたまらなかったのは想像できるだろう。機会があるたびにアパートメントのなかを探したらしい。

探せど探せど見つからないので、やがて絶望した。おそらくフィールドは、マイクルズが来る日も来る日も家じゅうを探していると知りながら、悪魔じみたサディスティックな喜びを味わっていたのだろう……。月曜の夜のマイクルズの行動は、本人が言ったとおりだ――家に帰って寝ていた。しかし、火曜の早朝、新聞でフィールドが殺されたことを知ると、進退窮まったことを悟った。最後にもう一度、書類を探さなくてはならない――自分が見つけなければ、警察が見つけるかもしれず、そうなれば厄介なことになる。だから、警察の網のなかに飛びこむという危険を冒してまで、火曜の朝にフィールドの部屋にもどった。小切手の話はもちろん戯言《たわごと》だ。

ともあれ、バリーに話をもどそう。〝その他〟と記された帽子から見つかった書類の原本が、意外な話を教えてくれた。ひとことで言えば、スティーヴン・バリーには黒人の血が流れているんだよ。バリーは南部の貧しい家の生まれなんだが、黒人の血が混ざっていることを示す、はっきりとした証拠文書がある――手紙や出生証明書のたぐいだ。知ってのとおり、フィールドはこういう事実を調べあげるのが稼業だ。いつごろかは判然としないが、まずまちがいなくかなり前に、なんらかの方法でこの書類を入手した。バリーの身辺を洗ってみると、売れない役者で、金があるときよりもないほうが多いくらいだった。そこでしばらくはほうっておくことにした。もしバリーが金持ちになったり、有名になったりすれば、恐喝する機会が訪れる……。まさかフィールドも、億万長者の娘で、由緒ある名家の令嬢であるフランシス・アイヴズ－ポープとバリーが婚約するとは、夢にも思わなかったろう。バリーの出自の話がアイヴズ－ポープ家の知るところとなれば、いったいどんなことになるかは説明するまでもあるまい。それに――これは非常に重要な点だが――バリーはギャンブル好きのせいでいつも金に困っていた。稼いだ金は馬券屋の懐に流れこんでいたうえに、フランシスとの結婚が実現しなければとうてい返済できないほどの多額の借金をかかえていた。切羽詰まっていたので、自分のほうから早く結婚しようとさりげなく促していたほどだった。わたしがずっと気になっているのは、バリーがフランシスをどう思っていたかだ。公正を期すために言っておくと、金だけが目当てで結婚したがっていたのではないと思う。心からあの娘を愛しているんだろう――まあ、あの娘を愛さない者はいないだろうが」

警視は思い出したように微笑んで、話をつづけた。「しばらく前に、フィールドは書類を持ってバリーに近づいた――もちろん、秘密裏にだ。バリーは払えるだけ払ったが、情けないほどの額だったので、強欲な恐喝者が満足するはずもなかった。それで必死に要求をはぐらかしつづけた。ところが、フィールドのほうもギャンブルのせいで追いこまれて、ささやかな商売の相手ひとりひとりに〝督促〟をはじめた。抜き差しならぬ羽目に陥ったバリーは、フィールドの口を封じないとすべてを失うと悟った。たとえフィールドが要求した五万ドルを用意できて——どう考えても不可能だが——原本を手に入れたとしても、フィールドが話を広めるだけで希望が打ち砕かれるのに変わりはない。残された道はただひとつ——フィールドを殺すことだ。そして実行した」

「黒人の血ですか」クローニンはつぶやいた。「驚いたな」

「外見からはまずわからないな」サンプソンは言った。「きみやぼくと同じような白人に見えるが」

「はるか遠い先祖の血だよ」警視は言いきった。「それがほんの一滴、流れていただけだ——ほんの一滴だが、アイヴズ-ポープ家にとってはそれでもじゅうぶんすぎるくらいだった……。先をつづけよう。書類を見つけて、読んで——われわれはすべてを知った。だれが——どのように——なぜ、この犯行をおこなったのか。われわれは有罪にできる証拠を調べた。証拠もないのに殺人罪で法廷に引っ張り出すことはできないからな……。で、何が見つかったと思うかね。何もなしだ！

証拠として使えそうな手がかりを検討してみよう。令嬢のバッグ——論外だ。言うまでもなく、価値はない……。毒の出どころ——完全にお手あげだ。ちなみに、バリーはジョーンズ博士——毒物学者のジョーンズが推測したとおりの方法で毒を調達していた。ふつうのガソリンを買って、テトラエチル鉛を分留したんだ。それを示す痕《こん》跡《せき》は何も残っていなかったがね……。ほかに見こみのある手がかりは――モンティ・フィールドの帽子だ。それはもうこの世にない……。空席六つの切符が余っているはずだが――これまで一枚も見つかっていないし、これからも見つかる可能性はまずあるまい……唯一残った物証は――書類だが――動機を示唆しているが、なんの証明にもならない。ここまで考えただけでは、モーガンが犯人でもおかしくないし、フィールドの犯罪組織のだれが犯人でもおかしくない。

有罪にできそうなただひとつの希望は、バリーのアパートメントにだれかを忍びこませて、帽子なり切符なり、あるいは毒そのものや毒を作った器具といった手がかりなりを見つけるという計画にかかっていた。ヴェリーが熟練の空き巣を手配して、バリーが劇場で出演している金曜の夜に、アパートメントを隅々まで捜索させた。いま言った手がかりの痕跡すら出てこなかった。帽子も、切符も、毒も――すべて処分されていた。バリーなら処分しているのがあたりまえだ。こちらはそれを確認しただけだった。

わたしは必死の思いで、月曜の夜の観客たちをこぞって集めた。あの夜にバリーを見たと思い出す者がいるかもしれないと期待したんだよ。質問されたときは興奮して完全に忘れていた出来事でも、あとになって思い出すということはときどきあるものだからな。だが結局はこれも失敗に終わった。唯一の収穫は、小道でフィールドがイブニングバッグを拾うところを見たというオレンジエード売りの証言だけだった。しかし、これもバリーに関しては、なんの役にも立たなかった。それに、さっき言ったとおり、木曜の夜に出演者に質問したときも、なんら直接の証拠は得られなかったんだよ。

というわけで、われわれには陪審員に申し立てできる美しい仮説ならあったが、まともな証拠は毛ほどもなかった。こちらの主張など、やり手の弁護士なら苦もなく反論できただろう。どれももっぱら推理に頼った状況証拠だった。法廷でそういう主張にどれくらいの勝ち目があるかは、あなたがたも同じくらいよく知っているはずだ……。そして、わたしのほんとうの苦しみがはじまった。エラリーが街を離れることになったからだ。

わたしは知恵を絞った——ない知恵を」警視は空になったコーヒーカップを見て顔をしかめた。「見通しはもうじゅうぶんに暗かった。証拠もなしに、どうやって有罪を証明できる？　腹立たしかった。そのとき、エラリーが最後に助けてくれた。電報で提案したんだ」

「提案？」クローニンは訊《き》き返した。

「わたしもちょっとした恐喝をやったらどうかという提案だよ……」

「きみが恐喝を？」サンプソンは目をむいた。「よくわからないんだが」

「謎めいた物言いをするときのエラリーは重要なことを言っている」警視は言い返した。「わたしはすぐにわかったよ、唯一残った道は証拠を作ることだと！」

ふたりの男はともに困惑して眉根《まゆね》を寄せた。

「単純なことだ」警視は言った。「フィールドは珍しい毒で殺された。そしてフィールドが殺されたのは、バリーを恐喝していたからだ。バリーが突然、同じ理由で恐喝されたら、また毒を使うのではないか――しかも、同じ毒を使うのではないかと想定しても差しつかえはなかろう？　言うまでもなく、〝一度毒殺したら、何度でも毒殺するものだ〟ということだよ。バリーの場合では、だれか別の人物にもテトラエチル鉛を使うように仕向けることができれば、逮捕できる！　この毒はほとんど知られていない――が、くわしく説明する必要はないだろう。テトラエチル鉛を所持しているバリーを確保すれば、それだけでじゅうぶんな証拠になる。

どうやってこの離れ業を成しとげるかは、また別の問題だったが……状況は恐喝にうってつけだった。わたしの手もとにはバリーの出生に関する書類の原本があった。バリーはそれを処分したと思いこんでいた――フィールドから奪った書類が精巧な偽造品だと疑う理由はなかったからだ。恐喝されたら、前と同じ苦境に立たされる。だから、同じ行動をとるはずだった。

そこでわたしは、われらが友チャールズ・マイクルズを使うことにした。この男を利用したのは、フィールドの旧友で用心棒で腰巾着《こしぎんちゃく》だったわけだから、書類の原本を持っていてもおかしくないとバリーは判断するだろうからだ。マイクルズには、わたしが口述したとおりに手紙を書かせた。本人にわざわざ書かせたのは、フィールドと付き合いのあったバリーが筆跡を見知っているかもしれなかったからだ。瑣末《さまつ》なことに思えるが、危険は冒したくなかった。もしこの計略に手抜かりがあったら、バリーにすぐ見抜かれて、二度と捕らえられなくなる。

新たな恐喝がただの脅しではないことをわからせるために、わたしは書類の原本を一枚、手紙に同封した。フィールドが渡そうとしたのは写しであって、同封した書類がそれを証明すると手紙に書かせた。バリーには、主人がそれまでしたのと同じように、マイクルズもゆすろうとしていることを疑う理由はなかった。手紙は最後通牒《つうちょう》に見えるような書き方をした。時間と場所を指定し、つまるところ、計画はうまくいった……。

そんなしだいだよ。現れたバリーはテトラエチル鉛を満たした頼みの小さな注射器と、フラスクも持っていた――場所こそちがうが、フィールド殺しの完全な再現だ。部下には――リッターにやらせたんだが――油断しないよう指示しておいた。リッターはバリーの顔を認めると、すぐに銃を突きつけて全員を警戒させた。さいわい、われわれはふたりのすぐ後ろにあった茂みに隠れていた。バリーは自暴自棄になっていたから、少しでも隙があれば、リッターを殺してから自殺していただろう」

警視が語り終え、深く息をつき、前かがみになって何度か嗅《か》ぎ煙草を吸うあいだ、意味深長な沈黙が流れた。

サンプソンが椅子の上で体を揺すった。「推理小説みたいだな、Q」感嘆をこめて言う。「だが、一、二、わからない点がある。たとえば、もしそのテトラエチル鉛がほとんど知られていないのなら、バリーはどうやってそれのことを知ったんだ――自分で作れるほどまで」

「ああ」警視は微笑した。「ジョーンズから毒の説明を受けたときから、わたしも気になっていたよ。逮捕してからもわからなかった。しかし――わたしの愚かさをさらすだけだが――答はずっと目の前にあった。アイヴズ-ポープ邸で、コーニッシュという医者に紹介されたのを覚えていないか？　コーニッシュはあの老財界人の親しい友人で、どちらも医学に関心があった。実際、エラリーが一度、〝しばらく前に、アイヴズ-ポープは化学研究基金に十万ドルを寄付したのでは？〟と尋ねたのをわたしは覚えている。それは事実だった。数か月前のある晩、アイヴズ-ポープ邸で会合があったときに、バリーは偶然にもテトラエチル鉛について知ったらしい。科学者の代表が集まり、コーニッシュに仲立ちをしてもらって、あの大事業家に基金への財政支援を頼んだんだよ。その夜、自然と話題は医学界のうわさ話や、最近の科学的発見に移っていった。バリーは、基金の理事のひとりである有名な毒物学者がこの毒について一同に話すのを立ち聞きしたと認めた。この時点では、その知識を利用することになるとは本人も思っていなかった。フィールドの殺害を決意したとき、この毒の利点や出どころをたどれない点にすぐに思い至ったという」

「木曜の朝、ルイス・パンザーに届けさせた伝言には、いったいどういう意味があったんですか、警視」クローニンが好奇心を示して尋ねた。「覚えていらっしゃいますか。ルーインとパンザーが会ったときに、ふたりが知り合いかどうかを確認してくれと、メモにお書きでしたね。報告したとおり、あとでルーインに尋ねても、パンザーとは知り合いではないと答えていました。あれはどういうつもりだったんですか」

「パンザーには」警視は穏やかに繰り返した。「パンザーにはずっと頭を悩まされていたんだよ、ティム。きみのところへ使いに出したときには、帽子に関する推理はまだできあがっていなくて、パンザーを容疑者からはずせなかった……。きみのところへ行かせたのはただの好奇心からだ。もしルーインがパンザーを知っていたら、パンザーとフィールドのあいだに接点があったかもしれない。この思いつきは実証されなかったわけだ。もともとあまり期待はしていなかったがね。パンザーはルーインの知らないところでフィールドと知り合いだったのかもしれないしな。それに加えて、あの朝、パンザーには劇場をあまりうろついてもらいたくはなかった。だから、使いに出せばわれわれ双方にとって大いに役立った」

「それなら、あなたの指示どおりに古新聞の束を持たせて帰したので、満足してもらえたのでしょうね」クローニンはおかしそうに笑った。

「モーガンが受けとった匿名の手紙の件は？　目くらましか何かだったのか」サンプソンは問いただした。

「あれはかわいらしい罠《わな》でね」警視は渋い顔で言った。「ゆうべバリーが説明したよ。バリーは、モーガンがフィールドに対して殺してやると脅したことを耳にはさんだ。もちろん、フィールドがモーガンを恐喝していたことは知らなかった。しかし、作り話で月曜の夜にモーガンを劇場に来させることができれば、捜査を大きく攪乱《かくらん》できると考えた。モーガンが来なくても、失うものは何もない。もし来たら――バリーはそんなふうに頭を働かせた。ふつうの安い便箋《びんせん》を選んで、タイプライターの販売店へ行き、手袋をはめて手紙を打ったあと、無意味な殴り書きの頭文字で署名して、郵便局から送った。指紋には注意していたから、便箋から自分までたどれるはずがなかった。運のいいことに、モーガンは餌を丸呑《まるの》みして、劇場にやってきた。バリーの読みどおり、モーガンの荒唐無稽《むけい》な話と、あからさまに偽物とわかる便箋のせいで、モーガンは有力な容疑者になった。しかし、神の摂理はその埋め合わせもしたようだ。モーガンから聞き出したフィールドの恐喝稼業に関する情報のおかげで、バリー氏は多大な迷惑をこうむったわけだから。もっとも、そこまでは予見できなかっただろうが」

サンプソンはうなずいた。「もうひとつだけ気になることがある。バリーはどうやって何枚も切符を買う取り決めをしたんだ——そもそも取り決めをしたのか？」

「もちろんだ。バリーは、待ち合わせて書類を受け渡すなら、劇場で極秘裏におこなうべきであり、そのほうがフィールドのためにもなると説き伏せた。フィールドは同意し、売り場で切符を八枚買うのを気軽に引き受けた。フィールド自身も、人目を避けるためには切符がよぶんに六枚は必要だと気づいていた。そして七枚をバリーに送り、バリーは左LL30の切符だけを残してあとは処分した」

警視は立ちあがり、疲れた笑みを見せた。「ジューナ！」低い声で呼ぶ。「コーヒーのおかわりだ」

サンプソンは手をあげて少年を制止した。「ありがとう、Q、だがもう行かないとな。クローニンとわたしには、このギャングの件で山ほど仕事があるんだ。それでも、きみの口から一部始終を聞くまでは落ち着かなかったものだから……Qよ」ぎこちなく言い添える。「本心から言わせてもらうが、きみはすばらしい仕事を成しとげたよ」

「こんな話は聞いたことがありません」クローニンも心をこめて言った。「なんて謎だ、そして最初から最後まで、なんて明快で美しい推理だ！」

「本気でそう思っているのかね」警視は静かに尋ねた。「とてもうれしいよ。というのも、その賛辞はすべてエラリーが受けてしかるべきだからな。わたしは息子をほんとうに誇りに思っている……」

サンプソンとクローニンが出ていき、ジューナが小さな台所にさがって朝食の皿を洗いはじめると、警視は書き物机に向かって、万年筆を取りあげた。息子に宛てて書いた手紙を急いで読みなおす。大きく息を吐き、ふたたびペンを紙に走らせた。

ここまでに書いたことは忘れよう。あれから一時間以上も経っている。サンプソンとティム・クローニンが訪れたので、ふたりのために、この事件でのわれわれの仕事をしっかり説明してやらなくてはならなかった。あんなふたり組は見たことがない！　まるで子供だよ、どちらも。おとぎ話でも聞くように、夢中になっていた……。話していると、自分のなしたことがどれだけ小さく、おまえのなしたことがどれだけ大きいか、いやになるほど思い知らされた。おまえがいつかすてきな娘を選んで結婚する日が待ち遠しい。そうすれば、この困ったクイーン一家をあげて荷造りをし、イタリアへ移住して、落ち着いた平穏な生活を送れるからな……。さて、エル、もう着替えて本部へ行かなくては。先週の月曜以来、いつもの仕事がたまりにたまっているんだが、この仕事はまったくもってわたし向きだよ……。

いつ帰ってくるのかね。急《せ》かすつもりはないが、とてつもなくさびしいよ。わたしは――いや、わたしは疲れて自分勝手になっているようだ。甘ったれでよぼよぼの頑固じじいだな。でも、きっとおまえはもうすぐ帰ってくるんだろう？ジューナがよろしくと言っている。あのいたずら小僧は、台所の皿を洗う音で、わたしの耳をもぎとってしまいたいらしい。

おまえを愛する
父より

（原注）

＊このクイーン警視の発言はかならずしも真実ではない。ベンジャミン・モーガンは〝罪のない〟人物だとはとても言えない。だが、警視はみずからの正義感に突き動かされ、弁護士をかばって沈黙の誓いを守った――E・Q

解説　〈国名シリーズ〉にようこそ！

飯城勇三

――僕はエラリー・クイーンって十代のころよく読んだんだけれど、いつもあの「読者への挑戦」っていうところまでが、好きだったんです。

（村上春樹「メイキング・オブ・『ねじまき鳥クロニクル』」より）

今、この本を手に取っているあなたは、これから国名シリーズを読むつもりなのでしょうか？　それとも、新訳で再読するつもりなのでしょうか？

もしあなたが前者ならば、迷わず買うべきです。本格ミステリの最高峰と言われるシリーズが、あなたを待っているのですから。そして、読み終えた時、あなたは理解するはずです――有栖川有栖や太田忠司が国名シリーズを模したシリーズを描いた理由を、数え切れないほどの本格ミステリ作家や長門有希や服部平次がクイーンや国名シリーズを褒め称《たた》えている理由を。

もしあなたが後者ならば、迷わず買うべきです。今回の翻訳は、私の知る限りでは、最高の訳文なのですから。そして、読み終えた時、あなたは理解するはずです――これまでの訳では充分に味わうことのできなかったこの作品の魅力を。

その誕生――クイーンの三日天下

一九二八年夏。二人の男が一つの広告に惹《ひ》かれました。二人の男とは、映画会社の宣伝部勤務のマンフレッド・リー（当時二十三歳）と、広告会社勤務のフレデリック・ダネイ（当時二十二歳）。一つの広告とは、ストークス出版社とマクルーア誌が共催した、長篇ミステリ・コンテストの募集要項でした。賞金の七千五百ドルに加え、受賞作はマクルーア誌に連載された後にストークス社から単行本で出るという好条件。かくして、いとこ同士でミステリ好きの二人は、『ローマ帽子の秘密』を書き上げ、作中探偵と同じ「エラリー・クイーン」という筆名で投稿したのです。

その執筆時の苦労に関しては、ダネイに語ってもらいましょう。プレイボーイ誌一九七九年六月号に掲載されたインタビューからの抜粋です。

［Q］コンテストに応募した最初のクイーンものを書くのにどのくらいかかりましたか？

［A］記憶をたどってみると、「晩春か、初夏に書き始めた」と言っていいね。

締切は一九二八年十二月三十一日だった。執筆中に、リーがフィラデルフィアでの結婚式に出席しなければならなくなったのを覚えているよ。ニューヨークからフィラデルフィアへ列車で往復する時間が惜しくなって、僕も一緒に、見ず知らずの人の結婚式に出席することにしたからね。原稿を出したのは、コンテストの締切の日、十二月三十一日だった。

しかし、この作品は一度は受賞が内定したものの、最終的にはイザベル・B・マイヤーズの『殺人者はまだ来ない』(邦訳は光文社から)に負けてしまいました。その事情については、今度はリーに語ってもらいましょう。アメリカのミステリ研究誌「アームチェア・ディテクティブ」一九六七年第三号に載ったエッセイの一部です。

ダネイと私は非公式に受賞したことを伝えられた。そして三日後、私たちはこう聞かされることになる。マクルーア誌が倒産し、主催を引き継いだスマート・セット誌は、女性向きで、安っぽい感傷に満ちた物語がお望みだと。かくして、私たちの嘆きをよそに、ジャーミンガムという名の探偵が登場する作品が賞を得ることになったわけだ。

余談ですが、当時のアメリカで最も売れっ子だったミステリ作家は、一九二六年に『ベンスン殺人事件』でデビューしたS・S・ヴァン・ダインでした(一九二八年には代表作『グリーン家殺人事件』を発表)。そして、初期のクイーンに大きな影響を

コンテストの広告（マクルーア誌1928年12月号。資料提供・川上光弘氏）

与えたこのヴァン・ダインは、一九一〇年代に本名のW・H・ライトで、スマート・セット誌の編集長を務めていたのです。まだ女性向きではなかったこの時期だったら、受賞は取り消されなかったかもしれませんね。もっとも、リーもダネイも一九〇五年生まれなので、あり得ない話ではありますが。

ただし、女性向きではないストークス社の方は、賞こそ与えなかったものの、当初の予定通りに、『ローマ帽子』を出版しました。一九二九年八月十五日――〝エラリー・クイーン〟がデビューしたのです。

では、刊行時の興味深いエピソードを、二つ紹介しましょう。

一つめは、『ローマ帽子』の表紙デザインの件。ストークス社が用意した表紙が気に入らなかったダネイは、自分でデザインすることにしたのです。さすがは広告会社のアート・ディレクター、といったところでしょうか。

二つめは、ニューヨーク・ワールド紙の件。この新聞の人気コラムに、「『ローマ帽子』は読者に毒薬の作り方を教えている」という批判的な投稿が寄せられたのです。このいきさつは、クイーン自身がエッセイで語っています――が、なんと、この投稿者はクイーン本人！　大部数の新聞を利用して『ローマ帽子』に世間の注目を集めようとする、自作自演だったのです。まあ、ストークス社はまったくと言っていいほど

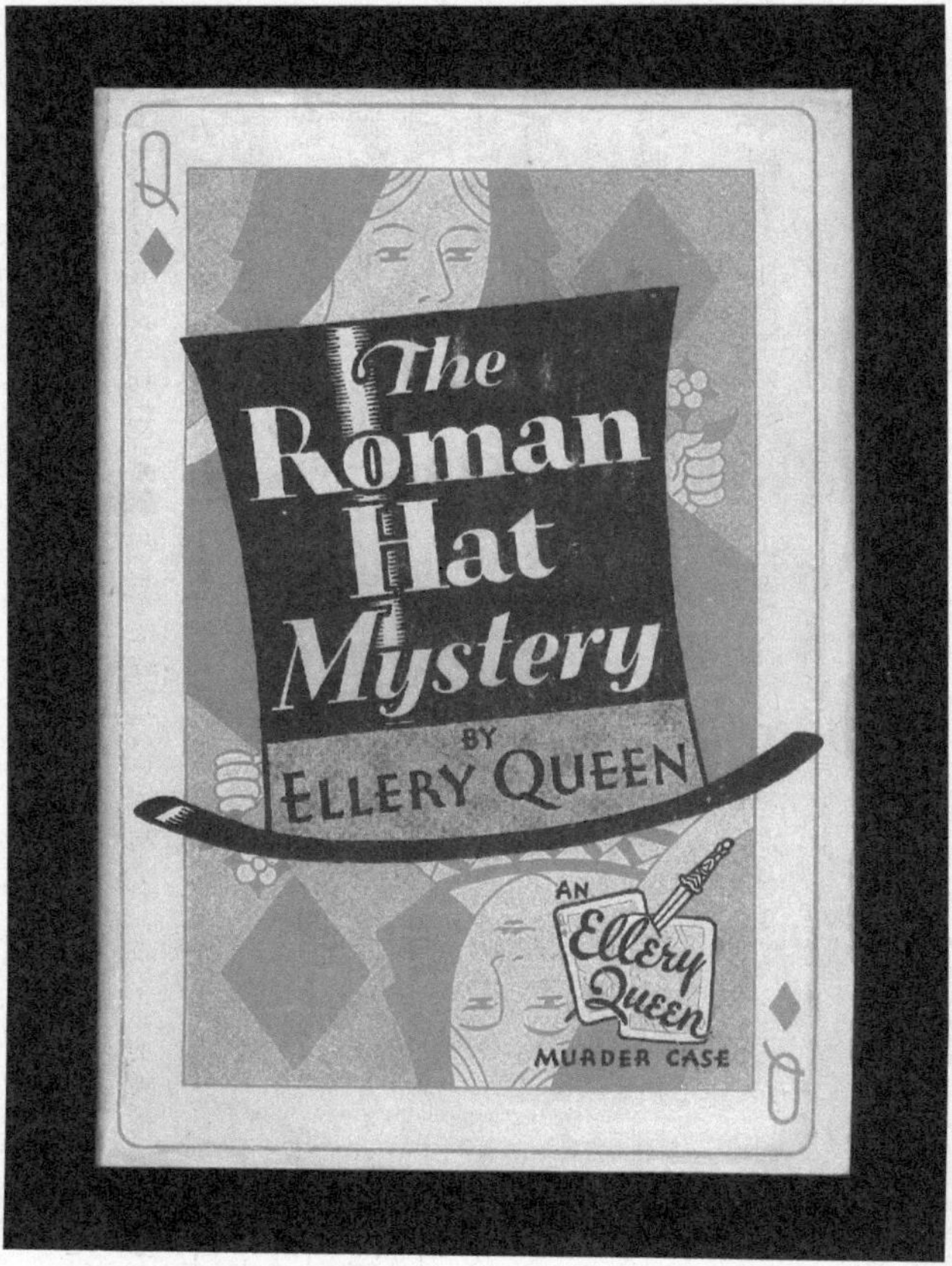

『ローマ帽子の秘密』初刊本の表紙

広告をしなかったそうなので、同情の余地はありますが……。

［注］クイーンのこのエッセイは、自身が編集する雑誌「ミステリ・リーグ」の一九三三年十二月号に発表されたもの。同じ号には、『ローマ帽子』をゲトラー教授に捧《ささ》げることになったいきさつも掲載されています。邦訳は、共に『ミステリ・リーグ傑作選・上』（論創社）に収録。

こうした涙ぐましい努力のせいか、はたまた内容の面白さのせいか、『ローマ帽子』の初版は八千部が売れました。これは無名の新人の作としては上々の売れ行きだったので、当然のことながら、ストークス社は第二作を依頼。かくして、『ローマ帽子の秘密』が〈国名シリーズ〉の第一作になり、アメリカの、いや、世界の本格ミステリが新たなステージに入ったのです。

その魅力——すべての道は『ローマ』から

『ローマ帽子の秘密』の魅力は、大きく分けて三つあります。

一つめは、小説的魅力、というよりは、キャラクターの魅力。第一作だけあって、作者はレギュラー陣の描写に力を注いでいるのです。古書マニアで引用癖のある皮肉屋のエラリーも魅力的ですが、本作に限っては、クイーン警視に負けていると言わざるを得ないでしょう。それくらい、本作の警視は魅力的に描かれています。部下にてきぱきと指示し、関係者を巧みにあしらうその姿は、警察小説の主役を張っても違和感がありません。ヴェリー部長刑事も後年のラジオドラマのような脳筋キャラではありませんし、フリントたち刑事もきちんと描き分けられています。最初期のクイーン作品は、〝都会を舞台にした警察小説〟といった趣《おもむき》があるのですが、本作は最もそれが色濃く出ていると言えるでしょう。

なお、クイーンのファンには、本作の事件発生年を推理することをおすすめします。なぜかというと、アメリカのクイーン研究誌の第二号（一九六九年一月発行）で、ファンの一人がこの難問に挑み、見事に玉砕したからです。彼は、「J・J・マックのまえがき」と「日付と曜日の関係」と「オニールが戯曲を発表しなかった年」の三つのデータから年代を特定しようと試み、「頭がおかしくなりそうだ」と嘆いて挫折《ざせつ》してしまいました。さて、あなたはどうでしょうか？

二つめの魅力は、その後のクイーン作品で大きく扱われるテーマが描かれている点。例えば、超満員の劇場という、異常に多い容疑者の中での殺人は、『アメリカ銃の秘密』で、超満員のスタジアムにグレードアップされて使われています。

例えば、「手がかりが犯行現場にある」のではなく、「あるべきもの（被害者の帽子)がない」という逆転した手がかりは、『スペイン岬の秘密』で、衣装すべてにグレードアップされて使われています。

例えば、松本清張の『砂の器』を彷彿《ほうふつ》とさせる動機に見られる社会性は、『ガラスの村』で、物語全体のテーマにグレードアップされて使われています。

それ以外にも、後年の作品で用いられる要素がいくつも見られるので、まさしく「処女作にはその作家のすべてがある」と言えるでしょう。

しかし、何と言っても本作がずば抜けているのは、本格ミステリとしての魅力です。「ある推理の問題」という副題、意味ありげな登場人物目録、犯行現場の見取り図、徹底した警察の捜査、ディレッタントな名探偵、中盤での事件をめぐる執拗《しつよう》なディスカッション、読者への挑戦状、長大な解決篇、緻密《ちみつ》な推理……。これらを読んで、本書が本格ミステリ以外のジャンルに属すると考える読者は、一人たりともいないはずです。

特にすばらしいのは、帽子をめぐる推理。解決篇を読み終えたならば、ぜひ、前に戻って読み直してください。クイーンが帽子の行方の可能性を一つずつ潰《つぶ》していく手際の巧みさに、あなたは舌を巻くに違いありません。この見事な推理を上回る本格ミステリがあるとすれば、それは、クイーンの別の作品しかないでしょう。

その挑戦――謹んで挑戦をお受けします

本書の、いや、国名シリーズ最大のギミックは、〈読者への挑戦〉に他なりません。これが、本格ミステリで用いられた仕掛けの中で、最も斬新《ざんしん》かつ巧妙なものであることに、疑いの余地はないでしょう。

もちろん、クイーン以前の作品にも、〈読者への挑戦〉は存在しました。しかし、こういった作品はすべて、作者が読者に直接挑戦しているのです。つまり、クロスワード・パズルやクイズと同じように、「私が考えた謎を解いてみろ。必要な手がかりは作中に組み込んでおいた」と挑戦しているわけですね。

しかし、クイーンの挑戦は、まったくタイプが異なります。なぜならば、クイーンは、「私は現実に起こった事件を論理的な推理によって解決しました。私が推理に用いたデータはすべて作中に書いてあります。あなたも私と同じように謎を解けますか？」と言っているのですから。もちろん、これは作中レベルの話で、実際には謎を作り上げた作者が読者に挑戦している点は、パズルと変わりありません。しかし、作者が「エラリーが現実の事件を解決した」というスタンスで描いている以上、読者も「自分もエラリーのように解決できるだろうか」というスタンスで挑戦を受けなければならないのです。つまり、フェアプレイの基準が、「作者は読者に対して必要なデータをすべて提示しているかどうか」から、「エラリーは作中で提示されたデータだけで解決できているかどうか」に変わっているわけですね。

〝本格ミステリにおけるフェアプレイ〟という観点から見て、これが画期的なパラダイム・シフトであることは、おわかりでしょう。「読者に対してすべてのデータを提示しているか？」と問われても、答えは読者によってまちまちです。同じ作品でも、ある人は「こんなのおれにわかるわけないじゃないか、アンフェアだ」と思うでしょうし、別のある人は「私は犯人がわかったからフェアだ」と思うでしょう。しかし、「エラリーは作中データだけで解決できているか？」という問いに対しては、読者による違いはずっと小さくなるはずです。フェアプレイの判断が主観から客観に変わった、と言い換えても良いでしょうね。しかも、『ローマ帽子』では、挑戦状をJ・J・マックに入れさせることによって、「エラリー以外の人物が作中レベルでのフェアプレイの判断をしてから挑戦した」という設定をも加え、より客観性を高めているのです。

フェアプレイを作中探偵に担保させる〈読者への挑戦〉――国名シリーズが本格ミステリの最高峰と言われる理由の一つは、ここにあったのです。

その来日——初舞台は映画雑誌

『ローマ帽子の秘密』を初めて訳したのは映画雑誌「スタア」でした。『ロオマ劇場事件』という題名で、一九三三年九月上旬号から一九三四年五月下旬号まで、十七回にわたって連載。一九三四年九月には日本公論社で単行本化もされています。この雑誌では、クイーン以外にもハメット、ヴァン・ダイン、クリスティなどの長篇が訳されていますが、これは、ブレーンに双葉十三郎、植草甚一、清水俊二といったミステリ・ファンがいたためだそうです。

『ローマ帽子』訳載のいきさつについては、一九八八年に訳者の川井蕃氏（映画評論家として有名な飯島正氏）にうかがったことがあるので、ここで紹介しましょう。

当時、広告会社の嘱託をするかたわら、スタア誌の仕事をしていました。編集長の南部圭之助さんから「何か面白い小説、あるか」と聞かれたので、『ローマ帽子』をすすめたのです。何で『ローマ』にしたかというと、ちょうど、読み終えたばかりだったからなのですよ。別に、劇場が出てくるので「スタア」向きだと思ったわけではありません。実は、クイーンを読んだのは『ローマ』が最初。つまり、あの時は他の作品をまだ読んでいなかったわけです。

連載は、はじめはていねいに訳していたんですけど、長くなりすぎるので、終わりのほうはだいぶはしょって、駆け足になってしまいましたね。単行本にする時も、全く手を入れていません。

訳していて、クイーンの文章はうまいと思いましたね。僕はフランス語が本職で、英語は得意じゃなかったから、しんどかったけど。

実際の訳文を見てみると、たしかに言われる通りでした。全体では五割程度の抄訳なのですが、前半が八割で、後半が三〜四割というアンバランスなものになっています。特に、解決篇が四割に縮められているのはかなり痛い。まあ、スタア誌に限らず、戦前の長篇の訳はどれもこんな感じなのですが、クイーンは抄訳だと面白さが伝わらないタイプの作家ですからね。

ちなみに、この連載で最も興味深いのは、挿絵です。最初の三回分の挿絵を描いた伊藤龍雄は、映画俳優の似顔絵を得意とする、スタア誌の看板画家。従って、映画俳優チックなエラリーやクイーン警視にお目にかかれるわけです。

その新訳——翻訳もフェアプレイで

冒頭で私は、本書の訳文を「最高の訳文」と書いています。ずいぶんと高い評価ですが、これは提灯持《ちょうちんも》ちではありません。

エラリイ・クヰーン作

ロオマ劇場事件

【2】

川井蕃譯

伊藤龍雄畫

スタア誌連載時の伊藤龍雄による挿絵

私は昨年（二〇一一年）、『ローマ帽子』の推理のロジックを分析した評論をエラリー・クイーン・ファンクラブの会誌に発表し、その中で、「これまでの翻訳は不充分で、クイーンの巧みなデータ提示が読者に伝わっていない」という指摘をしました。すると、本書の訳者である越前氏が、それを読んで、翻訳の参考にしてくれたのです。従って、高い評価になるのは、当然のことと言えるでしょう。

では、その中で、最も重要な点を説明させてもらいます。

※以下の文は本篇読了後にお読みください。

『ローマ帽子』の解決篇で、クイーン警視はこう語ります（本書450p）。

出演者全員のなかで、月曜の夜に夜会服とシルクハットを身につけて劇場から出ていったのは、バリーただひとりだ。月曜の夜、エラリーは人々が列をなして出ていくのを正面扉の前で観察していたんだが、バリーを除いた出演者全員がふだん着で帰っていったという事実を、いかにもあいつらしく、はっきり記憶していた。それどころか、エラリーはのちにパンザーの支配人室で、そのことをサンプソンとわたしにほのめかしさえした

これまで、一部のクイーン・ファンは、この部分を「アンフェアだ」と指摘してきました。「『（犯人の）バリー以外の俳優が全員ふだん着だった』というデータがどこ

にも書かれていない」と批判しているのです。しかし、この批判が間違っていることは、本書141pのエラリーのセリフを読めばわかります。

もう全員が外へ出たはずだよ――二階席の客も、従業員も、出演者も……。役者というのは不思議な人種だね。ひと晩じゅう、神の役を演じてたのに、それがいきなりありふれたふだん着にもどって、生身の人間ゆえの業に縛られるんだから。

どうです？　かなりあいまいな表現ですが――おそらく、処女作なので読者のレベルが読み切れず、必要以上に用心深くなったのでしょうね――「俳優は全員ふだん着だった」というデータが提示されているではありませんか。そして、俳優のバリーが夜会服だったのに、エラリーが「俳優は全員ふだん着」と言った理由については、その直後のセリフでわかります。

それはそうと、この支配人室から出ていった五人の身体検査もヴェリーがすませたよ。あの若いご婦人はなかなか魅力的だ。見たところ、アイヴズ-ポープ嬢とその連れだな……

つまりエラリーは（この時点では）、夜会服を着たバリーを、俳優ではなく観客だと勘違いしていたわけです。まったくもって、ズルイ……いや、巧妙なデータ提示と言えるでしょう。

ならば、これまで批判してきた人たちは、なぜこの箇所に気づかなかったのでしょうか？　実は、その理由は、これまでの翻訳にあったのです。

例えば、二〇一一年に新訳で出た、創元推理文庫版『ローマ帽子の謎』初版で、該当部分の訳文を見てみましょう（二版からは修正されています）。

役者ってのは不思議な生き物ですね。たとえ夜どおし、神を演じていても、一瞬で、一般の人と見てくれの変わらない平凡な存在に身を落とすばかりか、生身の身体の持つ業や苦しみまで背負いこむんですから。

この文から「俳優はふだん着だった」というデータを読み取るのは、かなり難しいですね。他の訳も似たりよったりなので、今までのアンフェア批判も、根拠がないとは言えないわけです（唯一、ハヤカワ・ミステリ文庫版だけは、この部分をきちんと訳していましたが、他の部分の訳があまり良くありません）。本書の訳は、ここ以外の伏線や手がかりもきちんと訳していて、まさに「最高の訳文」と言えるでしょう。

その「最高の訳文」で提供される本格ミステリの最高のシリーズを、これからもみなさんに楽しんでもらいたいと思います。

本作品中では差別表現として好ましくないとされている用語も使用しておりますが、原著が発表された一九二九年当時の時代的背景と、著作者人格権の尊重という観点から、作品を成立させるために必要な個所については原文どおりにしました。

ローマ帽子《ぼうし》の秘密《ひみつ》

エラリー・クイーン　越前《えちぜん》敏弥《としや》・青木《あおき》創《はじめ》＝訳

平成24年 10月25日　初版発行
令和7年 9月30日　30版発行

発行者●山下直久

発行●株式会社KADOKAWA
〒102-8177　東京都千代田区富士見2-13-3
電話　0570-002-301（ナビダイヤル）

角川文庫 17643

印刷所●株式会社KADOKAWA
製本所●株式会社KADOKAWA

表紙画●和田三造

●お問い合わせ
https://www.kadokawa.co.jp/（「お問い合わせ」へお進みください）
※内容によっては、お答えできない場合があります。
※サポートは日本国内のみとさせていただきます。
※Japanese text only

ISBN978-4-04-100256-8　C0197

◆◇◇